La burla del tiempo

Jurado del Premio Biblioteca Breve 2004

Seix Barral Premio Biblioteca Breve 2004

Mauricio Electorat
La burla del tiempo

Diseño original de la colección:
Josep Bagà Associats

Primera edición: febrero 2004

©2004, Mauricio Electorat

Derechos exclusivos de edición
en castellano reservados
para todo el mundo:
© 2004: EDITORIAL SEIX BARRAL, S. A.
Avda. Diagonal, 662-664 - 08034 Barcelona
ISBN: 84-322-1179-6

Editorial Planeta Colombiana S. A., 2004
Calle 73 No. 7-60, Bogotá, D. C.

COLOMBIA: www.editorialplaneta.com.co
VENEZUELA: www.editorialplaneta.com.ve
ECUADOR: www.editorialplaneta.com.ec

ISBN: 958-42-0885-3

Primera reimpresión (Colombia): marzo de 2004
Impresión y encuadernación: Imprelibros S. A.
Impreso en Colombia - Printed in Colombia

A Inés Müller Robinet
In memoriam

Y a Rocío Muñoz, Cristián Warnken
y Claudio Betsalel

Deseoso es aquel que huye de su madre.

José Lezama Lima

soma, sema,
pérdida en la pérdida.

Gonzalo Rojas

Dos de la tarde, invierno, rue Simart. Un mensaje en la pantalla de mi celular: «urge llames padre». Un número de teléfono. De Chile. No es el de la casa de mis padres. Es otro celular. Tengo que alquilar algo. Espero frente al número indicado. El teléfono vuelve a sonar. ¿Aló? Sí, es la persona que tenía que mostrarme el departamento de la rue Simart, que tiene un poco de retraso, ¿podría pasar dentro de una hora? La próxima cita es en la rue Lamarck. Subo por Ordener. Un cielo de plomo. Pronto lloverá. El barrio no está mal. Es detrás de la colina de Montmartre. Se ven parejas de turistas, gente en los cafés y en las tiendas. Bajo las escaleras en la estación Lamarck-Caulaincourt, entro en el túnel del metro y descuelgo el primer teléfono. Me quedan treinta unidades en la tarjeta. Marco el número. Chile. ¿Cómo estará el día? Diciembre, verano, sol radiante, miro mi reloj: dos de la tarde aquí, diez de la mañana en Santiago. ¿Aló?, dice alguien, ¿con quién?, soy tu primo Roberto, te paso a tu padre. Un murmullo de voces. Dos segundos, mi padre dice: hijo, tu madre... y rompe a llorar. ¿Qué pasa? Está muy grave, la internaron anoche en la clínica... un infarto. ¿Tiene alguna posibilidad de salvarse?, pregunto y pienso, *sé* que está muerta. Un grupo de adolescentes españoles sale ruidosamente del metro. Casi ninguna, contesta Julio y su voz se extingue en un sollozo. Entonces mi hermana le arranca el teléfono de las manos y dice lo que yo sabía: murió esta mañana, prefiero decírtelo ahora. Mierda, el suelo se hunde, un torbellino de gente que entra y sale del metro, dos y cinco de la tarde. ¿Cómo? Mi hermana: un infarto. Esto se va a cortar, veo en la pequeña pantalla la cuenta regresiva, llámame a la oficina dentro de una hora y media. Montmartre. Me encuentro con la dueña frente al número setenta de la rue Lamarck. Ascensor estrechísimo, nuestras narices casi se tocan, nos miramos con una sonrisa de circunstancias. Ni una palabra. El departamento es bonito, tres ventanas en forma de buhardillas dan a las escalinatas que unen la rue Lamarck con la rue Caulaincourt. La boca de la estación de metro se abre entre las escaleras y, más arriba, la parte trasera de Sacré-Cœur parece la popa de un gran navío blanco. Me hace pensar en un grabado. En casa de mis padres hay reproducciones de esos viejos grabados de París, los bordes del Sena, paisajes otoñales, con árboles desnudos y hojas en las aceras, iguales a las que ahora se arremolinan sobre los peldaños. Pero éstas son amarillo intenso y marrones y el viento se las lleva calle abajo. No es un grabado. Vivo hace doce años en París. Mi madre acaba de morir en Santiago. Los grabados seguirán colgando en la misma sala. ¿En cuánto se alquila? Son tres mil ochocientos mensuales con los gastos comunes incluidos, dice la señora. La cocina es casi inexistente, pero en el baño hay una bañera. Mi madre ha muerto. Me interesa, le digo a la dueña. Supongo que es la dueña. Le dejo una carpeta con mis antecedentes. Muchas gracias, que ella me llamará. Afuera cae una lluvia desganada. Como si tuviera todo el tiempo del mundo regreso caminando a la rue

Simart. Hago como si todo siguiera igual, para no enterarme, ¿o es que realmente todo sigue igual? Llamo a la puerta. Un tipo moreno, de pelo corto y gafas redondas me muestra un departamento minúsculo. Una cocina a la que se entra de perfil, pero con lavadora, refrigerador, campana, lavavajillas, todo nuevo. La cocina refulge, blanca impoluta, glacial. Un cubo de hielo. Que tiene lavadora, dice y que me fije, detalle importante, se puede instalar una secadora de ropa encima, porque el techo es alto y me señala, no quiere ser majadero, pero atrae mi atención, que vea, incluso se puede poner el microondas encima de la secadora de ropa, ¿me doy cuenta? Por supuesto que me doy cuenta. Así debe de ser el purgatorio. Cuatro metros cuadrados de electrodomésticos. ¿Me muestra la habitación? No, no quiero ver absolutamente nada más. Que pase, con toda confianza. Una moqueta azul profundo atravesada por ondas celestes y dos lámparas en forma de cornamenta de ciervo fijas en la pared. Es suficiente. Muchas gracias, hasta luego. Que mire, que las lámparas son halógenas con variador de intensidad, ¿no las quiero probar? No gracias. En la calle sigue lloviendo. Tomo el metro en la estación Château-Rouge. Dos gitanos tocan *La Macarena*, con acordeón y pandereta. No puedo impedir que la letra resuene en mi cabeza *dale a tu cuerpo alegría, Macarena...* Todo sigue igual.

*

Es cierto, la cosa empieza mal, para qué le voy a decir lo contrario. Empieza incluso peor de lo que usted se imagina. Es que esto de buscar casa en París es un mal trago, se lo aseguro, algo que no se le ha de desear ni al peor enemigo. Usted se preguntará ¿cómo, se ha quedado sin casa y encima se le muere la madre?, ¿no estará exagerando un poco? En fin, qué ocurrió, por qué se quedó sin casa, los hechos, no se vaya por las ramas. Una mañana regreso de vacaciones con mis dos hijos. En las escaleras nos cruzamos con un tipo joven, bastante delgado, traje negro y camisa blanca. El tipo masculla un *bonjour* de circunstancias y yo, no sabría decir por qué, pero en ese mismo instante tengo un presentimiento, como en un bolero. Abro la puerta. Ella, en la cocina, fuma. Apenas saluda y ya se tiene que ir, hasta esta noche, que hay un pastel de berenjenas en el horno, que ponga la ropa sucia en la lavadora, chao. Voy al cuarto de baño y allí comienzan a aparecer lo que la policía llama pruebas materiales. En este caso, dos toallas colgadas de la barra de la cortina de ducha. Las palpo. Uso reciente. Ella jamás se secaría con dos toallas. La conozco. Regreso a la cocina y al abrir la nevera me doy de narices con una muestra exhaustiva de cervezas belgas de los más abominables sabores: frambuesa, cereza, piña, chocolate... Ella no toma cerveza. Yo sólo bebo cerveza negra. No puedo evitar interpretar ese detalle como una confesión. Una confesión en forma de sonora patada en el trasero. Tarde en la noche, la oigo abrir la puerta y encerrarse en la cocina. Cuando entro está fumando y hablando por teléfono. Al verme, se despide de su interlocutor apresuradamente, cuelga, aplasta el cigarrillo en un cenicero ya repleto de colillas y enciende otro. Tenemos que hablar. No me apremies, dice ella. Yo más que apremiarla quisiera abofetearla, arrinconarla, arrugarla, estrujarla, cortarla en pedacitos, arrojarla por el vertedero de basura. A ver, ¿qué pasa?, ¿qué son esas toallas, esas cervezas y por qué no nos fue ni siquiera a buscar a la estación? Le ahorro los detalles macabros. Ella va directo al grano: estoy muy enamorada, dice. No de mí, claro. Faltaba más. De un informático, un tipo bien. Director y no lo dice, pero quiere decir nada de ganapanes como uno. ¿El tipo de la escalera?, pregunto. Y ella: ¿qué escalera? Uno alto, delgado, con traje negro, me lo crucé esta mañana, en el cuarto piso, él bajaba y yo subía, o sea, venía necesariamente de... pienso de aquí, de «nuestro» piso, pero no digo nada más. No sé de qué hablas, replica ella. No, de nada, contesto. Me siento patético. Días después me llama una amiga común. Parece que es mejor que Harrison Ford, fíjate, incluso más atractivo que Richard Gere. No me digas. Sí, sí, mejor, George Clooney, ¿ubicas? Sí, claro. Es el jorobado de Notre-Dame al lado de él. Pero volvamos a esa noche: enamorada, mucho, dice, muy seria, mirando al mantel de hule sobre la mesa de la cocina. Yo: ya está, y ella, ¿ya está qué? Adiós, que te vaya bien. Ella: no seas ridículo. La verdad, si me lo pregunto, yo no estoy enamorado. Ni de ella ni de ninguna otra. Lástima. Me acuerdo que mi madre cantaba una canción: *todos están enamorados, menos yo*. Me voy, anuncio. Cómo te vas a ir ahora mismo, tenemos un montón de cosas que arreglar. Doy media vuelta y la oigo hablar a mis espaldas mientras camino hacia el cuarto de baño. Te estoy escuchando, le digo. Quiere que nos veamos la próxima semana para ponernos de acuerdo sobre el divorcio y la pensión alimentaria. Y enseguida: ¿cuándo vas venir a sacar tus cosas? Me encierro. ¿Estás bien? Tengo un problema con el frasco de estricnina, ¿me puedes alcanzar las pinzas que están en la caja de herramientas? ¿Qué?, su voz me llega del otro lado de la puerta. Repito. Y ella, idiota, siempre haciendo bromas de mal gusto. Que ella cree que lo mejor es que contratemos un solo abogado, quiere decir que hagamos un divorcio de común acuerdo, ¿la estoy escuchando? Sí, sí, te escucho, de común acuerdo. En todo caso nos saldrá mucho más barato que si cada uno contrata un abogado por su cuenta. ¿No me parece? Me miro al espejo. Cara de cantante de boleros en algún cabaret de provincia, en Antofagasta, por ejemplo, en Copiapó, eso es lo que amenaza si los kilos siguen aumentando. Debería haber aprovechado los ocho años de vida de casado para haber hecho natación, pesas, remo, pero no. ¿Y por qué no en un cabaret de Clermont-Ferrand, de Cádiz, de Rapa-Nui? Ahora podría, es el momento ideal para cambiar de vida. Ella: ¿estás allí? Que ella cree que será mejor que cada uno le hable por su cuenta a los niños, ¿no?, y que dejará mis cosas mientras tanto en el cuarto del pequeño. Sí, de acuerdo, cantante de boleros (con zapatos de plataforma y camisa de raso con vuelos) se suicida en su cuarto de baño, París, agencias, a su regreso de vacaciones el famoso intérprete Rick Palomo se disparó un tiro en la sien... Si al menos supiera cantar. Déjeme tranquilo, señor abogado, trato de entonar pero no me sale la voz, estoy como mudo. Demudado ante la gran mudanza. No quiero defensa, prefiero morir, yo la he matado porque se ha burlado... ¿Te vas a demorar mucho? ¿Puedes salir para que terminemos de hablar? ¿Porque no hemos terminado? De mi amor sincero, delante de Dios. ¿Te puedes apurar, por favor? Golpea fuerte, rudamente, con la palma de la mano contra la hoja de la puerta. Nos vamos a divorciar, ¿entendiste? Da unas patadas, pega con los puños. ¡Di-vor-ciar! No te alteres, ahora salgo. Pregunto al del espejo: ¿qué se puede hacer ante un director de un servicio informático? Respuesta: nada, *niente di niente, rien de rien*. ¿Y el amor? ¿Afrodita, Venus, Zeus lloviendo oro sobre Dánae, haciéndose el cisne con Leda? «Otra vez será.» Y ya que estamos, agregue: ella ya me olvidó. Y yo, ¿la recuerdo ahora? No. Por el momento estoy pensando toma tus huevaditas y fuera, carretera y manta, largo. De acuerdo, digo al salir del baño, ¿tú conoces algún abogado? Está sentada en el Voltaire, fumando. Espera y desespera. Por una vez te podrías encargar de algo tú, ¿no te parece?, tono de... bueno usted se podrá imaginar el tono. Me acerco al mueble donde se guardan las botellas. ¿Se tomó el whisky? No seas abyecto, él sólo se ha tomado lo que ha traído. Estoy pensando se tomó el whisky el hijo de la grandísima puta que lo parió, el concha de su madre, el pinche cabrón y me deja el refrigerador lleno de mariconadas, pero sólo constato: se tomó el whisky. Elegancia ante todo. Ella no contesta, mira hacia afuera, o sea hacia la noche o hacia la nada o hacia su propio interior, vaya uno a saber. Deben de ser las tres de la mañana. Como mínimo. Con gusto iría a comprar una botella. Pero adónde. Miro la hora en el reloj de la cocina: las cuatro menos veinte. No me queda más remedio que destapar una de las cervezas que yo no he traído. Elijo la de frambuesa, que me parece menos repugnante. Pregunto: ¿cuánto les debo? No seas tarado. Doy un sorbo. ¡Salud! Sabe a despedida, a vidrio molido, a matarratas.

17

*

Y así me transformé en el hombre del bolso de viaje, en el rey del sofá cama, en el príncipe del colchón en el suelo. Durante tres días voy de la oficina a casa de Álvaro, el fin de semana lo paso en casa de Anne-Marie y luego estaré donde Sandrine, ¿cuánto me podría quedar?, ¿que se va a ausentar una semana? Genial. Tiene su gracia, no lo niego, preguntarse por la mañana donde pasará uno la noche. Aunque termina por cansar. Por eso me urge alquilar algo. Pero ya le digo, encontrar casa en París es una experiencia que no se le ha de desear ni al peor enemigo. Y en eso estaba cuando recibí el mensaje en mi celular. Ahora, nada más traspasar el umbral de la oficina y pisar esas moquetas raídas, se congregan los colegas, forman un corro, me miran con una mezcla de incredulidad y compasión, como se observa a alguien fulminado por la desgracia. En sus rostros hay sincero pesar, incluso en la mirada de mi jefa. *¿Votre mère?*, que cómo ocurrió, que venga a contarle a su escritorio. Su madre, la interrumpe Jorge, qué vaina, oiga y Chema: ¿de verdad, tu madre?, hostias, Eva no lo puede creer: *deine Mutter?*, y Takashi: *kushó haha?*, *yes, his mother*, le contesta Nicole, y él, que parece no haber entendido bien, *kushó obasan?*, sí, sí, su mamá, su mamacita, dice María, mientras atiende al teléfono, su pobre mamita, qué lástima. Pero es como si se dirigieran a otro: no siento nada. La secretaria se pone a buscar desesperadamente un pasaje a Santiago para esa misma noche. De pronto, ya está, qué suerte, hay un vuelo de la Swissair a las ocho. Alcanzo a hacer dos o tres llamadas. Debo irme. Pero perdone, me estaba saltando un pequeño detalle: soy traductor. O mejor dicho, trabajo en una

18

agencia de traducción. Traducciones comerciales, cosas tan entretenidas como el balance del salón del mueble, los resultados del salón internacional de la lámpara, publicaciones en español que la Générale des Eaux o Gaz de France pagan a precio de oro para apoyar sus conquistas en los mercados latinoamericanos. Sin contar con los innumerables libros de instrucciones de todo tipo de máquinas. Ahora mismo, sin ir más lejos, estaba traduciendo el catálogo de una máquina de enrollar papel higiénico (rusa, por cierto, de manera que la traducción al español se hace del inglés escrito por los rusos, me pregunto si la máquina seguirá enrollando el papel de water cuando la pongan en funcionamiento en los países hispánicos). Cuando acabe, si es que algún día logro terminar, mi jefa cobrará una pequeña fortuna. Ella es la que cobra, a pesar de que no habla sino francés y todos los que trabajamos allí nos las barajamos en al menos tres lenguas. Yo recibiré mi sueldo, punto. Una suma que me alcanza para pagar el alquiler y de la que ahora tendrá que salir la pensión alimentaria y para ir de vacaciones una vez al año a un lugar no muy caro, de preferencia a casas de amigos. O sea, no me alcanza para nada. En fin, me voy, que me vaya bien, valor, suerte. Ya estoy en la calle. Apenas me queda tiempo de pasar a buscar un poco de ropa a la casa en donde estoy alojando y el billete a la agencia. Por un curioso azar están en la misma calle, a unas pocas manzanas de distancia. Ha dejado de llover y el cielo se ha vuelto color añil. Recojo el billete, camino calle arriba y voy por Saint-Denis hasta la esquina de la rue du Caire. Subo a casa de Álvaro. En su escritorio he pasado los últimos quince días. Es un segundo piso y desde la ventana se ven las prostitutas con sus abrigos de piel sintética, sus tetas, sus medias caladas, apostadas en las estrechas puertas de los edificios en donde comparten sus cuartos con los talleres de confección clandestina. Ha sido mi espectáculo de todas las tardes al regresar del trabajo. Sentarme tras el escritorio y quedarme allí, con las luces apagadas, escuchando música clásica a todo volumen con los cascos en los oídos, sin pensar en nada, observando el universo que hierve allí, a mis pies, el trajín de la calle, las camadas de machos en celo mirando a las mujeres desde la vereda opuesta, los clientes que se atreven a acercarse, parlamentan, suben y al poco rato vuelven a salir, se confunden con la multitud de chinos y negros que transportan hasta bien entrada la noche cargamentos de ropa de los talleres del barrio. Es un verdadero planeta la rue Saint-Denis. Echo en mi bolso algo de ropa, meto un traje en una funda y vuelvo a la rue de Réaumur en busca de un taxi. Comienza a oscurecer y después de la lluvia, las vitrinas, los tejados de cinc, los anuncios de neón parecen nuevos, lavados, suspendidos en el aire puro, como si la ciudad, el mundo, acabasen de ser creados en ese mismo instante. Me digo que sólo soy un hombre con un bolso de viaje que espera un taxi en esa esquina, que me dispongo a atravesar el mundo para ir al entierro de mi madre y que a nadie, a ninguno de esos transeúntes que se agolpan en las paradas de autobús y se atropellan en las esquinas, presurosos, con el *Télé 7 jours* o el *France-Soir* bajo el brazo, le importa un reverendo carajo que yo exista, que esté allí esperando un taxi en esa esquina, o que en el lugar que ocupan las suelas de mis zapatos haya por ejemplo un buzón de correos, una mierda de perro, un gargajo o nada. Y me digo también que eso es precisamente lo que siempre me ha gustado de esta ciudad, la posibilidad de desaparecer sin dejar rastros, de transformarse en un fantasma, de fundirse en la multitud como un guijarro arrastrado por la lava. Por fin logro parar un taxi. Antes de las siete de la tarde estoy en el aeropuerto.

*

En Zürich intento llamar a Rocío desde un teléfono que admite tarjeta de crédito. En vano, una voz me dice algo en alemán. ¿Cómo será la calle donde vive Rocío? Consulto mi agenda, Seefeldstrasse 29, dice que trata de mantener viva una mata de geranios en su balcón, por ese detalle se ubican los amigos cuando van a verla. ¿Que quién es Rocío? Un poco de paciencia. Por el momento estamos en el bar del aeropuerto. Y está cerrado. Introduzco unas monedas en una máquina de café y obtengo un brebaje aguado. Lleno mi petaca con el whisky de la botella que alcancé a comprar horas atrás en el aeropuerto de París y echo un primer trago. Una señora que viaja con dos bebés me mira con aire reprobatorio. El alcohólico que nunca falta, pensará, de esos que se ponen pesados con las azafatas y no dejan dormir a nadie. Del otro lado de los ventanales decenas de aviones dispuestos sobre la loza como juguetes gigantescos, en torno a los cuales van y vienen camiones, autobuses, hombrecitos rojos y azules. Finalmente llaman a embarcar, atrás la soledad de los neones y vidrios de la sala de espera. Adiós a todo eso, me digo, pero sé que habrá otras salas de espera, otras noches para cruzar el océano y volverlo a cruzar en sentido contrario. Un avión de la Swissair igual a éste se cayó no hace mucho, minutos después de haber despegado de Nueva York. ¿Se irá a caer este trasto? Toneladas de metal, plástico y electrónica a novecientos kilómetros por hora y a diez mil metros del suelo. Sería todo un guiño del destino caer al mar, desintegrarse en pleno vuelo, precisamente ahora. Se le reventó el corazón, dijo mi hermana la última vez que hablamos. La madrugada cálida de diciembre en el sur del mundo, un auto atraviesa la ciudad a toda velocidad, saltándose los semáforos en rojo, los discos PARE. Mi padre maneja concentrado en llegar pronto a la clínica. Mi madre viaja a su lado. No dice una palabra. Él tampoco. Ella respira con dificultad. Le duele el pecho. Seguramente está aterrada, sabe que va a morir. Ha bajado por su propio pie de su cuarto, ha llegado caminando muy lentamente al auto. Y ahora va allí, ¿qué recuerda?, ¿qué imágenes desfilan por su cabeza? ¿Su infancia en el Perú, sus hijos, sus días tristes de niña huérfana en un país extraño, su propio padre, muerto de un cáncer en una sala común de un hospital «para pobres»? Durante sus últimos días ella le llevaba granos de mostaza y de café para que su padre les tomara el olor. Y una tarde él ya no estaba allí. El mismo ajetreo de parientes en torno a los enfermos, pero la cama de Alberto estaba vacía. El coche vira a la izquierda en la avenida Manquehue, entra a toda velocidad a la Clínica Alemana y frena en seco bajo la marquesina en donde brilla la palabra URGENCIAS. Se acercan dos camilleros. Ella ha perdido el conocimiento, pero él cree que duerme. Un momentito, voy a estacionarme, dice. ¡Qué está haciendo!, grita uno de los camilleros, ¡hay que bajarla, está muy grave! Corren por el pasillo, puertas que se abren y se cierran, otra sala de espera, mi padre no tiene una petaca como yo. Sencillamente espera, se pasea, sin duda alguna, reza. Dios te salve, María, llena eres de gracia... No quiere despertar a mi hermana en plena noche, ha sido un infarto, pero está en reanimación, se salvará, sí, habrá que tener cuidado, pero se salvará. Bendita tú eres, entre todas las mujeres. Alrededor, el silencio de la madrugada de los barrios ricos de Santiago, la gente duerme, mañana es otro día, habrá que ir a trabajar, se aproxima el verano, las elecciones. A las cinco de la mañana aparece un médico y sin pronunciar una sola palabra se pasa el dedo índice por el cuello, igual que en una película de mafiosos. ¿Qué pasa?, pregunta incrédulo mi padre. Murió, pues, qué va a pasar, contesta el médico, irritado, hay que explicarles todo a estos viejos de mierda. Pero y usted, imbécil, ¡cómo me lo dice así! Julio se abalanza sobre él, intenta pegarle, forcejea, pero el tipo es fornido, mucho más joven, de un manotazo lo sienta. Tranquilo, le voy a traer un calmante. Le están aspirando la sangre de los pulmones, todavía no la puede ver.

*

El despertador tronó a las seis y media. No había salud, carajo. Pero igual, era preciso levantarse, imperativo, no quedaba más remedio. Y para colmo hacía frío, el frío que puede hacer a las seis y media de una mañana de diciembre. Un cuarto de hora más tarde se encendió el equipo de radio en la habitación contigua y me enteré de que escuchaba el noticiero de France-Inter, que estábamos a cuatro de diciembre de mil novecientos noventa y nueve, que ese día era santa Bárbara y que las temperaturas bajarían aún más y en la capital alcanzarían una máxima de tres grados, que tuviéramos un buen día y que, en compañía de no sé quién, daríamos un repaso a la actualidad internacional. Y había que ducharse, afeitarse, tomar un café, de pie, en la cocina, no había tiempo que perder. A las siete y media, como cada semana desde que disfrutaba de la grata hospitalidad de Álvaro, que estaba por cierto en México, lo que hacía las cosas más que soportables, posibles, me planté ante el kiosquero y compré una cosa que se llama *De particulier à particulier*. Unos dos kilos de papel con centenares, miles de anuncios inmobiliarios, con los que regresé a casa (de Álvaro) y comencé a subrayar. Primero los que me hubiese gustado poder alquilar, pero que a todas luces no eran para mí (demasiado caros, o demasiado pequeños y caros, pero en un barrio bonito), enseguida aquellos anuncios de pisos para los que a lo mejor tendría una remota posibilidad (menos caros, más pequeños si cabe, en barrios más periféricos) y finalmente, los dos o tres que parecían una ganga, y hasta ahora nunca habían resultado serlo. Un tres ambientes a tres mil quinientos francos, por ejemplo. ¿Sería cierto? Llamé. ¿Tiene sala y dos habitaciones? Sí, señor, dijo una voz con marcado acento que se me antojó portugués, además de cocina y baño. Que fuera a verlo esa misma mañana si quería, a las nueve, por ejemplo, ¿me convenía? Y a las nueve en punto estaba en el boulevard Bessières, uno de los bulevares periféricos que cumplen una función de línea divisoria del mundo, de este lado París; del otro, galpones, una línea de edificios viejos, como dientes cariados y, detrás, torres de treinta pisos con anuncios luminosos tratando de alcanzar el cielo. Caminé por el boulevard Bessières hasta dar con la dirección: 17, rue Pouchet, segundo piso. Era un edificio vetusto, de tres pisos, que hacía esquina con un callejón sin salida. De las barandas, junto a las ventanas con los postigos cerrados, se desprendían chorreaduras de óxido. Al final del callejón se veía la cortina metálica de un taller mecánico, GONÇALVES: ÉLECTRICITÉ, MÉCANIQUE GÉNÉRALE. Un taxi se detuvo en la esquina y de él bajó un hombrecito enfundado en una parka verde chillón. ¿Era yo el que había tomado cita a las nueve? Mucho gusto, el propietario. Subimos por una escalera que olía a gas, el hombre abrió la puerta, dio la luz, entré y casi me voy de bruces contra la pared porque el suelo de linóleo se hundía al centro, desde las paredes hacia la mitad del cuarto, como un embudo o una ola inmóvil. Que eso no representaba ningún peligro, dijo el tipo, ya vería como me iba a acostumbrar, que las demás habitaciones estaban en perfectas condiciones, que me fijara en el precio. Muchas gracias, *au revoir, monsieur.* Y había que continuar, para eso había pedido la mañana en la oficina, tengo que encontrar departamento, será sólo una mañana y la cara de desconfianza de mi jefa, ¿me estaría aprovechando?, ¿le estaría pasando gato por liebre el sudaca este?, ¿viéndole, estaría, la cara de pendeja? Que ya iban tres mañanas en lo que llevábamos del mes, *mon vieux,* ¿a qué me dedicaba los fines de semana? A continuar, no había más remedio. La próxima cita era en la rue Simart, atravesé esa zona de nadie del *dix-septième arrondissement,* pegada al periférico, edificios chatos, calles rectas, grises, sin un árbol y en ese momento sonó el teléfono y mi hermana, saliendo abruptamente del sueño, maldición, de nuevo era yo que me había enredado con los horarios, seguro, miró la hora, las cinco de la mañana, ay, Pablito, son cuatro horas menos, me iba a decir apenas lograra descolgar ese teléfono que repiqueteaba en la sala, cuatro horas menos, no cuatro horas más eran aquí, a mí, que siempre había confundido la izquierda con la derecha, el norte con el sur, el poniente con el oriente y Budapest con Praga, me iba a decir, cuatro menos, Pablo, no más. Pero ¿aló? Y no, fíjate, no era yo sino mi padre, ¿qué pasaba? Y él, tu madre, reprimiendo un sollozo, está... acaba de... ¿de qué?, pregunta mi hermana, que también se lo sospechaba ya, ¿de qué, pues, qué pasa?... de morir, acaba de fallecer, hija, ¿podía venir? Estaba sola con el bebé esa noche. Que lo vistió medio dormido al pobre, que se lo llevó en el auto con un biberón, no había tiempo, ya estaba muerta pero no había tiempo, atravesó la ciudad, llegó a la clínica y en la recepción, ¿buscaba pediatría? Y ella, no, no, venía por su madre, que la habían traído no hace mucho, que estaba en la unidad de tratamiento intensivo, no dijo muerta porque se muere rápido, pero un muerto tarda en hacerse en la conciencia de los demás, cada uno se va apoderando del muerto a su ritmo, eslabón a eslabón y paso a paso. Ya, ¿cómo se llamaba la señora? La enfermera llamó por teléfono, averiguó, le dio un número de habitación. Mi hermana subió, recorrió esos pasillos vacíos, excesivamente iluminados, era de noche aún y olían a éter, a fenol, a medicinas, a cosas nada buenas hasta que por fin dio con la habitación. Abrió la puerta con una sensación de terror. Y allí estaba, sobre la cama. Que al verla se apaciguó, dice, es curioso, estuvimos, ella, su madre, su hijo de pocos meses, solos casi una hora. Dormía plácidamente con las manos cruzadas sobre el pecho. Que no pensó en nada, ¿qué vestido le iban a poner, qué zapatos?, ¿el camisero de seda blanca, el rosado, el camafeo, el broche?, ¿y

quién se ocuparía de la funeraria, de la parroquia?, todo
eso, pero no, se quedó allí, con la mente en blanco, contemplando cómo amanecía sobre Santiago, unos pálidos
jirones lechosos que se iban tornando púrpura y naranja sobre las cumbres, hasta que regresó mi padre. Había
ido a casa, a buscar los documentos de identidad, unas
pocas cosas para vestirla, hija, quién podía adivinar... Y
de pronto el cuarto se ha llenado de familiares, ay, mijita linda, qué cosa tan terrible, y comienzan las conversaciones en voz baja, qué tragedia, oye, los murmullos,
los y a ti qué tal te ha ido, alguien propone bajar a la cafetería, ¿se podrá fumar allí? Entonces suena un teléfono y el primo Roberto se lo alarga a mi padre, es Pablo,
desde París.

*

Ya es de día cuando el avión aterriza en São Paulo.
Hace horas que espero esta escala para poder tomar un
café, pero la azafata anuncia que los pasajeros en tránsito hacia Santiago no pueden abandonar el avión. Habrá
que joderse. Sin que las azafatas se den cuenta logro salir a la escalerilla por la que sube un grupo de obreros
del aeropuerto a limpiar la nave. Al menos respirar un
poco de aire. Son las siete de la mañana en Brasil y ya
hace calor. Cuando abandoné Chile por primera vez pagué un café en este mismo aeropuerto con un billete de
cinco dólares que me había dado mi madre en Santiago.
En el momento de despedirnos sacó de su monedero
dos billetes arrugados y me los metió en el bolsillo de la
chaqueta. No digas nada, porque se los acabo de robar .

a tu padre, es para que te compres cigarritos, hijo. Sólo una vez que estuve sentado en mi butaca, en el avión, los vine a desdoblar: un billete de cinco dólares y otro de cinco mil liras italianas. Desde entonces no he vuelto a estar en tránsito en São Paulo, pero al menos uno de los billetes, busco, habré cambiado unas veinte veces de billetera en estos años, debería estar, sí, aquí, *cinque mille lire*. Aunque no sirve para nada.

*

Estoy sentado en el escritorio de mi padre. Bajo el cono de luz que dibuja la lámpara he dispuesto una carta. Es un papel de mala calidad, envejecido y la tinta del roneo se ha vuelto un poco difusa. Lleva el membrete de la Universidad de Chile y la palabra Rectoría, alineada a la izquierda. El texto es el siguiente:

Santiago, 15 de mayo de 1980

Señor
José Pablo Riutort Valcárcel
Facultad de Filosofía y Letras
Depto. de Literatura
Presente

Es de conocimiento de la Rectoría de esta Corporación que usted ha tomado parte en los graves desmanes de carácter político, que tuvieron lugar en el campus del Instituto Pedagógico durante el mes de abril pasado. En base a los testimonios que obran en poder de esta Rectoría, se le formula el cargo de agredir físicamente al profesor del Departamento de His-

28

toria, señor Luciano Ramírez Sánchez, arrojándole
sal y mostaza a la cara e incitando a la turbamulta a
su linchamiento.

En consecuencia, el Rector infrascrito dispone:

Se le someta a sumario interno en vista a deter-
minar las posibles sanciones que se pudieran derivar
de su conducta reñida con las normas de la vida académica.

Se le suspenda cautelarmente de toda actividad
académica.

El Fiscal Investigador del caso presente sus conclusiones a la Fiscalía General en un plazo de treinta
días, con arreglo al Estatuto Interno de esta Casa de
Estudios.

Firmado
General de Caballería
Excmo. Señor Don
Agustín Toro Dávila
Rector

Visto desde ahora resulta curioso, esa carta me iba
a hacer salir de Chile, me iba a llevar a Barcelona, a París, gracias a ella me transformaría en extranjero, aquí,
allá, es decir, iba a hacer que me resultara imposible regresar del todo a cualquier parte. En otras palabras, esa
carta era un pasaporte. Pero, claro, eso era algo que yo
no podía saber la mañana en que asomé mis narices a
la clase de latín y el profesor, antes de que diera un paso más, gruñó: ¡Riutort, a Secretaría! Eso fue lo que hice, con paso presto, de inmediato, qué mierda pasaba.
Y entonces Cristina, la secretaria, que era también la jefa porque no había sino ella en esa especie de cuartucho de portera que llamaban pomposamente Secretaría, me alargó la carta que ya conoce. Yo la leí y ella

preguntó si pasaba algo, quería decir algo malo, porque tal como estaban las cosas... Se la mostré, la recorrió de arriba abajo con sus gafas de miope y dijo, uy, qué pena, te cagaron, huachito. ¿Sabía quién había sido nombrado Fiscal Investigador? ¿Fiscal investigador? Que le diera su fortaleza el Señor y Marx se hiciera el sordo, había que explicarles todo a estos novatos de primer año. Cuando se abría un sumario interno en la universidad, mijito, la Fiscalía General, ¿fiscalía general?, sí, que no la interrumpiera, la Fiscalía General nombraba un Fiscal Investigador, que era el encargado de instruir el caso y tenía un plazo determinado para presentar sus conclusiones ante el Fiscal General. ¿Fiscal General? ¿No bastaba con un general de caballería como Rector? Mira, Riutort, que no me hiciera el idiota, ya había llegado a la universidad, eso no era el kindergarten. Y estaba metido en problemas, así es que ella que yo, huevoncito, no se lo tomaría tan a la ligera. Me arrancó la carta de las manos, releyó, levantó su teléfono y estuvo un buen rato haciendo averiguaciones. Cuando colgó estaba lívida. Que ojalá se equivocara su colega de la Fiscalía, pero parecía que iba a ser el Decano del Departamento de Historia. ¿Y qué hay con eso? Ya verás, dijo Cristina, amenazadora, que me preparara bien, ése era perro que no soltaba su presa. Poco después me llegó otra carta en la que se me comunicaba que tenía dos días para presentar mis descargos ante el Decano del Departamento de Historia, señor don Julius Kakariekas, que había sido nombrado Fiscal Investigador del caso. Reuní una serie de cartas, los «descargos», de compañeros de curso y de profesores que testimoniaban que: 1) el día de la agresión a Ramírez Sánchez yo me encontraba almorzando en el casino de la Facultad de Ciencias,

2) que era un buen muchacho, 3) y un buen alumno, 4) amén de ser un buen hijo, y 5) un buen católico, vecino de Ñuñoa, de familia demócrata cristiana, incapaz de matar una mosca, etcétera. Y llegué a la Secretaría del Departamento de Historia con mi carpeta. La secretaria la tomó y la dejó sobre una pila de expedientes iguales al mío. ¿Todos de descargos? No me atreví a preguntar. Pero por lo que se sabía esta vez las sanciones habían llovido, por lo menos en comparación con los años anteriores. Se hablaba de al menos ochenta alumnos encausados, diez o quince expulsados. La secretaria: un momentito. No era como Cristina, jovial y un poco deslenguada, sino vieja, de carnes secas y ceño fruncido. Que el fiscal me citaba para pasado mañana a las cinco. A ver, ¿me dejaba consultar mi agenda? Y ella, mire jovencito, se trataba de una citación para comparecer, no había posibilidad de cambiarla. ¿Ninguna? Ella, chalequito rosado, falda plisada, era el Fiscal Investigador quien decidía, no los encausados, faltaba más, como si escupiera. Yo, bien, en ese caso, sería hasta pasado mañana. Sí pues, nos teníamos que ir acostumbrando a que donde mandaba capitán no mandaba marinero.

*

Elvira Núñez de Gómez se llamaba ese pedazo de palo, si quiere saberlo. Me enteré porque el «sumario» no duró uno sino seis meses, así es que tuve tiempo de enterarme de eso y de muchas otras cosas. Se lo cuento desde ya: al final no me expulsaron, aunque el Fiscal Investigador en sus conclusiones pedía la expulsión para un servidor y otros amigos, el Fiscal General, en su gracia serenísima, me concedió sólo seis meses de suspensión de toda actividad académica, lapso que, sumado a los seis meses que ya llevaba suspendido *de facto*, arrojaba la nada despreciable condena de un año fuera del circuito universitario. Pero eso ocurrió mucho después. Por el momento, estaba citado a comparecer. Lo primero que hice fue contarle a mis amigos. ¿Kakariekas?, preguntó el Flaco, ¿estás seguro? Segurísimo, dije, aquí tengo la carta. Es letón, dijo Rocío que lo sabía todo sobre casi todo el mundo en ese campus. ¿Letón? ¿Cómo se comía eso? Estúpido, que mirara la enciclopedia. Que había llegado a Chile en los años cincuenta, completó Cristián, o sea el Flaco, huyendo de la ocupación soviética de Letonia. Que había pasado por Argentina y Paraguay antes de radicarse aquí. Rocío, que me imaginara, ¿redes nazis en Buenos Aires, Neuquén, Asunción del Paraguay, Santiago, Temuco, Valdivia, Colonia Dignidad, me decía algo todo eso? Ya, un espécimen. Y de los peligrosos, opinó Rocío y el Flaco, no, atención, Pablo, que tuviera mucho cuidado con lo que iba a decir, que no era por nada, pero cuando uno menos se lo pensaba... Pero ¿qué?, tampoco me iba a asilar porque me habían acusado, encausado o como se llamara, ¿no? No era tan grave, pasaban cosas muchísimo más terribles. Ellos, no claro, esto era un pelo de la cola, pero igual, que tuviera cuidado, no se sabía nunca. A los dos días acudí puntualmente a la cita. La vieja secretaria me hizo pasar al despacho del Decano. Era una habitación alargada, con estanterías desbordantes de libros, carpetas, archivadores sostenidos en equilibrio precario. Al fondo, contra la única ventana, un escritorio tan sobrecargado de papeles como las estanterías y el Fiscal, tras el cono de luz de la lámpara, escribiendo, sin levantar la mirada, que tuviera muy buenas tardes, me sorprendió de lejos su voz, ¿hacía frío? Una voz pausada, extremadamente suave, por extraño que pudiera parecer, una voz que desprendía amabilidad. ¿Afuera, quería decir? Que no, hombre, si hacía frío allí, en esa oficina, que él ya no se daba cuenta. No, en absoluto. Y él, siempre con la cabeza gacha, escribiendo y con el mismo tono reposado, señor Fiscal o señor Decano, como prefiriera. ¿Perdón? Sí, joven, no era tan difícil de entender, ¿cierto?, yo era un extremista, un peligroso agitador acusado de haber agredido a uno de los más brillantes académicos de esa Facultad de la que él era Decano y ahora, además, Fiscal del caso por el que yo estaba allí, así es que como prefiriera, volvamos a empezar, tenga usted muy buenas tardes. Buenas tardes, hijo de puta, señor Fiscal. ¿Hacía frío? No, viejo de mierda, señor Fiscal. Bien, que me sentara y entonces levantó la cabeza de sus papeles, vamos a ver, abriendo un expediente, un rostro bien proporcionado, anguloso, labios muy finos, cabello blanco, cortado al ras, ojos pequeños de un celeste casi transparente, mirada límpida. ¿Mi nombre era José Pablo Riutort Valcárcel? Sí, concha de tu madre, señor Fiscal. ¿Qué grado y de qué carrera cursaba? Primer año de licenciatura en literatura, señor Fiscal. Y entonces, la dulce, suave voz, ese nombre, ¿era judío, por casualidad? Yo: ¿Riutort? Y él: Fiscal o Decano, ¿cierto? Perdón, señor Fiscal, ¿él quería decir, Riutort? Sí, claro, qué iba a querer decir si no. No que yo supiera, mis abuelos eran de Reus, un pueblo cercano a Tarragona, en Cataluña, España, eso era todo lo que yo sabía. Pero ¿y cómo había sido, señor Fiscal, tendría él la amabilidad de contarme? ¿Un hombre de cuánto, unos cuarenta años, atravesando las estepas congeladas a orillas del Báltico, durmiendo entre las ratas y los desperdicios en un galpón del puerto de Riga, a la espera de algún barco que lo sacara del infierno que habría significado para usted la derrota nazi? ¿Quién había sido él, señor Fiscal? La verdad, la mera, la pura y santa, señor Fiscal. ¿Un sargento de las SS, un brillante doctor en historia miembro del partido nacionalsocialista letón? ¿Habría visto morir después de apretar el gatillo, habría torturado? ¿Cuándo y cómo había llegado a Chile, Kakariekas, Julius, señor Fiscal? ¿Por qué a esta larga y angosta franja? Y otra cosita, ¿a cuántos letones, alemanes, rusos, ese nombre les diría algo, a cuántos más que a mí? ¿Miembro de una red nazi en este confín del mundo, antisemita militante, incluso en su vejez, de la causa aria, señor Fiscal? Judío, pues, dijo con su voz llena de bonhomía y un rictus en los labios finos que se me antojó una sonrisa. ¿Cómo? Sí, catalán, justamente, insistió él barriendo el aire con la mano, desechando una idea desagradable, un pueblo de origen judío. ¿Yo judío?, primera vez, señor Fiscal. Y él, ¿sabía algo yo de los fenicios? La verdad, no, señor Fiscal. Entonces que no me metiera a dar opiniones sobre temas que no manejaba, digamos que tenía un treinta por ciento de posibilidades de tener sangre judía, otro treinta por ciento de tener ancestros árabes y otro treinta de ser judío árabe, no sabía él qué era peor y ahora, si me parecía, que habláramos mejor de lo que sí sabía y entrecerrando los pequeños ojos celestes, dos dardos, yo era comunista, ¿verdad? Tampoco, señor Fiscal. Que no mintiera, Riutort, que me podía costar caro, bien, íbamos a comenzar, apretando el botón de un citófono, ¿doña Elvira?, estábamos listos para las actas. Y entraba la vieja seca cargando penosamente una máquina taquigráfica. Entonces comenzaba la sesión. Digo bien comenzaba, porque entre fines de mayo y diciembre de 1980 se me llamó a «comparecer» al menos una vez cada quince días y el interrogatorio empezaba invariablemente con las dos preguntas de rigor: Riutort, pronunciaba mi apellido arrastrando las erres, Rriutorrt, ese nombre es judío ¿no? No que yo sepa, señor Fiscal. Pero usted, en todo caso, es comunista. Tampoco, señor Fiscal. No mienta Rriutorrt y, al citófono: ¿doña Elvira?, listos para las actas. Aparecía la vieja, se instalaba en una mesita, a un costado, junto a los archivos, los papeles, los libros que en cualquier momento se le caían en la cabeza, respiraba hondo y levantaba los diez dedos, como si hubiese ido a interpretar una sonata para piano. La misa podía comenzar. ¿Reconocía yo haber agredido al profesor Ramírez Sánchez en la cafetería del campus Pedagógico, el día tal, del año tal, a tal hora, arrojándole mostaza y sal a la cara e incitando a la turba de estudiantes a lincharlo? No, señor Fiscal. Y él, que si me empeñaba en negar mi participación en los desmanes políticos de los que se me acusaba la sanción sería más dura, que la Fiscalía tenía testigos, Rriutorrt, gente que me había visto a la cabeza de esa turba de subversivos, ¿por qué no reconocer los hechos de una buena vez? Que sería una actitud inteligente de mi parte, amén de provechosa, Rriutorrt, porque en ese caso él podría recomendar a la Fiscalía General que adoptara una sencilla medida disciplinaria en mi contra, por ejemplo, unos treinta días de suspensión y hasta a lo mejor una mera advertencia por escrito, ¿no lo quería pensar? Él lo decía por mi futuro, ¿cierto?, no era bueno tener una sentencia por sumario interno tan pronto en la hoja de antecedentes académicos. Yo no podía reconocer algo que no había hecho, señor Fiscal, le repetía que el día y a la hora en cuestión me encontraba almorzando en compañía de varios compañeros del Departamento de Literatura en el casino de la Facultad de Ciencias, testimonios que había adjuntado a mi declaración de descargos y aprovechaba para solicitar al Fiscal que se le tomara declaración a esos testigos. ¿Testigos? ¿De qué testigos le estaba hablando? Que había que tener cierta calidad moral para dar testimonio. Él había leído las declaraciones de toda esa gentuza comunista que había presentado y me podía asegurar que más me hubiese valido no incluir ninguna de esas bazofias, porque todos ellos serían expulsados muy pronto, Rriutorrt, que estuviese seguro, profesores y alumnos, todos los que habían contribuido a transformar el Pedagógico en un nido de ultraizquierdistas iban a tener que abandonar la vida académica, doña Elvira, que constara en actas que el encausado se negaba a reconocer los hechos. Bien, Rriutorrt, no le iba a quedar más remedio que someterme a un careo con los testigos de los que disponía esta Fiscalía, ya me podía marchar. La vieja seca, ¿hacía pasar al siguiente, Decano? Alejándome todavía escuchaba su voz, que le diera un cuarto de hora, ¿sería tan amable de poner la tetera en el anafe?, estaba que se moría de ganas de tomar un té.

*

Salía al corredor donde otros alumnos encausados en el mismo sumario esperaban su turno para someterse al interrogatorio semanal. En las tardes frías de invierno ese grupo de proscritos nos encontrábamos en los pasillos mortecinos de la Facultad de Ciencias Sociales. Para poder hablar, nos paseábamos por los jardines envueltos ya en la penumbra de las siete de la tarde. La única manera de conversar tranquilos era caminando pues se sabía, se suponía, se rumoreaba, se decía, era un hecho que en la cafetería, las aulas y hasta en los baños había micrófonos y si no había micrófonos eran ojos y oídos anónimos los que nos acechaban. Cualquiera podía ser un delator. Rocío y el Flaco habían terminado por recibir la misma carta, Claudio se unía esas tardes de «comparecencia» al grupo, los inseparables, ¿verdad?, decía, no nos iba a dejar solos en semejante, tan amargo trance. Y el Flaco, los inseparables caídos en desgracia, era de agradecer la compañía en ese como él decía trance, aunque lo que necesitábamos ahora quizá era una sencilla flecha con la palabra tránsito. Ya nos habíamos perdido y había que volver a recorrer el campus buscando una salida que estuviese abierta. Todavía no nos ubicábamos bien en ese laberinto de senderos, atajos, huellas entre edificios vetustos y árboles añosos. De pronto se formaba un grupo en las sombras, gente que se sumaba y preguntaba algo o hacía algún comentario, hola, soy Izquierdo, de filosofía, ¿teníamos fuego? Claro. Qué tal, Rivas, de antropología, ¿había comenzado ya a interrogar el viejo facho? Sí, a mí, esta tarde, acababa de salir del decanato. ¿Y cómo había sido? Yo contaba. ¿Pero acaso no sabíamos que Kakariekas le proponía a todo el mundo que reconociera los hechos de los que se les acusaba a cambio de una rebaja de sentencia?, una chica pálida, grandes ojos azules, que perdonáramos, no se había presentado, Soledad Fortea. Hola. Qué tal. Y

¿de verdad nadie nos lo había dicho? Pero eso era intento de soborno, alegaban Rocío y el Flaco, que aún no habían sido interrogados. ¿No se podía hacer nada? Y ella, sí, según el reglamento, era posible recusar a un Fiscal, pero, susurrando, ¿no nos habíamos enterado del caso de Gamarra? Nosotros, no, ¿quién era Gamarra? Y otra voz, un estudiante de periodismo que había grabado el interrogatorio sin que Kakariekas se diera cuenta, con la intención de obtener una prueba para recusarlo. Al llegar a Macul con Irarrázaval se bajaron unos tipos de un auto, le dieron una tremenda paliza y le quitaron la grabadora. Otra voz, sí, la semana pasada. Gamarra estaba en el hospital, con traumatismo encéfalo-craneano. Y otro, se dice que puede perder un ojo. No, no, si ya lo había perdido. ¿En serio? Pobre. Y Soledad Fortea, claro, era una estrategia, ¿nos dábamos cuenta? El que había pedido fuego, una manera de justificar la instalación de la oficina de la Central Nacional de Informaciones en el campus, la compra de los equipos, el trabajo de los soplones. Y otra voz, exactamente, si nadie alegaba inocencia, si todos reconocíamos de entrada que éramos culpables, eso quería decir que el dispositivo de delación estaba plenamente justificado. Claro. Eso. Puta madre. Unas cuantas semanas antes, nos habíamos enterado por un flash de Radio Cooperativa que el gobierno había importado equipos de escucha y seguimiento por varios centenares de miles de dólares y que esos equipos estaban destinados a la Academia Superior de Ciencias Pedagógicas de la Universidad de Chile. Es decir, *nos* estaban destinados. Eso confirmaba las peores expectativas: existía una sucursal, una oficina de la CNI dentro del campus. Comenzaron las protestas. Manifestaciones pacíficas y pronto, cuando los carabineros penetraron en el recinto universitario, violentas, palos y piedras contra gases lacrimógenos y más palos. Y en el noticiario de la televisión, por la noche: hordas de estudiantes marxistas ponen a sangre y fuego el campus Macul de la Universidad de Chile. Escenas de inusitada violencia se vivieron esta tarde en el campus Macul de la Universidad de Chile, cuando elementos incontrolados agredieron con palos y piedras a las fuerzas del orden, cuya intervención fue solicitada por el propio centro de alumnos de dicho campus. Don Agustín Toro, rector de esa casa de estudios, declaró junto a su montura, no se fuera a olvidar que era general de caballería, que los elementos subversivos, muchos de ellos agitadores profesionales ajenos al plantel, serían castigados con todo el rigor de la ley. Y don René Salas Scheihing, Fiscal General de esa Corporación, ¿don René?, en directo estábamos ahora, sí, se trataba de agentes que obedecían a grupos afortunadamente proscritos de la vida nacional, que pretendían desestabilizar la atmósfera de estudio y sana convivencia que reinaba en las universidades del país. Y allí estaba, con sus gafas de sol, Ramírez Sánchez, como representante del cuerpo docente, él quería manifestar su total solidaridad con aquellos alumnos agredidos por la turba extremista. Nunca lo conocí personalmente. Pero lo veía en la puerta del Departamento de Historia, junto a su cómplice, un obeso descomunal conocido como el Guatón Thomas, que ahora en la pantalla, en su calidad de secretario del Centro de Alumnos, exigía la respuesta más contundente de parte de las autoridades, que la enorme mayoría de los estudiantes del Pedagógico era absolutamente contraria a los desórdenes provocados por un puñado de agitadores a sueldo del comunismo. Los dos de impermeable, traje oscuro, corbata angosta. Dos detectives, dos funcionarios de algún ministerio, uno flaco y el otro gordo. Se los veía a menudo parados en la puerta del Departamento de Historia, con sus impermeables, sus trajes, sus corbatas, como un par de vampiros custodiando una cripta. Thomas lucía sobre su barriga colosal una cámara fotográfica y *clic*, hacía fotos, ¿de qué?, *clic*, ¿de quiénes?, *clic*, *clic*, ¿y para qué? El otro, Ramírez, el profesor Ramírez Sánchez, en su calidad de representante del cuerpo docente encendía un cigarrillo con la colilla del que tenía entre los labios y ofendía a la vida académica cuando se reía y mostraba unos dientes de un marrón verdoso, disparejos, carcomidos. Cada vez que Thomas hacía *clic* con la máquina, Ramírez Sánchez dejaba escapar una risita, era como si le hiciesen cosquillas. Y los dos, el gordo y el flaco, usaban gafas de sol, aunque estuviese nublado. Era curiosa esa propensión de los fascistas por el vidrio polarizado, se paseaban todos con sus gafas oscuras, como si hubiésemos estado en pleno trópico. Una tarde, en la habitual convocatoria que me llegaba por correo citándome a comparecer ante el Fiscal, se me comunicaba que dentro de dos días tendría lugar el careo. Verse las caras. Eso era lo que más me intrigaba. ¿Quiénes eran los elegidos para mentir? ¿Testigos comprados? ¿Soplones reconocidos? ¿Algún conocido? ¿Algún amigo? Esa mañana la secretaria me hizo pasar a una sala contigua al despacho del Decano: una vasta mesa de reuniones, rodeada de bibliotecas con puertas de vidrio en las cuatro paredes. Estuve largo rato solo en esa sala, quieto como una estatua en la silla que la secretaria me había indicado. Kakariekas entró precedido por la vieja que cargaba las carpetas y la máquina taquigráfica. El interrogatorio comenzó con la pregunta habitual, ¿su nombre es

José Pablo Riutort Valcárcel? Sí, ése era mi nombre. El Fiscal se saltó la alusión a la posible filiación judía de mi apellido, de todas maneras mi ascendencia semita estaba ya establecida, y entró directamente en materia. Me había dado ya varias oportunidades, pero puesto que me obstinaba tercamente en negar los hechos de los que se le acusa, Rriutorrt, me veo en la obligación de someterlo a un careo con los testigos que lo vieron agredir al profesor Ramírez Sánchez. Doña Elvira, que hiciera pasar por favor. Entonces descubrí al primero. Se llamaba Sergio Aguilera, cursaba primer año como yo y muchas veces me había buscado conversación, tratando de entrar en confianza conmigo, como lo hacía con todos aquellos que se suponía que eran de oposición al régimen. Él no, él declaraba abiertamente su pertenencia al sindicato de estudiantes que había creado la dictadura, la Secretaría Nacional de la Juventud. Pero procuraba mostrarse abierto al diálogo. Con frecuencia estaba en el césped, rodeado de chicas, interpretando con su guitarra los temas prohibidos de Silvio Rodríguez y de otros cantantes de la Nueva Trova cubana. Kakariekas lo hizo, como a mí, declinar su nombre, aunque tampoco le preguntó si era judío. Supongo que al ser miembro de la tropa resultaba irrelevante su vinculación o no con las tribus de Israel, nadie es judío entre los arios. Aguilera lo sentía, Pablo, pero él no podía mentir ante las autoridades, mirando al Fiscal. Y el viejito, pausado, como si se hubiese tratado de una conversación de sobremesa, ¿qué había visto exactamente, señor Aguilera, podía contar? Él estaba en la cafetería cuando entró el grupo, comenzaron a insultar, señor Fiscal, a tratarnos de fascistas y asesinos. Y él, señor Aguilera, ¿podría decir quién lideraba la muchedumbre? Bueno, rehuyendo mi mirada, los ojos clavados en los dedos de la actuaria que no dejaban de agitarse, que sí, Pablo, él me había visto arengando a los estudiantes, gritando consignas. ¿Y qué más, Aguilera, podía dar más detalles? Que le contara a esa Fiscalía, con toda confianza. Le recordaba que era su deber declarar todo lo que él sabía. Sí, señor Fiscal, que me había acercado a la mesa donde estaban el estudiante Carlos Thomas y el profesor Luciano Ramírez Sánchez y que, sin que mediara provocación ninguna por parte de ellos, les había arrojado sal a la cara y luego le había exprimido un frasco de mostaza en el pelo al profesor Ramírez Sánchez, mientras incitaba a los demás manifestantes a que hicieran lo mismo y gritaba que, con su perdón señor Fiscal, a esos fascistas conchas de su madre los íbamos a linchar. Bien, gracias, señor Aguilera, se podía retirar. Con el testigo que llamó enseguida me había cruzado centenares de veces en los pasillos. Sólo sabía que se llamaba Nelson. Nada más. Era moreno, de tez algo enfermiza, bajo, fornido. Se había puesto una corbata y gomina en el pelo. Kakariekas volvió a comenzar el interrogatorio y Nelson repitió punto por punto el libreto. ¿Quién se los había escrito? Sí, él me había visto, mostaza y sal, sí y que los íbamos a linchar, también señor Fiscal, a descuartizar, que sus cadáveres quedarían colgando de los postes del alumbrado eléctrico y que antes les arrancaríamos las partes pudendas y se las daríamos a los perros, también eso, señor Fiscal. Y el viejito, con su dulce voz y esa mueca parecida a una sonrisa en sus labios, ¿el acusado tenía algo que declarar? Si los testigos decían la verdad, había dos posibilidades, señor Fiscal, o yo padecía de alguna forma de desdoblamiento de la personalidad y podía creer que estaba en un lugar cuando en realidad estaba en otro, o bien tenía realmente el don de la ubicuidad, pero que, a mi entender, la ubicuidad era sólo un atributo divino y como no era Dios y tampoco me consideraba demente, no me quedaba sino concluir, con todo respeto y que perdonara el señor Fiscal, que los testigos no decían la verdad. El viejito me clavó sus ojos celestes, ya podía irme, Rriutorrt, que mi terrquedad y mi falta de respeto me iban a costar muy caro, que él se encargaría de que así fuese.

*

Santiago de Chile, medianoche. Tomo estas notas envuelto en un silencio de oficinas abandonadas, un silencio de madrugada de domingo, interrumpido sólo por los coches que bajan desde los barrios residenciales hacia el centro por la avenida Eliodoro Yáñez. Otra madrugada de domingo, hace cuánto, ¿cinco, seis años?, regresaba a casa por el boulevard Rochechouart. Frente a la place Blanche refulgían las aspas del Moulin Rouge. Dejé atrás el vestíbulo vacío ya a esa hora, aunque iluminado por potentes neones blancos y me detuve un momento en la esquina de la rue Lepic para elegir mi camino. ¿Subía por Montmartre y la plaza de las Abbesses, o continuaba por el boulevard Rochechouart? Ante mí se abría la lóbrega perspectiva del boulevard que sigue el trazado del metro elevado hacia Barbès, una avenida sombría, con cortinas metálicas cerradas, aceras vacías y grupos de *clochards* durmiendo sobre las rejillas de ventilación del metro. Por la misma vereda del Moulin Rouge, al otro lado de la rue Lepic, se alza la entrada de uno

43

de los tantos negocios de sexo barato de Pigalle, con sus neones intermitentes llamando a los turistas, SEXÓ!, un dos tres se apaga, un dos tres se enciende. Lo vi en la puerta, uno de esos tipos que se dedican a atraer clientes y que en francés reciben el elegante nombre de *chasseurs*. Sabía que me iba a abordar, como lo hacen siempre. Crucé la calle para evitarlo y no me di vuelta cuando escuché sus pasos tras los míos, *monsieur, un moment, vous parlez français? Parla italiano? Speak english, mister?* Pero cuando preguntó ¿habla español, amigazo?, algo me hizo detenerme, dar vuelta y mirarlo: ese acento era inconfundiblemente chileno. Bellas señoritas, amigo, para usted, se lo dejo barato, venga conmigo, propuso, indicándome la entrada del local. Entonces lo reconocí, bajo, moreno, cara redonda y el tinte verdoso de la piel acentuado por la pálida luz de los neones, lindas mulatas dominicanas, sangre caliente, para usted, sólo *deux cents francs*, amigo... Me estaba ya tirando por la manga cuando reaccioné. ¿Nelson? Nelson, El Trauco, ¿verdad? Él me soltó y me clavó una mirada atónita. No sólo conocía su nombre y su apodo, sino que además se lo decía con su mismo acento. Fue como si hubiese visto un fantasma: giró sobre sus talones y a grandes zancadas volvió al teatro y se perdió tras una puerta de doble hoja. Lo seguí. Crucé el vestíbulo con vitrinas luminosas en donde brillaban fotos tamaño natural de mujeres en posturas lascivas. Del otro lado de la puerta una voz varonil gritaba: ¡vuelve a tu puesto, qué estás haciendo aquí! Entré cuando el *chasseur*, Nelson, apodado el Trauco, era él, ahora estaba seguro, le daba explicaciones al tipo que lo estaba increpando. No hay nadie en la calle, hace horas que me estoy congelando los huevos. Y el otro: ¿ah sí?, él se los cortaba ahora mismo. El hombre que gritaba era alto, llevaba el cráneo rapado, un arete en la oreja. Un grueso costurón rosado, del ancho de un dedo, le atravesaba una de las mejillas desde la sien al mentón. Pase, señor, dijo al verme en el umbral, repentinamente amable, dentro de cinco minutos comienza el espectáculo, exclusivamente para usted, qué suerte tiene. La sala consistía en una serie de butacas dispuestas en círculo en torno a un escenario en forma de rombo. No había nadie en las butacas ni en el escenario. Sólo una música machacona y las luces de colores que barrían el entarimado y las primeras filas de butacas hacían pensar que el lugar no estaba cerrado. Al fondo vi una puerta roja con un letrero: INTERDIT AUX PERSONNES NON AUTORISÉES. No gracias, quiero hablar con él. Nelson había retrocedido algunos pasos. ¿Con ése?, preguntó el hombre de la cicatriz. Pero primero tiene que ver el *show*, lindas mulatas brasileñas, preciosas rusas, yugoslavas, ¿paga con tarjeta de crédito, cheque, efectivo? Venga por aquí, póngase cómodo. Parecía una sugerencia, pero el tono era imperativo. No gracias, quiero hablar con él, repetí, con Nelson. Oye, ven aquí, el señor quiere hablar contigo. Y él, ya por la tercera fila de butacas, retrocediendo, no me conocía, no tenía nada que hablar conmigo. Llegó a la puerta roja con la inscripción INTERDIT AUX PERSONNES NON AUTORISÉES y desapareció. ¡Tú, a tu puesto, que volviera a la puerta de inmediato!, gritó el otro y fue detrás de él. Yo aproveché para volver a la madrugada de Pigalle. Torcí por la rue Lepic hacia la plaza de las Abbesses y luego hacia Montmartre. Caminé sin prisa, el Trauco, no llegaba a creerlo del todo. En París no es raro encontrarse en la calle con amigos de infancia, hasta con algún antepasado se puede uno dar de narices en cualquier estación de me-

45

tro. Esas cosas suelen suceder. Di la vuelta al Sacré-Cœur por abajo, por la rue Ronsard y luego por André del Sarte hasta la rue de Clignancourt. Al final de esa calle que baja en suave pendiente se ven los confines de la ciudad. Era muy tarde y a lo lejos las luces de los suburbios desprendían un pálido resplandor amarillento bajo el cielo lechoso, como si allá, tras el horizonte de líneas quebradas que formaban los edificios cercanos al periférico, hubiese sido de día, como si hubiese sido otro país.

*

Dejé pasar un par de días antes de regresar al teatro, si es que se le puede llamar así. Era una noche muy fría, había nevado durante la mañana y en las cunetas se podía ver aún una sucia línea blancuzca. Al pasar frente a la entrada ya no me persiguió Nelson. El *chasseur* era ahora un chico muy joven, vestido apenas con una chaqueta corta de cuero y una camisa abierta sobre un pecho lampiño y enjuto. Un gigoló, como los que levantan a sus clientes en las inmediaciones del Drugstore de Saint-Germain-des-Près o en la Porte Dauphine. Eh, *parlaba italiano? Vous êtes espagnol, monsieur?* ¿Español, amigo? Momento, *you, mister, beautiful ladies*, lindas señoritas?, *one moment*... Pagué mis doscientos francos y ocupé una de las butacas de la última fila. Tampoco estaba el hombre de la cicatriz, sino un negro que, igual que el otro, lucía la cabeza rapada y un arete. De pronto la espantosa música dio paso a una voz aterciopelada que anunció a Tatiana, la pantera venida de las estepas

46

de Siberia, que nos haría vivir momentos de intensa emoción, ¿estábamos preparados, *messieurs dames, ladies and gentlemen?*, redoble de tambores. Adelante, junto al escenario, había cuatro turistas, a todas luces nórdicos, que bebían cerveza en lata y se reían a grandes carcajadas. La puerta con el letrero INTERDIT AUX PERSONNES NON AUTORISÉES se abrió y entró una chica muy delgada, más bien baja, con un bikini de lentejuelas. *El strip-tease* era malo, lo hacía sin convicción, con la mirada extraviada en la puerta roja, o en la salida protegida por una cortina azul, detrás de mi cabeza, en donde brillaba un letrero con la palabra SORTIE. Casi al final dejó ver los senos y lanzó la parte de abajo del bikini hacia las butacas. Uno de los turistas de la primera fila saltó, lo atrapó al vuelo y empezó a comérselo mientras sus amigos lo aplaudían. ¿Le gusta Tatiana? El negro se había sentado a mi lado y me miraba con una sonrisa que quería ser cómplice. Es dinamita pura, se lo aseguro. Por quinientos francos yo le puedo arreglar una cita. El *chasseur* que había visto en la calle le hablaba al oído ahora a uno de los turistas. Es dinamita pura, debía de estarle diciendo, por quinientos francos... Busco a un amigo que trabaja aquí, un chileno. ¿Chileno?, mirándome con desconfianza. En el mundo de la noche sólo la policía hace preguntas de ese tipo. Lo sé porque he sido portero de noche en hoteles y más de una vez llegó la policía a interrumpir mi sueño en busca de alguna colombiana, de alguna pakistaní que estaba en problemas y había que abrir la puerta, mostrar el libro de registros, hacerse el desentendido mientras se la llevaban, etcétera. ¿Me deja ver sus credenciales?, pidió el negro. No se preocupe, no soy policía, es un asunto personal, un amigo de infancia, me dijeron que trabajaba aquí, se llama Nelson. Él no me podía decir nada, estaba allí sólo de lunes a jueves, pero que le preguntara a Tatiana, él creía que ella salía con un latinoamericano. El muchacho que estaba en la puerta se acercó. Honoré, quieren pasar al salón los cuatro al mismo tiempo con Tatiana, dijo señalando a tres de los turistas que parecían montar guardia junto a la puerta roja. Imposible, totalmente antirreglamentario. Dicen que pagan el doble. No sé yo, no está en el reglamento. Diles que salgan de allí o tendré que ocuparme de ellos. *Messieurs, messieurs*, por favor, no se puede entrar, es sólo para el personal, gritó el gigoló. Uno de los del grupo, que había permanecido en la butaca, se incorporó, dio unos pasos tambaleantes y se puso a vomitar en el pasillo. De alguna parte, detrás de los cortinajes que rodeaban la sala, salió el tipo de la cicatriz. Agarró al que vomitaba por los sobacos y lo sacó en vilo, sus pies, al pasar junto a mí, se agitaban a varios centímetros del suelo. El negro alcanzó el escenario de un par de zancadas. Los otros, al verlo, salieron por el mismo pasillo en fila india. Quiero un cita con Tatiana, le dije al *chasseur*. ¿Relajación, masaje o completo?, preguntó. Lo más barato. Relajación. El de la cicatriz se acercó, eran quinientos francos, ¿podía pagar en efectivo? Me lo esperaba, ¿se llevaba una buena comisión? Claro, en efectivo. Le di los billetes y al abrirme la puerta roja, me susurró al oído, sabía que volvería, no me arrepentiría, amigo. Era una habitación estrecha, tapizada entera con moqueta roja. En el centro, una butaca de cuero falso, con ruedas, como un sillón de escritorio. Una película pornográfica desfilaba sin volumen en un televisor. La ampolleta desnuda que colgaba del techo desprendía una luz macilenta. Apenas me senté en la butaca se abrió una puerta en la pared del fondo que no había visto pues estaba disimulada por la misma moqueta que cubría las paredes. Entró Tatiana. *Bonsoir,* con voz de chica tímida, una voz que no correspondía a alguien que acaba de hacer un *strip-tease* y que ahora estaba allí, con un body negro, botas y medias caladas. Y con la misma vocecita: ¿relajación, masaje o completo? Tenía mejores piernas de cerca o a lo mejor eran las medias que le daban un aspecto más dibujado a los muslos. Relajación.

*

Tras una hora y media de espera despegamos por fin de São Paulo. Hace años que no fumo, pero ahora daría cualquier cosa por poder encender un cigarrillo. Vamos pisando nubes, un océano blanco, gris, negro. A novecientos kilómetros por hora, «allá» se transforma en «acá». ¿Estará en un cajón? ¿Cómo estará? ¿Qué aspecto tendrá? Me dirá hola, mi niño querido. No me dirá. Y yo, ¿qué le diré? Será verano. Las calles del barrio olerán a tierra mojada al caer la noche y se podrá conversar hasta tarde en el patio. Ya es algo.

*

Tatiana comenzó a desabotonarme la bragueta. Profesional, concentrada, como quien desatornilla la cañería del lavabo. Recordé cuando de pequeño el médico me recetaba una inyección y venía el practicante a casa. Curioso nombre, el practicante, ¿por qué no había enfermeras? No lo sé. No tengas miedo, me decían mi madre y el practicante. Don Lalo, se llamaba. No tengas miedo, bájate los pantalones y toma un dulce, decía don Lalo, están muy ricos. Yo con los pantalones abajo comenzaba a quitarle el envoltorio y en ese momento sentía el roce frío del algodón sobre la nalga y ¡paf!, la aguja, el líquido que comenzaba a penetrar en la carne. Me había engañado don Lalo, me había engañado, sobre todo, mi madre. ¿Me iba a engañar Tatiana? Seguro que me haría daño, la pantera siberiana, flaquita, tetitas chicas, pero unos dientes tremendos. Aunque ahora no había don Lalo, ni inyección y tampoco era travesti, Tatiana, yo lo había podido comprobar, ni me iba a dar ningún caramelo. A ver, bájate los pantaloncitos, ¿qué edad tenía ya? Y mi madre: acababa de cumplir siete años, don Lalo. Ya estaba grande entonces y que tomara un dulce y me relajara, que no me iba a doler. Haz como dice don Lalo, hijo. Me hundí en el asiento y ella levantó la cabeza, ¿todo bien? Sí, sí. Pero no, en absoluto, presa del pánico, atenazado por el miedo, paralizado. ¿Miedo a qué? A que me la arrancara con los dientes, seguro, al chorro de sangre que saltaría hasta el techo y gotearía desde la ampolleta al suelo... Además, yo no estaba ahí para eso. Había desabotonado ya la bragueta, entonces me levanté, que perdonara, pero en realidad buscaba a un amigo, a lo mejor ella lo conocía, se llamaba Nelson. ¿Nelson? No lo conocía, con una sonrisa de azafata que le tiende a uno una bandeja con trozos de salami en un supermercado, ven, ¿estás nervioso, bebé? Relájate, te va a gustar. Un chileno, Nelson, el Trauco, pero ven, pasándose la lengua por los labios, va a estar rico, Nelson, ¿no quería?, ¿estaba cansado?, tenía mucho trabajo, ¿no?, esas cosas pasaban, pero que me sentara allí y me dejara hacer. Y yo: trabajaba aquí, era moreno, no muy alto, si me relajaba me iba a gustar, ¿sí?, aquí en la puerta, ¿no se acordaba de él? Ella, ¿la estaba confundiendo con la guía telefónica o qué? No, claro que no, que perdonara, ¿quería o no quería?, porque la plata no me la iban a devolver ni por casualidad. No, en realidad, prefería dejarlo para otra oportunidad, gracias. Ella, de nada y mascullando: la de tipos raros que tenía que ver una.

*

¿Patios? ¿Tierra mojada? Dan ganas de reírse. Nuestro hombre se llama Daza. Alejandro Daza Smith. Gente de orden. Comandante de Escuadrilla Alejandro Daza Smith. Rama: aviación. Cargo: responsable de relaciones públicas e información de la Secretaría Nacional de la Juventud. La cita es en su despacho, o sea en el servicio de relaciones públicas e información de la Secretaría Nacional de la Juventud. Pero en el vestíbulo del edificio hay una sola placa: Fuerza Aérea de Chile. Es en la avenida Bulnes, una construcción de los años cuarenta supongo, arquitectura maciza, gris, de ministerios y oficinas, estética perfectamente a tono con una dictadura, una arquitectura que refleja lo que siempre han pensado las clases dirigentes de Chile: ante todo, orden, el que se mueve no sale en la foto. Mi padre conocía a un militar, un coronel, un mayor, no lo sé, el caso es que al ver que el sumario se prolongaba y que Kakariekas descaradamente me careaba, comenzó a averiguar, a ver quién podría ayudarlo, si alguien podía interceder por su hijo. Una maniobra desesperada, como intentaba tanta gente, quién tendría un militar amigo, algún conocido, alguien que pudiera hacer algo, facilitar una información sobre el paradero de una persona, hacer liberar a alguien o transmitir en las altas esferas que uno no, uno no era eso, comunista, ultraizquierdista, apestado, leproso, uno era un niño sano que jugaba al fútbol y miraba *Muchacha italiana viene a casarse* en la televisión. Y entonces alguien le dijo que ese comandante lo recibiría, que fuera a hablar con él, que le expusiese su caso con toda confianza, que era muy buena gente el comandante, una persona muy recta, muy íntegra, muy católica. Todo eso. Así es que allí vamos, una mañana, mi padre y yo, subiendo en el ascensor, recorriendo el largo, oscuro pasillo con olor a cera, fijándonos bien en los números de bronce sobre las puertas, no nos fuésemos a equivocar de despacho. Es, repito, la oficina de información, relaciones públicas, esas cosas, el comandante era el director, el jefe de esa división, administrativa se entiende, pero lo raro, lo extraño es que es el propio comandante quien nos abre la puerta y nos hace pasar. Y adentro no hay nadie. Es un departamento amplio, se ve un corredor, se adivinan varios cuartos, pero está completamente vacío, ni un solo mueble, las paredes desnudas, ni hablar de una secretaria, de un lépero oficinista, de un pinche subordinado, ordenanza o cagatintas. Nada. Salvo el comandante, mi padre y yo. Me digo, uy, cuidado, qué es esto, ¿será una trampa, nos irá a dar una sorpresa este viejo, nos irá a torturar, a hacer desaparecer, a cortar en pedacitos y a arrojar por el excusado, el comandante? Pero nada. Nos hace pasar y nos conduce a su despacho. Allí, lo mismo. Un escritorio de buena factura, absolutamente vacío. Sólo un teléfono, un modelo anticuado, negro. Nada más. Ni un papel, ni un bolígrafo, ni un puto calendario sobre la cubierta de madera. El escritorio, el teléfono, dos sillas, el sillón giratorio en el que se sienta él. Punto. Un tipo delgado, cincuentón, rostro de facciones angulosas. Nada de barriga. Sus ejercicios diarios. Se ve. Vestido de civil, por cierto. Que qué nos traía por allí, una vez que nos sentamos, qué se nos ofrecía, en qué podía sernos útil. Sonrisa: amplia. Dentadura: pareja, blanca. Buena pinta. Un señor que podría haber sido actor, galán de telenovelas, podría haber trabajado en *Muchacha italiana viene a casarse* sin ir más lejos. Pero no. Que qué se nos ofrecía. Entonces mi padre le cuenta. Todo lo que él sabía. O sea nada. O casi. Pero en fin, que yo era un buen niño, mi comandante, con inquietudes, dice así, como se decía en ese entonces, con inquietudes literarias, buen estudiante, primer año de literatura en el Pedagógico y que ahora me lo acusaban de pegarle a un profesor, mi comandante. ¿Se daba cuenta?, no podía ser eso, si yo era un muchacho pacífico, que me gustaba la poesía, claro, pero de allí a pegarle a un profesor, hay un trecho, ¿no? Por eso era que él, mi padre, mi pobre padre, venía a hacer el ridículo delante de usted, mi comandante, a ver si se podía hacer algo para que este niñito siguiese estudiando, leyendo a Vallejo y a Huidobro, jugando al fútbol en la calle, mirando *Muchacha italiana viene a casarse*. Él sonríe, es más, parece encantado con la historia que le cuenta mi padre. Hasta que en determinado momento alza la palma de la mano, que parara, a mi padre, ya está bueno, ahora va a hablar él. Atención, pienso, cuidado con lo que dices si se pone a hacer preguntas. Hace una morisqueta, una especie de rictus que le borra súbitamente la sonrisa, el comandante, como si le doliera el hígado o estuviese conteniéndose para no largar un pedo, una mueca terrible, un visaje dramático. Pienso que está loco o a lo mejor es de verdad un actor, que dentro de nada entrarán a ese despacho otros actores, vestidos de mujer por ejemplo, travestidos, no hubiese sido la primera vez y nos someterán a un interrogatorio en toda regla. Pero no. Rictus de dolor, la úlcera pongamos, la dispepsia, desaparece la sonrisa y que si él, o sea mi padre, creía que tenía a su hijo en las monjas francesas. Tono golpeado: ¿usted cree que tiene a su hijito en las monjas francesas? Voz nasal, gangosa, acostumbrada a imponerse en cuarteles. No, decididamente no podría haber trabajado en *Muchacha italiana viene a casarse*. No, dice mi padre, claro que no, mi comandante, hay problemas... ¿Problemas?, lo interrumpe alzando su voz de pito, otra vez el rictus de dolor, si el Pedagógico es un nido de comunistas, de futuros terroristas, oiga, de marxistas zarrapastrosos y de rateros, ¿no lo sabía? No, bueno, también hay profesores, algunos alumnos deseosos de aprender, balbucea mi padre, echarlos a todos, oiga, a toditos, alumnos y profesores, no nos va a quedar otro remedio. El comandante se ha puesto rojo con la instantaneidad de un semáforo y en las comisuras de los labios la saliva reseca forma como dos legañas blancas. Un asco. Qué galán de teleserie. Ni hablar. Que le gusta la poesía al niño, pero claro, ¡faltaba más! Si a todos en la fuerza aérea nos encanta la poesía, no ve que nos la pasamos volando y viendo paisajes maravillosos desde los aviones, sabemos mejor que nadie lo lindo que es este país, oiga, las riquezas que encierra, para que un puñado de comunistas ladrones lo venga a arruinar, eso sí que no lo podemos permitir, ¿verdad? No, claro que no... Claro que no, pero allí los tiene, en el Pedagógico, allí nomás, a la vuelta de la esquina, y qué me dice de las poblaciones y las fábricas, no, si queda mucho trabajo, oiga, pero mucho trabajo para encarrilar a este país, no ve que se nos habían infiltrado por todas partes. Claro, por todas partes, murmura mi padre. A mí también me gusta la poesía, yo también le puedo recitar cuerpo de mujer, blancas colinas, y puedo darte los besos más tristes esta noche, se equivoca, claro, pero algo sabe, barrunta, el comandante, y vete de mí, mala pasión, vagabunda, errante alma en pena mía, qué es eso, ahí sí que está de seguro inventando, mandándose las partes y de pronto me mira a los ojos y por primera vez se dirige a mí, te vai a tener que cambiar a la Católica, cabrito, dice en chileno contante y sobre todo sonante, allí están los buenos poetas, los mejores literatos, gente bien, pues, derecha, patriota. Claro, concede mi padre, el próximo año, a la Católica. Si lo aceptan, el comandante con una sonrisita, no es cosa de llegar y entrar. Mi padre, desde luego, si lo aceptan. Y él, no, si nos va a costar mucho recuperar el Pedagógico, oiga, limpiarlo de toda esa basura marxistoide y de esos que se creen católicos y son en realidad tontos útiles del comunismo, así es que si quiere que su retoño termine alguna carrera, siga mi consejo. Bien, entonces a la Católica, dice mi padre. Y el comandante, ¿cómo te llamai?, otra vez en buen chileno, a mí. Saca un papel del cajón del escritorio. Ya, anota aquí: nombre completo, facultad, dirección y teléfono. Cagué, pienso, nos jodimos. Llámeme dentro de quince días, a ver qué puedo averiguar. Cómo no, mi comandante y muy agradecido. No hay por qué, para eso estamos, para hacer patria, pues. Cuando volvemos a la calle me parece que acabamos de salir de una pesadilla. Nos metemos a la primera fuente de soda que encontramos y pedimos dos cafés con leche. Viejo huevón, dice mi padre. Yo no digo nada.

*

Se llamaba Le Nemrod, ¿cómo se iba a llamar, si no? Un lugar desangelado, con mesas y sillas que alguna vez habían sido de colores chillones, amarillas y anaranjadas, probablemente al comienzo de los años setenta. Lo más seguro era que desde entonces nada hubiese cambiado, salvo el aspecto físico de los dueños, ahora, es decir aquella tarde, un par de viejos mal agestados que parecían llevar una conversación semimuda con los parroquianos desde hacía quizás también unas cuantas décadas. En eso pensaba mientras afuera transcurría el ir y venir sin sorpresas de una tarde de invierno en ese barrio. Grupos de mujeres que hurgaban en cajas con pilas de zapatos y ropa en las entradas de los bazares, las motos, taxis, autobuses de turistas formando atascos en el estrecho boulevard que lleva a Pigalle y luego a la colina de Montmartre. Lo habitual. Allí en la barra la esperé, bebiendo café tras café, mirando de tanto en tanto la pequeña puerta azul metálica del otro lado de la vidriera, en donde se leía ENTRÉE DU PERSONNEL y ojeando distraídamente un ejemplar atrasado de *Libération*. Afuera, como en una película, la oscuridad fue tiñendo los muros de la callejuela, los transeúntes, los autos hasta convertirlos en sombras. Después se encendieron las luces de la calle y casi al mismo tiempo se iluminó la marquesina que daba vuelta al edificio, en cuyo frontis, por el lado del bulevar que yo no alcanzaba a ver desde donde estaba, brillaba el letrero en el que se leía Sexó! Yo la esperaba y ella terminó por salir por la estrecha puerta azul cuando ya casi había decidido marcharme. Pagué y me apresuré a seguirla. Se había hecho de noche y un viento punzante se colaba entre las columnas, bajo el metro elevado que corre como un puente colgante por la mitad de la avenida. La veía lejos, caminando rápido entre la muchedumbre, sin detenerse a mirar las chucherías que los negros venden sobre cajas de cartón, ni a comprar una panocha de maíz asado, ni castañas, ni un periódico. Temí perderla en la entrada de la estación Barbès-Rochechouart entre el gentío que apenas permitía caminar, era un punto, una cabeza menuda, de pelo negro, un abrigo de cuero también negro que le quedaba grande, se veía incluso a esa distancia. Apresuré el paso y logré subirme al mismo vagón que ella, línea 4, dirección Porte d'Orléans. No le despegué la vista de encima, a pesar de que viajábamos en los extremos opuestos del vagón, o más bien por eso mismo. Se iba a bajar, estaba seguro, en cualquier momento, no iba hacia el centro de la ciudad, no hubiese sabido decir por qué, ni hacia la periferia oeste o sur, se iba a bajar y se bajó en la Gare du Nord (aunque yo había estado apostando por la Gare de l'Est, o sea la próxima estación). Me bajé también y corrí por el pasillo que lleva a la estación de trenes de cercanías, empujé a una señora con muchos paquetes y entré en su lugar, aprovechando su ticket, no tenía tiempo de comprar el pasaje para el tren de cercanías, no la hubiese alcanzado jamás, ¿en qué andén encontrarla, en qué dirección iría, hacia cuál de los centenares, miles de pequeños pueblos y ciudades dormitorio del norte de la región parisina? Pero allí estaba, como perdida, enfundada en ese chaquetón de cuero que sin duda no era de ella, una cabeza en una multitud, nadie. Me dije mientras me acercaba a ella, ahora más calmado, caminando, ya no corriendo por el andén, sorteando personas, bultos, grupos de mendigos tirados en el suelo, que sólo yo la conocía en ese mismísimo minuto, que de alguna manera estaba en mis manos. Se me ocurrió que en ese instante hubiese podido matarla, empujarla a la vía cuando entrara el tren, por ejemplo, o amenazarla con un cuchillo, llevarla a un rincón, apremiarla hasta que hablara. Lúgubre, sí. En realidad yo tenía más información que ella y era sin duda una manera de darme ánimos porque sólo conocía su nombre, a todas luces falso y el lugar en el que trabajaba, pero necesitaba hablar con Tatiana o como se llamase, pues ella sabía, de eso estaba seguro, lo que yo quería, necesitaba saber. ¿Por qué? Hasta ahora no tengo respuesta. Tuve suerte y pude sentarme detrás de su cabeza pequeña cuando llegó el tren y el vagón casi se vació y subió, subimos, otra muchedumbre compacta, igual que la que había bajado, como las anchoas o las sardinas al salir de la lata. Ahora podía ver sus cabellos negros, con las puntas ligeramente coloreadas de rubio o al menos más claras, cabellos descuidados, de aspecto enfermizo y hasta quizá un poco sucios. ¿Llevaba peluca en el escenario? No lo recordaba. Lo más probable era que así fuese, en todo caso a esa cabellera no la acariciaban mucho. El tren se perdió en el paisaje de los suburbios, una secuencia de andenes que dominaban, elevados, calles y esquinas en donde vagamente se distinguían comercios y cuando nos volvíamos a poner en movimiento luces de otros edificios, fábricas, arrabales de arrabales y durante un tramo, nada, sólo la oscuridad y el reflejo de mi rostro contra el vidrio hasta llegar nuevamente a otra estación. Bajó en una de esas estaciones y yo salí disparado tras ella. En un panel, en la mitad del andén, alcancé a leer Drancy, deportación, pensé, vagones llenos de ancianos y mujeres, personas como las que ahora salían de la estación, pasaban por un puente elevado sobre las vías del tren o se perdían por las calles de ese pueblo, personas hambreadas, asfixiadas, calcinadas. Subió hacia el puente, la seguí y cuando íbamos por la mitad ella giró sobre sus talones sorpresivamente y me encaró, qué pasa, hijo de puta, ¿crees que no me he dado cuenta de que me vienes siguiendo? No es lo que piensas, contesté, mala respuesta a todas luces, porque ella replicó yo no pienso nada, cabrón, vete, eso es todo, déjame en paz.

*

En realidad, si quiere saberlo, todo comenzó en la calle Bremen, veredas anchas y casas con antejardín, comuna de Ñuñoa, en 1978. Era una tarde de invierno, cuando a las siete ya es de noche y esas calles se quedan vacías, como si sus habitantes hubiesen huido súbitamente a otros países. Éramos cuatro y acabábamos de llegar del colegio a esa casa en la que no recuerdo a nadie más, ¿por qué no había padres, una empleada, hermanos? Sólo nosotros, es decir Rocío, el Flaco, Claudio y yo, sentados en torno a la mesa del comedor, junto a unos ventanales que daban a un patio trasero. De pronto sonó el timbre y alguien entró, un señor con chaqueta y gorra de cotelé, bigotes gruesos. Buenas tardes, nos saludó con un apretón de manos a cada uno, mucho gusto, encantado de conocernos, que lo llamáramos Franz, compañero Franz. ¿De dónde salía? ¿Y qué hacíamos nosotros allí, con nuestros uniformes escolares, escuchándolo? Y entonces, sentado ya en la mesa, un tanto solemne, que después de examinar nuestro caso, el partido consideraba que podíamos formar parte de la Resistencia, a pesar de que éramos muy jóvenes y que a algunos compañeros, dado el hecho de que éramos escolares y además de colegio privado, les parecía un poco prematuro nuestro interés en adherir al partido. Rocío: ¿era una desventaja ir a colegio privado? No, no se trataba de eso, los jóvenes no teníamos pertenencia de clase. La verdad, hasta ese momento yo no me había parado a meditar en ese aspecto de la condición juvenil. No éramos ni obreros ni campesinos, ni ricos ni pobres, pertenecíamos más bien a la clase media santiaguina, saltaba a la vista. Y el Flaco, pero sería diferente si viviéramos en una población. El problema, era que no había un «frente» escolar, el compañero Franz hablaba pausadamente, en voz baja, acariciándose el bigote, los jóvenes de las poblaciones militaban en estructuras vinculadas a la vida poblacional, pero, ¿qué se hacía con los jóvenes de los colegios de clase media, privados o no, que querían militar? Había que inventar algo para ese sector de la juventud, por eso la respuesta había tardado. Él sabía quiénes éramos, de qué colegio, se lo habíamos mandado a decir con nuestro primer «contacto». Tres jóvenes de la Alianza Francesa querían entrar al partido. Y el «contacto», en un café en la esquina de Tobalaba con Providencia, pronto nos enviarían a alguien, debíamos esperar. Pero nosotros no teníamos tiempo para esperar. El Sandinismo luchaba por derrocar a Somoza,

Jomeini triunfaba en Teherán, admirábamos a Fidel Castro, a Gadaffi y estábamos, por supuesto, con la OLP. Había que actuar. ¿Y en qué partido íbamos a militar? Nuestro «contacto», en su oficina, en Tobalaba con Carlos Antúnez, estaba claro que el partido era el más abierto, en donde se encontraban distintas corrientes de pensamiento, sí, él se atrevería a decir que, hoy por hoy y dadas las difíciles condiciones, era el partido en donde se ejercía más el debate democrático. ¿Debate democrático? ¿Corrientes de pensamiento? Y él, que no nos impacientáramos, pronto nos reuniríamos con alguien, que él nos lo haría saber. Pasaron varias semanas, cada mañana nos preguntábamos, ¿habían llamado a Rocío? A través de ella nos iban a contactar. ¿Alguna novedad? Ninguna. Tranquilos, Rocío siempre sensata, había que esperar, ellos, ¿pero quiénes?, los del partido, pues, tenían que examinar nuestro caso, nuestra candidatura por así decir. ¿Pero por qué se demoraban tanto, qué tanto había que discutir? Estas cosas eran así, muchachos, el «contacto» en el mismo café de Tobalaba con Providencia, no era fácil por los tiempos que corrían reunir a la gente, había otras prioridades, teníamos que comprender y sobre todo no impacientarnos. Una mañana, al entrar a clases, Claudio me contó que había «hablado» con «otra gente». Gente de otro partido, se entendía. Tenía un «contacto» para esa misma tarde. Otro. ¿Lo quería acompañar? Al salir al recreo de la mañana: a ver, que explicara, ¿qué partido era? Y él, con aire misterioso, gente vinculada al MIR. ¿Cómo «vinculada», eran o no eran del MIR? Durante la hora de almuerzo lo discutimos con Rocío. Ella no estaba de acuerdo. El MIR no era el partido, nosotros no estábamos por la lucha armada, sino por la acción política, sólo las masas derrocarían a la dictadura, no las vanguardias armadas. Chile no era Nicaragua. Ni Cuba. En eso estábamos todos de acuerdo. ¿Pero hasta cuándo íbamos a esperar? Que fuéramos nosotros si queríamos, pero si decidíamos entrar al MIR ella no creía que pudiésemos seguir trabajando juntos en la Coordinadora. ¿Coordinadora?, se preguntará usted, ¿qué me está contado? A eso iba. Acabábamos de crear la Coordinadora de estudiantes para escapar a la opresión ambiental. Se rumoreaba que el Ministerio de Educación obligaría a todos los colegios particulares a enviar representantes a la federación de estudiantes del régimen, la Secretaría Nacional de la Juventud. Un día pedimos audiencia con el Director: nosotros éramos un liceo francés, guiado por los planes del Ministerio de Educación francés. ¿Iba a tolerar él que la Francia de la Liberté, Égalité, Fraternité, la patria de los Derechos Humanos, de Sartre, de Camus, estuviese obligada a mandar representantes a la federación de estudiantes impuesta por la dictadura? Monsieur Vincent nos miró con una sonrisa llena de condescendencia. Nosotros creíamos que podíamos hacer lo que queríamos porque éramos jóvenes, pero la vida, lamentablemente, era mucho más complicada de lo que parecía a los quince años. Y Rocío, eso no contestaba a nuestra pregunta, ¿iba a dejar, iba a permitir, él? Y era cierto, qué queríamos que nos dijera, existía un acuerdo, un contrato con el Estado chileno en el que se estipulaba que ese colegio funcionaba según los planes de estudio franceses, pero debía acatar la legislación chilena, ¿nos dábamos cuenta? O sea que si el Gobierno le impone que envíe estudiantes a la Secretaría Nacional de la Juventud usted no hará nada, dijo Claudio. Y el Flaco, los dejará ir a mezclarse con la escoria del régimen. Yo, se iba a hacer cómplice de los fascistas, monsieur Vincent. Rocío, y él, que había leído a Camus, sabía mejor que nadie que la inocencia no existía. El Flaco, quien se hacía cómplice del fascismo era fascista. Y el viejo Vincent, ¿fascista él?, puñetazo en la mesa, que ya bastaba de faltar el respeto, cómo se nos ocurría. Y de pronto, el rostro congestionado, extiende las manos por encima del escritorio donde hay una banderita chilena y otra francesa, que miráramos, ¿veíamos esas muñecas?, que miráramos bien, ¿qué veíamos? Los cuatro mirando, los puños de la camisa arremangados, ¿y qué veíamos? Rocío: unas marcas. Sí, como dos pulseras, oscuras, pero de la misma piel. Y él, Drancy, ¿nos decía algo ese nombre? Claudio, ¿un campo de concentración? Algo parecido, un campo de tránsito y Buchenwald ¿nos recordaba algo? Silencio. El Flaco, que perdonara, no sabíamos. No había que tratar a la gente de fascista así como así nomás. Ya. Lo sentíamos. Que eso nos iba a enseñar a tener cuidado con lo que decíamos y en cuanto al centro de alumnos, que pretendíamos crear, si no queríamos tener que rendir cuentas ante el Gobierno, ¿por qué no le cambiábamos el nombre? Claro que sí, excelente idea, ¿podíamos? Y él, qué cabezas de chorlitos que eran los jóvenes, caramba, desde luego que sí, todo se podía arreglar en esta vida si se actuaba con un poco de inteligencia, ¿cómo le queríamos poner? Claudio, ¿central?, el Flaco, no, sonaba a central única de trabajadores, ¿plataforma sería mejor?, yo, ¿coordinación? No, Rocío lo tenía: coordinadora. Eso, buena idea: ¿coordinadora de actividades del alumnado? Vincent, bien, que le pusiéramos como quisiéramos y le redactáramos un proyecto de estatutos. Y al compañero Franz, ¿qué teníamos que hacer?, ¿qué tareas se nos iban a encargar?

Ya veríamos ese tema en una próxima reunión y hasta luego, compañeros, a cada uno de nosotros la mano, un beso a la señorita, que él nos llamaría. Y cuando se cerró la puerta, el Flaco, compañeros, ¿no nos sonaba raro? Rocío, ¿por qué?, a ella no le sonaba nada de raro, era así y punto, o sea, ella quería decir, sí, la interrumpe Claudio, nos tiramos a la piscina o no nos tiramos, eso, en otras palabras, nos comprometíamos o no nos comprometíamos. No, si el Flaco estaba de acuerdo, nos tirábamos a la piscina nomás, ¿con ropa?, pregunta Claudio y él, huevón, pero igual le sonaba raro, a mí también me suena raro, compañeros, dije yo. Y ella, idiota, éstas eran cosas serias. Yo, nadie se estaba riendo.

*

Decidí jugarme el todo por el todo. Busco a un amigo, Nelson, ¿tú lo conoces, verdad? Nuestros pasos producían un eco siniestro entre las estructuras metálicas del puente. Ella levantó la vista, aunque era de noche percibí su mirada negra, dura, te digo que te vayas. Nelson es un amigo de infancia, continué como si no la hubiese escuchado, como si ni siquiera hubiese estado allí, éramos tres, Nelson, Sergio y yo, hace años, en nuestro país, en Chile, todos los días nos veíamos, estudiábamos juntos, salíamos juntos, y ella mascullando: no me interesa, pero el tono ya no era el mismo, había algo de duda, ya no era déjame en paz, cabrón, hijo de puta, era un murmullo ahora, no me interesa, hasta que nos fuimos de Chile los tres, no al mismo tiempo, yo primero, después se fueron Nelson y Sergio bastante más tarde y nos perdimos de vista... Se veían torres de veinte o treinta pisos para donde uno mirara, calles no muy bien iluminadas, automóviles medio desarmados cada cierto trecho, grupos de adolescentes en las esquinas y en las entradas de los edificios. Por esas cosas de la vida, nunca más nos vimos, hasta que otro amigo me contó que Nelson trabajaba en Pigalle. Entonces lo fui a buscar, porque y aquí juro que inventé, quise conmoverla, pero de ninguna manera sabía, Sergio, nuestro amigo común, murió, me enteré no hace mucho, había regresado a Santiago hacía algunos meses y, de pronto, una apendicitis, nada complicado, pero en el hospital, estafilococos dorados o algo así, una infección galopante... Ella caminaba de prisa, encorvada, como si hubiese ido siguiendo un rastro en el suelo, sin despegar los labios, por supuesto sin mirarme. A mí me costaba trabajo mantener su ritmo y hablar al mismo tiempo y por un momento imaginé, tuve el presentimiento de que me iba a decir deja de mentir, por favor, para, conozco a Sergio Aguilera desde hace mucho, vive en Inglaterra o vive en Alemania o trabaja como mecánico aquí al lado, en un taller de Romainville, de Pantin, de La Garenne, Sergio es uno de los mejores amigos de Nelson, a ti no te conozco de nada en cambio, así es que hasta luego, chao, olvida a Nelson, olvídame. También me dio miedo que en vez de decir eso o cualquier otra cosa me asestara un rodillazo en los testículos, un puñetazo en el tabique nasal, que me clavara una navaja en un ojo, que me hiciera daño, digo, no sé, debe de haber sido a causa de la oscuridad, de la maldita noche en ese suburbio que de pronto podía ser vasto como el mundo, haberse incluso tragado París, sólo bloques de hormigón, interminables plazas de cemento, miradas hoscas, tuve pánico y la toqué, no sabría explicar por qué, puse mi mano sobre su antebrazo, apenas un roce y dije por favor y en realidad quería decir que me ayudara a salir de allí, que ya estaba bueno, que no me fuera a agredir, que todo era mentira, que ya ni siquiera me interesaba saber dónde encontrar al tal Nelson, al tal Trauco, al tal delator de la concha de su madre, que lo único que quería era que me señalara el camino para volver a la estación, que si podía acompañarme, mejor, lo único que me interesaba era salir de allí, ir caminando por el boulevard Magenta desde la Gare du Nord hasta mi casa, unos pocos minutos, subir las escaleras, quitarme la ropa y los zapatos en la entrada, meterme a la cama y dormir. Entonces ella retiró el brazo, bruscamente, como si hubiese recibido una descarga eléctrica, se detuvo, literalmente frenó, se paró en seco y dijo discoteca La Java, rue du Faubourg du Temple. Y del bolsillo de ese abrigo de cuero que a todas luces no era de ella, que le quedaba demasiado grande, extrajo de pronto una cosa larga como una peineta o un abanico o vaya a saber uno qué mierda y sólo cuando me agarró por el hombro y me la clavó sobre el abrigo a la altura de la clavícula comprendí que era un cuchillo, si me volvía a aparecer me mataba, ¿había entendido?

*

Debe de ser julio, o agosto y estamos Claudio y yo en la plaza de Luis Pasteur con Vitacura. Quedan aún un par de horas de luz después de la salida de clases. Luz gris que se va extinguiendo poco a poco en el follaje de los árboles y sobre los tejados de las casas. La plaza parece

vacía, pero al final de uno de los senderos hay un muchacho sentado en un banco. Pasamos frente a él, con nuestros bolsones y uniformes, fingimos no verlo. Al completar una segunda vuelta a la plaza, Claudio se acerca, ¿Ernesto? Sí, era él. Lleva un abrigo viejo y una bolsa de lana colgando del hombro de la que sobresalen unas cará-
tulas de discos y una flauta. Comenzamos a caminar por
la avenida Vitacura hacia Américo Vespucio. Al partido
le interesa tener gente de colegios particulares, dice el
compañero Ernesto. Tenemos compañeros de colegios
públicos, pero hasta ahora no hay nadie de colegios particulares. Ha oscurecido de pronto. Las luces rojas de los
autos se pierden por Vitacura hacia la rotonda de la avenida Kennedy. No hay un solo transeúnte en las aceras.
Sólo grupos de obreros esperan micros que pasan hacia
el centro con racimos de gente colgando de las pisaderas
y ni siquiera se detienen en las paradas. El compañero Ernesto fuma un cigarrillo tras otro y camina mirando al
suelo, como si hablara solo. Nosotros también fumamos.
No sé si a Claudio le pasa lo mismo, pero yo no puedo
dejar de imaginar que cualquiera de esos coches de pronto se detiene junto a nosotros, se abren las puertas, un
par de tipos nos meten adentro sin que podamos hacer
nada... Con Claudio casi no nos miramos, es mejor no
contagiarse el miedo. El compañero Ernesto, ¿por qué
queremos entrar al MIR? ¿Qué trabajo político hemos
hecho en el colegio? Le contamos que acabamos de crear
una coordinadora de estudiantes democrática. No lo de-
cimos, claro, pero por la manera en que lo contamos,
nos parece que queda clara nuestra determinación revolucionaria. Con toda la seriedad del mundo le hablamos
de los proyectos de taller literario y de teatro, de los ci-
clos de cine, de la fiesta que pensamos organizar para re-

caudar fondos, yo: íbamos a poner música de los Quilapayún, de los Inti Illimani, de Silvio Rodríguez, Claudio:
íbamos a dejar la cagada, ya verían los pequeñoburgueses del colegio. Estamos orgullosos de ello, pero algo, el
largo silencio del compañero Ernesto, termina por des-
concertarnos. Seguimos nosotros también caminando en
silencio, hasta que Ernesto pronuncia el veredicto: la cultura está bien, dice, pero ahora es necesario pasar a actividades políticas, ¿sabíamos en qué consistía la agitación
y propaganda? Hemos llegado a la altura de la plaza El
Golf y en la entrada del supermercado Almac, lo que me
temía: la puerta de un Fiat 600 se abre súbitamente, alguien saluda con una leve inclinación de cabeza. Un tipo
muy moreno, con barba y gruesas gafas oscuras. Bastante mayor que el compañero Ernesto. Debe de tener por
lo menos treinta años. El compañero Ernesto: que subié-
ramos. Ahora sí veo el miedo en el rostro de Claudio. Yo,
seguro, tengo la misma cara de pánico. No, gracias, nosotros ya nos íbamos, teníamos que volver a la casa temprano. Claudio, es que vivimos en Ñuñoa, y yo, y tenemos tareas. El compañero Ernesto, que no nos asustára-
mos, el compañero Yuri estaba allí para explicarnos algunas cosas, no era ninguna trampa. Se trataba de una medida de seguridad. Yuri, a qué parte de Ñuñoa íbamos,
ellos nos llevaban. En ese instante recuerdo una conversación de sobremesa entre el padre de Rocío y nuestro
«contacto» del partido en la que hablaban de lo peligroso que era frecuentar en aquel momento a los compañeros del MIR. El «contacto», están completamente infil-
trados, los tienen a todos fichadísimos. Y el compañero
Ernesto, a esa hora no era bueno andar durante mucho
rato por las calles, cuando ya estamos dentro del auto.
Con Claudio viajamos en el asiento de atrás. No hay

puertas. Ninguna posibilidad de bajarse en un semáforo. Están todos fichadísimos. Y el compañero Yuri, además, como nosotros sabíamos, toda reunión de más de tres personas en la vía pública era considerada como manifestación política. Lo dice para aligerar la tensión, imagino, porque suelta una carcajada estridente al recordar esa disposición legal. Yo no alcanzo a verle la gracia. Pero la inquietud va pasando cuando comenzamos a entrar en materia. Agitación y propaganda, «agiprop», dice el compañero Ernesto, ya tendríamos ocasión de familiarizarnos con el término, y Yuri, eso era lo que se necesitaba hacer en los colegios de niños ricos, compañeros. Ernesto: organizaron un centro de alumnos democrático. Yuri: eso está bien para divertirse, pero no da ningún resultado en el terreno político, y una pregunta, ¿había un mimeógrafo en nuestro colegio? El auto baja a toda velocidad por Manuel Montt hacia Irarrázaval. Les hemos pedido que nos dejen en la esquina de Sucre. Claudio, sí, hay uno en el que se hacen las copias de las pruebas. El compañero Ernesto, ¿dónde está? Yo, en una pieza especial, al lado de los baños. ¿Primer piso? Primer piso. El compañero Ernesto, buena cosa, no había que bajar ni subir escaleras. Lo vamos a necesitar, sentencia el compañero Yuri. ¿A necesitar? Y Ernesto, sí, que no creyéramos que se trataba de un robo, era una expropiación revolucionaria. Yo, ya. ¿Nunca habíamos oído hablar? Nunca. El compañero Yuri, ¿la pieza está cerrada con llave? Sí. Se trataba de devolver al pueblo lo que la oligarquía de este país le venía quitando desde hacía cuatrocientos años, el compañero Ernesto, pedagogo, ¿nos quedaba claro? Clarísimo. Y el compañero Yuri, ¿nos sentíamos preparados para asumir una tarea de ese tipo ahora, o preferíamos que tuviésemos otras reuniones? El compañero Ernesto, que era comprensible, a lo mejor necesitábamos más preparación, que nosotros decidiéramos, nadie nos iba a imponer nada. Repentinamente me invade una sensación insoportable de claustrofobia, Valenzuela Castillo, Pocuro, Bilbao, las calles que cortan la avenida Manuel Montt se suceden y allá afuera están abiertos los comercios de abarrotes, las peluquerías, las reparadoras de calzado, la gente va y viene en sus pequeñas vidas mínimas y nosotros, ¿qué hacemos dentro de ese auto planeando nuestra primera «expropiación revolucionaria»? No, la realidad, nuestra realidad al menos, está allá afuera, en alguna parte, no sé exactamente dónde, pero fuera de esta burbuja que baja a toda velocidad hacia Irarrázaval en la que dos desconocidos nos están pidiendo que nos robemos el mimeógrafo del colegio. Y de pronto, la voz de Claudio, como una ducha fría, yo creo que estamos absolutamente preparados, compañeros.

*

Pensé que debía de estar loco, pero igual fui. No sólo fui, sino que me aposté allí, monté guardia, estuve mojándome bajo la lluvia como un triste cretino durante unas buenas horas. Caía una lluvia desganada, una llovizna tenue que le calaba a uno hasta los huesos. Pero igual. Luego me dio hambre y sin dejar de mirar hacia el pasaje crucé la calzada y fui retrocediendo hasta un chiringuito en el que vendían sándwiches turcos, cuscús, patatas fritas. Pedí un sándwich y una coca-cola. El tipo tardó en atenderme, pasaron como cinco personas antes, porque igual me había visto parado al borde de la acera durante casi dos horas, inmóvil, y luego caminar hacia atrás reculando y pensó que estaba un poco chiflado. Así es que tuve que repetirle al menos cuatro veces el pedido, un sándwich turco y una coca-cola, pero sin bajar la guardia, sin mirarlo, con la vista fija en la entrada, del otro lado de la calle, cosa nada fácil, porque esa rue du Faubourg du Temple es Marraquech, Port Sudán, Lahore, un desfile de hombres con chilabas, mujeres con bubús, una muchedumbre que no para de hablar, de gritar, de transportar todo tipo de huevadas y así no hay quién fije su atención en nada. Hasta que por fin me dio el sándwich y la lata de coca-cola y le pagué y volví al borde de la acera, fiel centinela y pensé que con ésta ya eran dos las puertas que me tocaba vigilar últimamente y que ya bastaba. ¿Para qué? Nunca se sabe, calma y tiza, tiempo al tiempo. ¿Qué pretendía al tratar de abrir esa puerta sobre mi pasado? Eso. Abrir una puerta que da al pasado. Punto. Enterarse. Fisgonear, llámelo como quiera. Digamos que era un sano autovoyeurismo, si es que algo así puede existir. Era al fondo de un pasaje, en un edificio desangelado, una construcción relativamente moderna que desentonaba por completo con la arquitectura circundante, podría haber estado en el centro de Santiago, en Lima, en Atenas, en cualquier ciudad del tercer o quinto mundos. En la fachada colgaba un letrero blanco con letras rojas, La Java, y en las mesas de un café a la entrada del pasaje los parroquianos tomaban té con menta y fumaban el narguile. Estaba allí desde las seis de la tarde y sobre las nueve lo vi entrar. Ya era algo. Trabajaba allí. Lo había visto con mis propios ojos. ¿Entro o no entro? ¿Voy o no voy? ¿Y qué le digo, cómo lo abordo? De pronto sentí todo el cansancio de las horas pasadas de pie acumulado en las pantorrillas, en la nuca, pensé que igual no era tan importante, ¿qué me iba a decir?, ¿qué me iba a contar que no pudiese imaginar? Bajé al metro en la estación Belleville y cuando llegó el tren e iba a subir al vagón una especie de reflejo me hizo cambiar de opinión, una especie de reflejo físico, digo, como cuando se aplica corriente al muslo seccionado de una rana y éste se contrae. Di media vuelta, volví a subir las escaleras, volví sobre mis pasos, pagué mi entrada y me vi de pronto en una sala alargada y sombría, llena de humo y destellos fluorescentes. Las parejas se enlazaban en la pista de baile al son de un bolero, al que seguía una salsa, un endiablado merengue, una cumbia. Jóvenes hijos de inmigrantes, antilleses, africanos, algunos latinoamericanos. No estaba mal. Había pequeñas mesas en una fila central y en los costados, en torno a la pista de baile. Parecía una discoteca de provincia. Bueno, era una discoteca de provincia en pleno París. Me senté. Mejor dicho me derrengué. Estaba verdaderamente cansado y me dije que haría bien en dormir, pues al día siguiente tenía que entregar la traducción de un informe de Total-Fina-Elf sobre las posibilidades de extraer petróleo en el lecho del río Paraguay y ni siquiera iba en la mitad. Me dije también a ver, dónde está este cabrón, acabemos de una buena vez, mientras me incorporaba y me acercaba a la barra.

*

Septiembre de 1987. Acabo de llegar a París. Por alguna razón me encuentro en la esquina del boulevard de Grenelle con la rue du Commerce. En realidad no tengo ningún motivo para estar allí. No conozco a na-

72

die en la ciudad. No tengo ninguna actividad estable. Quiero decir: no tengo trabajo, ni sé cómo encontrar uno. Llevo casi un mes viviendo con los mil francos que mi padre me dio en el aeropuerto de Barcelona, antes de regresar a Chile. Vivo en un cuarto prestado, en la rue de Malte, cerca de la plaza de la République. Me dedico a caminar por París. Cada tarde, salgo del cuarto de la rue de Malte y dejo que mis pasos me lleven al azar. Voy componiendo un mapa personal de la ciudad. De pronto, una pequeña plaza triangular y el sol en la vitrina de un café: una esquina de un cerro de Valparaíso. Esas cosas pasan, visiones, confusiones, translaciones. Pero estoy allí, en la esquina de Grenelle con la rue du Commerce. Es una tarde de fines de verano y súbitamente cae un aguacero. Me refugio en la entrada de un supermercado. Alguien me toca el hombro, una chica alta, rubia, de piel muy blanca. ¿No me reconoces?, pregunta en castellano. La miro detenidamente, grandes ojos azules, labios finos. Debo de tener una expresión bobalicona porque ella termina por decir, Véronique Vincent, tonto. No nos hemos visto desde hace al menos diez años. Me invita a su casa. Muy cerca de allí. Es corresponsal del *Financial Times* en París. Bonito departamento. Con vista a la torre Eiffel. ¿Monsieur Vincent? Murió hace dos meses. Un tumor cerebral. Primero perdió el habla y luego el movimiento de todo el cuerpo. Pasó casi un año postrado, en estado de vegetal. ¿Qué estoy haciendo yo en París? ¿Cómo es posible que no tenga trabajo? Un amigo de su familia es dueño de un hotel en Montparnasse. Ella puede llamarlo, a lo mejor tiene algo para mí. Un trabajo que me permita estudiar. A los dos días suena el teléfono: el dueño del hotel necesita un portero de noche. Si quiero, vamos a verlo hoy mismo. La espero en el café de la esquina. Llega en un auto descapotable. Al volante, un tipo pecoso, con aspecto de adolescente. Me lo presenta: Fred, su novio. Fred lleva pulsera y reloj dorados en la muñeca. El hotel queda en la rue Campagne-Première. El dueño vive en el edificio de enfrente. Mientras subimos las escaleras, Valérie me cuenta que se casará con Fred a fines de año. Antes tiene que convertirse al judaísmo. Menos mal que su padre no estará allí para verla. No lo habría aceptado nunca. ¿Verdad? Ella: no es que fuera racista, pero de allí a que una hija se le convirtiera al judaísmo, imagínate. El dueño del hotel se llama Lemaire. Vive en un minúsculo apartamento de dos ambientes con su mujer. Una pareja de cincuentones, con aspecto de subprefecto de provincia y señora (él: chaqueta azul marino cruzada, corbata, pelo engominado; ella: camisero blanco de seda, falda escocesa, mocasines negros). ¿Soy chileno? Ellos tienen un gran aprecio por América del Sur, tienen un amigo que vive en México. No, en Venezuela, lo corrige la señora. ¿Caracas es Venezuela, no? Bueno, Venezuela o México, da lo mismo ¿Me interesa el puesto? Portero de noche es una responsabilidad grande. Que vuelva mañana para que me explique, así podré empezar dentro de dos días. Al despedirse, con voz engolada: está seguro de que nuestra colaboración será fructífera. Cuando volvemos al auto, Véronique me cuenta que Fred también fue portero de noche. ¿Y ahora qué haces?, le pregunto. Ella responde en lugar de él: tiene una tienda de ropa para niños, fabricante al por mayor, en el barrio de Sentier. Me dejan en el boulevard Saint-Michel. Al despedirme, Fred me desea buena suerte. Es la única vez que abre la boca durante todo el trayecto. Ella hace un gesto de adiós con la mano mientras el descapotable da media vuelta con un chirrido de neumáticos. Me quedo parado en la esquina, mirando el coche y la cabellera rubia de Véronique Vincent alejarse por el boulevard de Montparnasse, vacío esa tarde de fines de verano.

*

¿El mimeógrafo?, Rocío reprime un grito, los ojos verdes muy abiertos, ¿nos habíamos vuelto locos o qué? Yo, calmando el juego, pero no, que no se preocupara, no lo íbamos a hacer. Y ella, atragantándose, no, claro, no lo haríamos porque éramos más cobardes que dementes, pero el solo hecho de plantear algo igual demostraba que no teníamos ninguna conciencia política. Claudio, bueno, que él no llegaría tan lejos, se trata de un método de lucha diferente, tampoco es necesario desacreditar a los compañeros que actúan de otra manera. Y el Flaco, que tuviéramos cuidado, ¿nos contaba algo? ¿Sí, qué? Él también había tenido una reunión con gente del MIR ¿Y?, yo, se podía conversar, ¿no?, no había nada malo en ello. Por supuesto que no, pero es que a él también le habían pedido que se robara el mimeógrafo, también le habían hablado de expropiación revolucionaria, de la necesidad de contar con herramientas para las tareas de agitación y propaganda y que un mimeógrafo, compañero, en esas condiciones era una herramienta de un valor inestimable. Y para que no cupiera duda, me ofrecieron una pistola. ¿Una pistola? ¿La había visto? Sí, se la habían mostrado, si la quería, estaba a mi disposición. ¿Y qué dijiste? Que no podía robarme el mimeógrafo yo solo y que nunca había usado un arma de fuego. Y ellos, que me iban a ayudar, no me dejarían solo. ¿Y tú? Que lo iba a pensar, ya hablaríamos, por supuesto que nunca más los vi. Rocío, ¿pero eran huevones o qué?, ¿cómo se les ocurría? El Flaco, bueno, toda revolución suponía violencia, que no fuera tan ingenua tampoco. ¿Ingenua, ella? Que él confundía Cuba o Nicaragua con Chile, que no íbamos a derrotar nunca al ejército con otro ejército, sublevación de masas o como se llamara, no fuéramos nosotros los ingenuos, allí lo único que cabía era la po-lí-ti-ca. Ya. Nos paseamos por la cancha de fútbol, lugar de todas las conversaciones «especiales». Nadie nos puede escuchar, ni el horripilante Cuervo Guzmán, jefe de inspectores, ni monsieur Coty, director de la secundaria, *hop là!*, que fue sargento durante la segunda guerra mundial, cojea y todo, *hop là!*, su bala en la cadera, siempre rojo de ira, delincuentes éramos, *hop là!*, adónde íbamos, por qué llegábamos atrasados, quién estaba fumando. Claudio me mira. Sí, ya sé lo que está pensando. ¿Es el lunes próximo, no?, le pregunto mientras Rocío y el Flaco van regresando a clases, ligeramente adelantados. No, huevón, mañana. Después, para que Rocío no se enterara, durante la clase de biología con madame Coelho, ¿cómo que lo adelantaron? Las piernas de madame Coelho, se le subía la minifalda cada vez que se estiraba para cambiar una lámina, el sistema respiratorio, el sistema digestivo, los muslos de madame Coelho, sí, para mañana, y los dos como estúpidos, a ver si le veíamos el hígado, el páncreas a madame Coelho, pero bueno, ya éramos jóvenes revolucionarios, no nos perdamos, la revolución chilena, cosa seria, y si no te pregunto, pelotudo, no decís nada. ¿Qué te pasa, huevón?, ahora te lo iba a decir. Ahora, ahora, yo, en todo caso, no uso pistola ni cagando. Y él, después de un silencio, un poco ruborizados los dos, allí, en primera fila porque los bronquios, la tráquea, la pleura, la mini y esa pelusa como de durazno en los muslos de madame Coelho, susurra en mi oído, ¿tú sabís disparar? No, ¿y tú? Tampoco. La cosa estaba clara, nada de pistola. Con lo que llevábamos en el bolsón, con Sartre, por ejemplo, *El existencialismo es un humanismo*, con Camus, con *El mito de Sísifo*, con *El hombre rebelde* íbamos a forzar la puerta del cuarto del mimeógrafo. Nada de naturaleza, sólo historia. Ésa era la clave. ¿Y para sacarlo cómo vamos a hacer? ¿Sabes cuánto pesa una de esas mierdas? Claudio, que el compañero Ernesto nos vendría a ayudar. ¿Cómo? Eso dijo. No huevís. No estoy hueveando, ¿cómo lo íbamos a transportar, si no? Todos se iban a sus casas, esperaban micro en los paraderos, alegres grupos, fumando, intercambiando discos, la vida continuaba para ellos, mañana colegio y por ahora, a hacer las tareas, comer, una ducha, una película en la tele... sólo a nosotros se nos ocurría meternos en semejante problemita, el mimeógrafo, nada menos. Esa noche casi no dormí y pasé el día siguiente completamente atontado. Cuando sonó el timbre que marcaba la hora de salida de clases, nos dirigimos con Claudio hacia el gimnasio y nos escondimos bajo las escaleras de acceso a los camarines. Mi madre decía: Dios está en todas partes, basta con que te concentres muy fuerte, muy fuerte y lo verás. Miré no los muros de la patria mía, sino el cielo, a ver si veía algo, pero nada, el cerro Manquehue al fondo y una avioneta diminuta que se recortaba en el pálido cielo invernal. ¿Te pasa algo?, preguntó Claudio. Pensaba en Dios. ¿En Dios? La carcajada de Claudio y una amistosa palmada en el hombro, Dios no está con los marxistas, compadre. No me había dado cuenta, la verdad, hasta ese momento. ¿Marxista, yo? Me sonaba raro. En mi familia se era demócrata cristiano o radical, profesor o abogado, hasta algún estafador profesional había, una matrona, un tío al que no le había ido muy bien, cajero en un restaurant, un primo esquizofrénico, pero marxista, lo que se llama marxista, creo que era el primero. En fin, si Claudio lo decía, él que era judío, ateo y de familia comunista sabría más que yo. Las seis. No la hora lorquiana, la sangre sobre la arena y todo ese barroco de muleta, sangre y sol, más bien... ¿más bien qué? Sí, más bien una hora un poco borgiana si quiere, como de *El Sur*. Una hora latinoamericana, oscura, con caserones en medio de jardines y avenidas vacías, una hora de ciudades desiertas y silencio. Las seis, Claudio, susurrando, ¿íbamos ya? Sí, había que acelerar. Atravesamos la cancha de básquetbol, recorrimos el largo corredor del edificio principal, rozando el muro y las puertas de las salas de clase bajo el cobertizo, hasta el final, muy cerca de la entrada. Era la última puerta, a la derecha, antes de las escaleras que llevaban a la sala de profesores y al portón metálico que nos separaba de la calle. Pasaron segundos, minutos, pegamos la espalda a la puerta del cuarto, adentro, el mimeógrafo. Nadie. Claudio sacó de su bolsón un diablo, lo introdujo a la altura de la cerradura, tiró hacia atrás, un crujido, tiré yo, la puerta crujió más, saltó un pedazo de enchapado, pero no se abrió. Mierda. Mi corazón bombeaba, en las orejas, en el césped, en el cielo negro. De pronto un auto se detuvo del otro lado de la reja, una sombra saltó la verja, llegó hasta nosotros. ¿Qué pasa, no se abre?, preguntó el compañero Ernesto. No esperó que le respondiéramos, se dio cuenta de inmediato de la situación, en cuestión de mimeógrafos te-

78

nía experiencia, se veía. Agarró el diablo y tiró con todas sus fuerzas hacia atrás y otra vez y otra vez, el crujido resonó en todo el patio, como si el edificio se estuviera derrumbando, saltó la mitad del enchapado, toda la parte de arriba cayó al suelo, produjo un ruido como si hubiesen arrojado un escritorio desde el último piso. Pero no se abrió. Mierda. La puerta estaba como deshojada, azul abajo, madera viva arriba. Respiraciones acezantes. Mierda, mierda. El compañero Ernesto, bueno, no podemos seguir perdiendo tiempo. Sacó del bolsillo una linterna, la encendió y se la tendió a Claudio, que le iluminara allí, la cerradura, sin moverla. Pero Claudio estaba nervioso, no era para menos, el cono de luz se movía, arriba y abajo, no se quedaba quieto. No, así no, que la mantuviera allí, sin moverla, dice el compañero Ernesto y a ver, trate usted, compañero. Intenté enfocar la cerradura, pero me temblaban las manos, los brazos, las piernas, el círculo de luz oscilaba a izquierda y derecha, puta madre, cálmese, compañero, déjela quieta, allí. Entonces, lo vi, el revólver, digo. Primera vez en mi vida. No uno cualquiera, un pistolón. Sólo en películas de vaqueros. Se disponía a disparar, el compañero Ernesto, apuntaba ya a la cerradura y el cono de luz se seguía moviendo, tranquilo, compañero, a ver, déjeme a mí, me quita la linterna, ahora la cerradura allí, inscrita en el círculo de luz, inmóvil, así sí, el revólver en la otra mano, me iba a tapar los oídos, pero ¿sería revolucionario tener miedo? Mejor no, mejor me daba vuelta y entonces allí viene, ¡que parara, huevón!, se me olvidó lo de compañero y Claudio, ¡concha su madre, rajemos! El otro cono de luz avanzaba, venía hacia nosotros, desde los edificios de enfrente, los de las primarias, pasaba raudo junto a la oficina del Director, ¡eh, ustedes!, la voz de Juanito, el guardia, ¡qué están haciendo allí! Corrimos con los bolsones en la espalda, corrimos como nunca, no hacia la salida principal, de allí venía él, la luz de la linterna en los talones, hacia la otra reja, la de atrás, volvimos a atravesar el corredor, la cancha de básquetbol, dejamos atrás el gimnasio, ¡alto allí, huevones, los pillé!, la voz de Juanito muy cerca, casi en nuestra nuca. Juanito era amigo. Nos dejaba entrar al gimnasio a fumar. Nos decía que a las mujeres, para saber si eran vírgenes, les tenía que crujir un huesecito entre las piernas, ¿un huesecito?, sí, así, retorciéndose los nudillos, ¡crac!, así les tiene que sonar. Y cuando les gusta, les sale un juguito blanco, con sabor a yogurt, rico, decía y nosotros ¿verdad, no nos estaba tomando el pelo?, ya nos tocaría probar el yogurt de niña no de piña, se reía Juanito. Pero ahora, ¿qué? ¿Cómo le íbamos a explicar? ¿Que era por lo de la revolución chilena, por eso de que el hombre tenía historia en vez de naturaleza? Atravesamos la cancha de fútbol, interminable, un océano, llegamos a la reja, trepamos, Claudio fue el primero en caer al suelo, del otro lado, libre. ¡Ya sé quiénes son, pendejos de mierda, no sacan nada con arrancar! Sobre todo no mirar hacia atrás, no mirar. El compañero Ernesto y yo trepamos al mismo tiempo. Pasé la pierna por encima del borde de cemento y ¡paf!, mi zapato en la mandíbula del compañero, de lleno, directo al mentón. Vi su cabeza oscilar hacia atrás, parecía que se caía, pero se irguió sobre el borde, saltamos, la vereda del otro lado, la calle Espoz, ya pasó, libres y seguimos corriendo calle abajo, el parque de la avenida Américo Vespucio, un banco. Fumamos un cigarrillo, dos, en silencio. El compañero Ernesto fue el primero en hablar, que pronto nos contactarían, que no nos preocupáramos, que estas cosas eran así, no siempre resultaban. Se puso de pie, sacudió un poco su abrigo, hasta pronto, compañeros y echó a caminar, se volvió una silueta en la noche. En la esquina de Vitacura un auto frenó con un chirrido de neumáticos, se abrió la puerta del acompañante, el compañero Ernesto subió. Cagamos, dijo Claudio. ¿Nos habrá reconocido Juanito? Y él, arrojando la colilla lo más lejos posible, con rabia casi, no, si cagamos, te lo digo, nos fuimos a la mierda, a la concha de su madre. Yo, palpándome los bolsillos, ¿me podía prestar plata para la micro?

*

¿Qué le sirvo?, preguntó él. Yo pensé un whisky doble, como en las películas y estuve a punto de decir eso ponme un whisky doble, como en las películas, pero sólo dije un whisky. ¿Con hielo? Sí, con mucho hielo. Estaba mejor, quiero decir que tenía mejor aspecto detrás de la barra que en la puerta del teatro de Pigalle. Llevaba pantalones y camiseta negra. Lo estuve observando mientras destapaba cervezas y servía tragos. Era curioso, pero aquí en París pasaba por un árabe más. Se le había aflojado la papada y las mejillas eran algo fláccidas. Ojos hundidos, pequeños. Ojeras pronunciadas. Mucha noche. Imaginé que lo seguía cuando fuese al baño, pero era peligroso, a nadie le gusta que lo interpelen en un baño, podía ponerse bravo, reaccionar mal y yo no tenía nada para defenderme, ni un cortaplumas, ni siquiera llevaba la tarjeta de crédito afilada. Takashi, el japonés que trabaja conmigo en la agencia, se jacta de poder matar a un ser humano con el filo de su tarjeta de crédito. Toca, me dijo una vez, ¿verdad que es mejor que una daga? Eran como las dos de la mañana y acabábamos de terminar la traducción de un catálogo de relojes Baume et Mercier. Estábamos solos en la oficina y por la ventana la ciudad parecía también desierta, la cúpula del Petit Palais, la cúpula del Grand Palais, la calzada mojada por la lluvia en medio, nadie. Pero toca, insistió. Era cierto, el canto estaba afiladísimo. Takashi sonrió: silenciosa y eficaz, mejor que un arma de fuego. Me dio un escalofrío. Él permaneció un rato en silencio observando cómo yo recogía mis cosas a toda prisa y cuando ya me iba: es mi espada de samurai. Imaginar ahora que en caso de necesidad le hubiese podido seccionar la yugular a Nelson con el canto de la Master-Card me habría tranquilizado. Pero no. Ni siquiera eso. No, en el baño no. Para mañana Total-Fina-Elf y el río Paraguay, igual si hay petróleo se lo apropian, entre otras cosas gracias a mi traducción. Tampoco es para tanto, yo no tengo la culpa, el dinero gordo va al bolsillo de la jefa, Elisabeth de Blaignac, EDB Traducciones, apenas habla francés la vieja, y yo, ¿qué le digo? Yo te conozco, Nelson, no, mejor, hola, Nelson o qué tal, Nelson, ¿Nelson? ¿Tú eres Nelson, verdad? Pendejadas, al final dije lo único que podía decir: ponme otro. Y él, ¿con hielo? Sí, con mucho hielo, Nelson, debería haberme atrevido, pero es que eso del francés, ¿cómo que eso del francés? Quiero decir hablábamos, digo, intercambiábamos frases en francés, una máscara, no la persona, sino la lengua en este caso, ambos enmascarados. ¿Qué hacer? Pensé en chileno, ni cagando lo termino. El informe, claro y simultáneamente pero ya me ha visto, ¿me reconoció y se está haciendo el huevón?, ¿o no me ha reconocido, borró mi rostro y nuestro encuentro en el teatro de Pigalle? Vaya a saber. De pronto, como surgido de la nada, recordé el rostro de Kakariekas y su dulce voz de anciano. Y es que, claro, el inconsciente traiciona, yo estaba pensando cómo viviría ese tipo que cumplía con su trabajo del otro lado de la barra, quién sería realmente, en ese instante y en esa vida, no el muchacho de hacía ¿cuánto?, ¿diez, quince años? Entonces escuché esa voz en mi oído: si usted se empeña en negar los hechos que esta Fiscalía le imputa le costará muy caro, Rriutorrt, muy caro... Y dije, en perfecto castellano y con voz templada: ponme otro whisky, Nelson y él preguntó en la misma lengua, sin una pizca de asombro, ¿con hielo? Con mucho hielo, contesté, y de ser posible, con bastante whisky. Uno doble, entonces, dijo él. Sí, uno doble.

*

Casi vamos a dar a la ergástula, a la cárcel, la cana, la capilla, en chirona, a la sombra, de vacaciones nos querían mandar. Viernes por la mañana, clases de inglés con Miss Mary Pinto Aguilera, se abre la puerta bruscamente y *hop là!* entra monsieur Coty, seguido por su subalterno, el Cuervo Guzmán, jefe de inspectores, ojos saltones inyectados en sangre, nariz de gancho, tez biliosa. Ambos se dirigen hacia la profesora. Nos ponemos de pie con estruendo de sillas, el viejo cojea, pero camina enérgicamente, llega hasta el escritorio, dice algo en voz baja a Miss Pinto y luego nos observa, nos fulmina durante unos segundos con su mirada de sargento, bala en la cadera, héroe de guerra. Agita la mano, como si fuese una prótesis que tratara de dejar caer: que nos sentemos. Va a hablar. Silencio sideral. Ni una mosca. Las pobres chicas de la primera fila agachan la cabeza, cuidado, es que el viejo escupe cada vez que habla, es una verdadera metralleta de escupitajos. El rostro color cangrejo, el ojo y la papada tiritan, sobre todo evitar reírse, salvar el pellejo, comienza a recitar nuestros nombres y cada vez salta un escupitajo: Arteaga, Benhamías, Riutort, Tolosa, Weil y no sé cuántos más, casi la mitad de la clase, todos a Rectoría, ¡de inmediato! Y sin hacer preguntas, *bon dieu de bon dieu de merde!* En fila india, calladitos, pero igual, la mirada de Rocío, reprobatoria, negra, eres lo peor de lo peor, me dice sin palabras, le rozo la mano al salir, pero ella la retira como si le hubiese dado corriente, ya te explicaré. Por ahora estábamos, ¿se lo digo en chileno?, en la quemá, o sea en el filo de la navaja. Nos llevaron en fila india al despacho de Vincent. Allí esperamos de pie, ¿quién nos dijo que podíamos sentarnos?, custodiados por el Cuervo Guzmán, el hombre más feo del mundo y Nélida, la secretaria. Como en comisaría. Nos van haciendo pasar uno por uno. Y el que sale: directo a la sala de clases, ni una palabra, no nos vayamos a intercambiar información. Nélida grita mi nombre, que pase. Nada más entrar en el espacioso despacho el piso se hunde bajo mis pies: allí, sobre el escritorio de Vincent, está el diablo. Me da un mareo. Vincent está tras su escritorio, cara de funeral. Se ha quitado la chaqueta y, arremangado, por primera vez deja ver las marcas en las muñecas, dos brazaletes de piel más oscura, las «pulseras». Las de Buchenwald. Y ahora, digo, él allí, en ese sillón (muelle), en ese escritorio (ministerial), frente a esa cordillera (y disculpe usted esta concesión a la idiosincrasia de la Fértil Provincia, pero quien se atreva a omitir el calificativo o a opinar lo contrario corre el riesgo de ser sancionado con mayor severidad aún que el más sanguinario de los asesinos, pederastas, traidores a la patria en tiempos de guerra, así es que digámoslo ya: cordillera magnífica, mejor: Cordillera Magnífica)... Pero no se me vaya a perder, comencemos de nuevo, allí entonces a *monsieur le Proviseur* ¿no le podríamos haber confesado que sí, que en efecto nosotros habíamos tratado de forzar esa puerta, que ese diablo era parte de una diabólica conspiración para apoderarse del mimeógrafo en nombre del, perdón, pueblo y de la, otra vez perdón, revolución chilena? ¿Y que él, que era memoria viva de la no tan lejana tragedia europea, no sólo podía sino que debía comprendernos, absolvernos cuando no apoyarnos? Es fácil escribirlo ahora que estoy encumbrado en mi pajarera con vista a los tejados de París, veinte años más tarde, pero en aquel momento, creo, hubiese sido incapaz de abrir la boca. De hecho, temblaba. Vincent allí y acá monsieur Coty yendo y viniendo, como león enjaulado, del borde del escritorio a la biblioteca y vuelta a empezar, mejillas escarlata, rojo de ira. La papada trémula le tirita, le trepida como si tuviera vida propia (papada animada) y cuando camina así, poseso por la ira, iracundo, cojea el doble y el ojo se le cierra con ritmo frenético. Parece que se lo estuviera guiñando a uno, como dando a entender que está fingiendo, que nos preocupáramos, que era puro teatro, ya se le pasaría. Pero nada más lejos de la verdad, no está actuando en absoluto. Cuidado, héroe de guerra, le digo, su bala en la cadera, por allá en la Somme o en la Marne o acaso en Verdun, en cualquiera de esas carnicerías. Y los europeos nos tratan de bárbaros a nosotros, fíjese, después de haberse masacrado así. El hecho es que ahora están aquí, en este país de monos, *pays de singes, bon Dieu de bon Dieu de merde, hop là!*, conversando en voz muy baja, concentradísimos, un par de generales planificando el contraataque. Nadie me dice que me siente así es que no lo hago. Siguen cuchicheando un buen rato, como si yo no estuviese allí. Ni siquiera me miran, menos mal. Un suave murmullo en francés. Intento pensar en otra cosa, en un anaquel distingo un libro de Apollinaire, *sous le pont Mirabeau, coule la Seine et nos amours, faut-il qu'il m'en souvienne...* Después mi vista se detiene sobre un diario que alguien ha dejado sobre la mesa de centro: «Universidad de Chile 0, Colo Colo 3, el Chuncho no pudo con la furia alba». Si todo sale bien prometo ir al estadio para la revancha a apoyar a la «U». Después de un rato que me parece larguísimo, Vincent levanta la cabeza y se dirige a mí. Ni buenos días ni nada, directo al grano, o sea al diablo, ¿sabe qué es esto? Un diablo. ¿Pero sabía yo para qué servía? Para abrir cajas. Para abrir cajas, repite Vincent, sus dedos tamborilean sobre el escritorio. Abrir cajas, repite Coty, ¿y para qué otra cosa? Y Vincent, ayer ocurrió algo extremadamente grave, ¿dónde había ido yo después de salir del colegio? A mi casa. Coty, ¿podían comprobar esa información? Desde luego, el piso se vuelve a hundir, me apoyo en el respaldo de la silla. Vincent a Coty: ¿cuántas anotaciones por mala conducta lleva este señor en lo que va del año? Coty saca mi ficha de una carpeta, se pone a contar casi con fruición, y yo, nos jodimos, ¿cómo iba a explicar eso en mi casa?, ¿la necesidad de devolverle al pueblo lo que la oligarquía le venía quitando desde la independencia? ¿Entenderían? Coty levanta la cabeza y dice con voz grave, como si estuviese pronunciando una sentencia a cadena perpetua: cincuenta y ocho anotaciones, quince por fumar, ocho por intentar salir del colegio en horas de clase, el resto por diferentes razones. Y me guiña el ojo. Bueno no a mí, pero es lo mismo... Vincent, bonito récord, ¿no me da vergüenza? La verdad es que no, pero tampoco lo voy a reconocer. Agacho la cabeza, mudo. Pero igual, para mis adentros, cincuenta y ocho me parece mucho. No me imaginaba. Y eso que falta todavía un trimestre para el final del año. Vincent, ya lo conocemos, Riutort, lamentablemente él cree que mi futuro es muy, pero muy sombrío. Coty, a esta edad es muy difícil enderezar el árbol que ha crecido desviado. El Cuervo Guzmán, ¿difícil?, él diría que imposible. Vincent a Nélida, llame a su casa, ¿qué es un mimeógrafo al lado de cuatrocientos años de expolio, primero los españoles y luego la oligarquía nacional, entendían?, por eso y si me habían echado es porque ése era un colegio de la clase dominante... ¿Aló?, reconozco la voz asustadiza de Hilda, la empleada, porque la perversa de Nélida ha puesto el altoparlante. Sí, buenos días señorita, ¿está la señora Riutort? Hilda cree que preguntan por mi hermana, es que está en el colegio, dice. Claro, Hilda es lógica, sabe que mi madre se llama Valcárcel. Coty le arranca el auricular de las manos a Nélida y le echa una mirada más que elocuente, *nom d'un chien!*, cómo se le ocurría formular así la pregunta. Le explica a Hilda, buenos días segnorra, querría hablarr con la madrré de José Pablo Riutort, ¿estarría la segnorra en casa? Hilda dubitativa, vacila, no quiere confesarlo mucho, pero no le queda más remedio, es que la señora está en el baño. Coty, un poco desconcertado, como que no sabe muy bien si la otra le está o no tomando el pelo, ¿se estaría burlando de él esa aborigen?, ¿irrá a tardarr mushó? Mire, eso ya no sabría decirle, puede demorarse su horita, horita y media, porque acaba de entrar, ¿quiere dejarle algún recado? Ahí sí que ya a Coty la papada le latía como el bocio de un sapo y el párpado se abría y cerraba enloquecido. ¿Cómo era eso de que la señora se iba a demorar una hora o una hora y media? Vincent le hizo una seña: que colgara, ya estaba bueno. Lo que no sabían era que mi madre acostumbraba a tomar su baño de tina más o menos a esa hora, o sea entre las doce del día y las dos de la tarde. Antes venía una prolongada sesión de gimnasia, que hacía cada día sobre la alfombra del living y tal como Dios la echó al mundo, sin el más mínimo miramiento para quien estuviese o pasara por allí. Mi hermana y yo nos cuidábamos por sobre todas las cosas de no llegar jamás con ningún amiguito a casa entre digamos las once de la mañana y las tres de la tarde. Habíamos experimentado más de una vez la vergüenza de ver a nuestra madre recibir a nuestros invitados como cualquier mamá, ¿qué tal, cómo se llama este niñito?, ¿tienen muchas tareas?, vayan a la cocina que Hilda les va a servir de comer, pero en estado de desnudez bíblica, corita, calata, en pelotas, en cueros, en blay si prefiere, que es como llaman o llamaban en Chile a la cámara de goma del interior de la pelota de fútbol. Lo cierto es que eran varios los muchachitos que no habían vuelto nunca más a casa. El susto, se comprende. Lo peor era tener que consolarlos, dar explicaciones, no te preocupes, o perdona, es que es así, un poco rara, ¿verdad, Hilda? Es que la señora Alicia nunca va a cambiar, decía Hilda, ella siempre ha sido igual. Me salvaba así no la campana, sino el desarreglo horario de mi madre, que era un horario con arreglo a otros usos y, sobre todo, al decir de mis tías, a otros husos, esta Alicia decían, tiene horarios de noble rusa. No sé de dónde habían sacado eso, ¿habrían leído a Tolstoy? Misterio. El hecho es que quedó como un mote familiar. ¿La Alicia? Ay, no, es que con esos horarios de noble rusa, no sé cómo invita a almorzar, oye, si en esa casa comienzan a poner la mesa a las cuatro de la tarde, decía la tía Delia. Y era cierto. Y si a alguna de ellas se le ocurría llegar un poco más temprano para ayudar, lo más probable era que se la encontrara en pelotas... haciendo gimnasia... en medio de la sala. Por eso cuando mis tías llegaban con maridos e hijos entraban gritando ya desde el jardín ¡Alicia, ¿estás vestida?! Pero qué escandalosas, opinaba mi madre, lo hacen a propósito para que se enteren los vecinos. Pero todo sufrimiento tiene su contrapartida, o sea no hay mal que por bien no venga: ahí estaba yo esa mañana, con la soga al cuello pero todavía no con la lengua afuera. Y Coty y Vincent mirándose como sin saber mucho si eso de que la señora se iba a demorar «su horita, horita y media» en el baño era una tomadura de pelo o había algo que definitivamente no cuadraba. Vincent volvió al ataque, ¿por qué quiso asaltar el cuarto del mimeógrafo? Coty, ¿y con quién? Y yo: ¿yo? Y Vincent: sí, usted. Y Coty: no mienta. Y la Nélida, en castellano y demostrando que era lo que habríamos llamado una verdadera renegada no de la clase, sino sencillamente «de clase», sí, Pablo, para qué mientes. Se me ocurre ponte de rodillas y échate a llorar, atrévete, es tu única salida, ahora ¿cómo se podían imaginar que yo, yo...? Pero, nada, mirando al suelo, en un murmullo: yo no fui. ¿Qué?, Vincent y Coty al unísono. Pensé, raudamente, ¿tenían o no tenían pruebas? Había una sola posibilidad de dar un paso en falso, pero ése sí sería *el* paso al frente y derecho al abismo: que Juanito nos hubiese reconocido... ¿Sí o no? ¿Cara o sello? Vi el rostro de mi madre, escuché su frase predilecta, tantos años de sacrificios en vano, hijo, no quise ni imaginar la reacción de mi padre y no tenía ni idea de quién pudo haber intentado desvalijar el cuarto del mimeógrafo, pero yo en todo caso no había sido. Bien, espero que nos esté diciendo la verdad, porque de esto se va a encargar Investigaciones, sentenció Vincent. Y Coty, amenazante, tenga cuidado porque lo van a interrogar verdaderos policías, ellos tienen sus métodos para averiguar la verdad. Si no lo sabría uno. No era necesario que un par de franceses, por mucha segunda guerra mundial, por mucha resistencia a los nazis que tuvieran en su hoja de servicios, nos vinieran a contar cuáles eran los métodos de la policía chilena. Faltaba más. Pero la pregunta que circuló en los pasillos cuando hubo acabado la serie de interrogatorios fue: Coty, con su bala en la cadera y sus modales de sargento, ¿no tendría que ver más con la guerra sucia que el ejército francés libró en Argelia que con la Resistencia de Jean Moulin y De Gaulle? Nos había amenazado a todos con los «verdaderos» detectives que nos someterían a sus interrogatorios según sus propios métodos. Así es que al final de ese día, había pasado de ser un héroe de guerra a torturador de un ejército colonial. Aunque me estoy adelantando porque, antes de dejarme ir, el ahora torturador de argelinos libertos de la *liberté, égalité, fraternité*, dijo: cincuenta y ocho anotaciones, a mi juicio merecería un consejo de disciplina. Le estaba enviando la pelota de taquito a su jefe. Que se apresuró a agarrar ese balón y a enviarlo con ponzoña contra mis suprarrenales a esas alturas ya bastante maltrechas. ¿Merecerlo?, sentenció y *me* sentenció, no es que lo merezca, cae de cajón, *ça va de soi*, dijo en la lengua de Voltaire. Lívido, ingrávido, con el suelo bajo mis pies que no había dejado de subir y bajar, ay, hijo, tantos años de sacrificios y todo en vano, me atreví a preguntar, ¿cuándo sería? La fecha se le avisará en el momento oportuno, dijo Vincent y Coty remató esa esférica contra las redes de mi castigada portería: ahora, si ha recapacitado y tiene algo que contarnos sobre lo que pudo haber ocurrido anoche, le aconsejo que lo haga ya mismo. De lo contrario, podía volver a mi clase, pero me advertía, esto no quedaría así. Claro, Argelia, ésa era la palabra, prolongadas sesiones de tortura bajo una aterciopelada luz de media luna y palmeras frondosas, ¿de dónde sacaba de lo contrario esos métodos que a todos nos parecían ya conocidos? No tengo nada que agregar, dije, cuatro siglos de explotación, ¿entendían ellos?, por eso me habían echado del colegio. Entonces salga, ordenó Coty y con toda naturalidad me guiñó un ojo, lo cual como ya ha sido consignado no quería decir que no había que preocuparse, sino todo lo contrario.

*

Creo que en realidad dije sí, que sea doble porque tenemos que hablar, o algo por el estilo. El hecho es que sólo cuando me sirvió el tercer whisky pareció darse cuenta de que habíamos pasado súbitamente al español. Depositó el vaso sobre el mostrador sin quitarme la mirada de encima y preguntó ¿chileno? Asentí. ¿Nos conocemos? Nos conocimos ¿Tú quién eres? Estaba ca-

91

si seguro de que se hacía el tonto, podía haber olvidado mi cara de hacía quince años, pero no la actual, ni que se había cruzado conmigo en Pigalle. Igual le seguí el juego. Pablo Riutort, Departamento de Literatura, campus Pedagógico, ¿te dice algo? Me pareció que palidecía, aunque es difícil afirmarlo, con todas esas luces, más bien tuve la impresión de que palidecía «interiormente» si se quiere, porque se mordió el labio y no contestó, siguió lavando copas, sirviendo tragos, yendo a un extremo y otro de la barra. Una multitud joven, variopinta, comenzaba a congregarse de este lado del mostrador y todo eran ya gritos en medio del humo y del ritmo endiablado de Ray Barreto, las cadencias árabes de Cheb Mami y las letras cosmopolitas de Manu Chao. Pero olía a sudor, mezclado con tabaco y perfumes penetrantes y ya estaba a punto de bajar de ese taburete y echar a andar camino a casa, ya lo vería más tarde, sabía dónde trabajaba, el informe sobre el río Paraguay mañana a primera hora, cuando se acercó y pegando casi sus labios a mi oreja gritó: ¿qué querís? Lo miré, ¿qué decir? Él volvió a gritar para imponerse al ruido, ¿por qué viniste? Le hice una seña, que se acercara: para saber. No lo podía escuchar, pero vi nítidamente la palabra formarse en sus labios: ¿qué? ¿No podríamos hablar en otra parte?, grité a mi vez. Yo no tengo nada que hablar contigo, volví a leer en sus labios. Arranqué una hoja de mi agenda y escribí: yo tampoco, pero ya que volvemos a coincidir en la misma ciudad podríamos haber conversado... me habría gustado comprender algunas cosas, ¿qué te debo? Él garabateó en un trozo de papel: 120, mañana a las 7. Con el índice señalé ¿aquí? Con el mismo dedo, él indicó la puerta: allá afuera.

Llamaron del colegio, dijo mi madre cuando llegué a casa. Querían hablar conmigo, ¿dónde estuviste anoche hasta tan tarde? Yo, no era tan tarde, mamá, que no exagerara, había llegado a las nueve, ¿qué querían saber? Eso, dónde había estado ayer por la tarde. ¿Y qué les dijiste? Tú vas por muy mal camino, yo no sé en qué andarás metido, pero vas por mal camino. Gracias por advertirme, ¿qué les dijiste? Que era un idiota, un tarado y un mentiroso y que no me volvería a hablar en su vida. Y yo, que no fuera tan drástica, Rocío, por favor, le podía explicar. Corría casi detrás de ella por la calle Alianza hacia el paradero de micro. No había nada que explicar, Pablo, que lo que tenía que decir lo dijera en la reunión que íbamos a tener con el grupo de la Coordinadora y clavándome sus ojos verdes cargados de reproche, que por culpa de «algunos» sería la última. ¿Cómo lo sabía? No había que ser tan pesimista. ¿Que cómo lo sabía, estúpido? Vincent se lo había dicho con todas sus letras, por cierto, señorita Arteaga, la idea del centro de alumnos, o coordinadora o como se nos hubiese ocurrido llamarlo, quedaba pura y simplemente anulada, descartada, ¿entendía? Que no se trataba de ser pesimista u optimista. Ahora, que sí, ella era más bien pesimista en cuanto a mí y es que le daba dos razones poderosas en el mismo día, así es que en estas circunstancias sencillamente no le iba a quedar más remedio que contarle a mi padre. A ver qué le parece a él que estés llegando a las diez de la noche sin ni siquiera avisar. Llegué a las nueve y ésa es sólo una razón, a las diez, no mientas y, segunda razón, ¿pensaba ocultarle lo del consejo de disciplina? Ya, también le habían dicho eso. Mi madre, por una vez irónica, no, si el director del colegio iba a llamar para preguntar por su salud seguramente. No, no pensaba decírselo hasta que no fuese una realidad. Lo será muy pronto, no te eches tierra a los ojos. De acuerdo, fue un error, yo lo admitía y Rocío, ¿un error?, una soberana cagada, una imbecilidad inenarrable. Sí, bueno, pero no por eso y ahí, blanco total, como si me hubiesen quitado las palabras de la cabeza, ¿no por eso, qué? Y Rocío leyéndome el pensamiento, ¿qué?, ¿a ver, tenía algo que decir?, que lo dijera y yo, nada, no valía la pena, si ni siquiera quería escuchar. Subimos a la micro, la seguí por el pasillo atestado, abriéndome paso entre codos, nalgas, espaldas, me ubiqué detrás de ella, podía aspirar el perfume de su nuca, colonia Gelatti hubiese jurado, el cabello recogido en un moño y la discreta pelusa de vellos que bajaba hacia la espalda, ¿no podría?, ¿nunca? No, yo jamás hubiese podido hacer algo igual, nunca, lo juraba, ¿cómo podían creer? Mi madre, este niñito estuvo aquí a las cinco, señor Espinilla y el tipo, Espina, sí, claro, señor Espina, ya se lo había dicho ayer al rector, ella misma me había abierto la puerta porque Hilda había ido a hacer las compras, por eso se acordaba, ¿pasaba algo grave? Bastante, señora, ellos no acostumbraban a molestar a la gente por nimiedades, pero allí se habían sobrepasado todos los límites, habían introducido elementos foráneos al colegio, estaba comprobado, ¿verdad?, y el acompañante, afirmativo, con la intención de robar el mimeógrafo. No le puedo creer, ¿pero cómo? Como lo estaba oyendo, un par de detectives, te juro. ¿De detectives, estaba seguro? Que perdonara la molestia, ¿ésa era la casa de Pablo Riutort?

Sí, un par de tiras, de ratis, como quisiera llamarlos. No puede ser, y el tipo, que todo podía ser, se veía cada cosa hoy en día, señora, no se fuera a creer que en los colegios particulares no pasaba nada. Y el otro, afirmativo, que había denuncias por robo en colegios tan serios como el San Ignacio, el Saint George, incluso en las Ursulinas, ¿en las Ursulinas? Afirmativo y por cosas aún peores, señora. ¿Estaría él y su madre o su padre? Eran de Investigaciones, que perdonaran la molestia, pero querían hacernos unas cuantas preguntitas, muy brevemente, señora, por favor, ¿estaba su hijo? Entonces bajé de mi pieza y ahí sentados uno en cada extremo del sofá, me llevé la sorpresa, el esmirriado, alto, teniente Espina, buenas noches, y el otro muy moreno, trajes grises, pelo corto, planchado con gomina, subteniente González y yo respira hondo, que no se te note, que no se te vaya a notar. En este caso los individuos, porque el guardián del colegio había distinguido nítidamente a tres, pretendían sustraer el mimeógrafo, para ello contaban con la ayuda de un diablo y el otro, Espina, que se había encontrado en el lugar de los hechos, ¿verdad? Afirmativo, señora y Rocío, Pablo, por favor, que me dejara de payasadas y que colgáramos, ¿no veía que nuestros teléfonos podían estar... me daba cuenta? Pero ésos debían de ser delincuentes comunes, mi madre, mirándome como si yo acabase de hacer la primera comunión, que este niñito jamás, podía hacer muchas travesuras, pero nunca se le ocurriría algo igual. No, si era pura rutina, señora, no se fuera a creer que me estaban responsabilizando, pero era su deber investigar. ¿Fueron por allá? La voz de Claudio, afirmativo, huevón. ¿Y? Bien, si ella mantenía entonces que yo había llegado a las cinco, no se hablara más del asunto y que perdonáramos la molestia. No era ninguna, había dicho la madre de Cristián, que vinieran cuando quisieran, la casa estaba abierta para ellos, tomándoles el pelo, claro, dice el Flaco, pero ellos, muy agradecidos, señora, circunspectos, que no siempre la gente entendía lo dura que era su labor, ¿verdad?, y el otro, afirmativo, señora, no siempre. Claudio, cuando se fueron mi vieja agarró la escoba, en qué se andaba metiendo, ¿era tarado mental, so pendejo de mierda?, ¿quería aparecer en el fondo del canal San Carlos, del río Mapocho?, me persiguió por toda la casa, casi me parte la columna vertebral, ¿no le bastaba con todos los problemas que había tenido ya la familia?, estoy todo molido, huevón. Y mi madre, te miro y me da pánico de sólo pensar. ¿De sólo pensar qué? Que no fuera estúpido y que subiera a terminar mis tareas, ya bastaba. ¿No veía que los teléfonos no eran de fiar?, mañana hablaríamos y que por favor me calmara, Rocío, tranquilizadora, sedante, sedosa, morenita... Y yo, sí, ahora colgábamos pero antes una sola cosa, ¿qué?, si me hubiese... o sea, si algo pasaba, ¿entiendes?, sí, ¿qué?, en ese caso, ¿me perdonaba? Un momento de silencio y luego la escuché, la imaginé, la vi sonreír, sí, claro que sí, tontito, si ya me había perdonado y hasta mañana, morenita, ojos verdes. Y antes de salir de mi habitación, ella, con la voz quebrada, cuántos desvelos les estaba dando, hijo, ¿no me daba cuenta de que iba por mal camino?, ¿no tenía conciencia acaso de que ellos lo habían hecho todo por mí y por mi hermana, así era de ingrato, de desagradecido?

*

Pasamos las semanas siguientes viendo sombras tenebrosas y no me refiero sólo a la serie homónima que protagonizaba el vampiro Barnabás Collins y que el canal católico emitía tarde en la noche, involuntario guiño británico a la situación que se vivía en la Copia Feliz del Edén. No, ¿Espina, González? ¿Era verdad? Verdad, la pura, te digo, pregúntales. En las salas de clases, ¿cómo eran?, en cada corredor, ¿cuántos?, en los baños, en la cancha de fútbol, ¿qué habían preguntado?, ¿habían insistido mucho? En el casino, en el momento más inesperado podían llegar, surgir, irrumpir Espina, González o como se llamaran. ¿A tu casa también fueron? ¿Y a la tuya? A cualquier casa podían llegar. A cualquier hora. No sería la primera vez. ¿Cómo íbamos a reaccionar? A alguien se le ocurrió que lo mejor sería que nos encontrásemos a la salida de clases en la plaza Luis Pasteur. Y se hizo correr la voz. A las cinco, en la plaza. Esta misma tarde. Urgente. No tardamos mucho en reunirnos. Tampoco éramos demasiados. Apenas un puñado. La mayoría no se metía en nada. Del colegio a la casa y de la casa al colegio, niños bien, hijos de gente bien. Punto. Pero allí, en la plaza Luis Pasteur, estábamos los que éramos, el Flaco, Claudio, Rocío, Mauricio, Juan Carlos, María, Germán y yo. Ocho, muy exactamente. Ésas eran nuestras fuerzas. Germán era quien contaba que los imaginativos chicos de la CNI torturaban vestidos de mujer. Y no sólo torturaban, decía, sino que incluso salían de paseo, así habían llegado a su casa a buscar a su padre, el doctor Germán Molina, seis tipos grandes como armarios mandados por un travesti. ¿Qué broma de mal gusto era ésa?, había preguntado el doctor, ¿qué diablos estaba pasando? No pasaba nada, le habían dicho, que se callase y obedeciese y lo habían arrastrado en vilo y metido en un auto a patadas. Nuestro código vestimentario era distinto. Combinábamos los uniformes con bolsas de lana o alforjas de montar a caballo de donde las más de las veces asomaban la carátula de algún disco de Silvio Rodríguez, de Pablo Milanés, una flauta, un libro, un ejemplar del *Canto General*, por ejemplo, o de los *Poemas Humanos*, o bien algún ensayo como *Los hijos de Sánchez*, que se solía llevar en la bolsa, aunque la mayoría de las veces no se leía. Había textos proscritos, había quien no leía autores norteamericanos, otros detestaban las novelas policiales, Borges era un reaccionario, Vargas Llosa un temible derechista. ¿Y Octavio Paz?, gran intelectual de derecha, se opinaba, poeta menor. ¿Ah, sí? Sí. ¿Rafael Alberti?, sí claro, ¿y García Lorca?, también, todos los amigos de Neruda eran merecedores de un espacio en la alforja o la bolsa de lana. Por fin Rocío habló, que las cosas se habían puesto feas, comenzó a explicar, que alguien o algunos habían intentado robarse el mimeógrafo. Lo sabemos todos, la interrumpió Juan Carlos. Sí, pero lo que no sabemos es lo que va a pasar ahora y que Vincent había llamado a Investigaciones y los detectives ya se habían presentado en casa del Flaco, de Claudio y de Pablo. El asunto era que con esto todos los esfuerzos por crear un espacio de participación democrática dentro del colegio se iban al traste, ni una actividad, ni una sola iba a permitir, Vincent, que se lo había dicho a ella. Eso nos pasaba por dedicarnos a robar mimeógrafos, dijo Germán, en vez de hacer política. Y Mauricio, que por favor, no comenzáramos a decir idioteces. El Flaco, ¿como cuáles? Como que la única vía posible era la que nosotros predicábamos, que no había alternativa al trabajo de masas y otras tonterías. Rocío, si él aprobaba cualquier método, como robarse el mimeógrafo, que sacara las consecuencias, mira dónde estamos. Juan Carlos, en el meollo del asunto, estábamos, pero el de toda la izquierda, si le permitían, la de ese país que estaba desde luego en otra parte que en la Alianza Francesa, o sea en las poblaciones, el campo, las fábricas. Y yo, que perdonaran pero ¿cuál era el meollo? Y él, el siguiente: ¿vía armada o lucha de masas?, ¿vanguardia armada o vanguardia política?, ¿eran excluyentes, opciones opuestas? Claro que sí, decía el Flaco, estábamos en Chile, no nos olvidáramos, Allende había llegado al poder por las urnas, cosa que a Castro lo había tenido muy preocupado. Y Mauricio, ¿preocupado?, qué iba a estar preocupado si lamentablemente para nosotros Allende estaba donde estaba y Castro seguía a la cabeza de la revolución cubana, ¿de qué había servido tanto apego de la izquierda a la democracia burguesa? Para ellos ninguna vía era descartable, si había que tomar las armas en algún momento, pero, bueno, huevones, interrumpía Rocío tratando de imponerse, ya iban a dar las seis, que paráramos esa discusión bizantina. Y el Flaco, que quedaba muy bien eso de declararse a favor de la lucha armada desde Vitacura. ¿Lo estaba tratando de hijito de papá?, Mauricio, rojo, que le dijera. No era eso, pero no se podía enviar a la gente a la carnicería mientras uno estudiaba en colegio privado y se preparaba para ir a la universidad. Por lo menos no estaba llena de burguesitos socialdemócratas como él. Juan Carlos, Mauricio, cálmate, no se sacaba nada con pelear. Y Rocío, seguro, porque en la universidad, sobre todo en la del actual régimen, había sólo obreros, era sabido. Bueno, él no veía nada reprobable en quitarle un mimeógrafo a un colegio de la oligarquía para dárselo al pueblo, si queríamos su opinión. El Flaco, ¿dónde tenía casa su familia, en Cachagua, allí hacía las prácticas de tiro? Y él, en ninguna parte, huevón y si seguía le iba a reventar el hocico. Ya estaba bueno, Rocío, interponiéndose entre ambos, se iban a separar como amigos, se dieran la mano, que el enemigo era otro, por la puta. Ya, huevón, que se fuera a su casa. Y el Flaco, puro infantilismo político, eso era la ultraizquierda y por eso estábamos condenados a no hacer nada dentro del colegio, ¿se daba cuenta? Pero si el mimeógrafo no se lo había tratado de robar él, qué le venía a decir. Claudio y yo mirábamos al suelo. Ése no era el punto, ¿cuál era entonces?, que explicara y el Flaco, que una cosa era intentar robarse un mimeógrafo y otra aprovechar para hacer demagogia. ¿Demagogia, quién hacía demagogia? Juan Carlos, ya, que nos pusiéramos allí y nada de pelearnos, que iba a hacer una foto. Y sacó una Polaroid. Por alguna razón terminé por quedármela yo. Ahora mismo la estoy mirando. Ha oscurecido y aparecemos todos rodeando el busto de un señor que me imagino debe de ser Luis Pasteur. Cada uno con su bolsa de lana o su alforja con la flauta o los discos o los libros y con la camisa muy abierta, grandes cuellos en punta, las chicas con el pelo trenzado. Todos tenemos los ojos rojos, como vampiros. Creo que es la única foto de ese grupo que existe. Pasaron una o dos semanas y un día entró Coty a la clase de madame Coelho, estruendo de sillas, el viejo cojea, agita la mano, nos sentamos, ¡Riutort, que lo siguiera! Él delante, el cojo más rápido de América Latina, baja las escaleras raudo, yo a la zaga, qué chuchas pasaba ahora. Llegamos a la oficina de Vincent, al hacernos pasar, Nélida me mira como si estuviese carcomido por la lepra, *vade retro*, Riutort.

Ah, aquí estaba por fin, Vincent, ¿conocía a los señores? Sí, sí. Espina, González, buenos días, querían hacerme un par de preguntitas, a Vincent, ¿podían? Por él, no había problema. Yo, la concha de su madre. ¿Tiritaba? Sí. ¿Tenía mareos, ganas de vomitar? Sí. Pero padre nuestro, ojalá no se te note, que estás en los cielos, que no se den cuenta, santificado... Era muy sencillo, joven, aquí el subteniente González me iba a mostrar unas cuantas fotos, a ver subteniente, y el otro, afirmativo, unas fotitos, poniendo una serie de fotos en blanco y negro encima del escritorio. ¿Reconocía a alguno de ellos? De cerca se veían mejor, ¿ninguno se me había acercado? Me agacho y casi me voy de bruces, debo de estar pálido, ¿había algún amigo mío?, que me tomara mi tiempo. Diez retratos conté, ¿algún conocido?, entre los cuales reconocí perfectamente al compañero Yuri, que les dijera con toda confianza. No, ninguno. ¿Seguro? Sí. Y Vincent, que Nélida fuera a buscar a Benhamías y, por cierto, que esa mañana había tenido lugar mi consejo de disciplina. ¿Esa mañana?, pero nadie me había avisado. No había sido necesario, él ya le había comunicado el resultado a mi padre. ¿A mi padre? Personalmente. Quince días de suspensión: podía irme desde ya a mi casa. Abrí la puerta y allí estaba él, haciendo antesala con Juanito. Ya íbamos a hablar en la casa, jovencito, que fuera a buscar mis cosas, me esperaba en el auto. Y Juanito, con su sonrisa llena de picardía, ¿te cagaron, Pablín? Suspiré aliviado, era el mismo Juanito de siempre, no nos había reconocido, sí, qué le vamos a hacer. Que no me preocupara, que ya se le iba a pasar al viejo. En el auto, mi padre: que una cosa era tener mala conducta y otra muy distinta que se pusiera en entredicho mi calidad moral. ¿Pero de qué me estaba hablando? ¿De qué? De que se me acusara de ladrón, de eso estaba hablando. Pero yo no había sido. Y él, que la mujer del César no sólo debía ser honrada, sino también parecerlo. Encerrado, los iba a pasar. ¿Qué? Lo que oía, que ya que me daban vacaciones por adelantado me las pasaría encerrado en mi cuarto, a ver si aprendía. Y en cama, ojo, que él mismo se preocuparía de que no saliera de la cama salvo para ir a hacer mis necesidades, ¿había entendido? Y Rocío, ¿encerrado? Pero si ya tenía dieciséis años, Pablo, cómo era posible, que ésos eran castigos de otra época. Claudio, ¿no se me podía ver, estaba incomunicado, entonces?, carajo, disciplina de internado era ésa. ¿Le habían mostrado las fotos?, afirmativo, puta madre, no sabía qué podía pasar, ¿no podía venir sólo un rato, así tomábamos un café y conversábamos un cuartito de hora? Se iría antes de que llegara mi padre, prometido. No, era mejor que colgáramos. Atravesé la pequeña plaza y bajé hacia la playa. ¿Tenía una habitación? Frente al mar, una sala de juegos cerrada, en los bajos de un caserón vetusto y en el frontis, con letras de madera, PENSIÓN LA ESTRELLA. Sí, claro, que entrara, ¿venía por trabajo? No, a pasar unos días. Ah, ya, una señora gorda, teñida de rubio, en bata de levantarse, esta que daba al patio era muy cómoda, una ventana rectangular con vista a un patio de baldosas, unas mesitas con sus sillas bajo un parrón, ¿era estudiante? Sí. ¿Y estaba de vacaciones? Sí. Fui a la cómoda de mi madre y escribí en una hoja de cuaderno: «hay demasiada gente presa en este país, me voy a cumplir mi condena a otra parte, no se preocupen por mí». Y ella, mirándome, burlona, ¿no estaría haciendo la cimarra? No, cómo se le ocurría. Dos mil, cinco mil, doce mil, ya estaba, eso también era una expropiación revolucionaria, cerré la cartera y la dejé en su cajón, volví sobre mis pasos y escribí en el papel: «post data, te tomé prestados doce mil pesos, mamá». Por la ventanilla de la micro me entretuve observando la vida de la ciudad a las doce del día, sorprendido de no tener que estar en el colegio en un día de semana, de que hubiesen tantos vehículos, tanta gente a esa hora en las calles del centro. Me bajé en el terminal de buses de la Alameda y ¿adónde?, en la primera ventanilla, a Cartagena. Ahora estaba aquí, dejándome acariciar por el tibio sol de final de la tarde, ¿le pagaba por adelantado?, contemplando el lento, acompasado movimiento del mar, masas de agua que atacaban la arena terrosa y depositaban anchas franjas de espuma, y la señora, ¿qué edad tenía? Dieciséis, pero tenía con qué pagarle, que viera. No, que si no era mayor de edad no iba a poder, que prefería no meterse en problemas. Caminé por la playa hasta que, en el horizonte, del otro lado de las dunas, desaparecieron las casas, las cabañas, los moteles. Atardecía, unos ribetes rojizos sobre el resplandor metálico del mar, era mejor no pasar la noche en la playa, crucé las dunas hacia la carretera y fui andando hasta una caseta de calaminas oxidadas. ¿Pasaba locomoción por allí? Un hombre con boina de lana: sí, caballero, el bus a Valparaíso.

*

Yo me llamo Nelson Peñalosa Rodríguez. Ése es mi nombre completo. Pero se me conoce como Nelson Rodríguez. Lo de Menelao es un antojo de un tío linotipista que tenía sus lecturas. Después me enteré de que era

tremendo héroe. Griego, además. Menelao, no mi tío.
Probablemente por eso nunca he usado ese nombre. Antes me decían el Trauco. Por una especie de gnomo mapuche. Un viejo lascivo, enano y con un bonete de fibras
vegetales, mitad hombre y mitad pájaro, que vive en los
bosques del sur, colgado de las ramas de los árboles y deja embarazadas a todas las niñas que no tienen marido.
¿Quién fue? Fue el Trauco, mamá. Sabiduría campesina.
Aunque yo nunca he dejado embarazada a nadie porque,
bueno, mejor confesarlo al tiro: soy feo. Si fuera buen
mozo no me importaría que me hubiesen apodado el
Trauco, ni que me confundieran con un pajarraco calen-
torro y mapuche, para más remate. No me importaría,
hasta podría haber hecho una carrera en el cine, el primer actor de cine mapuche, ¿qué tal? Pero lo tengo muy
claro: soy feo. No soy horrible, que conste. Feo sí. ¿Y qué?
Nadie se ha muerto de fealdad. Pero igual, me apodaban
el Trauco. Eso era antes. Ahí viene el gil. Me quiere ver.
Me anda buscando. Bueno, no sé si me anda buscando,
pero igual me encontró. Da lo mismo. No tengo nada
que ocultar. ¿Qué le voy a esconder? Yo soy un trotamun-
dos, un chileno pata e'perro como dice el dicho que somos los chilenos, aunque yo chilenos desde que estoy
afuera no he conocido a ninguno. La mayoría se quedan
por allá, no salen, no les interesa. Aunque cada uno ha
tenido su vida, sus cosas buenas y malas. Y punto. Para
todo lo demás, depende, hay algunos que creen en Dios
y otros, en nada. Yo no es que no crea en nada, pero tampoco creo en Dios. O sea que solo con mi conciencia.
Nada más. Que es como decir solo ante el peligro. Así es
nomás. Yo creo que el problema de la existencia de Dios
es bien simple: si existiera seríamos de verdad todos
iguales, pero no como los comunistas que decían que

iban a hacer la revolución para que todos fuésemos iguales y siempre había unos más iguales y otros menos iguales a esos iguales. Y si uno no estaba entre los más iguales, ¿dónde estaba? Cagado, como siempre, jodido, con la mierda hasta el cuello. Para qué estamos con cosas. Eso se vio cuando cayó el muro famoso, entonces apareció la pobreza de los menos iguales y las mansiones, el caviar, el vodka, las mujeres y los ríos de dólares de los más iguales, dígame que no, se vio hasta en la tele. Pero a mí me da lo mismo. No me meto en política. Ya no. Cuando me metí, me pegaron una patada en la raja. Comunismo, capitalismo: la misma mierda. Ésa es la verdad. Lo único que diferencia a los seres humanos entre ellos es la plata, el vil billete, el tellebi, la pasta, la guita, la lana, eso es todo. Además, si existiera Dios, como iba diciendo, yo no hubiese nacido en la población El Pinar, hijo de empleada doméstica y de padre desconocido. No, señor. Hubiese nacido en un buen barrio, probablemente no en el más elegante, porque si existiera Dios y todos fuésemos de verdad iguales no existirían los barrios de millonarios. Para empezar, ni siquiera existirían millonarios. En La Reina, pongamos que hubiese nacido, en Ñuñoa, en Bellavista, en Santiago Centro por último, pero no en la población El Pinar. Así de claro. Aunque no me arrepiento. Tampoco podría, claro. Aunque, la verdad, no tengo de qué: nací en una población, me crié en una casa de fonolita, pero igual estudié, saqué un título universitario. Soy profesor de castellano, cinco años de universidad tengo. Podría estar en Chile, a patadas con las pulgas, como todos los profesores, manejando un taxi para llegar a fin de mes. Pero he hecho de todo en esta vida. He vivido en varios países. He hecho los trabajos más descabellados. Y ahora vivo en París. No molesto a nadie y nadie me molesta. Ahora llega. Parece desconcertado, se pregunta por qué acepté hablar con él. Seguro. Yo le puedo decir al tiro por qué. Porque me da lo mismo, me importa un pito. Yo tengo mi conciencia tranquila. No importa que no haya Dios ni ley, pero la conciencia sí que lo puede matar a uno. Y la mía está en paz. Por eso. Hola. ¿Qué tal? Bien. ¿Tomamos algo? Allí en la plaza hay un café.

*

¿Aló? Distinguía apenas su voz entre el ruido de los autobuses lanzados a toda velocidad por la calle estrecha. Hablaba mirando a la muchedumbre que hormigueaba entre las vitrinas, ¿me escuchaba?, y los puestos de vendedores ambulantes, en los bajos de edificios renegridos, de una elegancia antigua, venidos a menos. ¿Veía?, no sólo en Santiago había un centro importante, ¿cuántas noches iban a ser? Dos, para empezar. Allí abajo estaba la plaza Sotomayor, que mirara, una actividad frenética, típica del puerto. ¿Se podía comer barato por allí? Baratísimo, en cualquiera de esos locales, pero que tuviera cuidado, no todos eran decentes. Los cuartos de la pensión eran ciegos, olían a encierro y a humedad y para volver a la calle era necesario desandar un laberinto de corredores en donde colgaban jaulas con papagayos, loros, canarios. ¿Aló, Rocío? Sí, dónde, no, que escuchara yo, dónde estaba, lo primero. Ahora mismo venía saliendo de un bar tan antiguo que parecía sacado de una novela del siglo pasado y anoche, ¿me escuchaba?, sí, pero dónde, por la puta, que le dijera, ah, claro, en Valparaíso, dónde si no y ella del otro lado, uf, que ahora podía respirar mejor. Anoche, le iba diciendo, había estado en un lugar donde unos viejos de los años cuarenta cantaban tangos, que eso era impresionante y, atreviéndome, los cerros, los ascensores, ¿no quería venir a pasar un par de días conmigo? Pablo, ¿estaba loco? Tenía a mis padres muertos de preocupación, que por lo menos los llamara. Ya me lo suponía, pero ella, ¿vendría? Mañana era viernes, podíamos pasar el fin de semana juntos. ¿Y después qué harás? No sé, después veremos. ¿Cómo se llamaba, dónde quedaba la pensión? Llegó a la estación de buses sobre las cinco, aunque yo estaba esperándola desde las tres. Y nada más bajarse, ¿había llamado? Y yo, ¿podría?, ¿esa noche?, ¿nunca?, no, no había llamado aún. Puta madre, Pablo, por favor, que ella comprendía, pero una cosa era distanciarse de los padres por lo que fuera y otra hacerlos sufrir innecesariamente. Ya, ¿cuándo?, ¿ahora?, ¿nunca? Que los llamara ahora mismo, qué me costaba. Por eso ¿aló?, un hilo de voz, era yo, pero por favor, hijo, llorosa, quebradiza, ¿dónde estaba? En Valparaíso y estaba muy bien, Dios mío, Señor, gracias le daría eternamente y ¿cómo le podía hacer eso a mis padres? Primero a los ascensores, eso era toda una experiencia, luego recorrer las callejuelas encumbradas en los cerros, había que ver esas casas de colores y estilos diferentes, ¿cómo podía?, su voz ya deshecha en lágrimas, ¿por qué les había hecho eso?, en sollozos, ¿de veras estaba bien, me faltaba plata? No y que no llorara tanto, tampoco era tan grave, que volvería el lunes. ¿El lunes?, que volviera ahora mismo, habían avisado a los carabineros, que subiera en el primer bus a Santiago, me estaban buscando por todo Chile, ¿entendía? Subir a un cerro y bajar de nuevo hacia el plano, tomar algo en el Bar Inglés, ahora me sabía el nombre, en serio, inmediatamente, que lo hiciera por ella, ¿sí?, y comer escuchando a los cantantes de tango en el Cinzano. Se reían, me veía con ella, caminando por esas callejuelas de tarjeta postal, desde arriba, como en una película, se admiraban de todo, todavía no era el momento, que ya regresaría, que no se preocuparan porque no había motivos, ¿cómo que no había motivos, primero recibían la visita de Investigaciones, después me suspendían en el colegio y encima me fugaba y tenía el tupé de decir que no había motivos? Caminaban luego hacia Playa Ancha bordeando la costanera y él, ¿ahora?, ¿nunca?, apoyaba apenas, le ponía tímidamente una mano sobre el hombro y sentía después el roce de su piel morena en sus dedos índice, mayor, anular, la llovizna de una ola los alcanzaba, gotas saladas tiritando en su pelo y ya, ahora, se giraba, la atraía hacia el hueco de su pecho, la abrazaba y el cálido contacto frutal, por primera vez, de sus labios carnosos. Ella, menos mal que te decidiste, Riutort, frescos, húmedos, que era un desalmado, y él, silencio, tapándoselos con el índice, saboreándolos nuevamente con los suyos, bebiendo unas gotitas ahora en su lengua, ¿sabía desde cuándo la tenía esperando? Y ya, que fueran al tiro, de inmediato, ella no aguantaba más, Riutort, que no siguiera matándola de a poquito. Subimos, subieron a la pensión, ¿iba a querer una pieza aparte la señorita? Y nosotros, por primera vez mirándonos a los ojos ¿ahora?, sí, claro, ahora, no, no era necesario, que nos dejara de seguir, la vieja, eso era lo único que necesitábamos, recorrer los pasillos llenos de jaulas, loros, silbidos, entrar a la habitación sin ventanas, apenas una ampolleta colgando de un techo altísimo, ¿venía? No, yo se la quitaba, que dejara, los zapatos, las medias, la blusa, ¿y el resto también, Riutort?, ¿me atrevía?, dos llamitas en los ojos verdes, ¿sí, estaba seguro? Que viniera, entonces y se lo iba a demostrar, haciéndola girar, siguiendo con mis labios el dulce sendero de vellos que nacían en la nuca, serpenteaban por el hueco de la espalda, suave pelusa y formaban un remanso, un tímido pozuelo antes de las nalgas. ¿Le gustaba? Sí, mucho, ¿y yo a ella? Desde siempre, loca, loquita estaba. Que viniera, subiera, pero, yo, ¿tomaba ella?, digo ¿o tenía...?, y ella, sí, tontito, por aquí, que subiera, ¿tocándola así?, sí, ¿lamiéndola?, sí, ay sí, allí. ¿Dónde? En Los Vilos, ¿cómo en Los Vilos, carajo, no se suponía que tenía que llegar ayer? Tu madre está deshecha por culpa tuya, no paraba de llorar, Pablo, y el perla paseándose por la costa, ¿me parecía normal? Nada, mirarla, contemplarme en las grandes pupilas verdes, dos gotas de agua, ella, vente conmigo, que no fuera malo, que no la dejara sola-. Lo prometido. ¿La quería? Mucho. ¿Verdad? Verdad. Dentro de una semana, el próximo viernes, estaría en Santiago. ¿Y tus padres? Se van a alegrar de verme, por mucho que ahora echen pestes y lloren, además, los llamaría por teléfono. Bueno, él no tenía nada que agregar y mi madre tomando el otro teléfono, ¿no tenía corazón, cómo le había dicho el lunes y ahora resultaba que estaba en Los Vilos? ¿Era la primera vez que venía a Los Vilos? Sí, primera vez. Había una costanera, una hostería, un par de pensiones, pequeños boliches en casas de madera. En uno de ellos comí hasta hartarme las empanadas de mariscos que freía una señora en su sartén, junto a las mesas. ¿Necesitaba donde dormir?, su prima tenía una pensión un poco más lejos, por la misma costanera. Seguí con la vista al bus mientras maniobraba en el terminal hasta que se perdió por la avenida rumbo a Santiago. Eso había sido por la mañana, en Valparaíso. Y ahora estaba en Los Vilos. Eran las diez de la noche, ella estaba en

Santiago, dormiría arrebujada en su edredón, en la buhardilla con vista a la ladera del cerro, ¿pensaría?; ¿se acordaría? ¿Y qué mierda hacía yo en Los Vilos? ¿Una pensión?, no, gracias, pero ¿había algún bus a Santiago a esa hora? No, a esa hora le extrañaría, pero que saliera a la carretera, en la estación de servicio paraban muchos buses. ¿Volvió?, no puede ser, hijito, se me echa encima, me estruja en sus brazos, me besa y enseguida me da una cachetada, mi niño, otro beso, qué malo había sido, qué ingrato, otra cachetada, a tu madre, y otra cachetada, a tu padre, remeciéndome por los hombros, y él, al pie de la escalera, que me agarrara a patadas, merecía. Un camión de la Copec, ¿iba a Santiago?, el chofer, claro, que subiera, íbamos a tratar de llegar antes del toque. Y ¿dónde había estado?, ¿tenía hambre?, había cazuela en la cocina, ¿me calentaba? No, sólo quería dormir. Y mi padre, Pablo, que lo que quedaba del año lo tenía que dedicar íntegramente a preparar la prueba de aptitud académica y el ingreso a la universidad, se habían acabado mis chances, ¿entendía?, se habían acabado, tenía que pensar en mi futuro, ¿prometía? Yo, prometido, digo sin girarme, por el pasillo hacia mi cuarto. Entonces me llega la primera patada. En el culo, nalga derecha más precisamente. Ahí sí me doy vuelta, pero, qué chuchas, digo, y me cruza la cara de una bofetada. Mano pesada, no como la de mi madre. Hierve, escuece. Que tuviera mucho cuidado con seguir haciendo pendejadas, que ésa era la última que me iba a aguantar. Viejo de mierda, pienso, pero no digo nada.

*

Reunión en la calle Bremen, comuna de Ñuñoa. Anochece, tras el ventanal que da al patio trasero, un cielo de plomo. La madre y la hermana del Flaco están en el segundo piso, se las oye ir y venir arriba. Habla el compañero Franz. La raíz común de los partidos de la izquierda parlamentaria creados a fines de los años sesenta es básicamente la Democracia Cristiana. De sus sectores más radicales, los que no veían contradicción entre el cristianismo y el marxismo, surgieron partidos como la Izquierda Cristiana y el Movimiento de Acción Popular Unitario, creado por Rodrigo Ambrosio. Y Claudio al Flaco, dijeron algo de ir a pasar un fin de semana cerca de Papudo. El Flaco, ¿Papudo? Claudio, no, no recordaba bien, era una playa del norte chico. El compañero Franz, porque claro, los partidos de la izquierda tradicional, o sea el comunista y el socialista, no pudieron contener al movimiento popular, más bien al contrario, se vieron sobrepasados por las masas obreras, campesinas, estudiantiles, por la formidable fuerza de cambio social que terminó por llevar a Allende al poder. El Flaco, no es Papudo, es Pichidangui. Claudio, eso, Pichidangui. El Flaco, Punta Quelén. Claudio, exactamente, ése era el lugar. Por un lado habían surgido entonces los movimientos de raigambre cristiana y, por otro, los movimientos guevaristas. El Flaco, ¿y qué les habíamos dicho nosotros? Que no podíamos, que a lo mejor en otra oportunidad. Ya, se corrieron. Claudio, ¿qué íbamos a hacer? El compañero Franz, el impacto de la revolución cubana en la juventud hizo que estos últimos surgieran fundamentalmente entre el estudiantado y en especial en la Universidad de Concepción y Rocío, ¿estaba ha-

111

blando del MIR? Exactamente, el compañero Franz, el Movimiento de Izquierda Revolucionaria era el núcleo en torno al cual surgía en Chile la izquierda guevarista, a la que luego se sumaría la maoísta para formar la llamada ultraizquierda. El Flaco, yo en cambio fui. Claudio, ¿fuiste? Yo, ¿verdad? Él, claro que es verdad, ¿por qué mentiría? Yo, para hacerte el interesante. Él, con las minas a lo mejor, pero no con ustedes, par de huevones feos. ¿Y? La historia es complicada, cada partido tiene sus puntos de vista, el compañero Franz, un Lucky tras otro, habla moviendo las manos y uno no puede dejar de fijarse en sus dedos de uñas carcomidas, manchados de nicotina. Para mí, esas uñas delatan una vida en la urgencia, una vida que pende del hilo del azar, lo imagino mudándose regularmente de un departamento a otro, nunca más de quince días en el mismo lugar, un mes a lo más, sin casa, sin familia, con una mujer a la que no ve casi nunca, una mujer que cierra la puerta y escucha sus pasos alejándose por las escaleras, corroída por la preocupación, ¿lo volverá a ver? Punta Quelén, entonces ¿Y? Si no se iba a acordar él de Punta Quelén. Una playa interminable, con dunas y esos arbustos de hoja carnosa que se llaman docas. Claudio, docas, sí, ¿y qué? ¿Cómo y qué? Yo, sí, tiene razón, todo el mundo conoce las docas, un poco más de acción. Y el Flaco, ¿queríamos acción? Que fuéramos al cine, en el California estaban pasando una de John Wayne. Claudio, tampoco era para enojarse. Y el compañero Franz, la única pregunta actual es cómo deshacernos de la dictadura, cómo derrotar al fascismo. Sigue, le pido, no te pongas pesado. Y el Flaco, una de esas playas interminables del norte chico, con dunas y muchos matorrales, dice que en Punta Quelén no había nada, salvo tres o cuatro casas prefabricadas al pie de un acantilado, montadas sobre pilotes. Claudio, bonito. Yo, ya está bueno, Claudio, por la cresta, no es una crónica turística. Llegaron tarde en la noche, había tres jóvenes como él y dos compañeros que se presentaron como instructores. A la mañana siguiente los despertaron antes del alba, se hicieron un café con el agua del estanque que a él le pareció agua de mar, porque estaba saladísima. Es el óxido, compañero, le dijo uno de los que se llamaban a sí mismos instructores cuando hizo el comentario. Salieron. Claudio, ¿hacía frío? Yo, ¿hasta cuándo interrumpes? Él, ¿no se pueden pedir detalles? El Flaco, aún era de noche, así es que calor no hacía. Salieron y fueron caminando largo rato, al menos una hora y media por la playa primero y después por las dunas, internándose hacia la línea irregular de la cordillera de la costa. Cuando el sol ya había aparecido tras los montes los hicieron tumbarse y reptar, compañeros, lo primero era lo primero, vamos reptando por las dunas, arrastrándonos sobre las docas, los matorrales resecos, algún cactus, alguna bolsa con basura descomponiéndose desde el verano, lo primero, infiltrarse entre las líneas del enemigo. Claudio, ¿armados? Y él, espera, aquí viene lo bueno, de pronto uno de los instructores, que se hacían llamar por cierto compañeros instructores, abre su mochila y saca tres rifles, uno para cada uno, iguales a los que se usan en las casetas de feria para disparar a los patos de goma. Les enseñaron a abrirlos, les mostraron cómo se cargaban, pero no tenían balas, bueno, supongamos que no las tenían para esos fines y yo, hay que reconocer que son escasas, tampoco es cosa de llegar y comprar en la ferretería. El Flaco, pero sí nos enseñan a abrirlos, nos muestran cómo se cargan y luego, compañeros, hay que correr y cuando uno de los compañeros instructores toca el pito, echarse a tierra y volver a reptar sobre los codos y las rodillas. Claudio, ¿y el fusil en la espalda? Yo, ¿qué importancia tiene? Momento, ahora viene lo importante, dice el Flaco, íbamos bajando una duna que era casi una quebrada y abajo, en la hondonada que se forma entre una duna y otra, distinguen un bulto, una forma que según se van acercando va adquiriendo los contornos de un cuerpo y al llegar abajo del todo resulta ser eso, un cuerpo de mujer, una muerta. Claudio, ¿un cadáver? Yo, ¿verdad? El Flaco, la pura. Era una mujer joven, tenía el pelo muy negro, de la boca abierta salían y entraban moscas y los peces o los cangrejos le habían comido la piel del vientre, el sexo, los muslos. Claudio, no estís hueveando. Y él, no es hueveo. Tenía los intestinos y los fémures a la vista. Que se quedaron pasmados, alelados, contemplándola un buen rato, hasta que uno de los compañeros instructores opinó que había que dar parte a Carabineros. ¿A Carabineros, con los fusiles?, pregunto. Justamente, que se había producido una discusión, qué hacían, dejaban el cadáver y seguían o daban aviso. La mayoría opinaba que había que dejar el cadáver allí y seguir, mientras más alejados nos mantuviéramos de los Carabineros, mejor. Uno de los compañeros instructores, no, compañeros, ¿y si fuera el cuerpo de alguna compañera detenida? Eso los decidió a dar aviso a Carabineros. Pero, claro, ¿qué hacían con las escopetas? Entonces el otro instructor propuso que fueran ellos tres al retén y que ellos, o sea los instructores, los esperarían en la casa. Así lo hicieron. El retén estaba en un caserío, a unos cuantos kilómetros hacia el sur, les dijeron los instructores, lo mejor sería seguir la huella hasta la Panamericana y desde allí hacer dedo. Se separaron. Los compañeros instructores regresaron con las mochilas y las escopetas bordeando la costa hacia la casa de Punta Quelén y ellos tres caminaron más de una hora hacia el este, por una senda de tierra, un camino bordeado de grandes cactáceas, hasta la carretera Panamericana. Al cabo de un rato pasó un camión y en veinte minutos los dejó frente al retén de Totoralillo. En el retén un par de carabineros escuchaba un programa cómico en una radio de transistores. ¿Qué se les ofrecía a los jóvenes? Les contaron el motivo de su visita y el que parecía de mayor graduación le ordenó al otro que ensillara la mula. Regresaron con la mula y los dos carabineros al lugar del hallazgo. Casi dos horas caminando bajo un sol de plomo, de nuevo los cactus, pero esta vez vieron una lechuza durmiendo sobre una estaca y un pájaro que cayó en picada desde el cielo, levantó una polvareda y se volvió a elevar. Son aguiluchos, explicó uno de los carabineros, cazan liebres, conejos, gallinas si pillan alguna suelta. Claudio, ¿y opositores políticos? Yo, ya está bueno, huevón. Al llegar al lugar, los uniformados levantaron el cadáver, lo envolvieron en unos sacos de arpillera y lo cargaron en el lomo de la mula. Ellos, ¿se podían ir? No antes de que les tomaran declaración en el retén. Regresaron por la misma senda por la que habían venido. Al salir del retén ya era de noche. Pasaba un autobús, sin que mediara palabra entre ellos, lo hicieron parar. Llegaron casi a medianoche a Santiago. ¿Y qué pasó con el entrenamiento?, pregunta Claudio. Nada, dice el Flaco, bajamos en el terminal de buses, cada uno tomó su camino y nunca más nos volvimos a ver. ¿Ni a los instructores? El Flaco, nunca más, a nadie. Y el compañero Franz, la lucha armada es una opción que requiere ciertas condiciones objetivas. Sí, claro, interviene Claudio, en ese sentido es una estrategia como otra, hay que partir de esa base. Algo hay de cierto, concede el compañero Franz, pero hay que tener mucho cuidado porque si la estrategia es equivocada puede costar centenares de miles de vidas y tampoco estamos por mandar a la gente a una carnicería. Nosotros pensamos que a la dictadura sólo se la podrá derrotar mediante una gran alianza política. Fumamos todos, dando largas pitadas a los cigarrillos. En la habitación hay tanto humo que no es difícil imaginar que una especie de *deus ex machina* ha echado un bote de humo tras las cortinas, el humo se cuela entre los intersticios de las tablas del parquet, sube por los cortinajes, nos va volviendo invisibles. Hay un tarro de Nescafé y el Flaco trae una tetera humeante de la cocina y tazas. ¿Un cafecito? Claro, bueno para el frío de ese otoño que dejaba presagiar ya un invierno riguroso. ¿Por qué se hacía llamar Franz? Se puede llegar en un momento puntual a precisar de la vía armada, o de acciones militares concretas, enrollándose una punta del bigote entre el índice y el pulgar, pero nada reemplazará la lucha de masas, el trabajo político, eso es lo que hay que lograr articular, un gran frente de masas, como dice nuestro Secretario General. Ahora lo importante era que nos familiarizáramos con la doctrina del partido, dice el compañero Franz, que comenzaríamos a estudiar algunos temas. ¿Como cuáles?, Rocío ya definitivamente seducida por el compañero, su bigote, su boina de cotelé, la voz ronca y pausada, profesoral. Algunos temas de marxismo. *¿El Capital?*, pregunta Claudio, quizá más tarde, el compañero Franz, que por el momento nos da la bienvenida a la juventud del partido. Gracias. A partir de esa tarde entrábamos de lleno en la lucha de clases, en el motor de la historia, aunque el compañero Franz, ¿se habrá puesto ese nombre por Beckembauer?, pregunta Claudio cuando coincidimos en la cocina, nos pedía paciencia, primero leer algunos textos, después nos encargarían tareas precisas, que él no dudaba de nuestro compromiso con la revolución chilena. Algunos textos de Martha Harnecker, algo de Lenin, dice y sobre todo, tienen que leer este documento a fondo. Extrae de su maletín una carpeta con unos folios corcheteados y la deja sobre la mesa. Se llama «Las tareas del pueblo en la hora presente» y contiene la doctrina, la línea del partido. ¿Cómo un revolucionario se va a poner el nombre de un jugador de fútbol?, no seas irreverente, contesto. ¿Y qué? Si se trata de ocultar tu verdadero nombre, no veo qué tiene de malo, bromea Claudio mientras esperamos que vuelva a hervir la tetera. ¿Sí? ¿Tú te pondrías Chamaco Valdés como chapa? ¿Carlos Caszely? ¿Leonardo Pollo Véliz? Claudio contiene una carcajada, la tetera está hirviendo, no, pero no me desagradaría ponerme Pelé, dice, de ahora en adelante me puedes llamar compañero Pelé. Yo, huevón. Él, dame un cigarrillo, a mí se me acabaron. Yo, Pelé no fuma. ¿Ya viene el café?, pregunta Rocío asomando la cabeza por la puerta. Hemos hecho una pausa para volver a calentar agua, también para pensar en el problema que nos ha planteado el compañero Franz: que a partir de ese momento debemos funcionar con un nombre con el que se nos conocerá en el partido, o sea con una chapa. Manuel, Ricardo, Ernesto, Miryam, Amanda, Laura, Sebastián, Renato, Orlando, Leonor, Sofía, Teresa, ¿qué nombre escoger? También sería bueno que leyeran algo de Engels, la próxima vez nos traerá la introducción a *El origen de la familia*, dice el compañero Franz. ¿Y el *Manifiesto comunista*?, pregunta el Flaco. Obligatorio, recalca el compañero. Lo más probable era que no trabajáramos todos en el mismo frente, dice. ¿Quién decidía adónde teníamos que trabajar y qué tareas cumplir? Rocío pregunta, siempre pertinente. Los Comités Regionales, en principio, pero en este caso yo creo que decidirá la Comisión de Cultura, ya nos iremos poniendo al tanto de la estructura del partido, sin nombres, por supuesto y en rasgos generales para que no afecte nuestra seguridad. ¿Habíamos dado la prueba de aptitud académica ese año, no? Sí. ¿Y qué estudiaríamos? Sociología, periodismo, literatura, antropología. Bien, entonces se leen el documento, lo primero es lo primero, y en la próxima reunión se les asignarán tareas precisas. Rocío: ¿cuándo nos volveríamos a ver? No lo sabía, él entraría en contacto con nosotros. Que no nos preocupáramos. Se enfunda la chaqueta de cotelé, se cala la boina y hasta pronto, compañeros, que nos cuidáramos. Escuchamos el chirrido de la verja y luego nada más. Imagino su silueta perdiéndose en la noche de invierno y en un departamento en algún lugar de la ciudad, una mujer sentada frente a la puerta de entrada, atenta a los pasos en el pasillo, la llave en la cerradura, ¿lo volverá a ver?

*

¿Sabes en qué vas a terminar?, dijo mi madre cuando le conté que había postulado a periodismo y literatura. Ella hace gimnasia, acostada de espaldas sobre la alfombra de la sala, hablando hacia arriba, como si su interlocutor, o sea en este caso yo, colgara del techo. En su atuendo habitual. No se lo vuelvo a describir. De plumífero del tres al cuarto en uno de los diaruchos de este país, escribiendo la crónica de espectáculos. ¿Ah sí? Yo me veo más bien dirigiendo el diario. No me extraña, tienes la osadía de pensar que vas a vivir de poeta y ahora, para colmo, periodista. Un bohemio, eso es lo que serás, una pobre alma en pena como ese don Herminio. Don Herminio Lázaro Torres era un vecino, vivía en la planta baja de un edificio cerca de la casa, en una especie de cuartucho que a través de las ventanas, sin cortinas, se veía atestado de libros, revistas y periódicos. Según él, era el mejor crítico teatral de Chile y el cuentista más brillante de su generación, eso contaba en el emporio de don Ignacio, en la carnicería de don Coke, el cuentista más brillante de mi generación, señorita, señora, ¿y cuál era su gracia además de las que se le veían? Hilda volvía muerta de vergüenza, con las mejillas encarnadas, este don Herminio, oiga, es un plato, pero olía tanto a trago el pobre. Más de una vez había regresado en el radiopatrulla, acompañado por los carabineros, temprano por la mañana, mientras las señoritas y señoras iban a hacer las compras, no se tenía en pie el pobre, de lo borrachito que estaba, señora, contaba Hilda, con decirle que los carabineros se apiadaron y lo vinieron a dejar. El único narrador de este país que se adelantó al surrealismo, señora, señorita, pero si Breton me copió *Nadja* a mí, todo el mundo lo sabe, ¿entiende, señora, leyó usted, señorita? Donde don Coke, que a ver si le fiaba un poco de mortadela a él, que había hecho realismo mágico antes que ningún colombiano, cubano u otros caribeños en taparrabos, ¿saldría a bailar el sábado, señorita, si él le solicitaba personalmente la autorización a su señor padre de usted? Ay, ya pues, déjese de leseras, don Herminio, decía Hilda. Un día se lo llevaron al psiquiátrico, eso se decía en el emporio de don Ignacio, pobre hombre, oiga, tan galante que era, sí cuando no estaba bebido, claro, hombre culto, donde don Coke, pobre don Herminio. Cuando volvió ya no era ni la sombra, señora, le vino una gangrena, dicen, le tuvieron que cortar la pierna a la altura de la rodilla, señora, pobre, y después, donde don Coke, oiga, no, si hasta la cadera le cortaron, a esta altura, ¿ve?, mientras compraban asado de tira, punta de ganso, ¿unas patitas de chancho, un costillarcito, unas longanizas de Chillán? Y donde don Ignacio, no me diga, sí, sí, la otra pierna ahora, pobre hombre, el cortadito le tendrán que decir de ahora en adelante, dijo el desalmado de don Ignacio, ¿se imagina la crueldad, señora? Que no le hablaran de esa gentuza, pedía mi madre, de ese borrachín patético. Un día desapareció, nunca más se volvió a saber de él. Hilda creía que se había muerto, que estaba pudriéndose en el departamentito, señora. Y mi madre le prohibía, Hilda, terminantemente, que siguiera diciendo sandeces. Y las demás señoras y señoritas, ¿cuáles serían sus gracias además de las que se les veían?, piensan lo mismo, señora, que está fiambrecito el pobre, echando raíces. Ay, Hilda, que le hiciera el favor de callarse la boca. Pero al final no había nada de eso. De hecho no había nada de nada. Incluso vinieron los carabineros a ver si acaso había algo en el departamentito, puros libros dicen que había, señora, rumas de papeles y diarios y revistas viejas. Sólo quedó la placa en la puerta, HERMINIO P. LÁZARO TORRES, color bronce envejecido, con elegantes letras negras. Durante años. Siempre me pregunté qué significaría la P. ¿Porfirio, Pelayo, Pánfilo? ¿Pablo acaso? Durante años pasé y la placa seguía allí, hasta que nos mudamos (es probable que aún esté). ¿Me irás a recoger a la comisaría o al psiquiátrico, cuando me lleven por bohemio? Entonces ella, ay, mi niño, ¿no ves que los periodistas viven rebuscando en las vidas ajenas, inventando chismes y se lo pasan en bares y cabarets con mujeres piluchas y todo eso? Déjate de decir cosas horripilantes y ve a la cocina a comer un poco de pastel de choclo, que Hilda lo acaba de sacar del horno.

*

Ya estaba aquí, había vuelto. ¿No la dejaría? Nunca. La cama de la pensión estaba llena de chinches, me picaron entera. ¿Ah sí?, ¿adónde? Que mirara, aquí, en las pantorrillas y aquí, en los muslos, ¿y en el potito? También, mira, besito y mira aquí, más besitos ¿A qué hora llegaba su mamá? Como a las once, tenían tiempo aún. Esa noche tenía función. Nos subíamos té con galletas y nos encerrábamos en su pieza, nadie nos podía alcanzar allí, en esa casa escondida al final de un sendero en los faldeos del cerro San Cristóbal. Estábamos fuera del mundo. Al salir del colegio tomaban la micro en Vitacura, bajaban en plaza Italia, iban caminando por Pío Nono y avenida Perú hasta Santos Dumont o seguían hasta MacIver para tomar la Recoleta-Lira. Parecía una casa de cuentos, al final de la calle, cerro arriba y ellos, en el altillo, con vista a las laderas amarillas y por la otra ventana, a Santiago, allá abajo, lejos. Esa tarde íbamos a estudiar el documento, ¿íbamos al cerro?, las tareas del pueblo. Afuera estallaba ya la primavera, había flores, yerbas altas, pastos amarillos, verdes, olores a tierra, humus, raíces. En esa casa había una biblioteca, alguien la había dejado allí antes de marcharse al exilio. Nosotros sacábamos libros, leíamos, volvíamos a sacar. Esa tarde yo andaba con las *Serranillas* del Marqués de Santillana en el bolso. Subimos por la trocha, abriéndonos paso entre los matorrales amarillentos, hasta alcanzar un promontorio, un palco verde rodeado de zarzamoras. El mirador le llamábamos porque se veía la ciudad a nuestros pies, y, ¿le leía un poema antes de comenzar? Era poesía castellana medieval, le gustaría. Sí, pero antes, ¿le iba a contar a mis padres, yo? A mi madre, más adelante, era probable, a lo mejor. A mi padre, ni hablar. Ella, se moría el viejo si se llegaba a enterar. Seguro. Y ella, a su madre tampoco le podía decir nada, con lo aprensiva que era, ¿y el poema? Allí iba:

> *Mas vi la fermosa*
> *de buen continente,*
> *...*
> *qual nunca vi dama,*
> *nin otra, señores.*

Yo, que así la veía a ella, en serio, que me creyera, cual nunca había visto dama. *Nin otra*, claro. Ella, su espalda contra mi vientre, acariciando mi antebrazo, ¿era la primera vez? Primera vez. Ella, ¿en serio?, que no le estuviera diciendo mentiras. Te lo juro, ¿y tú? También. Entonces ¿leíamos el documento?, sus labios, no, mejor, ¿se quitaba la blusa?, su cuello. Y ella, ¿ahora, allí?, su nuca. Sí, no había ningún peligro, nadie nos veía. Ay, Pablo, suspiraba, sus senos, que me dejara, con la lengua, la aureola, ¿así? Así. Ella, que viniera, ¿me quitaba ella los pantalones?, sí, me los quitaba, su vientre. Y ella, ¿podía, ella también?, claro, ¿con la lengua?, que le dijera si me hacía daño, ella nunca, primera vez que hacía eso. ¿Así? Pronto estuvimos enlazados, trenzados entre las matas de yerba. Descubriendo la raíz de todo, fuera del tiempo, tan a la deriva que no vimos ni escuchamos nada. El grito nos hizo volver a la tierra. Un verdadero jarro de agua fría. Qué digo, un maremoto. Un tsunami. ¡Arriba, pendejos de mierda! ¡Rapidito y levanten las manos! Percibí primero las patas de los animales, los estribos, las monturas. Y creo que al incorporarme terminé de ver lo que había que ver: dos carabineros. A caballo. Uno caminaba hacia nosotros. El otro nos apuntaba con un rifle. O una metralleta. O un fusil ametralladora. Vaya a saber. No teníamos ni idea de armas. ¿Saben cuánto les puede costar andar haciendo cochinadas en recinto militar?, preguntó el que teníamos más cerca. No estábamos haciendo ninguna cochinada, reaccionó Rocío. ¡Usted, cúbrase las vergüenzas antes de hablar! Yo, tranquila, no te alteres. Pero a los dos nos temblaban la barbilla, las piernas. Rápido, el pantalón, la camiseta. Ella se alisa el vestido, la blusa. ¿Tienen idea de lo que les puede pasar?, preguntó el que había desmontado. Entonces me atreví, había sido un descuido, mi cabo, que perdonara. Él: ¡sargento! Que disculpara, mi sargento, le prometo que no se volverá a repetir. Rocío, callada, lívida. A los pies de un matorral estaba su bolso. Y dentro, el documento. ¿Que no se va a volver a repetir?, el sargento, ¿escuchó eso, mi teniente? Faltaba más, opinó el otro que seguía apuntándonos desde el caballo, que vinieran aquí todas las tardes, ¿no queríamos que nos instalaran una cama? Una cama de agua para los huevoncitos, se ríe. El otro, celebrándole la salida, cama con música queríamos y muy sargento sería, pero usaba el plural de carnet como cualquier soldado raso: a ver, sus *carneses*. Les mostramos nuestros documentos de identidad. ¿Sabíamos lo que podía significar para nosotros faltarle el respeto a Carabineros de Chile? Mi sargento, yo le prometía, había sido sin querer. ¿Sin querer, el huevón? ¿Porque yo me ponía en pelotas así, sin querer? Y el que estaba aún a caballo, ¿se me paraba sin querer también?, carrilero, el huevón, mandándose las partes. Atentado al pudor y ofensa a la institución, ¿qué hacían, mi teniente? ¿Qué hacíamos? El documento, los interrogatorios, la tortura, acaso la desaparición, arrojados al Mapocho, al océano Pacífico, sin explicaciones, sin que nadie rindiera cuentas de ninguna clase, como tantos. El otro se apeó del caballo a su vez. Vino hacia nosotros, nos examinó de cerca: cachéelos. El cabo nos pasó las manos por los flancos, las axilas, tocó las nalgas y los pies, metiéndolas entre los calcetines y los zapatos. Primero a ella y luego a mí. El sol de las cinco de la tarde brillaba fuerte aún en el cielo. Algo nos salvó una primera vez, el cabo no tocó el bolso. Cuando pareció que hubo terminado, el capitán: ya, andando nomás, al cuartel. Y el cabo a Rocío, con sorna: a poto pelado en el cerro, ¿qué iba a decir su familia, señorita? En vez de bajar hacia la ciudad nos hicieron subir, alejándonos de las calles cercanas a la avenida Perú. Caminamos un buen rato entre matorrales espesos, trepando casi por la senda escarpada. A lo lejos, a un costado, se veía la cima del San Cristóbal con la virgen de brazos abiertos, el paseo dominical de tantas familias, la cada vez más lejana civilización y frente a nosotros esa trocha de tierra seca que conducía quién sabe adónde y las cumbres verdosas a lo lejos. En ese momento habría dado cualquier cosa por estar en la calle Miguel Claro, en mi casa, mirando *Muchacha italiana viene a casarse* en la tele. ¿Por qué carajo nos teníamos que meter a hacer la revolución? ¿A quién le importaba? Escuchaba detrás de nosotros los cascos de los caballos. A Rocío, a ella sí le importaba la revolución. Escuchaba a mi madre: eso te pasa por hacerte el interesante, hijo, ahora te fregaste, ¿quién te va a sacar de ésta? Pronto llegamos a una especie de meseta. Sabía que Rocío caminaba a mis espaldas y, detrás de ella, los dos carabineros, las armas, los animales dóciles a sus amos. A lo lejos, tras las altas yerbas, distinguí una hilera de álamos, las copas formaban una recta, ¿un camino? ¡Alto!, el vozarrón del teniente. Nos detenemos. Que escucháramos bien, cabros huevones, hoy día se sentía magnánimo, así es que nos proponía un trato, ¿veíamos los árboles allá al fondo? Yo, un murmullo, sí, ella, sí, los veíamos. Sí, mi teniente, para empezar, los huevoncitos. Nosotros, sí, mi teniente. Si llegan a los árboles antes de treinta segundos quedan libres, vamos a hacer como si no hubiésemos visto nada, pero si se demoran más los llevamos al cuartel y no salen del calabozo en tres meses. Marcó una pausa. Como mínimo. Allí les vamos a enseñar a quitarse la ropa. Me fui a girar y la orden restalló en mi nuca: ¡no miren para atrás! El capitán, tienen veinte segundos, después empezamos a disparar. De alguna parte saqué aplomo para gritar: dijo treinta. Cambié de opinión, huevón, para eso mandaba él y cuidado que la puntería no nos falla. ¿Tiene el cronómetro, sargento? Listo, mi teniente. Uno, dos, ¡partieron! Echamos a correr como si en esa carrera nos hubiese ido la vida. Y así era. Los árboles a lo lejos, el suelo bajo mis pies, la sensación de no avanzar. Unas carcajadas estridentes a nuestras espaldas, no, todo era una broma, tenía que ser una de esas bromas de mal gusto propias de gentuza de regimientos. No iban a disparar, ¿cuántos metros llevábamos, quince, veinte?, ¿cuántos segundos? Aplastábamos los matorrales a nuestro paso, chicoteaban el pecho, la cara, no, no iban a disparar, allí estaban los álamos, más grandes, más cerca. En ese instante comenzaron a sonar los disparos. Detonaciones secas. Como petardos. Y más carcajadas. Parecían divertirse sobremanera. Los gritos soeces. Y otros petardos, muy cerca, en los talones. Las balas silbaban y se perdían entre los matorrales. Por fin, los árboles. Había una alambrada. Después, un camino asfaltado. Seguimos corriendo durante mucho tiempo. El camino bajaba serpenteando hasta desembocar en una de las vías rápidas que rodean el cerro. Del otro lado de la ciudad. En los barrios altos. Nos pusimos a caminar entre los automóviles que desfilaban en ambos sentidos a toda velocidad. Qué hijos de puta, y ella, tranquilo. Hizo parar un taxi y le indicó al chofer la dirección del Teatro Municipal. Bajamos por Bellavista hacia el centro, mudos, agotados, ausentes. Entramos por una puerta lateral y recorrimos un largo pasillo hasta dar con los camarines. Al vernos en el espejo rodeado de ampolletas me di cuenta de que teníamos las ropas rasgadas, llenas de tierra. La madre de Rocío se estaba maquillando. ¿Qué tal, Pablo? Era una mujer alta, esbelta, un rostro joven, con grandes ojos almendrados y oscuros. Pero mira cómo te dejó la ropa esta niña, no te tienes que dejar arrastrar por mi hija a cualquier parte, me aconsejó riéndose, siempre ha sido un poco salvaje. Hasta ese momento no la había visto en traje de bailarina. De hecho no había visto jamás una bailarina. Tantas formas envueltas en satén, la curva de las pantorrillas, el volumen de los muslos, los senos, los hombros. Me acordé de las reproducciones de los cuadros de Degas que había visto en la enciclopedia Salvat, una de mis lecturas favoritas. Rocío: es que nos habíamos perdido en el cerro, habíamos salido a dar un paseo y de pronto no encontramos la senda de regreso, ¿verdad? Y yo, sí, claro. Al final, habíamos salido por el otro lado, cerca del hotel Sheraton, pero con tanto matorral, mira cómo habíamos quedado. Y ella, mirada maliciosa a su hija, ¿perdidos en el cerro?, sóplame este ojo, sí, ya veía, terrible. En fin, que sacara plata del monedero para el taxi, pero ¿no nos gustaría quedarnos al ensayo? No, gracias, señora Elisa, teníamos que hacer y yo debía volver a casa. Ella, por favor, que no la llamara señora, que la hacía sentir más vieja de lo que era, que la tuteara, ¿nunca me iba a atrever? Bueno, entonces, Elisa a secas. No podía dejar de mirarla, estaba embelesado. Se me habían olvidado por completo los carabineros, el cerro, las balas, la propia Rocío. Sólo cuando escuché su voz a mis espaldas, pero no te quedes ahí parado como un idiota, parece que te hubieran embrujado, me acordé de por qué estábamos allí. Entonces, chao, Elisa. Y ella, chaíto, beso en la mejilla, que nos fuera bien y a Rocío, había carne en el refrigerador, que comiéramos. Sí, sí, pero ¿seguro no queríamos quedarnos? No gracias, Elisa, vendremos a verte para el estreno.

*

Santiago, 20 de mayo de 1998

Mi niño querido:

¿Cómo estás, mi cielo, están teniendo una primavera tan lluviosa como el año pasado? Espero que no. ¿Y los niños y Nathalie? ¿Bien? Qué bueno. Fíjate que el otro día nos cruzamos con el Flaco en la calle y yo le dije a Julio, ¿ves?, de tanto pensar en él ahora se aparecen sus amigos. Está de lo más bien. Su señora tan dije y buena moza como siempre y los dos niños, un encanto. Así es que estuvimos un rato conversando, preguntó mucho por ti y nos encargó que te mandáramos millones de saludos.

Nosotros estamos todos bien, mi niño. Tu padre, como siempre, moviéndose como loco para encontrar más contratos. Es tan duro, oye, llegar a viejo y tener que seguir en la brecha. Claro que él si no trabaja, se muere. En fin, es un decir. Pero ya ves, que apenas se sienta en el sofá se queda dormido. Siempre ha sido igual. No puede parar de moverse. Ahora, yo lo veo animoso, siempre de buen humor y haciendo chistes con todo el mundo. Y eso a pesar de las molestias en las caderas que, lamentablemente, cada día se agudizan más. Cosas de la edad, hijo. Es de esperar que cuando tú llegues a esa edad provecta, como se dice, tengas una mujer que te cuide y, sobre todo, una buena jubilación. Porque viejo y pobre, eso sí que es triste. Y aprovecho de recordarte que rezo todas las noches para que Dios te proteja y te dé un buen trabajo y también para que le mejore el carácter a Nathalie.

Plata, plata y plata, parece ser lo único que cuenta. Yo muchas veces me digo ¿dónde está Jesús que echó a los mercaderes del templo? Si nos viera, se avergonzaría. Menos mal que el seguro médico cubre casi todos los gastos del tratamiento de tu padre y una buena parte de los míos. Si no, estaríamos en la calle. Y te verías en aprietos para escribir un *best-seller* que te permitiera mantener a tus viejos. Es una broma, hijo, no te preocupes de nada. Menos mal que la empresa todavía funciona. A medio gas, pero funciona. El otro día, fíjate lo que son las cosas, resulta que tu padre se encontró en no sé qué almuerzo de ex ejecutivos con don Antonio Bunster, que fue jefe de operaciones para todo el Cono Sur, ¿te acuerdas de él? El que tenía esa enorme camioneta blanca que tanto te gustaba. En fin, el caso es que tu padre, que no ha aprendido nada (como todos los hombres), lo invitó a tomar un trago a la casa para seguir conversando. Seguramente él pensaba que don Antonio podía ayudarlo a sacar adelante los posibles negocios en Argentina, como estuvo tanto tiempo radicado en Buenos Aires... En fin, el caso es que a este tontito de Julio ni siquiera se le ocurrió llamarme por teléfono y cuando llegaron, como a las seis de la tarde, yo estaba haciendo mi gimnasia, que no había podido hacer ese día por la mañana. Tú ya conoces a tu madre. Yo nunca me voy a poner buzo ni ninguna de esas leseras para hacer gimnasia. Así es que estaba... bueno, tú sabes cómo, claro que era bastante más tarde que de costumbre porque como te digo estaba atrasada. En eso escucho que se abre la puerta y yo pensé que era tu hermana, así es que seguí en posición decúbito supino como se dice, haciendo la bicicleta. Cuando voy escuchando que tu padre empieza a decir perdón don Antonio, por favor, pasemos al jardín, mire qué bochorno, es que esta señora no va a cambiar nunca, oiga... y toda clase de disculpas. Pero yo, ni corta ni perezosa, me levanté y saludé a don Antonio como si nada, aunque desde luego estaba lívida, pero bueno, lo último que hay que perder es la compostura, él también me saludó, muy amable y caballero, igualito que si hubiese estado vestida, cómo está, señora, tanto tiempo e incluso se permitió agregar no ha cambiado nada usted... Ni usted, le dije yo, aunque ya no le queda ni un pelo y está gordo como un chancho, él que fue tan buen mozo, oye, qué pena, ¿no?... Luego los dejé en la terraza mientras iba a ponerme algo encima. Claro que el pobre don Antonio no quiso tomar ni siquiera un jugo de frutas y casi al tiro se fue. Un poco sofocado, seguro. ¿Pero por qué no me avisa, digo yo, si me conoce hace más de cincuenta años? Tu padre, hecho una furia que para qué te cuento. Salió dando un portazo, volvió por la noche muy tarde, casi de madrugada y por primera vez en cuarenta años de matrimonio durmió en la pieza de al lado. ¿Qué te parece? Para que veas que como dice el dicho en todas partes se cuecen habas.

Bueno, hijo querido, después te sigo contando las trastadas de esta vieja loca. Muchos besos a los niños y Nathalie y para ti un gran abrazo y todos los besitos del mundo de

Mamá

*

Lo vi junto a la entrada, vestido siempre de negro. Me dije quién será realmente este huevón, le di la mano, hola, ¿tomamos algo?, aquí en la plaza hay un café, contestó. Nos sentamos junto a una vidriera que daba a la rotonda de Ménilmontant y permanecimos en silencio hasta que el camarero nos trajo el pedido. Ni observándonos, ni mucho menos como se suele leer en las novelas «estudiándonos», sólo en silencio, cada uno mirando hacia la calle. Él fue el primero en abrir fuego. Cuando tuvo su cerveza delante, dijo, ¿y? La verdad, me pilló un poco desprevenido. No, no es cierto, la verdad es que me sorprendió por completo porque yo, que había hecho todo lo que había hecho por llegar a ese momento, no tenía ni la más remota idea de cómo iba a salir del paso. ¿Y?, sencillamente, sin más, sin ningún aspaviento, sin ninguna concesión, ¿a qué?, digamos a las normas sociales, a la cortesía. Es decir no dijo está oscureciendo temprano, ¿no?, o bueno, aquí me tienes, ¿de qué se supone que tenemos que hablar? ¿Y?, se preguntará usted, ¿entonces? No, nada, dije yo, o mejor dicho balbucié porque empezaba a sentir que perdía la delantera, o mejor dicho que él la tomaba sin dificultad alguna, cuando era yo el que debía indagar, hacer las preguntas, tomar la iniciativa. Yo era el detective y él mi presa. O eso suponía. ¿Tú eres Nelson, el Nelson del Pedagógico, verdad? Bueno, Nelson en el Pedagógico debe haber habido varios miles, pero supongamos que sí. ¿Y tú quién eres? Ya te dije el otro día, Pablo Riutort, también del Pedagógico, de literatura, tú estabas en pedagogía en castellano, pero teníamos ramos comunes... Él hizo un gesto con la mano que interpreté como una invitación (¿o debería decir una orden?) a que abreviara y preguntó ¿qué querís?, tan a boca de jarro de nuevo que no pude evitar interrogarlo a mi vez, ¿cómo?, para qué me querías ver, y ahí ya no se me ocurrió otra cosa que decirle lo que de verdad le tenía que decir, lo que le tendría que haber dicho desde un comienzo: para saber. Me miró un poco perplejo, enarcó las cejas y dijo: ¿y qué chuchas querís saber? Bebió su cerveza al seco, agregó ¿tomamos otra?, mientras yo pensaba todo y luego, quién eres tú, pero decía de acuerdo. Pedí dos cervezas más. Él preguntó, ¿te manda alguien?, dije, no, ¿y por qué me andabas siguiendo?, no te andaba siguiendo, vivía muy cerca de Pigalle hasta hace poco y me crucé contigo, eso se llama azar, el azar no existe, compadre, opinó él, puede, dije yo. El mozo volvió a traer un par de jarras de cerveza, él levantó la suya y se bebió la mitad de un trago largo, salud, entonces. Antes de que volviera a preguntar, preferí pasar al ataque. Quisiera saber por qué hiciste una declaración falsa en mi contra. Trataba de aparentar serenidad, aunque en realidad me temblaban las manos. ¿Yo?, dijo él llevándose un índice al pecho, ¿declarar contra ti? ¿Cuándo? En el Pedagógico, hace veinte años, pero no te preocupes, no me cuesta trabajo imaginar por qué lo hiciste y sinceramente tampoco te guardo rencor. Él abrió mucho los ojos, me fijó con esa mirada un tanto demente, intentó sonreír y la sonrisa se quedó en una mueca a medio camino entre la sorpresa y el espanto, miserable, tiene miedo ahora, veinte años más tarde, pensé, no lo puedo evitar, ya estamos aquí, él se llevó de nuevo el índice al pecho ¿yo? No, espera, en el fondo hay una sola cosa que de verdad me gustaría saber: quién eres tú. Bebí al seco mi cerveza. Estaba dicho. A tu salud. Él, Nelson, el Trauco, el que me había vendido (¿a cambio de qué, obedeciendo una simple orden, sin resarcimiento alguno, cumpliendo una sencilla tarea administrativa?) en un tiempo tan remoto que ya me parecía otra vida, desde el asombro sólo atinó a contestar: lo mismo quisiera saber yo. Ya somos dos, entonces. Claro, dijo él, ¿pedimos otra?

*

Santiago, 18 de junio de 1998

Mi muy querido y recordado hijo:

¿Cómo estás? ¿Y mis nietos y nuera? Espero que todos bien y felices disfrutando ya casi del verano.

¿Han pensado dónde irán de vacaciones? Ojalá puedan pasarlas en algún lugar bonito. En Venecia, por ejemplo, ¿no estaría mal, no? ¿Por qué no van a ese hotel que aparece en la película esa que me gustó tanto? Ay, tu madre es tan tontita que ya ni se acuerda del nombre. ¿*Muerte en Venecia* será? Sí, ya sé que objetarás que Venecia es muy caro, aún recuerdo el día aquel en que te propuse que fuésemos a pasar el fin de semana a Venecia y tú casi te desmayas. ¿No sabía yo lo caro que era Venecia? Además, me regañaste, no era cosa de llegar y partir así, de París a Venecia un viernes por la tarde, como quien va de Santiago a comerse una cazuelita de ave a Curacaví. Ay, hijo, la verdad es que para esta tonta de capirote de tu madre ir a Venecia no era más complicado que viajar de Santiago a Cartagena, o a las Rocas de Santo Domingo. ¿No ves que todo el mundo por acá dice que una de las ventajas de Europa es que todo está tan cerca? Ignorante que es la gente y una en primer lugar.

Aquí estamos teniendo un invierno crudísimo. No para de llover y hace un frío que cala los huesos. Tu padre sufre con estas temperaturas, le duelen más las articulaciones. Yo, cual la vieja que soy, llena de achaques, pero, como se dice, con una mala salud de fierro. Monótona es la vejez, hijo. Pero fíjate que tampoco tanto. Te voy a contar algo que ocurrió no hace mucho, pero, por favor, te ruego que no se lo repitas a nadie. Te lo cuento para que veas que, como se dice en buen castellano, a la vejez, viruelas. Resulta que el otro día tu padre fue a una despedida de soltero, del hijo de su amigo Jorgito Pardo, el dueño del hotel ese cerca de las termas de Chillán, en fin, tú sin duda no te acordarás de él. Resulta que el tal Jorgito llamó por la mañana para invitarlo a la despedida de soltero de su hijo, Jorgito junior, o bis, como digo yo. Le pregunté a tu padre por qué el tal Jorgito bis invitaba a su padre a su despedida de soltero, si las despedidas de soltero son más bien con los amigos, vaya uno a saber, me contestó, y me sugirió que no lo llamara Jorgito bis porque se me podía salir delante de él, que no sería la primera metida de pata, agregó de paso y que dejara de andar preguntando cosas que no me incumbían. Ya sabes cómo es este hombre cuando anda de malas pulgas, no hay quién lo aguante. El caso es que a eso de las seis partió tan orondo a buscar al viejo Pardo a su hotel. A mí me dejó como se dice con los crespos hechos, porque me había prometido que me vendría a recoger a la peluquería y que después iríamos al cine, pero ya ves, los amigos están antes que la propia mujer. Para abreviar, el caso es que no regresó esa noche a casa. Yo lo esperé como hasta las dos de la mañana y después me fui a acostar pensando que acabarían la parranda seguramente al amanecer. Tampoco hubiese sido la primera vez. Pero a la mañana siguiente, al comprobar que no estaba en la cama, me asusté. Desperté a tu hermana y comenzamos a pensar por dónde comenzar a buscarlo, comisarías, hospitales, etcétera, imagínate la angustia. Estábamos en eso, cuando suena el teléfono. Yo, para qué te voy a mentir, me imaginé lo peor, un llamado de la morgue, por lo menos (qué horror, sólo de volverlo a pensar se me pone la carne de gallina, toquemos madera). Pero no era la morgue, sino una de las comisarías del centro. Que si en esta casa vivía un tal Julio Riutort. Nosotras, sí, claro, ¿por qué?, ¿qué había pasado, algún accidente, algo peor? No, es que aquí hay un señor que perdió toda su documentación y dice que ése es su número de teléfono, nosotras sí, por supuesto, ¿qué pasa, está detenido? No, pero tendría que venir a buscarlo aquí a comisaría, con algún documento de identidad, un pasaporte, si tiene. Allí estaba tu señor padre, a las siete de la mañana del domingo, ¿qué tal? Además, ni siquiera lo dejaron ponerse al teléfono, era un cabo o un tenientito el que llamaba. Con eso te lo digo todo. Nos vestimos y sin ni siquiera ducharnos salimos con tu hermana a la comisaría de la calle Santo Domingo. A esta edad, oye, tener que ir a buscar al marido a la comisaría, te juro que estaba muerta de rabia. Pero aún faltaba lo peor. Cuando llegamos, nos hacen pasar ¡a una celda! No, si te digo, para caerse muerta. Allí estaba tu progenitor, en mangas de camisa, apenas nos vio entrar, se nos echó a los brazos. Parlanchín y sonriente, como si no hubiese pasado nada. Qué bueno que habíamos venido, que saliéramos de allí pronto, que él nos iba a explicar todito, que le habían tendido una trampa, ¿ve, mi cabo, no le decía yo? Y el cabo ya, ya, haga la denuncia por la pérdida de la documentación y después se puede ir, pero que tuviera cuidado, las calles estaban cada vez menos seguras. ¿Qué pasó?, preguntó tu hermana. Nada, nada, decía tu padre, vámonos, niñas, por el camino les cuento. Pero el cabo nos contó antes que él: lo habían encontrado durmiendo dentro del auto, ¡en plena vía pública, en una de las avenidas que bordean el parque Cousiño! ¿Te das cuenta? Claro, los carabineros se acercaron, constataron que el señor roncaba como un bendito, lo despertaron y le pidieron la documentación y allí se dio cuenta de que no sólo se había quedado dormido sino que además le habían robado la billetera, menos mal que los documentos del auto estaban en la guantera. De todas maneras decidieron traérselo a pasar lo que quedaba de noche en la comisaría, no fuera a tomar frío en el auto, bromeó el cabo. Hicimos la denuncia, le devolvieron su chaqueta (pero el abrigo no apareció por ninguna parte) y pudimos irnos. Cuando nos subimos al auto había una peste, un olor a perfume inmundo, un perfume de fulana, no sé si me explico. Tu padre, deshaciéndose en explicaciones, que le habían dado una droga en el trago, que al irse del restaurant (que a mi juicio era más bien una quinta de recreo o una casa de remolienda) una señorita (o sea la pelandusca del perfume) le pidió que si la podía acercar al centro y él que cómo no, ¿cómo se iba a negar?, que era una chica que estaba en el restaurant, seguro que amiga de Jorgito. Amiga de Jorgito, faltaba más, lo interrumpí yo, ¿pero tú crees que esos muchachos salen con ese tipo de fulanas? Él, calladito, manejando nomás. ¿Y qué pasó después? Eso fue todo, va y me dice el muy perla. ¿Eso fue todo?, me estaba verdaderamente atragantando de ira, ¿y dónde están el abrigo, la billetera y qué es este perfume de pecincoteuno en el auto? Y qué sé yo, dijo él y levantó las manos al techo en un gesto como de desesperación, que no lo cargoseara ya con tanta pregunta. Entonces me di cuenta de que también le faltaba el reloj, el Rolex de oro que le regaló la firma por los treinta años de servicio. Ya era mucho. ¿Y el reloj?, pregunté con un hilo de voz. ¿Qué reloj? El que te falta en la muñeca. Se miró la muñeca y dijo que no se lo había puesto. Más le hubiese valido, un reloj de varios millones de pesos, es el colmo. Estoy segura que sólo en ese momento se dio cuenta de que también le habían robado el reloj, porque palideció y apenas llegamos a la casa se puso a revolver sus cajones y extrajo el estuche de cuero del Rolex, vacío. Y yo que pensaba que ese reloj te podría haber servido a ti, hijo, que era una de las pocas cosas de valor que tu padre te iba a dejar. Más hubiese valido que lo vendieras y con la plata te podrías haber dedicado a escribir una novela y hasta a lo mejor dos. Pero ya ves, el hombre propone y Dios dispone, no hay que tener ningún apego a las cosas materiales. En fin, para abreviar, te diré que tu padre cayó en un mutismo total que le duró más de dos semanas. Yo tampoco hice ningún esfuerzo por hablarle. O sea, el mutismo fue mutuo. Pero el otro día, «le 14 juillet», llegó con una botella de champaña. Y puso ese disco de Nat King Cole que nos gusta tanto, ese en donde canta cachito, cachito, pedazo de cielo que Dios me dio, que tú bailabas cuando eras bebé afirmándote del mueble de la radio. Me pidió que lo perdonara y yo pensé que una canita al aire (y un reloj de varios millones de pesos) no valían toda una vida juntos. Así es que nos reconciliamos bailando, por ti y por tu hermana (y brindando «pour la France»). Para que veas, hijo, que estas cosas pasan hasta en las mejores familias.

Bueno, no te quito más tiempo, mi niño, ya te he dado bastante la lata por hoy. Dales un gran beso y abrazo a los niños y a Nathalie y tú recibe los miles de besos y el cariño de siempre de

Mamá

PD: Por favor, ni una palabra a tu hermana ni a tu padre sobre lo que te acabo de contar, confío en tu discreción.

*

¿Se estará riendo de mí, el huevón este? Pregunto, ¿me estás tomando el pelo? Él, compuestito, bien afeitado, niño bien, se ve, se huele, aunque aquí en París no se noten, no se vistan como allá que no salen de la chaqueta de *tweed*, la parka de microfibra, el gamulán, los zapatos Hush Puppies, todos iguales. Él, en absoluto, digo que ya somos dos, a mí me interesa conocerte por motivos, a ver, cómo decirlo, personales o, me atrevería a decir, literarios, si no sonara tan pedante, envalentonado el pije, como tantos, sonríe, pero suena pedante, le digo, y él, es cierto, por razones personales, dejémoslo así, queda mejor. Con las tres jarras de cerveza de medio litro cada una yo también debería estar carcajeándome con este imbécil, o a punto de estrellarle la jarra en la cabeza. Pensé que me estabas siguiendo, que te mandaba alguien. No, nada de eso, hace un gesto al mozo, la cuenta por favor, ¿quién me podría mandar? Es cierto, no hay nadie a quien le pueda interesar seguirme, ¿qué sé yo que no sepan los demás, que no sea ya archisabido? Nada. No tengo nada que ocultar. Salvo que uno siempre tiene algo que ocultar, aunque no lo sepa ni uno mismo, como decía mi comandante. Pero ésa es otra historia. ¿Hace mucho que vives en París? Siete años, dice y va a pagar, pero yo lo atajo, ésa sí que no me la hacen, no me va a comprar con tres putas cervezas, a hacerse el magnánimo, ¿cree que yo no me puedo costear mis vicios? No, yo invito, pongo dos billetes encima de la mesa. Espera, dice, no, yo invito y se acabó, le atajo la mano. Ahí sí que lo dejé pillo. ¿Y a qué te dedicas? Desde hace unos años, a la traducción, pero he hecho de todo, como todo el mundo, como todos los que vinimos a dar a esta puta ciudad, ¿y tú? Bueno, ahora mismo soy barman, ya lo viste, de hecho ¿cómo llegaste a La Java? Preguntando se llega a Roma. ¿Preguntándole a quién? Él, me lo dijo Tatiana. ¿Y cómo sabía ella? Eso ya no lo sé. La Tatiana, él sabía que no se podía confiar en nadie. Igual, por despecho, rubiecita teñida, azulita, buena para el éxtasis, la coca, la marihuana, el trago, hasta alcohol de quemar tomaría, hasta neoprén aspiraría, jarabe para la tos, rubiecita, azulita, floja en la cama, floja, él no la había querido, ¿cómo la iba a querer, si estaba todo el día volada como piojo? Rubiecita despechada, la Tatiana. ¿Y qué más te contó? Nada, no te pongas paranoico. No es paranoia, pura curiosidad, ¿te hizo un «completo»? Y tú, ¿llevas mucho tiempo acá?, pregunta él en vez de contestar. ¿O sólo un «especial»? Me mira, de atrás pica el indio, pienso, y digo las cartas sobre la mesa, ¿verdad, compadre? Se hunde un poco más en su asiento, cómo es que ya lo estoy tratando de compadre, incómodo, yo no soy tu compadre, pero no, nada de eso, tiene que comer un poco de mierda si quiere que le cuente, lo sabe, no es tan huevón. Ni lo uno ni lo otro, dice, si quieres saberlo, la seguí, la abordé en la calle y le conté, duda, no sabe si continuar, pero ya ha ido demasiado lejos, bueno, un cuento. Afuera, en la rotonda de Ménilmontant, ha anochecido, gente, motos, bicicletas, filas de autos, bocinas. De manera que era eso. Sí que lo andaba buscando. Tendría que tener cuidado con lo que decía de todas maneras. Yo llevo casi cinco años. ¿Y antes? ¿Antes, qué? Quiero decir, ¿viniste directo desde Chile? No, he vivido en muchas partes, en Chile y fuera de Chile, en Tacna, por ejemplo, ¿conoces? Sí, claro, qué va a conocer el gil este, dice por decir, por no achicarse, en Antofagasta, en Arica. Y él, también conozco, ¿por qué no vamos a comer una empanada, al Limarí precisamente, ¿ya has estado?, invitando, canchero, conoce Tacna y se pasea por París, no, reconozco y para no darle en el gusto, no voy a restaurantes de exiliados, y el huevas, que no me ponga denso, ahora le voy a decir que tampoco me gustan las empanadas, sonrisita, niñito bien. No, pero no es que me vuelvan loco.

¿Aló, está Amanda? No, número equivocado, aquí no hay ninguna Amanda y me disponía a colgar cuando, ¿pero estaba Amanda? ¿Amanda?, ya, claro, un momento. ¡Rocío, teléfono! ¿Sí?, hola, qué tal, sí estaban todos bien, gracias ¿y en su casa también? Qué bueno. ¿Para mañana? El cumpleaños de Esteban, claro, ahora se acordaba, qué idiota. Sí, que iba a buscar un lápiz para anotar la dirección, mañana a las ocho, ya, ahí nos vemos. El compañero Franz, dijo cuando colgó, que mañana teníamos que ir a celebrar el cumpleaños de Esteban. ¿El cumpleaños de Esteban? Bueno, algo querrá decir, es en Macul, cerca del Pedagógico. Nos abrió la puerta un muchacho de nuestra edad. Rodrigo, se presentó. ¿Cómo?, preguntó Rocío, ¿no te tenías que llamar Esteban? Claro, perdonen, Esteban, dijo Rodrigo. Con ese rigor se respetaban las chapas en el partido. Nosotros también nos habíamos presentado por nuestros nombres de pila. De todos modos, pronto nos daríamos cuenta que en el partido casi todo el mundo se conocía. Rodrigo vivía con sus padres. Nos hizo pasar a su cuarto y estuvimos charlando un buen rato. Estudiaba sociología, en la Chile. Rocío iba a estudiar lo mismo dentro de un par de meses. No es muy alentador, los profesores son una vergüenza. ¿Y qué se puede hacer? Hay que completar con cursos en la Flacso y otros grupos de estudio. En el radiocasete sonaban los temas habituales de Silvio Rodríguez y Pablo Milanés. *Qué se puede hacer con el amor, yo pisaré las calles nuevamente, de lo que fue Santiago ensangrentada y en una hermosa plaza...* Y fuera del cuarto transcurría la vida normal de una casa de la clase media santiaguina. Hermanos menores que miraban la tele, la madre preparando la cena en la cocina. Rodrigo, a quien nunca llamamos compañero, mientras que Franz siempre fue el compañero Franz, nos contó que se había decidido que participáramos en actividades de agitación y propaganda. Sí, ya sabemos algo de eso, dijo Claudio. Y él, ¿verdad? Mejor, entonces y nos pidió que lo ayudáramos a desplazar el armario. Detrás había una maleta, de esas viejas maletas de cartón duro, de las que se ven en los bazares de los alrededores de la Estación Central y las tiendas de provincias. La abrió mientras nos explicaba. Se trataba de conmemorar la victoria de Allende de 1970. ¿Sí, y cómo? Bueno, justamente, la idea era que la dictadura supiera que la izquierda no estaba muerta. Se entendía, pero cómo. Tirando estos panfletos, para empezar. Dentro de la maleta, envueltos en bolsas de plástico, había centenares, miles, decenas de miles de panfletos. Eran pequeños rectángulos de papel negro con letras blancas. Decían que Allende vivía y que más temprano que tarde se abrirían las anchas alamedas. Y que el pueblo vencería. Nos miramos. Preguntamos, ¿adónde habría que ir a tirarlos?, ¿y cuándo? La fecha escogida es el 4 de septiembre por la mañana, nos explicó el compañero Rodrigo. La idea es tirarlos en todos los paraderos de micro de la Alameda y Providencia. Rocío: ya. El Flaco: ajá. Yo: entiendo. Claudio: panfletos, examinándolos como si se hubiese tratado de una muestra del suelo de Marte. También hay que hacer rayados, compañeros, agregó Rodrigo. ¿Cómo así? O sea, a mí me han dicho que a ustedes les toca hacer rayados, a lo mejor no se encuentran preparados para eso, ¿preparados?, lo interrumpió Claudio, preparadísimos, estábamos. Bueno, mejor, en ese caso. Y el Flaco y yo casi al unísono, ¿había que hacerlos en los muros? El compañero Rodrigo dudó un par de segundos como si no hubiese acabado de entender la pregunta, claro, en los muros, dijo, y de seguro estaba pensando que de dónde salíamos, no veo en qué otra parte. Sí, es que, intercedió Rocío, e iba a decir con toda certeza que en la vida habíamos hecho un rayado, pero Rodrigo la interrumpió, se hacen con esto, dijo, mostrando un tubo de spray. Y aquí está la lista de consignas, agregó rebuscando en el fondo de la maleta. Nos alargó una hoja escrita a máquina. «Allende vive en la memoria de su pueblo, Venceremos», «Fascismo = hambre, tortura y muerte, El pueblo vencerá», «Contra la dictadura, por Chile, Unidad Popular»... La lista incluía unas diez o quince frases por el estilo. ¿Se puede elegir el lugar?, preguntó el Flaco. No, compañeros, dijo Rodrigo, en realidad hay una lista de lugares precisos ya seleccionados que debo tener en alguna parte. Sacó de arriba del armario cinco o seis cajas de zapatos llenas de papeles de todo tipo, había desde documentos escritos a máquina hasta anotaciones en servilletas grasientas e incluso en trozos de papel higiénico. ¿Es una estrategia?, preguntó Rocío. ¿Qué?, dijo Rodrigo. Tanto desorden. No, no, en absoluto, soy terriblemente desordenado, ¿por qué? No, es que si llegas a caer en las garras de la CNI van a tardar como seis meses en entender algo. Es cierto, riéndose, no lo había pensado así, pero mejor, ¿no? Al final encontró la lista y nos la leyó: Pedro de Valdivia con Irarrázaval, Macul con Irarrázaval, Diez de Julio con avenida Matta, iglesia de San Francisco, San Antonio con la Alameda, ahí sí que no se puede, lo interrumpió Claudio, es la esquina de los Almacenes París, en la vitrina, le contestó Rodrigo, de eso se trata, y siguió, plaza Italia, esquinas surponiente y norponiente, esquinas de la avenida Providencia con: Manuel Montt, Antonio Varas, Carlos Antúnez y Los Leones. Hizo una pausa, nos miró detenidamente uno a uno y agregó: eso es todo, compañeros, ¿alguna pregunta? El Flaco, no sabía por qué, pero le habían dado unos escalofríos terribles, ¿dónde estaba el baño? Y Rocío: son las esquinas más vigiladas de Santiago. Bueno, ustedes comprenderán que no tiene ningún sentido ponerse a hacer rayados en calles por las que nadie pasa, explicó Rodrigo. Siempre pasa alguien por una calle, dijo Claudio, enigmático. Y yo: una cosa es hacer rayados y otra enviar a la gente al matadero. Yo estoy de acuerdo, me secundó Rocío, me parece arriesgadísimo enviar a la gente a hacer rayados en las esquinas más concurridas de la ciudad, sobre todo teniendo en cuenta la vigilancia que va a haber durante esos días. Si tienen alguna objeción, alguna crítica, diríjanse a Franz, aclaró Rodrigo, yo cumplo con transmitirles lo que se me ha encargado. Claudio, no, si no había ningún problema y yo, ni el más mínimo, aparte de arriesgar el pellejo en cada esquina y el compañero Rodrigo, oye, pero que no estábamos en el Club de Polo, sino en la resistencia, y si no nos queríamos arriesgar no había que militar, punto. Que lo perdonáramos, pero él lo veía así. Rocío: sí, tenía razón, que no se hablara más. Y el Flaco, ¿pero todas las esquinas eran para nosotros? No, por supuesto que no. Que eligiéramos, teníamos ese privilegio por ser pajaritos nuevos, él iba a marcar en la lista y que no nos olvidáramos de llevarnos la maleta. ¿La maleta? ¿Cómo nos íbamos a llevar la maleta? Andar por las calles con una maleta llena de panfletos, justo antes del 4 de septiembre, aniversario de... y de las fiestas patrias, como perros los soltarían a cazar militantes de izquierda, ¿y dónde la íbamos a guardar, además? Bueno, compañeros, lo dicho, si no quieren correr ningún riesgo hay que quedarse en la casa. Es muy bonito jugar a derrotar a la dictadura entre el living y la cocina. Pero nadie nos estaba presionando, podíamos no hacerlo, él en todo caso no nos iba a obligar, ¿queríamos pensarlo, discutirlo durante un rato? Que no nos preocupáramos por él, que iba a estudiar en el living. No, no tiene sentido, dijo Rocío. Y el Flaco, nos llevamos la maleta. ¿Saben cómo hacerlo?, preguntó Rodrigo cuando ya nos íbamos. Se suben a una micro, pero antes los dejan disimuladamente debajo de la pisadera, cuando la micro parte, se levanta una estela de panfletos. Bonito, dijo Claudio. La revolución está llena de experiencias hermosas, compañeros, sentenció Rodrigo. Una amplia sonrisa iluminaba su rostro. Buena suerte, agregó. Una pregunta, ¿qué pasa si nos agarran?, se permitió el Flaco. No pasa nada porque no los van a agarrar, dijo Rodrigo. Estábamos en el antejardín de su casa. Un enjambre de niños andaba en bicicleta y jugaba a la pelota en el pasaje ya oscurecido. No nos van a agarrar, dijo Claudio, pero ¿y si nos agarran? Cierren las piernas y si son creyentes y saben rezar, recen, contestó Rodrigo. Maravilloso, dijo Rocío. No, en serio, el compañero Franz les dará instrucciones más precisas al respecto. ¿Ven esos niños? Claro que los veíamos. Imposible no verlos. Piensen que lo que están haciendo ahora es para que ellos tengan un futuro mejor, es lo que yo me digo cada día, nos aconsejó Rodrigo. Eso es verdadero altruismo, dijo Claudio. En absoluto, son mis hermanos, y Rocío, ¿todos? Todos, dijo el compañero Rodrigo, somos doce en total y dejó escapar una sonora carcajada, que nos fuera bien, ya nos veríamos.

¿Te gustan de pino o de queso? No le caería bien, quizá, saber que doña Gloria, la señora que me llama Pablito y nos sirve en el Limari – Bar Restaurant – Spécialités chiliennes era cocinera en la empresa de la que mi padre era gerente. Mejor no se lo cuento, aunque... gerente, tampoco el gran capitoste, una pequeña división, un par de soldaditos a quien mandar, incluida la secretaria, yo prefiero de pino, ninguna fortuna, pero lo que se dice un buen pasar, una casa, un auto, nada del otro mundo, ¿y él?, yo también, de él se trata, no de mí, ¿van a tomar Casillero del Diablo, Pablito? Claro que sí, Casillero del Diablo y lo que haya que beber, total, ya entrados en gastos, como dicen los colombianos. Se ríe por primera vez, Nelson, aprovecho, ¿tú eres de Santiago? Sí, de la población El Pinar, allí me crié. Buenos recuerdos, ¿qué?, de la población, ¿tienes buenos recuerdos?, sí, dice, ¿por qué?, no sé, es algo que siempre me ha interesado saber de las personas. Recuerda, ¿a ver?, dice, ¿qué recuerda?, más relajado ya, si es que no entregado a la situación, a la conversación, ¿a ver?, repite, recuerda un patio de tierra, una calle también de tierra, siempre llena de barro, recuerda la escuela, República de Guatemala se llamaba, los largos corredores, el viento que se colaba por las ventanas en los rectángulos donde faltaban vidrios, la cara de su maestra, la señorita Josefina, aconsejándole a su madre que su hijo tenía que estudiar por todos los medios, en serio, era super bueno en la escuela, dice. Recuerda los partidos de fútbol los domingos en la cancha llena de hoyos y de polvo, poca cosa más. Su madre vivía con su tío Aníbal, recuerda, que era linotipista y bien anarquista para sus cosas, dice, bien revolucionario. Con el tío hacía las tareas al regresar de la escuela porque su madre trabajaba todo el día afuera, recuerda en voz baja ahora entre trago y trago de Casillero del Diablo, se iba a las siete de la mañana y volvía como a las diez de la noche, dice, es que la locomoción era tan mala allá, no es como acá, ¿verdad?, no es como el metro y los buses de acá, tan puntuales, ¿verdad? No, qué va, mala la locomoción, el transporte público, siempre había accidentes, dice, allá en El Pinar, casi siempre había gente que se caía de la micro, o que la atropellaban, es que iban colgando como racimos de uva de las pisaderas, aún es igual; sí, no debe haber cambiado. ¿Y asaltos?, me mira un segundo, desconfía, ¿qué quiere hacerme decir este pijito?, había de todo, como en todas partes. Claro, acá también hay asaltos. Y en algunos lugares de la *banlieue*, mucho más que en El Pinar, opina. Seguro, mucho más. Lleno su copa, bebo un sorbo de la mía, ¿en qué trabajaba tu mamá?, ahí está la pregunta, la empujo, me cuesta hacerla salir, pero la hago. Era asesora del hogar, explica, empleada, pero en las mejores casas, se justifica, trabajó con la familia Altamirano, ya, ya está, pienso, ¿la del dirigente político? Sí, dice él, y yo pienso, en casas de la burguesía de izquierda, no perdona, aquí está, interrumpe doña Gloria, dos empanaditas de pino, de segundo, ¿van a preferir cazuela o pastel de choclo? Igual que en Chile, se extraña Nelson. Igualito. ¿Y después?, ¿cómo después? Después pastel de choclo para él, cazuela para mí, sí ¿qué pasó?, ¿es un interrogatorio?, desconfiado nuevamente, estará pensando que no debió haber contado lo de su madre asesora del hogar, empleada, modesta sirvienta y ¿qué está haciendo aquí?, estará pensando, ¿un interrogatorio?, en absoluto, una conversación, intento apaciguarlo, tranquilo, devolverlo al cauce del diálogo. Entonces cuenta algo tú también, pregunta nomás, cómo llegaste a Moquegua, por ejemplo se ríe el Trauco, qué diantres le importará Moquegua, igual contesto en un bus de la compañía Los Angelitos Negros, la conoces, ¿verdad?, asiente el Trauco, nadie que se haya paseado por el Perú desconoce Los Angelitos Negros, Morales Moralitos, sonríe Nelson, importante no perder el hilo, domesticarlo, que coma en mi mano, una sencilla conversación, continúo venía de Tacna e iba a Arequipa, en realidad venía de Santiago e iba al Cuzco, pero eso fue hace miles de años, poco después de que nos viéramos en la oficina de Kakariekas estoy a punto de decir, pero mejor no, no nos apresuremos. ¿Y tú?, pregunto, otra botella de Casillero, le pido a doña Gloria señalando la vacía. Claro, cómo no iba a conocer, dice él, eso sí, que no deben de haber muchos chilenos que conocen Moquegua, yo fui taxista como durante dos años, dice, cubría la línea Arica-Tacna y tenía una... duda (¿mina, polola?, chica no va a decir, novia menos), ¿sí? No, que tenía una niña, dice, que vivía allí en Moquegua, por eso conozco. ¿Cómo se llamaba? Yénifer, contesta, era bonita, mientras le sirvo más vino, una mulata de ojos rasgados, muy alta, recuerda y un par de caderas, se sonríe el Trauco, un par de tetas y se queda mirando hacia la estrecha puerta de doble hoja, como si del otro lado hubiese una larga playa del Pacífico, la que separa Tacna de Arica por ejemplo y no el bullicio nocturno de la rue Beaurepaire, como si no estuviésemos en París, en Francia, en otro mundo. Lo pasábamos bien con la Yeni, murmura.

*

No les pude avisar personalmente, que lo perdonáramos pidió el compañero Franz, pero la decisión se había tomado en el último minuto. ¿Qué decisión?, preguntó Rocío. La de que se incorporaran a las actividades de conmemoración de la victoria de la Unidad Popular. Sí, claro, que entendíamos, dijo el Flaco, pero, pregunta, ¿qué pasaba si alguien se negaba a tirar panfletos o a hacer rayados, digamos por, y Claudio, por miedo, huevón, lo interumpe, las cosas por su nombre, por qué iba a ser, si no, sí, por miedo, continúa el Flaco, o porque sencillamente esa persona decide que su participación tiene límites, o sea, completo yo, que no quiere arriesgarse. Y el compañero Franz, ¿nos queríamos retirar? No, no se trataba de eso, era una simple pregunta, dice Claudio. Y él, legítima, claro, que el partido nunca obligaría a nadie a hacer nada, pero tampoco se podía trabajar en la resistencia, luchar contra la dictadura, sin correr jamás ni el más mínimo riesgo. Ya, no, si la cuestión estaba zanjada, dijo Rocío. Él comprendía que nuestra falta de experiencia, no, no, si lo íbamos a hacer, dijo el Flaco, ¿verdad? Por supuesto. Y entonces, el compañero Franz, cambiando de tema, ¿ya teníamos casas de seguridad? Claudio: ¿casas de qué?

*

Entonces viene y me pregunta eso. Y yo: la preguntita, ¿no se le ocurría nada mejor? Y el pije, que qué le veía de malo, que igual si prefería no contestar no pasaba nada. Era un juego. ¿Y por qué tengo que jugar? Bueno, no te pongas tan denso, nadie te está obligando. Si no le ves nada de malo contesta tú, respondo. ¿Contestarme a mí mismo? Claro. Lo piensa un poco, va y dice: un patio, un patio de cemento con un rectángulo de tierra al centro y un garage de tablas en donde hay una camioneta vieja, está allí desde quién sabe cuándo, seguramente desde siempre, le falta una puerta y el interior está todo destartalado. Allí aprendí a manejar, dice y se ríe. Un silencio y después: y una tarde en que estoy en ese patio, escarbando la tierra con un palo, junto al garage, me llevo algo a la boca, mastico: un sabor extrañísimo, es caca. ¿Caca? ¿Y qué hiciste, gil? Qué iba a hacer, que la escupió, dice, se fue a lavar la boca con jabón, que lloró, pero me acuerdo sobre todo de que a mi padre le bajó un ataque de ira fenomenal, que mirara, Alicia, que este niñito andaba comiendo mierda en el patio, que qué era eso, por qué no lo vigilaba mejor y que seguramente su madre había contestado que por qué no lo vigilaba él, que también estaba autorizado por la ley a echarle un ojo al niño de tanto en tanto, o algo por el estilo porque se armó un escándalo de samba y canuta, ¿de dónde vendrá?, de samba y canuta y su progenitor se fue dando un portazo diciendo que a él nadie lo respetaba en esa casa. Pregunto, ¿por qué me lo cuentas a mí? ¿No le da vergüenza contárselo a un desconocido? Él, ¿vergüenza?, ¿por qué? A la mayoría de los niños les ocurren cosas así, ya, te toca. Bueno, ¿qué?, ¿el primero? El primero, de eso se trata. El ruido de la lluvia sobre las calaminas del techo, allá en El Pinar. Y yo mirando por la ventana, viendo caer la lluvia sobre la calle de tierra. Es de mañana y hay un cielo nublado, negro de agua, como una neblina al final de la calle. Yo estoy en pijama. Ese día no he ido a la escuela. No he ido a la escuela porque mi madre me ha lavado la ropa la noche anterior y se está secando junto al brasero. No tengo más. Por eso estoy solo en la casa. Me mira. Eso es todo, digo. No tengo más ropa, llueve. Eso. Él: ya, ¿un poco más de vino? Pero no me da vergüenza, claro que eso no se lo digo. Lo pienso nomás. Ya no. Sí, sírveme otro poco. ¿Te quedabas muchas veces así? ¿Cómo así? Solo, en tu casa, dice. ¿Es un interrogatorio? No, una simple pregunta. Una vez a la semana, cada vez que me lavaban la ropa, ¿por qué? No, por nada, salud. No digo nada, pero igual pienso, curioso, ya no me avergüenzo. Salud.

*

¿Ustedes son poetas, verdad?, preguntó el compañero Franz. Yo, sí, bueno, lo intentamos. Entonces van a ir a la Unión de Escritores Jóvenes. La compañera Amanda, ¿Amanda?, sí, Amanda y el compañero Fabián, ¿Fabián?, ya, no jodan, van al Frente Universitario. Se reunirán con el compañero Esteban, que era el encargado de célula, una vez por semana. Y Amanda y Fabián, o sea Rocío y el Flaco, ¿qué tenían que hacer exactamente? Lo primero era ver cómo nos sumábamos a la campaña contra la instalación de oficinas de la CNI en el Pedagógico. La situación se estaba agudizando y se corría el riesgo de que la organización de marchas y otras formas de protesta se nos escapara de las manos. ¿Qué quería decir? Que se impusiera la tesis de un paro general a cualquier precio, para lo cual nosotros creíamos que la situación no estaba madura, lo más probable es que en ese caso la dictadura decidiera aplicar la fuerza y cerrara la universidad. Pero, compañero, ¿eso no era agudizar las contradicciones? Sí, pero no a cualquier precio. Y nosotros, ¿cuándo íbamos? El lunes. ¿A qué hora? A las cinco y media. Nos miramos, ¿pasaba algo? Sí, no podíamos, es que salíamos de clases a las cuatro y media, no nos daba tiempo a pasar por nuestras casas. El compañero Franz, ¿para qué queríamos pasar por las casas? Para cambiarnos, no íbamos a ir en uniforme. Franz, el compañero, que no empezáramos con veleidades de pequeñoburgueses, lo importante, compañeros, era llegar a la hora a las citas, en general, que lo supiéramos, que el atuendo importaba un bledo, ¿de cuándo acá un revolucionario se fijaba en la pinta? ¿Íbamos directo del colegio entonces? Sí, claro.

*

Santiago, 5 de agosto de 1998

Hijo querido:

Primero quiero agradecerte que hayas tenido la amabilidad de ir a buscar a doña Nelly al aeropuerto. Gracias, mi niño, yo sabía que me ayudarías a salir de la camisa de once varas en la que me metí con esta señora. Ella es la bondad misma, ya te digo, pero un poco testaruda, no escucha a nadie... y es que claro, cuando se tiene plata, hijo, a veces se puede caer en la soberbia incluso siendo muy católico.

Lo otro que te quiero decir es que no tiene ninguna importancia que te hayan parado los carabineros, o como se llamen por allá (¿«la polís»?). En fin, entiéndeme, no es que a doña Nelly le haya hecho gracia haber tenido que esperar un taxi en el «¿periferiq?», con todos esos autos y camiones como bólidos, y ella allí con sus maletas y todo, pobrecita, menos mal que estaba contigo, pero hijo, ¿no tienes dinero para pagarle el seguro al auto o de verdad se te había olvidado? ¡Qué lástima oye que te vinieran a parar por hacerle un favor a tu madre! Para compensar, si se puede, el mal rato, le he logrado arrancar a tu papá los pocos dólares que le habían sobrado de su último viaje. Son treinta, van bien dobladitos en el interior de ésta. ¿Alcanzarán para el seguro? Si no, dime con toda confianza y yo le pido más.

Ahora, para no guardarme nada, lo que ya le gustó mucho menos a doña Nelly es que a cambio de la Biblia que ella tuvo la amabilidad de obsequiarte tú le regalaras nada menos que ese libro. Cuando vino a verme me dijo que ella te estaba muy agradecida a pesar del incidente con la policía y que incluso habías tenido el detalle de llevarle un regalo, pero que honestamente ésas no eran lecturas para una señora de familia, que qué diría su marido (que es, te recuerdo, el dueño de la mayor cadena de ferreterías del país). Entonces le dije que me lo diera a mí, y es que la verdad tu padre nunca se ha puesto a controlarme las lecturas, faltaría más, pero, oye, eso de regalarle el *Manifiesto Comunista* a una señora tan católica y tan de derecha suena un poco a provocación, reconoce. Así es que aquí tienes a tu madre leyendo el *Manifiesto Comunista*, qué te parece... «Un fantasma recorre Europa...», suena bonito eso, hasta podría figurar en el Apocalipsis, no me vaya a escuchar doña Nelly, se muere.

Bueno, mi niño, a ver si le sacas el seguro al auto lo más pronto posible. Cuídate mucho, muchos besos a toda la familia y en especial a mis dos nietecitos y para ti un fuerte abrazo de

Mamá

*

¿Ésta es la Unión de Escritores Jóvenes?, preguntó Claudio a un tipo que fumaba en la entrada del caserón. Pregunta innecesaria, pues hacía por lo menos un cuarto de hora que nos paseábamos por la calle Almirante Simpson, recorríamos la acera palmo a palmo, desde Vicuña Mackenna al parque Bustamante y vuelta a empezar. Habíamos llegado adelantados, los nervios, seguro y ya teníamos meridianamente identificado el número siete cuando Claudio se dirigió al tipo de barba y anteojitos redondos. ¿Por qué, necesitábamos algo?, preguntó a su vez y al separarse de la pared dejó al descubierto una añosa placa de bronce: SOCIEDAD DE ESCRITORES DE CHILE. Teníamos cita. Y él, observando detalladamente nuestros uniformes, los bolsones, ¿allí? Sí, claro, dónde si no. No sé, dijo, hay un colegio aquí al lado, con una sonrisa socarrona. Ya, pero nosotros somos poetas y él, arrojando la colilla sobre el asfalto, si ustedes lo dicen, ¿y con quién tienen cita? Yo: con el Secretario General. Con el compañero Clemente Silva, subrayó Claudio. Que lo siguiéramos. Nos condujo a una oficina en el segundo piso. Las paredes estaban adornadas con retratos de algunos próceres de la República de las Letras, distinguí a la santísima trinidad, Pablo Neruda,

Gabriela Mistral, Vicente Huidobro, también estaba Pablo de Rokha, los demás eran glorias del XIX (supuse por la vestimenta y porque estábamos donde estábamos, en la «Caza» del escritor como dice Nicanor Parra, porque de lo contrario, igual podrían haber sido empleados de ferrocarriles). El compañero Clemente Silva, tras un escritorio vetusto: bien, ya estábamos allí, que pasáramos y tomáramos asiento, ya le habían avisado de nuestra venida los compañeros de la CC. Yo, dándole un codazo a Claudio, ¿de la qué? Era un momento de despiste, había que corregirlo de inmediato: la Comisión de Cultura. Ya. El compañero Clemente Silva también usaba anteojos de montura redonda, pero era alto, más bien rubio, de tez pálida, chaqueta azul sobre camisa de mezclilla celeste, podría haber sido profesor universitario, publicista, dueño de una tienda de lencería fina, clase media ya acomodada, el compañero Silva. Y entonces, que le contáramos, ¿cuál era nuestra trayectoria? ¿Trayectoria? Ninguna, veníamos de la Alianza Francesa, último año, o sea, después del verano estaríamos en la universidad. Y el compañero que fumaba en la calle, sentándose ahora con todo desparpajo sobre una esquina del escritorio de su jefe, espetó: pero ustedes son poetas, ¿verdad? El compañero Silva, que perdonáramos, se le estaba olvidando: nos presentaba al compañero Antonio Santelices, Vicesecretario General de la Unión de Escritores Jóvenes y el aludido, encantado, apretón de manos, bienvenidos a la UEJ. El compañero Secretario General, ¿desde cuándo militábamos en la Juventud? Claudio: hacía tres meses. El compañero Vicesecretario, ¿nada más? Y el Secretario General, pero claro, Toño, tampoco iba a pretender que hubiésemos ingresado al partido en el kindergarten. Se ríen. Nosotros también y Silva, en fin, si éramos escritores ése era nuestro lugar. Entonces nos explica, la Unión de Escritores Jóvenes era una red de talleres literarios de jóvenes narradores, poetas, dramaturgos, que se implantaría progresivamente en todo el país. De Arica a Punta Arenas, apostilló Santelices. La famosa frase, todo en Chile era de Arica a Punta Arenas, de norte a sur, de Punta Arenas a Arica, jamás. De Arica a Punta Arenas, entonces, con poemas, novelas, cuentos, ensayos íbamos a luchar contra el antiliterario fascismo. La idea, según el compañero Silva, venía de España, en donde el partido comunista había creado una red de cineclubes para hacer trabajo político en los tiempos no tan lejanos de Franco. ¿Cineclubes?, preguntó Claudio, ¿y por qué no? Porque éste es un país de grafómanos, lo atajó el compañero Silva, aquí la gente no va al cine, pero uno levanta una piedra y aparecen dos mil poetas, si se transaran como el cobre en Londres seríamos potencia mundial. Entonces Santelices volvió a la carga, nosotros ¿habíamos escrito ya algo? Por supuesto que sí. Pero él quería decir, literatura. Nosotros: claro, literatura, no estábamos hablando de redacciones escolares. Y el compañero Clemente Silva: la norma era que para ingresar a la UEJ los escritores debían depositar copia de al menos una obra. Y el Vicesecretario, no era por controlar, ¿pero se podía saber qué habíamos escrito? Claudio, sin sonrojarse, Pablo, o sea yo, estaba empeñado en hacer una nueva versión de *La Araucana*. Silva y Santelices: ¿de *La Araucana*? Como lo oían. ¡Pero eso era una empresa titanesca! Bueno, no iba a ser igual de larga, me defendí y ellos sí porque cuántos tendría el original, ¿quince mil versos? Yo creía que más, unos treinta mil. ¡Treinta mil!, Santelices con un chiflido, una locura. Y además la mía era en prosa, en realidad era una serie de pequeños poemas en prosa, libremente inspirados en los personajes de *La Araucana*, pero actualizados. Por ejemplo, Caupolicán es un cantante de rock preso por injuriar a Pinochet, explicó Claudio. Y Valdivia, un teniente de Carabineros alcohólico, que va a la cárcel por tener una amante comunista llamada Fresia. Comparten la celda y dialogan en endecasílabos, se encuentran afinidades, como el fútbol, las putas de la calle San Martín, cosas así. Silva y Santelices se miraron: ya veo, dijo el primero, interesante agregó el segundo. Pero a juzgar por el tono no se lo creían mucho. Tampoco yo, la verdad. Me estaba costando demasiado y no creía poder llegar a completar los treinta y dos cantos de *La Araucana*. Había llamado a ese poema «Mierda de Chile» y en él mezclaba versos de Ercilla con traducciones libres de las canciones de grupos de rock como Pink Floyd o Genesis y algún que otro verso de poetas que leía por entonces, de Apollinaire, por ejemplo, o Saint-John Perse, un verdadero menjunje textual. No se preocupe, no se lo daré a leer. ¿Y tú?, preguntó Santelices a Claudio. Escribe sonetos, dije yo. ¿Sonetos? El compañero Secretario General, incrédulo: ya, uno reescribe *La Araucana* y el otro compone sonetos, ahora díganme que vienen del Seminario. Recítales uno, le sugerí a Claudio. Y él, sonrojado, no qué iba a recitar. Pero el Vicesecretario insistió, que sí, a ver, que recitara algo. Claudio se puso de pie y, colorado como una manzana, cerrando los ojos dijo:

Pichula enhiesta busca culo y tetas,
para apremiante pasión desahogar,
pues fuese Mary y traigo en camioneta,
un par de huevos prontos a estallar.

La que quiera, prepare sus maletas,
si atributos decídese a prestar,
toco guitarra, flauta, arpa y peineta,
viajes prometo en campo, río y mar.

Niña, señora o vieja cuchufleta,
no importa edad ni aspecto si atesora
la demípalo leche hora tras hora.

Las golondrinas, sé, son una treta.
No Ícaro, Teseo o la pendeja Aurora,
Lo único que cuenta: tirar aquí y ahora.

El compañero Santelices largó una sonora carcajada, ésa sí que era poesía, muchacho, ¿tenía otros? Sí, pero son un poco más subidos de tono. ¿Más subidos de tono? Bueno, dijo Claudio, zoofilia, escatología, sadomasoquismo, cosas así. Que le diera nomás, compañero, el escritor era fundamentalmente subversivo o no era escritor, ¿cierto? Pero entonces, el compañero Secretario General: no, la verdad, mejor lo dejábamos ahí, él creía que con eso Claudio demostraba ampliamente su talento poético, además de cierta inclinación manifiesta por la coprolalia. Y aparte de eso había que considerar que, ante todo, éramos militantes de la revolución chilena. Yo: ¿qué quería decir con eso? Que de alguna manera teníamos que dar el ejemplo, no podíamos andar escribiendo cualquier cosa. ¿Cualquier cosa? ¿Había leído él por casualidad a Quevedo? Por supuesto, pero Quevedo era Quevedo, es decir un genio y no unos... Claudio: ¿pendejos huevones? No, él no quería decir eso y Santelices: pero ya que nosotros mismos lo decíamos... No, a ver, Toño, aclaró el Secretario General, él había querido decir sencillamente que había que mantener una cierta línea de conducta: cuando se era dirigente, uno no se podía permitir publicar cualquier tipo de textos, eso era todo. O sea que o se es poeta o se es dirigente político, dijo Santelices. Y el compañero Secretario General: Toño, ya estaba bueno de hinchar las pelotas, además era hora de que bajáramos a la reunión de talleres. Descubrimos entonces el verdadero sentido del trabajo de masas que nos había sido encomendado: escuchar cantos épicos en verso blanco, epigramas, dramas, canciones, odas... Unos quince talleres se reunían en la «Caza» del escritor. Se llamaban Barcarola, Puelche, Altazor, etc. Nosotros elegimos uno que llevaba un nombre gracioso, La Alpargata. Todos los jueves llegaban legiones de poetas y poetisas, jóvenes dramaturgos, cuentistas del futuro. Cada uno con sus cuadernos, sus folios doblados en cuatro en el bolsillo, su esperanza de que alguien los leyera, de publicar en alguna revista, de poder recitar uno o dos minutos en algún teatro durante algún acto de tinte más o menos político. Había una enorme variedad de procedencia entre los escritores llamados jóvenes, empleados de notaría, profesores, vendedores puerta a puerta, amas de casa, algún dentista, nosotros con nuestros uniformes del colegio. No faltaban los aspirantes al suicidio. Los que iban allí movidos por la pálida esperanza de existir para alguien en vez (o antes) de desaparecer de este mundo innoble. Nembutal, alcohol de quemar, anfetaminas, neoprén, matarratas, hasta vino tinto con coca-cola... de todo se veía en las reuniones de los talleres. Con Claudio íbamos todos los jueves a la reunión de La Alpargata y los martes a la de la comisión política. Eso ya era otra «instancia», como se decía. Se reunían los representantes de los partidos políticos que cortaban el queso. Qué queso, dirá usted. Fácil, lo primero eran las platas. Todos los partidos se quejaban ante los compañeros Secretario General y Vicesecretario de falta de transparencia en la gestión económica. En otras palabras, de desviar fondos los acusaban. Y es que, claro, mucha cultura y mucho combatir a la dictadura con poemas, cuentos y obras de teatro, pero lo esencial era que ese campo era una verdadera aspiradora de dinero para todos los partidos políticos. Chile estaba de moda. Noruegos, suecos, alemanes, italianos, franceses financiaban proyectos culturales. Y el partido que más dinero recogía para la cultura era el nuestro. Era lo que se decía, al menos. Por eso en las reuniones con los demás partidos la pregunta general era ¿dónde está la plata? Aquí nadie se ha robado nada, ésa era la réplica que escuchábamos. Se acosaba al partido porque era el que más dinero recaudaba para la causa de la cultura. Mera envidia, en definitiva. Sobre todo de parte de los «partidos históricos», como el comunista o el socialista. Calumnias no de la oposición sino de los aliados, pero calumnias al fin y al cabo. Pronto, en la próxima reunión ampliada de la Unidad Popular Juvenil, la Juventud haría una pormenorizada rendición de cuentas. Los compañeros Silva y Santelices se comprometían a ello, pero en cada reunión se retrasaba la fecha de la reunión ampliada... falta de tiempo, compañeros. Si es así, decían los comunistas, que venga un auditor. ¿Un auditor?, replicaba Clemente Silva, ¿y con qué lo pagamos, si no queda un cobre en la caja? El partido lo ponía gratis a nuestra disposición, proponía la compañera comunista. ¿Y por qué habría de ser del PC? Exacto, decían los socialistas, nosotros confiaríamos más en alguien... del PS, ¿verdad?, lo interrumpía Santelices. Era un cuento de nunca acabar. Antes de que se reunieran los talleres, había un ritual: la lectura de las cartas. Ocurría cada semana, en sesión plenaria, es decir antes de que los talleres se reunieran para desnucarse a golpes de versos. La lectura de las cartas era un gran momento. El que más me gustaba a mí al menos. El compañero Silva esperaba a que hubiese suficiente quórum. Cuando consideraba que la asistencia era ya nutrida, se aclaraba la voz y comenzaba a hablar. El Secretario General. Silencio. Compañeros, nos ha llegado hace algunos días una carta del famoso novelista e intelectual mexicano Carlos Fuentes que voy a leer a continuación. Y leía la carta de Fuentes. Palabras de aliento, elogios para los impulsores de esa iniciativa, la importancia de la cultura, de la creación frente a la barbarie, etcétera. La semana siguiente llegaba una carta de Eduardo Galeano. Enseguida era el turno de Günter Grass. Después venían Cortázar, Susan Sontag, Nicolás Guillén (con su versito). Ernesto Sabato, Noam Chomsky, Alberto Moravia, Hans Magnus Enzesberger. Y así. Cada semana, una carta. Todo el mundo salía contento de esas sesiones de lecturas epistolares. Había que reconocer que las cartas surtían cierto efecto. En alguna parte del mundo alguien nos miraba. Una tarde, el compañero Santelices nos llamó aparte a Claudio y a mí. Hay una tarea urgente para ustedes, compañeros. Nosotros, contentos, íbamos a ser útiles, hasta a lo mejor nos volvíamos imprescindibles, como decía Silvio Rodríguez citando a Bertolt Brecht en la canción. *Hay hombres que luchan un día y son buenos* y luego estaban los que luchaban toda la vida, *ésos son los imprescindibles...* El compañero Santelices: miren, compañeros, ésta es una tarea de la más alta importancia, pero hay que manejarla con mucha confidencialidad. Nosotros, expectantes, que desembuchara ya, ¿había que ir a combatir a alguna parte?, ¿repartir panfletos?, ¿volver a robarse el mimeógrafo, unas cuantas cajas de lápices, unas gomas de borrar a lo mejor? Claudio: ¿y qué sería? ¿Podíamos nosotros escribir algunas cartas de intelectuales franceses? ¿Cómo? Sí, bueno, se imaginarán que una carta por semana, con cierto estilo además, no es poco trabajo... El compañero Santelices hablaba como si no nos hubiese estado incitando a la falacia, como si inventar las cartas hubiese sido lo más normal del mundo. Sin contar con que se nos viene encima la preparación de la reunión ampliada del Comité de la UP Juvenil y con Clemente no vamos a tener tiempo para seguir escribiendo cartas, tenemos que ocuparnos de las malditas cuentas... ¿Pero eso no es engañar a la gente?, pregunté. Y Claudio: yo creo que se llama falsificación y nunca se ha sabido que sea un método de lucha. El compañero Vicesecretario nos miró con cara de pocos amigos: ¿teníamos alguna idea nosotros de lo que era la política? Claro que sí. Él: no teníamos ni la más mínima idea. Nosotros: sólo responderíamos después de hablar con el compañero Franz. Él, pero si Franz no tenía nada que ver con esto. Eran Clemente Silva y él quienes asumían la responsabilidad, ¿qué necesitábamos, que resucitara Allende y nos diera la orden? Nosotros queríamos hablar con el compañero Franz, punto. Pero qué duros de mollera éramos, se trataba de una pequeña tarea, de dar una mano en algo puntual y le armábamos semejante escándalo, así no se podía trabajar. Al final lo conseguimos. Se hizo una reunión en la casa de Santos Dumont, donde Rocío. Estábamos el Flaco, la propia Rocío, Claudio, un servidor y el compañero Franz. Santelices y Silva se excusaron diciendo que no tenían tiempo que perder, que les avisáramos la semana entrante si estábamos dispuestos a colaborar o no. El compañero Franz expuso su punto de vista. Es sencillo, dijo, lo que se hace en la Unión de Escritores Jóvenes es agitación cultural, es decir política, no hay que olvidarlo. Y en política a veces las maneras de conseguir ciertas metas pueden parecer no del todo límpidas, pero se justifican porque el objetivo en sí mismo es noble o necesario. Para Claudio y Rocío eso equivalía a aceptar que el fin justificaba los medios. Y de allí a avalar los métodos estalinistas no había sino un paso. ¿Y éramos o no éramos contrarios al estalinismo? Habría que saber. No se trata de estalinismo, compañeros, sino más bien de leninismo, argumentó el compañero Franz. Pero antes que nada, pongamos las cosas en su sitio, dijo, la gran mayoría de las cartas que se leen son auténticas. Tienen que comprender que en el extranjero se sigue con interés la lucha del pueblo chileno contra la dictadura. Razón de más para no falsificarlas, lo atajó Rocío. Si se mira fuera de todo contexto, tienes razón, en realidad no es imprescindible hacerlo. Pero la gente que va a los talleres, o sea esos poetas, poetisas, cuentistas, futuros novelistas, se reconocen en dichas cartas, se sienten interpelados, su dedicación, su lucha no es vana. Eso les da ánimos, les permite trabajar mejor, creer más en lo que hacen, en una palabra, comprometerse, compañeros. Ninguno de nosotros lo veía muy claro, hasta que Cristián dijo algo que inclinó definitivamente la balanza. Si el partido era la vanguardia del pueblo, nuestro deber era conducir, señalar el camino, y si para ello unas cuantas cartas eran útiles ¿por qué no recurrir a ellas?, ¿en nombre de qué moral pequeñoburguesa privarse de una herramienta que nos hacía más fácil el trabajo político? ¿Acaso la dictadura no se apoyaba en un aparato de propaganda que hacía circular falsedades y mentiras mucho más nocivas? Yo creo que hay que escribirlas, compañeros, concluyó y nos quedó mirando con una sonrisa en la que había un dejo de provocación. A lo mejor era una soberana estupidez, pero dije: yo estoy de acuerdo con Cristián. Escribámoslas, propuso entonces el Flaco, yo te ayudo. ¿Yo te ayudo? Ahí comencé a arrepentirme de haber intervenido de manera tan tajante. Pero ya era tarde para dar marcha atrás. Veo que van entendiendo, dijo el compañero Franz.

*

Para que veas que yo no me avergüenzo de nada: Lala, le decían a mi madre en la casa en donde trabajaba, la Lalita, donde la familia Altamirano. La verdad, todos la querían mucho, puedes preguntar. Hasta el día de hoy se acuerdan de ella e inclusive a veces la vienen a ver. Me lo cuenta en sus cartas. Yo, en cambio, siempre la llamé por su verdadero nombre, Eulalia. Un nombre raro, si se piensa. Pero bonito. A mí me sonaba bonito al menos. Yo creo que el hijo al que le suene feo el nombre de su madre es un desnaturalizado, no merece ser hijo sino aborto, qué, ni siquiera aborto, coágulo, grumo, cálculo renal escupido por la uretra. Sí, tienes razón, no perdamos el hilo, lo que te quería decir es que en realidad me crié más con mi tío Aníbal, el linotipista, que con mi madre. Él me hacía hacer mis tareas, preparaba la comida y sobre todo me leía historias cada noche antes de dormirme. Baldomero Lillo, *Subsole y Subterra*, los tengo grabados aquí, *La vida simplemente*, de Óscar Castro, obras de Manuel Rojas, *Punta de rieles*, *Lanchas en la Bahía*, *Mejor que el vino*, creo que no se me olvidarán nunca. A mi tío Aníbal le daban los libros en la imprenta donde trabajaba. Él me los leía y después los regalaba a la biblioteca de la escuela. Así es que yo comencé a leer, o a «escuchar» libros desde muy chico. Hasta ahora no lo había pensado, pero debe ser por eso que después, cuando pude, entré a estudiar castellano, porque igual me hubiese dado para estudiar contabilidad, relaciones públicas o cualquier cosa que diera más plata. Pero no. Por el tío Aníbal y sus libros. Me acuerdo que él iba leyendo y yo poco a poco me iba quedando dormido, en realidad éste es el mejor recuerdo de infancia que tengo. Eso y el beso que me daba mi madre al llegar, mucho más tarde, cuando yo estaba casi durmiendo y ella venía y me ajustaba las mantas en la cama y se despedía con un beso en la frente. ¿Viste?, ya te estoy contando intimidades. ¿Pero entre eso y el trabajo de taxista entre Tacna y Arica, qué pasó?, pregunta ahora el gil este, que lo llame Pablo, dice. La verdad es que de tanto hacer memoria como que emprendí un viaje al pasado, me estaba acordando, mejor dicho la estaba viendo, veía a mi madre entrando a la pieza, ahora mismo escucho sus pasos, es de noche, hace frío y ella me abriga bien bajo las frazadas, me besa en la frente y a mí me parece que mientras eso ocurra cada noche nada malo me podría suceder en la vida. Pero eso no se lo voy a decir a éste. ¿Qué pasó? ¿Cómo que qué pasó? La señora ha traído los segundos, pastel de choclo, cazuela, otra botella de Casillero. Cocina bien. Yo he conocido otros restaurantes chilenos de París, La Rayuela, La Caleta, La Picada, pero nunca había estado en éste. ¿Por qué te interesa tanto, es para una película? Se ríe, el pije, no, me interesa, eso es todo. Capaz que vaya y haga una película y vea mi vida después en todas las pantallas. No podría, no soy cineasta, dice. Después, ¿qué? Bueno, lo otro fue el boxeo. ¿Boxeaste, tú?, pregunta, y la señora que lo quiere parece que tanto, ¿está rico el pastel de choclo? Rico pastel, señora, la felicito, para qué pregunta, si estuviera malo no tendría la boca llena. En la cancha de fútbol armábamos peleas en un ring improvisado, los sábados en la mañana, hasta que me descubrió don Elías. Don Elías Cerda, del Club Deportivo México. No sé qué mierda andaría haciendo en la población. El hecho es que apareció al final de una pelea y me dijo, con ese vozarrón que tenía, soy Elías Cerda, del Club Deportivo, Cultural y Social México, ¿te interesaría entrenarte allí? Me acuerdo de mi respuesta como si fuese ayer, es que no tengo plata, le dije. ¿Y quién te va a cobrar, cabro huevón?, tronó la voz de don Elías, yo te estoy preguntando si te interesa transformarte en un boxeador, sí o no. No le iba a decir que no. Mi tío Aníbal y mi madre estuvieron de acuerdo. Así es que allí me llevó a entrenarme, para que supiera, como dijo, que en el ring se veían los gallos, los verdaderos, no los que se las daban de matones en las esquinas de El Pinar. Iba dos veces por semana, después del colegio. Para ese entonces, ya estaba en el liceo. El Club México quedaba en San Pablo con Manuel Rodríguez, ¿conoce, compadre? Qué va a conocer, si usted nunca ha bajado de la plaza Italia, se le ve en la ropa, ¿será que sí?, es un aventurero, entonces, aquí el compadre. No, si tampoco vamos a pelearnos por eso, ¿verdad? Supongamos que conoce de la plaza Italia para abajo. Entonces sabrás dónde queda el México, ¿verdad?, San Pablo y Manuel Rodríguez, que conoce muy bien esa esquina, dice, por haber pasado tantas veces en auto pien-

so yo, pero ya, mejor sigamos. Me quedaba lejos. Tenía
que tomar tres micros para llegar. Me demoraba dos horas en ir y dos horas en volver. Pero igual iba. En el México se trabajaba duro. Mucha preparación física, en eso
don Elías era implacable, cien abdominales, cien tiburones, cincuenta y cincuenta, quince minutos de salto a la
cuerda para comenzar, sólo después se podía poner uno
los guantes. Quedaba todo molido. Pero me daban ganas
de seguir, porque él se preocupaba de sus pupilos. Al terminar los entrenamientos, me metía unos billetes al bolsillo, para la micro, decía. Pero alcanzaba para mucho
más. ¿Estás comiendo bien?, se preocupaba. Decía que
teníamos que llevar una dieta a base de mucha carne,
verduras y frutas y desde luego nada de alcohol, nada de
cigarrillo y si a alguien lo pillaba con drogas quedaba au-
tomáticamente expulsado. Había gente de todas partes
allí, otros muchachos de otras poblaciones, pero además
gente de Conchalí, La Cisterna, San Miguel, hasta de Ta-
lagante venían. Él decía que yo tenía buena pegada, una
derecha bastante potente, pero que me faltaba juego de
piernas, no me sabía agachar, esquivar, que tenía que trabajar la cintura. Putas, que hace tiempo de todo esto, sír-
vete otro vinito, gracias, viejo. Que lo llame Pablo, sí, ya,
Pablo, así es que trabajo de cintura, arriba, abajo, agáchate, arriba, abajo, agáchate, flexión de piernas, arriba, abajo... así me la pasé casi tres años. Don Elías me tenía
aprecio, que siguiera, que podía llegar lejos, si lograba
agacharme, mejorar el juego de piernas, no quedarme
parado esperando el castigo del adversario, tenía una derecha que podía transformarse en un arma mortal. Una
derecha cargada de futuro, se ríe éste ahora, claro, digo,
y sólo después, ¿me estará tomando el pelo este huevón?
Le pregunto, ¿sigo o no sigo? Claro, sigue. Un día don

Elías me llamó aparte y me dijo que si quería él me gestionaba una beca en el Barros Arana, el Internado Nacional, ¿te dice algo?, ¿sí? Bien, Pablo don, así es que allí fui al año siguiente, del liceo de la población El Pinar nada menos que al Internado Nacional Barros Arana, por méritos deportivos, ¿qué tal? La Eulalia, el tío Aníbal no cabían en sí de gozo. Era lo que se dice una promesa. Hasta que llegó el momento de combatir. De combatir de verdad. Comencé en el México, gané tres combates amistosos, peso mosca, claro, yo era mucho más flaco que ahora, puro esqueleto con un poco de músculo. Una tarde don Elías, que actuaba como empresario también, me anunció que me había arreglado un contrato para una pelea en el gimnasio Manuel Plaza. Me dijo que me tocarían treinta mil pesos, sesenta si ganaba. Eso ya eran palabras mayores. Treinta mil pesos, calcula, yo ni alcanzaba a imaginar cuánta plata era. Claro que sí, dice el pije, que ahora se acuerda, él veía los combates transmitidos desde el gimnasio Manuel Plaza en la tele. ¿Eran los martes por la noche, no?, el Pablo don, en su casita, ¿dónde vivías? En Ñuñoa, en la calle Miguel Claro, igual vi alguna pelea tuya, pero no me acuerdo. ¿Y cómo te fue? La primera vez me tocó con un púgil de Combarbalá, le decían Kid Dinamita García. Y con justa razón. Aguanté más o menos bien el primer *round*. Pero al segundo me demolió. Agáchate, escuchaba el vozarrón de don Elías desde el rincón, agáchate, ahora gancho izquierda, ¡pero agáchate, mierda! No sé qué me pasó. Me colocó un *uppercut* de derecha y un directo de izquierda y me mandó a la lona. Te quedaste lelo, comentó don Elías. Igual tenía los treinta mil en el bolsillo. Me compré unos guantes rojos y el resto lo dividí entre el tío Aníbal y mi madre a partes iguales. La segunda pelea fue con

Winston Negro Tapia, minero de Lota. A ése le aguanté los tres *rounds*, pero él ganó por puntos. La tercera fue la peor. También en el Manuel Plaza, ese día sí que estaba la tele porque el plato fuerte era un combate de Martín Vargas, no me acuerdo contra quién. Mi rival se llamaba Óscar Villa, le decían Fosforito y era un morocho argentino más rápido que el rayo. Apenas encontraba un hueco asestaba un derechazo como para tumbar un elefante, se escabullía y cuando uno menos se lo esperaba, llegaba un castigo cruzado izquierda derecha y por lo general el contrincante terminaba muy poco después en la lona. A mí me bastó con el primer derechazo. Vi un fogonazo azul, me enredé en mis propios pies, caí y ya no sentí nada. Cuando desperté, en el camarín, don Elías me ponía mercurio cromo en la ceja. Durante un buen rato no habló. Desde las graderías se escuchaba el griterío del público alentando a Martín Vargas. Cuando ya pude vestirme, don Elías dijo que así como había cantantes que sufrían de pánico escénico, existían boxeadores que le tenían pánico al *ring*. En los entrenamientos todo andaba bien, pero apenas pisaban el cuadrilátero se paralizaban, perdían todo aplomo, se transformaban en especies de muñecos con brazos y piernas de trapo. Eso era, según él, lo que a mí me pasaba. A algunos se les quitaba, a otros no. Me acuerdo patente de lo que siguió. Si tuvieras las cualidades de un Arturo Godoy, de un Godfrey Stevens, incluso de Martín, indicó hacia el túnel que llevaba al *ring* en donde combatía en ese mismo momento el púgil de Ñuñoa, te diría que continuaras. Pero claro, yo no tenía ni un décimo de las aptitudes del Torito de la Pampa, no era Arturo Godoy, ni Godfrey Stevens y tampoco se abrirían para mí las puertas de la fama pugilística como se estaban abriendo para Martín Vargas a algunos metros del camarín. Lo siento, cabro, dijo don Elías con su franqueza habitual, pero un boxeador se conoce en el *ring*, no en los entrenamientos. Aunque eso sí, que lo fuera a ver cuando quisiera, que si lo deseaba podía seguir entrenándome, no había problema, el Club México estaría siempre abierto para mí y sobre todo, cuando necesitara un consejo, hablar de hombre a hombre con alguien, que no dudara en acudir a él. Chao, cabro, suerte, me dio la mano, me metió un fajo de billetes en el bolsillo de la parka. Buena gente don Elías, puro corazón. Cuando salí del camarín, me esperaban el tío Aníbal y la Eulalia. Me senté en una butaca a mirar el combate de Martín Vargas, pero no veía nada, estaba deshecho, no por los hematomas en la cara, no me dolía el cuerpo, lo único que sentía era tristeza. Nada de lo que ocurría en ese ring sería ya para mí. La Eulalia y el tío Aníbal trataban de consolarme diciéndome que no importaba, que lo esencial era que siguiera estudiando, que aprovechara ahora que estaba en el Barros Arana, a la mierda el boxeo, no era un deporte civilizado, era para pobres tipos que terminaban tontos y se volvían rufianes, el boxeo, se volvían locos, degenerados, si no que mirara nomás cómo había terminado el pobre Arturito Godoy, el Torito de la Pampa, completamente tarado, pobre, harapiento, tomando de fiado en los bares de la Estación Central, ¿eso quería para mí? Pero yo estaba triste, putas que estaba triste. Le alargué el fajo de billetes a la Eulalia. Los contó. No habían treinta sino cincuenta mil. Con eso vivimos dos meses. Putas qué tristeza acordarme de todo esto, carajo, ¿pedimos otra botellita de Casillero, viejo?

*

Se pusieron a esperar micro en la avenida Macul con la maleta llena de panfletos. ¿Dónde esconderlos? ¿Rocío, tú por casualidad no podrías...? ¿Ella? De ninguna manera, que no le vinieran con tonterías, no se iba a llevar todos los panfletos a su casa, o sea, si querían iban a su casa y allí se los repartían, pero ella no pensaba correr todos los riesgos sola. Pero si en tu casa nunca hay nadie, y ella, ¿qué sabíamos nosotros? Claudio y el Flaco, ya, un sacrificio por la patria, y Claudio, por la revolución chilena, y este huevón no dice nada, por mí, porque tiene santos en la corte, el Flaco a Claudio, y Claudio, no, si a él se los va a guardar, y Rocío, categórica, no pienso, ni a él ni a nadie, el Flaco entonces, ¿por qué era tan injusta? Y ella, ahí viene la micro. ¿Cuándo caía el cuatro? El próximo viernes, qué cagada, a las cinco de la mañana habría que levantarse, el Flaco y Claudio, a quien madruga la revolución le ayuda, ¿nos vas a llevar naranjas a la cárcel, Rocío? Y ella, idiota, que no fuera pájaro de mal agüero. Se ven pocos autos, calles mal iluminadas, los edificios del centro parecen vacíos, los buses corren vacíos en una ciudad vacía, los militares duermen en los cuarteles, la población en sus casas, el país está en calma (o mejor dicho, en cama). Cruzamos desde Macul a Recoleta, luego vamos caminando por la calle Santos Dumont hasta los faldeos del cerro. Al llegar el Flaco dice que no se sostiene ya de hambre. Espaguetis con ajo y aceite, ¿nos parece? Rocío pone a hervir agua en una cacerola. Comemos en el living porque quiere hacernos escuchar un disco que alguien le ha traído a su madre de México. La aguja cae en el surco y se escucha la voz de un señor que nos cuenta que está resfriadísimo y lleva un pulóver amarillo y afuera el cielo es blanco y nieva y a lo mejor eso nos parece extrañísimo a nosotros que seguramente estamos en mangas de camisa en alguna parte del mundo en donde hace treinta grados de calor, y enseguida se pone a hablar de París, que ellos son como hongos, dice, y se refiere a los que escuchan jazz y fuman y hablan hasta el amanecer en las buhardillas de esa ciudad que ninguno de nosotros llega a imaginar, que son como hongos, que crecen en los pasamanos de las escaleras. El Flaco, Cortázar sí es grande, por la chucha. Y Claudio, ya pero deja escuchar. Que huelen a sebo, dice, bebé Rocamadour. Y la madre de Rocío abre de pronto la puerta, y a su hija, ya son casi las doce de la noche, ¿estos niñitos no piensan irse a sus casas?

*

Santelices se nos acerca antes de la reunión del taller, compañeros, ya está bueno de hacerse los tontos. Claudio, ¿por qué? Él, ¿y las cartas? Yo, un poco de paciencia, no es cosa de llegar y escribirlas. Él, bueno, pero ¿somos o no somos escritores? Sí, somos, dice Claudio, pero no falsificadores. Y yo, bueno, a lo mejor seremos. Y él, ¿y somos o no somos revolucionarios? Claudio, ¿qué tiene que ver? Santelices, que no jodamos, ya no nos queda ni una carta que leer. ¿Podríamos traer algo la semana próxima?

Yo: queridos compañeros, dos puntos. El Flaco: ¿cómo que queridos compañeros? ¿Tú crees que un tipo como Sartre anda por ahí tratando a todo el mundo de queridos compañeros? No tengo ni idea, pero de alguna manera hay que comenzar. Tenemos que encontrar otra cosa. Yo, mordiendo el lápiz: camaradas, ¿te parece? Imposible, suena a reunión plenaria de la Democracia Cristiana. No le vamos a poner distinguidos señores. El Flaco me mira, no abre la boca, pero algo está pensando. Estimados jóvenes escritores de Chile, dice al fin, concentrado, como si estuviese recitando un verso memorable, por ahí va. ¿Estimados jóvenes escritores de Chile? Ni que fuera Lenin. Y él, poniéndose súbitamente serio: bueno, entonces ¿qué? No estoy muy seguro, pero igual propongo: queridos amigos. No nos conoce, replica el Flaco. Arrojo el lápiz sobre la alfombra y enciendo un cigarrillo. Nos habíamos metido en un menudo lío con eso de las cartas. Llevábamos más de dos horas estrujándonos los sesos en la habitación de Rocío y nada. Ella nos esperaba abajo para llevarnos por fin al Teatro Municipal. Esa noche era el estreno de *El lago de los cisnes*. Su madre nos había invitado. Personalmente. Espero verlos esta noche, había escrito sobre las entradas. No podíamos faltar. Esto nos pasa por haber dejado para hoy lo que deberíamos haber hecho hace quince días, comenta el Flaco sirviéndose más café. Tenemos un jarro de agua, un termo con café, tazas, vasos, un cenicero desbordante de colillas y cantidades descomunales de hojas borroneadas y convertidas en bolas de papel sobre la alfombra. ¿Y si encontráramos una fórmula intermedia? Rocío asoma la cabeza por la puerta: ¿ya está? Qué va a estar, rezonga Cristián. Bueno, apúrense porque al ballet no se puede llegar tarde. No se preocupe, mamacita, en media hora estamos listos, responde el Flaco que últimamente sólo lee a Arguedas y anda viendo mamacitas por todas partes. Vuelvo a mi idea. Una fórmula intermedia, decía, o sea, algo que podría tener la forma de una especie de proclama, ¿me explico? No, pero sigue. Es sencillo, mira: un encabezamiento que diga a los jóvenes escritores de Chile, en mayúsculas... Mayúsculas o minúsculas qué más da, si la carta la van a escuchar, pero nadie la va a ver, dale. Sí, a excepción de Silva y, gracias por dejarme terminar, enseguida: queridos amigos. Eso es, dice el Flaco, está listo, como si la carta se acabase de escribir sola. A los jóvenes escritores de Chile y abajo, queridos amigos, repite. Eso, digo yo. O compañeros. ¿Dónde? En vez de queridos amigos. ¿Te parece? Tiene más gancho. A los jóvenes escritores de Chile, en mayúsculas, y abajo, dale con las mayúsculas, y abajo: compañeros. En minúsculas, con mayúscula al comienzo, se burla Cristián. Hecho, digo yo, ¿y ahora qué le ponemos? ¿A qué? ¿Cómo a qué? A la carta, huevón, quedamos de entregarla en la reunión de mañana. Ni la más puta idea. Le tiendo el lápiz de carboncillo: escríbela. Continuamos una hora o dos haciendo borradores y más borradores. Que tres párrafos o cuatro. Que dos era muy poco. ¿Que por qué muy poco? Si era sólo un saludo. Un mensaje fraternal. ¿Te imaginas qué diría el viejo si lo llega a saber? Mandaría una carta diciendo que él no ha enviado saludos a nadie, pero que aprovecha para transmitir su solidaridad..., ésa es la palabra: solidaridad. Hay que usarla.

173

Solidaridad. Ya. Y nosotros tendríamos que recurrir al viejo argumento de que cualquier método de lucha es válido cuando se trata de combatir al fascismo. ¿Y sabes lo que contestaría él? ¿Qué? Que no se puede combatir al fascimo con la mentira. Con la ficción, dirás. Bueno la ficción en política no existe. Salvo ahora. Sí, en fin y el viejo agregaría ¿sabes qué? No. Que a papá mono no le van a venir un par de pendejos con bananas verdes. Salvo ahora. Sí, bueno, más vale que no se entere. De pronto es demasiado tarde. No para la revolución chilena, sino para el ballet. Falta media hora, se queja Rocío, han tenido toda la tarde para escribir una puta carta y no han hecho nada. No, si ya terminamos, digo yo. Nos ponemos de pie como un solo hombre y bajamos corriendo las escaleras, cruzamos el largo sendero del antejardín y nos subimos al auto de Rocío. Novedad, sí. Su abuela le ha regalado un auto. Bueno, algo que se parece a un auto. En realidad es lo que en Chile se llama una Citroneta y en el resto del mundo un Dos Caballos. Sin duda es mejor que nada. Pero está tan destartalada y vieja que da pena subirse a esa especie de bañera montada en cuatro ruedas. El Flaco, ¿y la maleta? Yo, ¿qué maleta? La única, huevón, dice él, qué maleta va a ser. Volvemos a buscarla. El Flaco, que no sólo es delgado sino muy alto, ocupa el asiento del acompañante. Yo me acomodo en el asiento trasero, parece una mecedora de jardín, lleno de resortes que se le entierran a uno por todas partes. Rocío se pone al volante. El Flaco: ¿tienes carnet? Ella: ¿carnet?, para qué quiero carnet con estos ojos verdes y esta sonrisa, mijito. Él: no puedo pensar ni un segundo que seas tan irresponsable. Ella busca en su bolso y le pasa el carnet por las narices. Felicitaciones, ¿quién te lo regaló? Estúpido. Ponemos rumbo al Teatro. Al llegar bajan el Flaco y Rocío, con la maleta a cuestas. Yo voy a estacionar la Citroneta. Espero una media hora en el vestíbulo. Está lleno de señoras con tapados de piel, señores de traje y corbata, todo esto se acabará con la revolución pienso, ¿se acabará con la revolución?, ¿pero no fueron ellos quienes acabaron con nosotros?, ¿habremos llegado tarde a la revolución chilena? Aparecen los dos. Muy sonrientes. ¿Y la maleta? Ella: allí quedó, detrás del armario, le dije que eran documentos de la Facultad, lecturas no muy recomendables por estos tiempos, pero como siempre que sale al escenario está tan nerviosa que ni siquiera me escuchó. Después ocupamos nuestras butacas, arriba del todo. No entiendo nada de ballet. Los bailarines se mueven como pájaros, dan pasos alargados como flamencos y otras veces se pliegan como flores o como juncos azotados por el viento. Es un espectáculo de otro mundo, *es* otro mundo. ¿Será capaz de crear algo tan bello la revolución? ¿Qué revolución?

*

A LOS JÓVENES ESCRITORES DE CHILE

Queridos Compañeros:

Hace algunas semanas recibí la visita de un amigo que me puso al tanto de vuestros esfuerzos por organizaros y luchar contra la dictadura.

El mismo fascismo que hoy se enseñorea en el

país de Allende y de Neruda, no hace muchos años destruyó Europa. Lo conocemos bien. Sabemos que el mejor aliado de toda tiranía es el silencio. Sabemos también que nada pueden las hordas fascistas contra la palabra, que mientras haya lenguaje existirán siempre la libertad y la dignidad humanas.

Por ello, estas líneas quieren transmitiros un mensaje de aliento y solidaridad. El escritor, ya lo he dicho en algún texto, no es una Vestal ni un Ariel; haga lo que haga, está marcado, comprometido hasta su retiro más recóndito.

Haced, pues, queridos compañeros, lo que os corresponde: escribid. No olvidéis que todo escrito posee un sentido. Y darle sentido al mundo es la mejor manera —y acaso la única— de conjurar la amenaza de quienes desconfían profundamente del lenguaje y sólo creen en la violencia como sistema. El mundo, lamentablemente, les pertenece también a ellos, están aquí. Pero nosotros podemos derrotarlos.

El futuro es vuestro y lo estáis escribiendo hoy.

Simone de Beauvoir y otras compañeras y compañeros se unen a mí para enviaros un caluroso saludo.

Jean-Paul Sartre

París, julio de 1979

Firmado también por:
Yves Montand
Isabelle Adjani
Nathalie Sarraute
y una larga lista de artistas e intelectuales franceses

*

¿Quién la escribió?, pregunta el compañero Santelices. Claudio me designa con un movimiento del mentón. Está muy bien, opina el compañero vicejefe. Bueno, no la escribí yo solo, me ayudó un amigo, otro compañero. ¿De la Juventud? Sí. Bien, se la muestro al compañero Silva y la leemos en la reunión del próximo jueves. Lo que sí es que la lista de escritores que firman con el compañero Sartre mejor la quitamos, esos nombres van a servir para las otras cartas. ¿Cuáles otras? No se haga el huevón, compañero, ya le dije que necesitamos una carta por semana. Pero no todas las tendremos que inventar nosotros. Mire, compañero, les repito que por el momento no tenemos a nadie que nos eche una mano con las cartas y el compañero Silva y yo no damos abasto con el trabajo..., pero, bueno, lo interrumpe Claudio, habrá quien escriba verdaderas cartas, quiero decir, también se recibirán auténticas cartas de intelectuales de carne y hueso. Sí, pero necesitamos reservas, es una carta por semana les repito, ¿se dan cuenta de lo que significa eso? Reservas, repite Claudio. Eso mismo, dice Santelices. Ni que fuéramos el Banco del Estado. No se ponga insolente, compañero, replica Santelices.

*

¿Y si tomáramos un pisquito mejor? Alfajores les tengo de postre, se escucha la voz de doña Gloria desde la cocina diminuta. ¿Los trae de La Ligua? ¿De la Ligua a París? No embrome, mijo, los hago en Colombes, igual que

177

las empanadas. ¿Y viene cada día a París con un cargamento de empanadas y alfajores? Para eso está el René en la casa, él está a cargo del horno, va haciendo y trayendo con la furgoneta a medida que aquí se va consumiendo, explica doña Gloria. La cazuela y el pastel de choclo no, ésos los traemos por la mañana. Trata de imaginar la logística, el Trauco, ladea la cabeza algo perruna, ¿cómo puede ser? Yo también, pasarse todo el día entre la cocina y la autopista atestada, entre Colombes y la rue de Beaurepaire, con las bandejas llenas de empanadas, alfajores, no es vida, ¿verdad, Nelson? Sacrificado. Así es aquí, constata él, si no, mira nomás, dice con un dejo de orgullo y me muestra las muñecas, un trofeo, tiene dos marcas, la piel más oscura, como dos pulseras, pero es su piel. Ya he visto eso, pienso en monsieur Vincent poniéndonos las muñecas en las narices, ¿hace cuánto? Ahora me contará que también lo torturaron, lo colgaron, que también ha sido víctima, ¿cada uno su cruz, sus pulseritas, su aguja en la uretra? ¿Nadie se habrá librado? ¿Cómo puede ser? ¿Los milicos? No, nada que ver, dice, la vida nomás. ¿Cómo así? Tranquilo, que no me apresure, él me va a contar. Llegó a Francia a hacer la vendimia. Recuerda, un pueblecito cerca de Perpignan. Se llamaba Maury, allí conocí a Dolores, una española. Bonita, dice, gitana pura, recuerda, una pantera. ¿Mejor que Yénifer? No pues, que era otra cosa, dice, la Yeni. ¿O sea? Era mulata, dice, era dulce, dulce peruana de Moquegua. Y que se quería casar, dice, cada vez que nos veíamos, que nos casáramos recuerda, allí en Moquegua o en Tacna o en Arica si quería, hasta en Santiago si se le antojaba. Que se la pasaban metidos en su cama, en ese rancherío de Moquegua, escuchando música en la radio recuerda, abrazaditos. Y ¿cuándo nos casamos, papito?, decía la Yeni, ¿cuándo me llevas al altar, papacito? Pero Dolores no, dice, cada uno a su aire, era su frase preferida. Se quedaron tres meses en ese pueblo, recuerda, él trabajaba al final limpiando las cubas. Cada uno a su aire, chaval, le decía Dolores, y cuando me canse, tú: carretera y manta, era lo que más se le grabó. Carretera y manta, ¿qué quería decir con eso? Nada, tú a tu aire, chaval. Después fueron a Mâcon, donde Dolores tenía unos amigos. Vivían de a cuatro, en un departamento minúsculo de las afueras de la ciudad. Él se consiguió un trabajo, ya no les quedaba plata, ya no comían, sólo tomaban té. Entonces fue a la fábrica de conservas. Que el trabajo era sencillo, cuenta, consistía en poner las latas de conserva que llegaban por una correa transportadora sobre una especie de tambor, apenas uno colocaba la lata, bajaba del techo a toda velocidad una plancha de acero al rojo vivo y le ponía la tapa a la conserva, pero había que retirar las manos al tiro, si te las pillaba la máquina quedaban hechas puré, por eso trabajábamos con unas pulseras amarradas a unas cadenas, uno ponía la lata y las cadenas te tiraban las manos hacia arriba, pon la lata, manos arriba, pon la lata, manos arriba, cada dos segundos las poleas tiraban las cadenas y te hacían alzar los brazos al cielo, como si te estuvieran apuntando, manos arriba recuerda y después calla, se queda pensativo. Tiene que hacer de todo uno cuando se va de su país, pienso en voz alta y él tiene que hacer cualquier cosa, lo que venga. ¿Van a querer alfajores, entonces? No, doña Gloria, tráiganos mejor un pisco, ¿con manzanilla lo van a querer? Como siempre, con manzanilla. Sirve dos vasos, mitad pisco mitad licor de manzanilla, nos deja las botellas sobre la mesa, simpática, doña Gloria, buena gente, gente de trabajo. Gente de trabajo, eso es lo que necesitamos en este país, recuerda el Trauco que le dijo, gen-

te que le ponga el hombro, fueron las primeras frases que
le escuchó, por la Patria, recuerda para levantar este país
que nos lo ha dado todo. Dice que dijo, ¿el cómo?, ¿capitán? Coronel, coronel Ramírez Renard. Pero a ver, ¿de qué
chucha de coronel me está hablando, no estábamos en
Francia, no estábamos con la Yeni en Moquegua?, ¿me estará emborrachando la perdiz?, ¿me la estás emborrachando, Nelson, la perdiz?, ¿tratando de que me maree,
de que pierda el hilo? No, viejo, tranquilo, si no me voy
por las ramas. El gimnasio Manuel Plaza, la última pelea,
le refresco la memoria. El Manuel Plaza, claro, mucho antes, antes de la Yeni, de Antofagasta, de Francia, antes de
todo, lo interrumpo, antes de todo, viejo, antes de toda la
huevada, asiente, bebe al seco su pisco, golpea el vaso
contra la mesa. Putas que está bueno este menjunje, sír-
vete otro, viejo. Pablo. ¿Cómo? Que me llames Pablo. Ah,
sí, perdona, sirvámonos otro, Pablo. Sirvo de nuevo, largo de pisco ahora, una gotita de manzanilla. ¿Y? Que nada, dice, que se concentró sólo en los estudios. Ocupaba
un cuarto en el Internado, tenía su cama, disponía de la
biblioteca para estudiar hasta las seis. Que se quemaba las
pestañas recuerda, los corredores larguísimos, los dormi-
torios pulcros, impecables los aseos, las salas de clase, que
se mataba dice con tanto libro, tantas matemáticas, tanto
severo profesor, tanta geometría, historia, tanta soledad.
El Internado Nacional Barros Arana acoge a los mejores
estudiantes de Chile, retumbó la voz del coronel en la sala de actos, tus padres deben estar orgullosos. Él asintió,
sí mi coronel, recuerda, orgullosos y contentos, mi coronel. No le dijo, ¿lo dirá ahora?, que no tenía padre, que su
padre era el tío Aníbal, linotipista, lector, bien revolucionario para sus cosas, siempre despotricando contra los ricos, los patrones y su madre, la Eulalia, Lala, asesora del

hogar, la Lalita donde la familia Altamirano. Pero entonces, cuenta, el coronel preguntó, ¿en qué trabaja tu padre? Y, chucha, puta madre, ya son las doce, tendríamos que irnos, no sé, mi coronel dijo, azorado, sintiendo que la sangre se le agolpaba en el rostro, hace tiempo que no lo veo. En voz baja, porque había mucha gente en la sala de actos del ministerio, alumnos y profesores del Internado, altos cargos del Gobierno, militares. ¿A qué hora pasa el último metro? Entendía, el coronel, pero que no se preocupara porque para el Gobierno de Reconstrucción Nacional que encabezaban las Fuerzas Armadas y de Orden todos los jóvenes de Chile eran iguales, no había ya privilegiados y él, sobre todo ahora que había sido distinguido con la beca Augusto Pinochet Ugarte, cuyo diploma procedía a entregarle en esta sencilla pero emotiva ceremonia, tendría el futuro asegurado. ¿Y qué quieres estudiar, muchacho?, preguntó al final con voz estentórea, ¿qué carrera vas a elegir? Y él, que cuánto se debe aquí, no, ahora pago yo, déjate de huevadas, recuerda, impresionado por el uniforme gris pulcrísimo, los botones y galones refulgentes, dorados, el olor a jabón gringo, a jabón de lavar que desprendía el uniformado, mirando no a sus ojos sino a la punta negro azabache de sus zapatos, pedagogía en castellano, mi coronel. ¿Nos vendería otra botellita de pisco, doña Gloria? Eso es lo que necesita Chile, muchacho, para el camino, con el frío que está haciendo, estoy seguro que llegarás a ser un gran profesor. Y que lo fuera a ver al ministerio, por favor, al director del Internado, que tenía que tomar cita con él, teníamos que hablar. Llévese nomás, mijo, si no tiene ahora después me la paga.

París, 28 de julio de 1979

Estimados jóvenes escritores de Chile:

Estaba tomando una copa la otra noche en La Ruhmerie, allí en Saint-Germain-des-Près, cuando apareció Sartre con el Castor, como le llama él mismo a Simone. De inmediato se instalaron en mi mesa. Buenos amigos... Simone me dijo que tenía que firmar algo que Jean-Paul había escrito, algo a favor de los escritores de Chile. Yo contesté, sí, Simone, ¿cómo podría resistírsele una a una mujer que irradia tanta inteligencia, tanto *esprit*? Así es que dije sí, Simone, ¿dónde firmo? Y ella que allí abajo, enseguidita de la firma de ellos dos, y que llevaba un muy bonito vestido. Era un vestido de *chez* Loulou de Marseille, de organdí, blanco como la nieve. Gracias por el piropo, Simone, le dije, es que está haciendo tanto calor. No, de nada, dijo ella, te lo mereces. ¿Te lo mereces? Esas palabras resonaron durante unos segundos en mi mente, ¿merecerme qué? ¿Los piropos para mí y para ella la admiración intelectual de las multitudes? Las mujeres inteligentes, digamos las que son reconocida, unánimemente más inteligentes que yo, siempre me han producido algo de envidia. Me pregunté si acaso esperaba que le elogiara a mi vez alguna prenda, no creo, ella carece de cualquier marca de coquetería femenina. La adoro, que conste, pero se viste como monja, así es que no dije nada y firmé la carta que había quedado sobre la mesa entre los daiquiris y la bolsa de tabaco de Jean-Paul. Yo, no es por ofenderlos, pero la de peticiones, cartas, manifiestos que habré firmado en La Ruhmerie o *chez* Lipp o en La Closerie des Lilas, así es que ni siquiera leí muy bien de qué se trataba, decía «le Chili» y «Pinochet», con eso bastaba... Jean-Paul hablaba hasta por los codos con Yves Montand, que por casualidad estaba en la mesa de al lado con una jovencísima actriz, bella como el sol, Isabelle Adjani, se llama y estoy segura de que muy pronto escucharán hablar de ella (si es que aún llegan películas a Chile). Así es que el Castor no quiso interrumpirlo y yo tampoco. Pero al final Yves Montand y la *petite* Adjani también echaron su firmita. La Adjani dijo que se sentía muy solidaria con *le peuple du Chili* y yo (dirán que soy mala pero detesto esas francesitas de *starlette*) le pedí que me dijera una sola cosa: ¿dónde queda «le Chili», a ver? Y ella que cómo, que si la estaba tomando por una provinciana inculta. Yo: por lo primero, no sé; por lo segundo, a lo mejor. Quedó la grande. La Adjani dijo que no pensaba firmar ninguna carta, petición ni documento que llevara mi rúbrica, que de dónde salía yo con mis aires de parisina entendida dando lecciones a media humanidad, que ella era hija de argelino, que había salido a la calle en Mayo del 68 (a jugar a la plaza, de la mano de tu papá, dije yo pero ni me escuchó), que era conocida su adhesión a la Cuba revolucionaria y que había seguido muy de cerca el proceso del Chile de Allende. Exageraba un poco, *la petite*, así es que le pregunté: ¿y por casualidad no habrás perdido la virginidad con el Che Guevara también? Entonces, Yves: Françoise, para y Jean-Paul: sí, Françoise, Yves tiene razón que parara un poco, que todos sabían que en el fondo yo era buena gente y yo ¿parar yo, si ella había comenzado? Ahí el Castor, saliendo de su reserva habitual, le dijo a la Adjani ya está bien, *petite*, era cierto que a mí se me había pasado un poco la mano, pero ella tampoco podía ser tan susceptible, si quería tener éxito en París había que tener la piel un poco más curtida. Y en eso la Adjani: ¿la piel curtida, ella?, ¿qué le iba a enseñar esa vieja vaca (por mí) a ella, qué sabía yo quién era ella (la verdad, no tenía ni idea), de dónde venía, cuánto había sufrido? (Y tampoco me interesaba.) Y yo: de algún suburbio vendrás, ¿qué hay de nuevo en eso? Ahí me lanzó el trago, Lagoon Blue o Blue Lagoon o como se llame, un líquido asqueroso, pegajoso y azul piscina, sobre el vestido de organdí, ¿podrán creerlo? Yves la sacó del local, agarrándola firme por la cintura. Jean-Paul miró al Castor, me miró a mí y suspiró: ya nos has jodido la noche otra vez, Françoise. Y el Castor: pero esa chica exagera, Jean-Paul, por favor. Sí, pero es joven, aún no entiende muchas cosas, la excusó él y el Castor, por joven que fuera, ¿por qué todo el mundo tenía que aguantarle que fuese tan caprichosa y malcriada? Sí, sí, tienes razón, dijo Jean-Paul, pero lo que a él le rompía las... este, eso, era que ahora iba a tener que redactar la carta a los escritores chilenos de nuevo, que no había guardado copia y alzando con su mano ligeramente temblorosa las cuartillas empapadas en líquido azul, que miráramos cómo habían quedado. Me dio pena, ya está viejito el pobre y el Castor, a pesar de que parece bastante mejor conservada que él, también tiene sus achaques (eso es lo único que verdaderamente me entristece, la certeza de que los buenos amigos desaparecerán un día u otro, lo demás, incluidas las estrellitas de cine y sus pataletas, la verdad, me importa un rábano). Pero ver así a Jean-Paul, fastidiado, atacado por el Parkinson, me dio no sé qué, así es que le dije, dámela, yo la vuelvo a pasar a máquina esta misma noche. Lo más rápido que pude tomé un taxi y regresé a casa, con el vestido todo pegoteado. Me di una ducha y luego abrí una botella de champaña de las pequeñas y salí a la terraza. El cielo estaba increíblemente estrellado, una dulce brisa se elevaba del río y recorría los tejados y las calles dormidas. Fui al escritorio, saqué la máquina, la deposité en la mesa plegable y me puse a pasar en limpio la carta de Jean-Paul. Así es como ustedes la leerán o quizá ya la hayan leído. Hice dos sobres, uno para Jean-Paul, excusándome por el incidente, y otro para Yves Montand (no tenía la dirección de la Adjani) pidiéndole que le dijera a la joven diva que no tenía ni la más mínima intención de firmar, que firmara ella con toda tranquilidad, que el futuro le pertenecía a ella no a mí y que no le guardaba ningún rencor.

Y eso es todo. Bueno, no es todo todo, puesto que les estoy escribiendo esta carta. La verdad, me dije que si no firmaba la carta de Sartre y los demás, a lo mejor les podía enviar unas palabras, unas frases de aliento, al menos para que sepan que no están solos, o *tan* solos como les puede parecer. Aquí y en otras partes hay gente que piensa en ustedes. En realidad, no sé quiénes son ustedes, ni qué es lo que buscan exactamente, pero si quieren una palabra de una lejana desconocida, ahí va: escriban, pinten o hagan cine, maten al tirano, maten al padre, maten a la madre, hagan lo imposible por ser libres.

Y pásenlo bien, todo esto va muy rápido y eso es lo único que cuenta.

Saludos,

Françoise Sagan

*

No podemos leerla, compañeros, lo siento, dijo Santelices. ¿Cómo que no podemos leerla? No, no se puede, reconozco que está bien escrita, es entretenida, aporta información sobre el ambiente intelectual parisino, todo lo que ustedes quieran, pero no es lo que necesitamos. Oye, ¿nos pasamos casi la noche entera escribiéndola para que nos digan que no es lo que necesitamos? ¿Qué necesitamos, entonces? Y el compañero Clemente Silva: escuetas cartas de apoyo, mensajes breves de carácter solidario, punto. Santelices: no narraciones. Silva: ni capítulos de novelas. Santelices: eso. Yo: pero ésta es la Unión de Escritores Jóvenes, no un sindicato de obreros metalúrgicos. Santelices: ya es hora de que vayamos abandonando esos reflejos clasistas, compañero. Silva: se les pide que actúen como escribientes, no como escritores. Santelices: es paradójico, pero así es. Claudio: si lo exige la revolución chilena. Silva: lo exige. Yo: puta madre, ¿no les pueden pedir a otros? Santelices: ¿para qué?, si ustedes lo hacen muy bien. Silva: ánimo compañeros, todos los esfuerzos se verán recompensados cuando triunfe la revolución. Claudio: ¿incluso los de los falsificadores de poca monta? Silva: no hay tarea innoble cuando se trata de conquistar la libertad, compañero. Santelices: no rompa las pelotas, compañero. Silva: ¿algo más que aclarar? Silencio. Silva: entonces, bajemos a la reunión de talleres. Ya en la escalera, Santelices: ¿estamos seguros de que no está muerta Françoise Sagan? Nosotros: no, bueno... Y Silva: hay que tener cuidado con esas cosas, compañeros, comprobar bien los datos. Santelices: ¿está muerta o no? Silva: qué sé yo, compañero. Santelices, a nosotros: ¿muerta o viva? Claudio: viva, esperemos. Yo: ¿qué importancia tiene ahora? Y Santelices: ¿la leyeron? Claudio: algo. Yo: algo.

Cinco y cuarto de la mañana. Lo veo parado en la esquina de Cirujano Videla con Miguel Claro, desentumeciéndose las manos con su propio aliento. Buenos días. Él, buenas noches, querría decir. ¿Tienes el material? Él palpándose los bolsillos de la parka, todo está aquí. ¿Y tú? Lo mismo, ¿qué técnica vamos a usar? ¿Técnica?, ¿sabes cómo se llama la técnica?, dijo Claudio caminando por Román Díaz hacia Irarrázaval, sangre fría huevón, eso es todo. ¿Ah, sí? Pues nosotros no la teníamos. Qué la íbamos a tener, si nos estábamos cagando en los pantalones cuando salimos. Qué curioso, dijo Rocío, pensar que sólo había sido el año pasado. Es que habían pasado muchas cosas. Y ella, en pocos meses. La prueba de aptitud, la entrada a la universidad, y yo, ¿estarían arriba todavía?, que disminuyera un poco la velocidad para ver cómo iban. Se detuvo en el semáforo del puente de Loreto y aproveché para controlar la carga. Las cajas de plumavit no se habían movido. Llevábamos dos chanchos rellenos en el techo. Era nuestro trabajo desde que Rocío tenía la Citroneta. Viernes y sábados por la noche y domingos a mediodía repartíamos chanchos rellenos por toda la ciudad. Los preparaba su padre en un galpón de la lejana comuna de San Miguel. ¿El de atrás va bien? Perfecto. Había un tercer chancho en el maletero. Nuestra hoja de ruta para el primer viaje de esa noche comprendía tres entregas: en Lo Curro, Vitacura y La Reina y vuelta a San Miguel a cargar. Así atravesaríamos la ciudad varias veces, ida y vuelta, hasta las doce o una de la mañana. ¿Qué dijiste en tu casa? Yo, que al día siguiente teníamos que hacer un reportaje en el matadero y lo más jodido era que tenía que salir a las cinco de la mañana.

¿Un reportaje?, se extrañó mi madre, digo, una encuesta, se trataba de grabar el habla de los matarifes, era un trabajo para Teoría de la Comunicación. Las cosas que se inventaban los profesores de ahora. ¿Vamos? Y entonces, las cinco y cuarto, en esa esquina, a Claudio, ¿se acordaba de la técnica? Y él sale con eso de que la técnica consistía en tener sangre fría y punto, para aquí, a ver, vamos exactamente a la Vía Morada, los nombrecitos que se inventan estos ricachones y Rocío, además no se ven los números, con tanta planta y arbusto y ni siquiera iluminan bien las entradas, anda despacio, sí, claro, sangre fría, pero ahí le dije, ¿qué número?, dos dieciocho, que no estaba seguro, sigue y él, de inmediato, ¿cómo que no estaba seguro?, ¿me estaba arrepintiendo, estaba tirando para la cola? No, nada que ver, pero que no estaba seguro de que eso de dejarlos bajo la pisadera de la micro al subirse fuera la mejor técnica. Y él, entonces ¿qué proponía? No se ve un carajo, dos quince me parece, nada, qué iba a proponer, pero yo ya tenía una idea, ya lo tenía casi decidido, aquí es, llegamos. Varios cubos de hormigón armado que se superponen, se intersectan, amplios ventanales iluminados a través de los que se distinguen grupos de personas, una mesa larga bien aprovisionada, una chimenea como una caja de cemento en la mitad de la sala, aquí comenzamos, dijo Claudio. Estábamos frente a la iglesia de San Francisco, en la Alameda y en el paradero ya hormigueaban grupos de obreros, estudiantes, empleados, la seis de la mañana, nos viene a abrir una sirvienta con delantal y cofia, vastísimo salón, más grande que una cancha de tenis y nosotros buenas noches, señorita, El Chancho Satiricón, todas llenas, dijo Claudio, la gente se daba codazos, se empujaba para poder colgarse de la pisadera, agarrarse de una ventana, una pierna en el tapabarro, cualquier cosa, era una tarea colosal subir a una micro a esa hora, pero si además teníamos que tirar panfletos, ya era para profesionales circenses. Rocío se ríe, que reconozca que no manejábamos la técnica, dice, si los demás lo hacían así, a la misma hora y con las micros igual de llenas, ¿por qué no íbamos a poder nosotros? No era eso, digo y unas señoras revoloteando en torno a la mesa en donde hemos depositado la caja de plumavit, llegó el chanchito, que vinieran a ver, brincando alrededor como colegialas, sino una cuestión de adecuar la táctica a la coyuntura, compañera, digo, cuidado, ahora vamos a levantar la tapa, señoras, aléjense un poco que sale mucho humo y las viejas se retiran, forman un semicírculo. ¿Se da cuenta de cuánto debe haber ahí atrás, compañera, en vestidos y joyas?, susurro en su oído y Rocío, que no dijera ridiculeces, pasaban repletas todas, sí, entonces le digo, no sé tú, pero lo que es yo me tomo un taxi y él, ¿un taxi? ¿Viste?, dice ella, eso quiere decir que se cagaban en los pantalones, no manejaban la técnica, no, claro que no, pero tampoco era tan fácil, colgarse de la pisadera, hacerse un hueco, agarrarse de un abrigo, de una chomba, con un dedo de un minúsculo centímetro de baranda y al mismo tiempo agacharse y depositar los panfletos bajo la pisadera y todo esto antes de que el asesino del chofer arranque y mira que a veces ni siquiera frenan del todo y entonces levantamos la tapa de plumavit, sale una nube de vapor y, ay qué regio, miren, si hasta trae una zanahoria en el hocico, qué increíble, acérquense y una alcachofa en el poto, qué genial, sube tú primero, le digo, yo antes de cerrar la puerta los dejo en el pavimento. ¿Dónde vamos?, la mirada del tipo en el retrovisor y yo a Manuel Montt con Providencia, jefe, igual se dio cuenta de algo, porque me agaché, el paquete de papeles ya en la mano, como si se me hubiese caído algo y cuando arranca, allí en su retrovisor, una nube de papelitos, de confetis blancos y negros, revoloteando entre los focos de las micros, de los autos que nos siguen. Claudio mira por su ventanilla, como si nada, yo por la mía, pero los ojos del chofer en el espejo van de él a mí, de mí a él, ¿cómo se corta?, una de las señoras, pantalones y blusa de velos sedosos, casi transparentes, y Rocío, con un plato, ahora les hacíamos una demostración, y ella, ay qué fabuloso, qué regio y al llegar a la esquina de Manuel Montt, entregando el cambio, el chofer, tengan cuidado con lo que hacen, jóvenes, ¿no veíamos que la calle estaba muy peligrosa? Basta con introducir el plato entre dos costillas, así, ¿ve?, y salía la carne con el relleno, qué rico, de mariscos, bravo, aplaudían, y la señora, ¿podía probar ella?, claro y Claudio, era mucho más peligroso, por la cresta, ¿no veía que habíamos estado a punto de jodernos?, ¿qué pasaba si ese tipo era de la CNI, qué decía, ni siquiera de la CNI, sino sencillamente facho y en vez de dejarnos en esa esquina nos llevaba derecho a la comisaría? Por lo menos no nos matamos, dije, dale ahí venía otro, sale el cuero crujiente de las costillas con almejas, cholgas, carne molida, todo humeante, qué delicia, oye, igual que los romanos, que vinieran a probar esa maravilla, y él, ¿me había vuelto loco o qué?, pero ya estábamos adentro, nada sobre el pavimento esta vez, y ¿dónde iban los jóvenes? A la Alameda con Dieciocho, caballero, por favor, comenzaba a hacerse tarde, eran más de las siete y a la altura de plaza Italia ya se veía cierta agitación de radiopatrullas, varios camiones antidisturbios, al bajarte, le digo a Claudio y hago un gesto con la mano, los depositaba él esta vez y ¿queríamos tomar algo?, encantadas las señoras con el chancho, ¿una copita de vino?, nunca en horas de servicio señora, muchas gracias, y Claudio, abre la puerta de su lado, se agacha mientras yo simulo tener dificultades para encontrar mi billetera en el bolsillo y sólo cuando lo veo ya en la calle pago, salgo, el taxi arranca y vuela la nube, pero ya estábamos cruzando la plataforma central de la Alameda y al llegar a la calzada opuesta, ¡taxi! ¿Adónde iban los señores? A Providencia con la avenida El Salvador, ilustre, vuelta a subir. ¿Qué pretendían?, pregunta ahora Rocío, ¿que el partido les pagara viáticos? El sarcasmo no es revolucionario, compañera, y ella, ¿cómo crestas se sale de este laberinto? Yo, mirando el mapa del Gran Santiago, a ver, si bajamos por la Vía Escarlata se supone que daremos con el Camino Agua de Palo, qué nos llevará a pesar de su nombre de regreso a la civilización, pero ¿se cumplió o no se cumplió la tarea? Ella, sí, con el alto patrocinio de la Federación de Taxistas de Chile. Finalmente logramos dar con la avenida Kennedy y enfilamos hacia el poniente. Estábamos en la esquina de Salvador con Providencia, ¿adónde querían ir los caballeros? Y yo, ahora vamos a Las Hualtatas con Walter Scott, hay que cortar por Gerónimo de Alderete, le digo a Rocío, y Claudio, agachándose como si hubiese dejado caer algo, al Pedagógico íbamos, ilustrísimo, lo más rápido que pueda, mire que estamos atrasados, el taxi arranca, vuela la nube, papeles picados, blancos y un poco brillantes parecen hojas de abedules, ingrávidas en el cielo metalizado de la mañana y de pronto otro taxi se ubica a la altura del nuestro y de colega a colega se hacen señas, que mirara hacia atrás. ¿Sí?, buenas noches, El Chancho Satiricón a su puerta, señora, y Rocío, ay qué exagerado que era, le daba vergüenza ajena, ¿yo?, sí, pues, tú, quién otro, por el citófono, ya, nos abrían al tiro. ¿Y?, dice ella, que le cuente rápido, antes de que entremos, nada, el tipo para en Salvador con Rancagua, que por favor nos bajáramos, ya, ya, rapidito, que él no quería líos, que fuéramos a tirar nuestras huevaditas a otra parte, ni siquiera quiso cobrar. Pero ahora no lo volveríamos a hacer ¿verdad? Hemos aprendido la técnica, ¿en qué consiste? Dos cosas: determinación y sangre fría, punto. Allí, por ejemplo, en ese muro blanqueado a la cal, al salir de la casa en que acabamos de entregar, ¿relleno con espaguetis, qué maravilla, cómo se corta?, ese largo murallón con tejuelas encima, con un plato, señora, ahora le hacíamos una demostración, estilo colonial, tan bonito, tan albo, que Rocío me señala con un gesto, ¿allí? Se detiene, deja el motor encendido y apaga las luces, ¿tú, yo, yo, tú? Saco el tubo disimulado bajo la caja con el último cerdo, me acerco a la pared y escribo sin pensarlo más, con las nalgas y el vientre apretados, *Abajo el fascismo, Venceremos,* corro, Rocío ya va arrancando, subo, cierro la puerta, ¿adónde?, pregunta ella, a Almirante Gómez Carreño, queda por Tobalaba, entre Simón Bolívar y Larraín.

*

Saint-Tropez, octubre de 1979

Queridos amigos:

He sabido, porque todo se sabe en este mundo, que en ese lejano país de nombre exótico (no se enojarán si les digo que en francés «chili» hace pensar ante todo en un plato picante, a base de frijoles y carne, que cae como patada al hígado) los escritores y escritoras se organizan para afrontar la terrible experiencia de la dictadura.

Deseo de todo corazón que logren lo que se proponen. Que las tinieblas de la represión engendren bellos poemas, magníficas novelas, contundentes ensayos. Un país puede ser una mierda y estar lleno de militares, de gente pobre y sucia y de casas feas, pero si en él hay unas pocas personas capaces de crear belleza ya es suficiente para justificar su existencia.

Yo siempre lo he dicho: después de Vadim y el cine, mis otros dos amores han sido siempre los animales y la belleza. Lo que viene a ser lo mismo porque ¿hay algo más bello que un caballo salvaje a orillas de un lago o un gato ovillado sobre una alfombra junto a un fuego o un tigre en libertad? Como dijo Platón la belleza es el resplandor de la verdad. Lo cual nos puede llevar a pensar que la ausencia de belleza, es decir la fealdad, equivale a la falsedad. O sea, lo feo es falso, ¿qué les parece? Bueno, basta de filosofías, que ni yo misma después me entiendo.

Si pudiera, les mandaría una foto autografiada, pero me dicen que mejor no, que puede ser peligroso.

En todo caso, reciban los más cordiales y calurosos saludos de vuestra,

Brigitte Bardot

*

Que me invitaría a su casa, pero tendríamos que encontrar un taxi, dice el Pablo y a esta hora adónde, que

vive al final del *treizième arrondissement*, en buen francés
el huevón, en la concha de la lora, dice después, al lado
de la Biblioteca François Mitterrand, cerca del Sena. Ya,
vamos a mi casa nomás, no hay problema, viejo y él Pablo, por favor, sí, Pablo, es que «me le olvida», viejo. Y se
ríe el Pablo don, cómo «te le va a olvidar» tanto, gil, replica. ¿Cuánto habremos chupado? Cuatro de Casillero,
dice el Pablo, y va una de pisco, agrego yo. ¿Adónde? A
Grecia, llegué al Pireo, siempre aconsejado por el sensacional Godfrey Stevens. ¿Pero de qué me estás hablando?
Repito, de Godfrey Stevens, el boxeador, el campeón de
Chile que disputó el título mundial, ¿te acuerdas? No, no
entiendo nada, dice. Le explico, lo conocí en Antofagasta, no, por la cresta, me interrumpe, dónde vivís te estoy
preguntando, aquí, en París, esta misma noche, dónde
mierda estamos yendo, reclama el don Pablo. Ah, senci-
llito, pero sin alterarse, viejo, basta con preguntar, mira,
seguimos por el canal San Martín, perdona el francés,
hasta Stalingrado y tomamos luego el boulevar de la
Chapelle, ahí vivo, o sea en la avenida de la Capilla. Un
día don Godfrey me dijo si no quería embarcarme, o sea
él quería decir trabajar en un barco. ¿En un barco?, le
contesté yo, pero si yo no me he subido nunca ni siquiera a un bote de goma. Y don Godfrey, tranquilo, que no
era necesario tener experiencia de marinero para trabajar en la cocina, ¿sabía pelar papas? Claro que sí, y paga-
ban bien, mucho mejor de lo que él me podía pagar manejando el colectivo entre Arica y Tacna, así es que me lo
pensara. Pasaron como tres meses, yo me hacía el loco,
pero igual creo que me había entrado el bichito de irme,
de viajar, ver otras tierras, todo eso, ¿verdad, loco? El
mismo que te bajó a ti, le digo y él allí, no confundamos,
que él se había ido de Chile por razones que no tenían

nada que ver con el turismo. Ya te pusiste denso, concha tu madre, ¿quién habló de turismo? Él, ya sigue y sin sacar la madre, que le hiciera el favor. ¿Pero quién habló de turismo, loco, ah? Turismo alimentario, huevón, ése sí que no lo conoce el Pablo. Y él, sin insultar, ¿de acuerdo?, y estaba todo bien, ¿me había sacado él la madre? Ya bueno, perdona, loco, si acaso te ofendí. Él: ¿entonces? Nada, como que me había entrado el gusanito del viaje, así es que un buen día llegué a guardar el vehículo en el garage allí en Arica y me acerqué como siempre a conversar un rato en la oficina. Y ahí no sé por qué me bajó la idea, ¿se acuerda de lo que me propuso la otra vez, don Godfrey? Yo creo que en realidad sí me gustaría, le dije. Y él, distraído, ¿que te gustaría qué? Embarcarme, como usted me ofreció, pues. Bien, que él iba a hablar con unas primas que tenía en Coquimbo cuyos maridos vivían de eso, embarcados todo el año, recorrían medio mundo. Como al mes me volvió a llamar a su oficina, que le había contestado su cuñado, que si quería él me gestionaba un contrato para embarcarme en Grecia, eso sí que yo corría con los gastos del pasaje hasta allá. ¿Y cómo voy a llegar a Grecia, le dije, si el sueldo apenas me alcanza para un pasaje en bus a Santiago? Con todo respeto se lo decía yo, no era por quejarme. Pero él, que si me lo había propuesto era por algo, ¿no? Entonces, va y me dice que él me pagaba el pasaje a Atenas, ésa es gente con el corazón bien puesto, ¿verdad, viejo? Ya ni escucha el huevón este, camina y camina. Y así nomás fue. Un día me encontré en Pudahuel con un pasaje de Aeroflot, de Santiago a Moscú y de allí a Atenas. Allí me esperaba el cuñado de don Godfrey para llevarme a El Pireo. ¿Turismo dijiste? Desde las cinco de la mañana hasta las siete de la tarde, preparando comida, lavando platos, y a la hora del descanso, a fregar las cubiertas. Total que en Valencia le dije adiós al barco y a la marinería, no era para mí esa huevada de andar embarcado. Además, me la pasé casi todas las noches vomitando en mi camarote, rodeado de unos chinos, a no ser que fueran japoneses o coreanos, que no paraban de correrse la paja. ¿En serio?, se carcajea el Pablo. La pura, llegaban al camarote en la noche y se empezaba a escuchar un rasguido como de cuerdas de guitarra pero sin cuerdas, ¿me explico?, o sea sin música, shhh, shhh, shhh, toda la noche los comegatos, malayos, vietnamitas o de donde chucha vinieran, y venga pasarse revistas pornográficas de camarote en camarote iluminándose con unas linternitas, y yo con unos vómitos que no podía ni moverme. No, así no, momento, interrumpe él. Que no entiende nada se queja, que cómo es esa historia de Godfrey Stevens en Antofagasta y después El Pireo y Francia y la Yénifer en Tacna. Yo te voy a aclarar la película, viejo, le digo. ¿Queda mucho?, pregunta él. No falta nada, le digo, ya casi llegamos, un poco de paciencia.

*

Compañeros, recordarán que recibimos la semana pasada una carta del célebre filósofo y escritor francés Jean-Paul Sartre. Hoy día quiero leer una misiva que Brigitte Bardot, la gran estrella del cine galo, ha tenido la amabilidad de enviarnos. Un murmullo recorre la sala medio en penumbras. En torno a la vasta mesa ovalada se ven los rostros atentos de los poetas, cuentistas, futuros dramaturgos, novelistas. En las primeras filas, sentados, distingo a la poetisa Olivia Negromonte, al cuentista Mario Casas, a Jorge Caprile, todos de mi taller. Detrás, como en el famoso cuadro de Fantin-Latour, figuran de pie varias filas de futuros escritores famosos. Allí están Verlaine, el joven Rimbaud, Poulet-Malassis, Baudelaire, todos los que algún día serán una referencia en la literatura de la Fértil Provincia. La voz del Presidente tiene un timbre cálido y grave al mismo tiempo. Alguien, desde el fondo de la sala, emite un chiflido, una voz masculina grita: ¡en pelotas! Todo el mundo ríe. Algunos futuros literatos apostillan con otras frases subidas de tono. Uno dice: mijita rica, otro lo sigue con un sonoro ¡mamita! y alguien más allá deja caer un ¡cosita buena de su papi! Y más carcajadas. El compañero Clemente Silva no se deja impresionar por esas demostraciones de entusiasmo de las masas. Silencio, compañeros, por favor, a ver, compañero Santelices, alcánceme el texto para proceder a su lectura. Santelices le pasa la hoja. El compañero Presidente se aclara la voz y se hunde en un silencio inexplicable. Se queda mudo mirando el papel, como si la carta fuese un verdadero jeroglífico. La asamblea comienza a mostrar signos de impaciencia, se escuchan frases del estilo ¿sabís leer?, ¡ya pues, es para hoy!, ¿es pornográfica? Súbitamente, el compañero Silva, con las mejillas encarnadas y la voz temblorosa, grita: ¡silencio! Nadie le hace caso y entonces vuelve a insistir: ¡¿se van a callar de una buena vez, mierda?! Es un rugido. Acompañado por un puñetazo en la mesa. Se produce un silencio sepulcral. Nadie osa pronunciar la más mínima palabra. Hasta que se eleva una voz femenina: no se enoje, mijito. Nuevas carcajadas. El compañero Silva también ríe, pero está incómodo. Perdón compañeros, creo que ha habido un error, retoma el hilo, en realidad, vamos a proceder a leer una carta del Presidente de la Unión Regional de Escritores del Valle del Elqui. La carta de Brigitte Bardot aún no ha sido traducida. Yo leo francés, propone un joven con una larga cola de caballo. Sí, pero es que no la tenemos aquí, lo interrumpe el compañero Santelices. Sin que nadie se dé cuenta, Silva desliza el texto cuya lectura acaba de desechar entre mis manos. ¡Devuelvan la plata!, truena un vozarrón cerca de la entrada. ¡Si lo sé no vengo!, grita otro. A ver, silencio, ya basta de bromas, ordena el Presidente. Compañero Santelices, por favor, lea la carta, se levanta de la mesa y me da un codazo, seguido de una seña inequívoca de la barbilla: que lo sigamos Claudio y yo. Nos abrimos paso difícilmente entre la abigarrada concurrencia hacia la sala contigua, mientras el compañero Santelices va leyendo la carta. La otra. Queridos colegas, desde la región que viera nacer a nuestra nunca justamente ponderada Lucila Godoy Alcayaga, conocida en el mundo entero como Gabriela Mistral, que de humilde maestra se izara hasta las más altas cimas de la lírica y brindara el primer premio Nobel de Literatura a nuestra larga y angosta franja de tierra..., ¿Te volviste loco?, le susurro al oído a Claudio. ¿Por qué? ...desde el Valle del Elqui, lugar de tradiciones ancestrales y de fraternidad, donde las estrellas... ¿Cómo que por qué, huevón?, murmuro, poniendo discretamente la carta que me ha hecho llegar Silva, doblada en cuatro, en su mano. ¿No querían breves mensajes solidarios?, dice Claudio. ...están más cerca del hombre... Pero no de ese tipo. ...y el hombre en mayor armonía consigo mismo y con los astros..., me parece que la cagaste. No importa, yo asumo. ...quisiéramos enviar un mensaje de solidaria fraternidad a nuestros colegas... Eso espero. ...de la Unión de Escritores Jóvenes que se han organizado valientemente... Clemente, el compañero Silva, el Presidente, nos espera al fondo de un sombrío cuarto sin ventanas, sentado en los restos de lo que alguna vez fue un sillón Chesterfield. Fuma y expulsa el humo por las narices, concentrado, mirando un punto fijo en la pared de enfrente adornada con retratos al óleo de próceres de las letras de la Fértil Provincia. ¿Para quién trabajan ustedes?, pregunta cuando nos acercamos. No entiendo, respondo. No, es que una carta como ésta es como para pensar que están trabajando para el enemigo. ¿Qué insinúas? No insinúo nada, sencillamente hay cosas que no se pueden hacer. Ya tuvimos un problema con una carta y ahora, esto. ¿Por qué escribir estas tonterías? Miren, es bien sencillo, o hacen lo que hay que hacer o se van para sus casas, punto. Yo creo que la gente se hubiese divertido mucho más con esa carta que con las de tanto intelectual que dice exactamente lo que hay que decir, contraataca Claudio. Miren, niñitos idiotas, aprendan algo de una buena vez, dice Silva aplastando con furia la colilla de su enésimo cigarrillo contra el cenicero, no estamos aquí para divertir a nadie, sino para hacer agitación cultural, no somos una banda de payasos, somos militantes de la revolución chilena ¿me explico? Una lástima que la revolución chilena carezca por completo del sentido del humor, opina Claudio. Pero así es, lo interrumpe Silva, y a partir de ahora las cartas me las muestran directamente a mí, primero a mí y sólo a mí, ¿entendieron?

*

Que le habían dado cita en el Ministerio de Educación, cuenta. Acudió con don Carlos Díaz Hiniesta, director del internado, una mañana, antes de la ceremonia de graduación en el Barros Arana y de regresar a su casa, porque ya se acababa el colegio y después del verano iría a la universidad. Mi hijo en la Universidad de Chile, decía la Eulalia, chúpense ésa, más contenta estaba, igual que el tío Aníbal, que no decía nada pero se le sonreía la máscara, miraba al suelo y se reía solo, de puro gusto. Joven del Internado Nacional Barros Arana ganador de la beca Augusto Pinochet Ugarte, recuerda el recorte de prensa, la foto en la que aparece junto a su madre, el director del INBA y el coronel Ramírez Renard. Es aquí arriba, dice y señala el edificio en forma de punta de diamante que hace esquina con el boulevard de la Chapelle. En los bajos, una fachada de falsa, alambicada marquetería árabe y un rótulo: Hammam El Baraka. Es el número uno de la rue de Tombouctou, con vista al tendido de las vías férreas de la Gare du Nord. El joven Nelson Menelao Peñalosa Rodríguez fue distinguido ayer con la beca Augusto Pinochet Ugarte que otorga anualmente el Gobierno de las Fuerzas Armadas y de Orden a los mejores estudiantes de educación secundaria del país, con el fin de que puedan proseguir estudios universitarios, en la fotografía durante la ceremonia de entrega, ya me iba a mostrar, todavía lo conservaba por ahí. ¿Nelson Menelao?, pregunto y él bueno, nadie elige su nombre, ¿no, viejo?, ha dejado de recitar de memoria el artículo de prensa que lo consagró joven becado del año, adelante, dice el otro señor, ¿o tú elegiste el tuyo?, no, qué va, pero me gustaría que lo usaras en vez de decirme viejo, ya, ya, viejo, o sea Pablo. Adelante, pasen, un placer tenerlos por aquí, había dicho el otro, un señor de civil, elegante, traje cruzado príncipe de Gales, camisa blanca de cuello duro, corbata roja. Había que subir hasta el último piso, recuerda, una sala grande y vacía, sin muebles, un corredor igualmente vacío, por aquí y en el cuarto que hacía las veces de oficina sólo el escritorio, limpio, ni un calendario, ni una carpeta, un sillón giratorio, dos sillas donde tomaron asiento, un teléfono negro. Aquí es, viejo, ponte cómodo. Un cuartito bajo los tejados, una *chambre de bonne*, la cama de una plaza que ocupa un tercio de la habitación casi hasta topar con la ventana, un lavamanos, un anafe sobre una mesa minúscula. Sexto piso, abajo, la vía férrea y el tendido del metro elevado que va hacia Stalingrad y la place de Clichy. Pónganse cómodos, tomen asiento, había dicho el señor de traje y corbata. Se habían sentado, gracias, el coronel Ramírez Renard del Ministerio de Educación los mandaba, dijo don Carlos Díaz, el director, así es que aquí venía con este niñito que era el último motivo de orgullo del Internado Nacional Barros Arana, mi capitán, comandante, lo corrigió entonces el señor elegante. ¿Comandante ya? Felicitaciones, recuerda a don Carlos, reverencioso, y le decía el último motivo de orgullo porque como él sabía el Internado le había dado al país muchos hombres ilustres, recuerda mientras rebusca debajo de la cama, saca un par de vasos, un paquete de cigarrillos, una mochila, un recorte de diario amarillento en una funda de plástico. Para que veas, dice y el joven becado del año pasea la vista por las paredes desnudas, la ventana sin cortinas que daba a un patio interior mientras don Carlos habla y habla. Abro la botella y lleno los vasos, salud, a la tuya y estaban muy contentos de tener un becado del INBA, la voz del comandante recuerda, un poco gangosa, cómo no iba a saber él si el Barros Arana le había dado tantos buenos elementos a las fuerzas armadas y en particular a la aviación, claro que sí, mi comandante, obsequioso don Carlos, claro que sí, el coronel Araneda, el general Solís Marambio sin ir más lejos, claro que sí, Araneda, se recordaba don Carlos, puchas que era bandido, oiga, se recordaba con una risita ahogada en una tos porque el comandante ni siquiera había esbozado una sonrisa y fijaba ahora la mirada en el joven becado del año, con una voz atiplada pero seca, acostumbrada a mandar, ¿y qué vai a estudiar?, así, directo, tuteándolo y en buen chileno. Pedagogía en castellano, duda, se acuerda, pero agrega: mi comandante. ¿Te tenemos inscrito aquí?, la voz aguda, los dedos de uñas cuidadas tamborileando sobre la mesa, más rápido, no que yo sepa, mi comandante, ya, llena este formulario con letra bien clara, ¿tienes las tres fotos?, los dedos no dejan de golpear la mesa, a ver, baja a la calle, en la avenida Bulnes, saliendo a la izquierda hay un fotógrafo, te tomas tres fotos tamaño carnet, el fotógrafo se llama Nacho, dile que es para mí. Sí, mi comandante. Vuelve a llenar los vasos y el formulario con letra de imprenta mientras esperaba que estuvieran las fotos, Secretaría Nacional de la Juventud, decía el encabezado y enciende un cigarrillo después de echarse a la garganta al seco el vaso de pisco, como si fuera un remedio. No me había dado cuenta de que fumabas, observo, sólo muy de vez en cuando dice el Trauco, fui asmático hasta los cinco años. ¿Es la única enfermedad que has tenido?, pregunta él leyendo el formulario, sí, mi comandante, la única y vacila un segundo, recuerda, ahora no sabe explicar por qué lo dijo, si yo no soy católico, viejo, pero agrega, gracias a Dios, mi comandante.

*

Estimados jóvenes escritores de Chile (¿cómo que estimados?, bueno, quitémoslo entonces), Jóvenes escritores de Chile (yo le pondría compañeros, ¿directamente?, sin más, como tú digas),

Compañeros:

De paso por el Festival de Cine de Berlín me he enterado de vuestra lucha por mantener viva la llama de la libertad (¿la llama de la libertad?, claro, de qué otra cosa va a ser la llama, pero si la llama de la libertad está en la avenida Bulnes, huevón, frente a la Moneda, cómo vamos a estar luchando nosotros por mantener vivo el único monumento que ha inaugurado Pinochet en esta ciudad, ya, bueno, después corregimos, es que estoy inspirado), mediante (¿mediante?, ¿qué tiene?, queda horrible, bueno entonces lo siguiente, mira:) me he enterado de vuestra lucha por mantener viva la libertad de creación, el derecho a pensar, escribir y publicar, inherente a toda sociedad civilizada (¿está mejor?, mejor, ¿y ahora?, cambio de párrafo diría yo, ahí va).

Sepan que en Europa, intelectuales, trabajadores, estudiantes siguen paso a paso la lucha del pueblo chileno por recobrar la libertad que el fascismo, apoyado por el imperialismo norteamericano, les arrebatara. Los dictadores pueden acabar con la legalidad democrática, abolir (no, mejor:), reemplazar las instituciones por las cárceles, pero (¿pero?, aguántate un metro, huachito) no se doblega la conciencia de un pueblo ni aun recurriendo a un estado de sitio permanente (ésa estuvo buena, gracias). Un hombre aislado puede ser débil, las «secciones especiales», los esbirros pueden hacerlo confesar, pero no se somete a confesión a un país entero. Y el pueblo de Chile, que lleva en su memoria el ejemplo de Allende, Neruda y tantos otros, no se dejará avasallar (te pasaste, huacho).

Quisiera transmitirles un mensaje de aliento y hacerles llegar mi más estricta (irrestricta, huevón, eso) mi más irrestricta solidaridad. (Aquí yo le pondría una frase como para el bronce, deja seguir, una pizquita de demagogia, sí, ya entendí, ¿a ver?, por ejemplo:) Ningún general podrá acabar (no, mira:) Ningún general estará jamás a la altura de un creador (pero cuidado que puede haber generales brillantes y escritores muy mediocres, tienes razón, digamos entonces:) Por poderosos que sean, los generales no han logrado en ninguna circunstancia (histórica, eso, buena), no han logrado en ninguna circunstancia histórica amordazar a los artistas (¿mejor?, mejor, cambio de párrafo y despedida).

Reciban, jóvenes escritores y creadores de Chile, el caluroso saludo de vuestro amigo,

Costa Gavras

(¿Está?, supongamos que está, ¿nada de venceremos, ni más temprano que tarde se abrirán las anchas o algo por el estilo?, no, si tampoco es Brezhnev, ni Corvalán, eso, ya, listo entonces, oye, una cosa, ¿no tiene nombre?, ¿cómo que no tiene nombre?, quiero decir, ¿Costa es su nombre de pila?, ni idea, bueno, supongamos, total, nadie va a preguntar, ¿una cervecita?)

*

¿Teléfono?, dijo con esa voz aflautada. ¿Cómo?, preguntó don Carlos porque yo estaba mudo, viejo, que qué se le ofrecía, dijo don Carlos, no sabía por qué no me salía ni una palabra y tenía la boca seca. Parece que da más sed, esta huevada de pisco. Vuelve a servir el Pablo. Le habría echado un poco de hielo. Lástima no tener refrigerador. Falta un teléfono, un número donde contactarlo, dijo el comandante. ¿Entonces? Entonces, puta madre, viejo, yo no tenía teléfono, qué iba a tener teléfono, si apenas había estufa donde la Eulalia, o sea en El Pinar, pero don Carlos que sí se le ofrecía, mi comandante, lo podían llamar al Internado, que él le transmitiría los recados personalmente, tuviese la seguridad, él mismo... No, no, barre con la mano su propuesta, el comandante, que no dijera tonterías se le veía en la cara que estaba pensando este viejo huevón ya me está sacando de mis casillas, en los ojos azul acero se le veía, no, no, aquí no podemos andar perdiendo el tiempo con recaditos. Don Carlos: no, claro, él quería decir sólo en caso de extrema necesidad, mi comandante, él estaba consciente de que en el Gobierno de las Fuerzas Armadas y de Orden, me vai a tener que llamar tú a mí, yo te voy a dar un número, lo interrumpe el comandante, las tareas eran tantas que no se podía perder el tiempo en nimiedades se ahogaba, se tragaba las palabras don Carlos, pero que él supiera, mi comandante, que en el Internado Nacional Barros Arana estaban a la disposición de las autoridades, como siempre, pero mucho cuidado cabrito con dárselo a nadie y garrapateó un número en un pedazo de papel que se había sacado de la billetera, porque allí no había nada, ni un lápiz, ni siquiera un miserable trozo de papel. Ya sé, dice el Pablo. ¿Cómo que sabís?, le digo, ¿no me estará columpiando el Pablo, tomándome el pelo, viéndomelas de colores? Yo estuve allí. No es cierto, respondo, qué voy a decir, ésa sí que no me la trago, me está tomando el pelo, ¿me estai columpiando, viejo? No, de ninguna manera, en manos de quién iba a caer ese teléfono, si este niño era la responsabilidad personificada, intervino don Carlos, el sentido del deber redivivo, que él ponía sus manos al fuego, mi comandante. Eso esperaba el comandante no era por nada que se le adjudicó la beca Augusto Pinochet Ugarte, poniéndose de pie, dando por terminada la entrevista, pero don Carlos que la patria necesitaba jóvenes con sentido del deber y del sacrificio, sangre nueva de chilenos con el corazón bien puesto, continuaba mientras avanzaban por el largo corredor desnudo, llegaban al vestíbulo, gente de bien, hacía cuánto tiempo lo venían diciendo en el Internado, mi comandante, inculcándoles esos valores a estos niñitos y el comandante no lo escuchaba ya, pero a él llámame una vez cada quince días, de preferencia los lunes entre ocho de la mañana y doce del día, ¿entendido? Y yo qué iba a decir, de acuerdo, mi comandante, que así lo haría agregaba don Carlos, que en este niño se podía confiar, ya vería. ¿Qué tenías que ver tú? ¿Es una broma, verdad, nunca estuviste en esa oficina, cierto? Kakariekas, ¿te acuerdas de él?, dice el Pablo. Yo, mudo, muchas gracias mi comandante, don Carlos deshaciéndose en amabilidades y descuide que yo me encargaré de que este niñito le cumpla, no se recibe la beca Augusto Pinochet Ugarte así nomás, estaban muy conscientes en el Internado Nacional Barros Arana, pero que él estaba seguro de que yo no defraudaría, que sería un excelente elemento de la Secretaría Nacional de la Juventud y el comandante eso esperaba, hasta luego. ¿Qué tenías que ver tú, viejo, no fuiste, verdad? Kakariekas, dice el Pablo y abre la ventana para evacuar el humo de los cigarrillos que me estoy fumando, ya van cinco, no tengo que fumar tanto, gracias a él me encontré en ese escritorio, dice el Pablo. No te creo. Créeme, fui con mi padre, dice, alguien le dio un contacto, un dato, ese tipo nos ayudaría. Cuando me delataste, dice el chucha de su madre. Yo no te delaté, huevón. Ya, no importa. ¿Y qué pasó? No pasó nada, claro. Pero también me llamó la atención esa oficina. Yo no te delaté, repito, y él, ya, sólo eso: ya. Yo no digo nada, pero estoy pensando, no sé, su padre, yo no tuve padre, ¿por qué pienso en mi padre? En el tío Aníbal, piensa mejor, en la Eulalia, la Lalita, en la casa de los Altamirano la trataban tan bien, la Lala, hasta hoy se acuerdan, le llevan regalos, un sartén, una plancha, hasta una vez una máquina de coser, claro que no duró mucho, estaba un poco vieja... Y ¿por qué creís que fui yo? Yo no creo nada, dice el hijito de su papá. Yo no fui. Él: no, tú no fuiste. No fue nadie, dice. Tengo ganas de preguntarle por qué dice eso. Pero me quedo callado.

*

París, 2 de diciembre de 1979

(Qué lata, ¿tú lo has leído? ¿Y te gusta lo que hace? Entonces escríbela tú, es que a mí me produce un aburrimiento mortal ese tipo, ¿una sola novela?, bueno si leíste una las leíste todas, dale, no, no, dale nomás, tú puedes..., pero si nadie te está tomando el pelo.)

Jóvenes, saquen la conclusión:

Un rayo de sol oblicuo penetra a través de la celosía y dibuja tres barras horizontales sobre la carpeta del escritorio. Tres lingotes inscritos en la cubierta polvorienta de la mesa. Un ideograma áureo, al costado del cual reposa una edición de *Les armes de poing*, editada en Bruselas por Georges Plateau, en 1911. Junto a ese libro, el primer tomo de *Le Petit Robert, Dictionnaire alphabétique et analogique de la langue française*. El hombre que está sentado tras el escritorio abre el diccionario y busca hasta dar con una palabra, extrae una lapicera y un pequeño block de papel de un cajón del escritorio y escribe. Luego cierra el diccionario y se reclina contra el respaldo de la silla. La pared de la izquierda está cubierta enteramente por una biblioteca. En la de la derecha cuelgan fotos enmarcadas. A primera vista sólo se distinguen formas en blanco y negro. Pero si el ojo se acerca percibirá formas femeninas, unos antebrazos atados a un par de pantorrillas, un par de líneas que podrían ser una vulva abierta o una sonrisa, un tórax encorsetado por un vendaje del que sobresalen un par de pezones a través de unos huecos que parecen practicados a tijeretazos, un par de muñecas esposadas, una lágrima surcando una mejilla, pero también puede que sea una gota de cera o de esperma rodando sobre una nalga. El hombre abre nuevamente el diccionario y pasa las páginas lentamente, se detiene en una de ellas y vuelve a tomar nota. Alguien llama a la puerta. Una voz de mujer pregunta ¿estás allí? Sí, responde el hombre. La puerta se entorna, el hombre se gira y ve a la mujer. Es morena, de unos cuarenta años. Sonríe, pregunta: ¿vienes? Va vestida con zapatos de tacón, medias caladas, portaligas y sostenes negros. Su vello pubiano también es negro. El hombre dice: ahora voy. La puerta se cierra. El hombre escribe algo en el block, luego abre otro cajón, extrae una cuerda enrollada, unas esposas, se incorpora, cruza la habitación, sale y cierra la puerta. El cuarto queda vacío. Sobre el papel se puede leer:

Chileno, ena, n. y adj. (ant. a 1740, de Chile). Habitante de Chile. Los Chilenos — De Chile, Cobre chileno, La economía chilena.

Revolución (n. f., hacia 1190, bajo latín, revolutio), Rotación completa (una vuelta entera) de un cuerpo móvil alrededor de su eje.

Jóvenes, saquen la conclusión.

Atentamente,

Alain Robbe-Grillet

(¿Viste que podías?, te quedó genial, no, explícita no es, claro, pero en cambio a mí me parece que encierra toda una poética, no, en serio te lo digo...)

*

Santelices: ¿me pueden explicar qué es esta huevadita, compañeros? Sostiene la carta entre el índice y el pulgar, como si fuese un papel de water. Una carta de Alain Robbe-Grillet, digo yo, el creador del Nouveau Roman francés. Y él, no, un momentito, basta de tomaduras de pelo, *esta* carta no la escribió ningún escritor francés, sino uno de nosotros o los dos, que ya le teníamos las pelotas como una campana, así es que, por favor, que tampoco tratáramos de tomarlo por débil mental porque la cosa se iba a poner color de hormiga. Claudio, ¿qué tiene la carta? ¿Cómo qué tiene la carta? Sí, ¿qué tiene? Que no se entiende un carajo, huevón, digo compañero, que está muy bien como ejercicio narrativo o poético, pero que no se puede leer ante ninguna asamblea porque no dice estrictamente nada, eso tiene, compañero, nada, palabrería hueca, pajas mentales de intelectualitos de a peso cincuenta y ya, que desapareciéramos, nos podíamos ir para la casa o donde quisiéramos, que tuviéramos la amabilidad de multiplicarnos por cero.

*

Nos sentamos en un banco por fin. Hace un par de horas que caminamos por los bordes del Sena. Ella se quita los zapatos, me mira. ¿Qué? Nada, se estaba acordando. Iba todas las mañanas al Pedagógico en su Citroneta, su Dos Caballos, su cafetera toda destartalada, la puerta izquierda cerraba mal, un chiflón daba de lleno en las piernas, no tenía limpiaparabrisas, había que accionarlo a mano cuando llovía, con un cordel. ¿Me acuerdo? Con un cordel, claro que sí. Nos reímos. Atravesaba la ciudad dando brincos por la avenida Perú y después por Loreto hacia la Costanera, cruzaba Providencia, enfilaba por Salvador hasta José Domingo Cañas, luego torcía en Macul. Tengo perfectamente grabado el recorrido, como si fuera ayer, dice. Y confiesa: es raro, a pesar de todo, yo era más feliz hace veinte años. ¿Cómo más feliz? Quiero decir, era feliz de una manera casi visceral, a pesar de lo que ocurría, de la dictadura, de la falta de horizontes, de la situación siniestra que se vivía en el país. Eras más joven, digo yo, éramos jóvenes, sin ánimo de ofender. Es cierto, reconoce ella. Ahora, en este mismo minuto, tenemos casi cuarenta años y aquí estamos, un domingo cualquiera, dejando transcurrir lo que queda de esa bonita tarde de primavera en el jardín de las Tullerías. Ella ha venido a verme desde Zürich. Aprovechando que su marido tiene una cita de trabajo en París el lunes. Él y sus hijos han ido a ver a unos amigos en los suburbios. Y nosotros, aquí, sentados no frente al mar, sino en un sencillo banco, junto a las estatuas que le gustaban tanto a Hemingway, dicen. Los jardines están llenos de niños, madres o niñeras con coches cuna, ríos de turistas japoneses, el palacio del Louvre al fondo y al otro lado la recta arbolada de los Campos Elíseos, con el Arco de Triunfo al final y más allá aún, el Arco de La Défense y después los suburbios, las zonas industriales, el campo, con sus granjas, sus caminos, sus terrenos labrados, cuadriculados, amarillos, verdes, marrones, enseguida probablemente Rouen, algunos castillos por aquí y por allá, la desembocadura del Sena, el océano Atlántico y desviándose bastante hacia el suroeste: las Azores... Pero lo más importante: encima de todo eso, una bóveda celeste, casi líquida, con una luna transparente pegada en una esquina. ¿Cuál de todas? La esquina de Simón Bolívar con Pedro de Valdivia, ¿no fue ésa? No me acuerdo. ¿Era Pedro de Valdivia con Simón Bolívar o con Sucre? Que haga memoria, dice ella, acabábamos de dejar un chancho en Hernán Cortés con Antonio Varas y teníamos que entregar el siguiente en La Reina, cerca de Tobalaba, ¿me acuerdo ahora? No. Sí, pues, el chancho que dejamos en la casa del escritor, José Luis ¿cómo se llamaba? Ahora sí, ya veo, el novelista, José Luis algún apellido italiano, novelista del régimen, se decía que de la CIA, me interrumpe ella, perdónese la rima interna digo, que no sea tarado, ahora ya ni se puede hablar, bueno, de quién no se decía, pero sí, del régimen, José Luis ¿Rosso? ¿Rosini? Da lo mismo, sí, claro, había sido esa misma noche. Ahora, entre nos, ¿me podrías mencionar el título de alguna de sus novelas? Ninguno, reconoce ella. Yo tampoco. Unos segundos de silencio, griterío de niños en los juegos, marcha de japoneses cámaras en ristre, el puro cielo azulado de por acá. Es curioso. ¿Qué? Que en Chile el fascismo no haya producido ningún escritor que merezca la pena, fíjate aquí, Céline, Drieu La Rochelle, por no hablar de los escritores de derechas, Roger Nimier, Marcel Aymé, etcétera, pero allá, nada, aparte de Campos Menéndez... ¿De quién? Un escritor que fue censor del régimen, gran familia de Punta Arenas, ¿sabes? ¿Y qué? ¿Cómo qué? Sí, dice ella, qué tiene de especial. Tiene de especial que era censor, precisamente, él mismo llamaba a los editores, generalmente tarde en la noche, a las doce, por ejemplo, nunca se identificaba, decía ¿aló?, le hablo de la Dirección de Comunicación Social o como se llamara el departamento encargado de la censura, imagínate, la medianoche del Santiago de aquellos años, el invierno, la bruma, el miedo y el tipo decía, ¿aló?, usted ha presentado el manuscrito de tal poeta para su aprobación, sí, claro, bueno, en la página tanto, en el sexto verso hay una alusión poco afortunada a la historia nacional, sin contar con que la cesura está mal hecha. ¿Me estás tomando el pelo? En absoluto, me lo contó Daniel Tenembaum. ¿Quién? Un amigo editor, eso mismo pensó él cuando le ocurrió por primera vez, ¿me estará tomando el pelo? Pero nada, contó las sílabas del verso en cuestión y efectivamente la cesura estaba mal hecha. Se pusieron a discutir, que si era o no endecasílabo, piensa en ese tipo, sentado bajo la luz de una lámpara a altas horas de la madrugada, examinando línea a línea, verso a verso, cada uno de los libros que se publicaban en ese país. Que no eran muchos, tampoco tendría tanto trabajo, dice ella. Claro que no, pero es la imagen misma del control de las conciencias, el poder discrecional sobre lo que se publica y cómo se publica concentrado en un solo individuo, un oscuro funcionario, culto, por cierto, pero perteneciente a la peor de las especies de intelectuales, la de los escritores frustrados. Frustrados y vendidos, dice Rocío, ¿y qué pasó con él? Fue director de la Biblioteca Nacional, supongo que a manera de premio, a lo mejor era censor y director de la Biblioteca al mismo tiempo, dice ella. Es probable, igual que el poeta Scarpa. ¿También fue censor? No lo sé. En todo caso le regalaron el Premio Nacional de Literatura. Curioso, ahora me suena a zapato, Scarpa, *scarpe, scarpi*, otro italiano, de hecho, pero aparte de ellos, nada. ¿Pero qué tonterías son ésas?, me interrumpe ella, ¿quería que nos hubiesen arrebatado hasta la literatura? No, pues, mijito, había cosas sagradas. Ya, pero estábamos en la esquina, replico, ¿qué esquina era? La de Pedro de Valdivia con Simón Bolívar, yo creo que era Pedro de Valdivia con Sucre, bueno, Simón Bolívar o Sucre, qué más da. Sí, creo que era Simón Bolívar porque me acuerdo que atravesamos Pedro de Valdivia hacia arriba, hacia la cordillera. Y ella, ¿viste?, si íbamos a La Reina te digo. Claro, tienes razón. La Citroneta cruza Pedro de Valdivia, se sube a la vereda unos metros más allá, queda estacionada bajo un árbol, discreta, es casi medianoche, se ve poco en esa calle de veredas anchas y mal iluminadas por las que nadie transita. Bajamos, ella y yo, sacamos del maletero lo necesario, nos dirigimos hacia la esquina, sin cruzar palabra, venimos de la casa del escritor José Luis Rompini, Roncagliolo, Rossato, Rocabruno. El Chancho Satiricón a su puerta, señor, ah, qué bueno, los invitados estaban comenzando a tener hambre, que pasáramos, y cuando depositamos la caja de plumavit en la mesa del jardín, ¿éramos estudiantes?, ¿te acuerdas ahora?, sí, del novelista nunca me olvidé, ¿pero, qué esquina era? Sí señor, ella estudiaba sociología y yo literatura. ¿Literatura?, pero qué bien, ahora le íbamos a mostrar cómo se cortaba, ¿tenía un plato? Y él, qué bueno, eso era progreso, que los jóvenes trabajaran para financiarse sus estudios, Ronconi a la concurrencia, un corro de señoras que asienten, unos señores con vasos de whisky o pisco sour en la mano, claro, pues, hombre, dice Romiti, si acá en Chile es algo infrecuente, nuestra juventud es muy cómoda, mal acostumbrada, pero en Estados Unidos todos los muchachos trabajan para pagarse los estudios. ¿Veía?, así se cortaba, claro, una de las señoras, tú que has viajado tanto, Rostiglioni, tienes la suerte de poder comparar, y uno de los señores, pero si tiene toda la razón, lo que pasa es que los chilenos somos muy flojos, oye, si es un problema de raza, que vieran si no en el sur lo que han hecho los alemanes, que si hubiésemos dejado a esos pobres indios barajárselas solos el sur de Chile estaría peor que Bolivia. Ay sí, oye, una señora, nosotros estuvimos en La Paz y se ve una pobreza tan terrible... ¿Ve?, con un plato se cortaba, nada más, qué maravilla, ¿queríamos un vasito de vino, un pisquito sour? No, gracias, no podíamos, apenas estábamos comenzando la noche, todavía nos quedaban varios rayados por hacer en diferentes puntos de la ciudad, no eso no, claro, pero sin palabras, cada uno a un lado de la esquina, que nos fuera bien, chiquillos, Rostiglioni, y que siguiéramos dando el ejemplo. Sin mirarnos, pero a último minuto, se me ocurre, cruzo la calle entre los autos que no perdonan, embalados, a toda pastilla, llego al otro lado, ¿qué pasa?, no vayamos a repetir la misma frase, le digo, y ella puta madre qué importaba, había que apurarse, igual la veían dos veces y qué. Entonces, vuelvo a cruzar y cada uno en su muro, ella, *Abajo el fascismo, Venceremos*, y yo, no sé muy bien siguiendo qué impulso, *Libertad, no te olvidamos*, porque esa frase no estaba, digamos, contemplada, pero igual, *Libertad, no la olvidábamos*, me pareció no sé, ¿apropiado? Había terminado la «d», me había quedado hasta bonita, por una vez me estaba esmerando y es que a pesar del tráfico, de los autos que subían como bólidos hacia La Reina, el hecho de que no hubiese transeúntes me tranquilizaba. Pero entonces escuché la voz a mis espaldas, curioso, no hubo ruido de frenos ni de motor, nada, sólo la voz, una entonación familiar, tanto que pensé, ni siquiera pensé, tuve por un segundo la sensación de que era la voz de alguna amiga, de que era una broma, pero al segundo siguiente me temblaban las piernas, ¿no te da vergüenza andar escribiendo cochinadas en las paredes, comunista de mierda? Me giré, abrí la mano, dejé caer el tubo de spray al suelo y comencé a caminar hacia donde había quedado la Citroneta, lentamente, como si nada, como si hubiese ido pasando por allí, sin mirar a los ocupantes del Escarabajo que rodaba a paso de hombre, o sea a mi paso, siguiéndome, bordeando la cuneta, sin mirarlos aunque ya los había visto, me había bastado el rabillo del ojo para distinguir el perfil afilado de Aguilera al volante, a ella no la reconocí. ¿Seguro que era él?, pregunta Rocío ahora, cuando una suave brisa de primavera agita las hojas de los castaños y los turistas se echan en el césped y los que pueden caen derrengados sobre las pocas sillas libres que la Dirección de Parques y Jardines pone amablemente a su disposición para que hagan un alto en ese recorrido monumental sin piedad, el Louvre, el Museo de Orsay, el

Jeu de Paume, la torre Eiffel, cuánta cosa hay que ver en tan poco tiempo, segurísimo, digo. Ella, ¡vamos a llamar al tiro a Carabineros comunista asqueroso!, y él algo murmuraba, algo que mis oídos no alcanzaron a descifrar. Ya se estaba formando una fila de autos detrás, algunos tocaban la bocina porque no podían esquivar al Escarabajo que rodaba a muy poca velocidad, tenían que adelantarlo, pero los que venían por la otra pista no los dejaban. Y entonces ¡comunista vendepatria!, la voz femenina, ahora sí, el famoso epíteto, ése ya de la vieja derecha de toda la vida, nada de groserías, sino más bien la descalificación moral, vendepatria, escuchado al papá, seguro y *please, mister?* Que si les tomo una foto, unas quince japonesas, todas sonrientes, allí, bajo los frondosos árboles de las Tullerías. ¿Quince?, dice Rocío, por lo menos son veinticinco y cada una tiene una cámara. A ver, digan *japonesita* y las veinticinco, al unísono, *¿kaponesitá?*, se ríen, *clic* y el Escarabajo arranca por fin, se transforma en un par de puntos rojos, se pierde. Ella se llamaba Paulina Iriarte, Rocío está segura, lo vio todo desde la otra vereda, regresando también hacia la Citroneta, rozando las murallas y las rejas de las casas, pero alcanzó a distinguir perfectamente a Aguilera y a su acompañante. ¿Y quién es Paulina Iriarte? Era compañera de curso, estudiaba sociología, salió con todo el Pedagógico, incluido el tarado de Aguilera, y *please mister? ¿Kaponesitá?* Las veinticinco sonríen al mismo tiempo, *clic*, dicen *tankiu*, no, que lo más increíble dice Rocío es que después de ese episodio Aguilera comenzó a cortejarla. ¿A cortejarte? Sí, bueno, yo ya sé. Se equivoca, no sé nada, ¿qué hacía?, ¿te mandaba flores, te escribía sonetos? *Please, mister*, que no sea tonto, no puede ser, les vamos a tener que tomar una foto a cada una, *¿kaponesitá?*, ya lo dicen solas, se forman, se mueren de la risa, *kaponesitaaa, clic*, ¿te mandaba a dar serenatas? Que no sea huevón, ¿entonces? *Please, mister, ¿kaponesitá?*, no, por favor, ¿podrían ir a ver al señor de al lado, el viejito ese, *le monsieur, là, à côté? Tankiu.* No, sencillamente comenzó con lo de la guitarra, que si le cantaba una canción, a ver si le escuchaba un tema que él había compuesto, cuando se estacionaba, siempre cerca de la Escuela de Periodismo. Era curioso, el tipo se aparecía, como si la hubiese estado esperando. ¿Tenía cinco minutitos? Es que le quería dedicar una canción. Y ella, no, gracias, ni tres segundos a ese hache de pe, en otro momento, es que iba corriendo, atrasadísima a clases. Y él: ¿a qué hora terminaba?, ¿la podía esperar a la salida? Y muchas veces, allí estaba, a la salida de clases, merodeando, ¿ahora sí, podía, se sentaban en el césped un ratito, que le interpretara un tema? No, que no podía, tenía clases de yoga, corriendo se iba y ahora dice no sé por qué le hablé del yoga, cuando en realidad iba a clases de guitarra, pero claro, no me iba a encontrar un punto en común con él. Y tamaño punto en común, ahí sí que no te soltaba más. ¿Podía ahora? Con su mirada de perro apaleado, le daba entre miedo y asco. Cinco minutitos, se lo prometía, sólo un tema. Hasta que por fin, por mero cansancio, una tarde a la salida de clases Rocío dijo bueno, cinco minutos, no más. Entonces él, que se sentaran allí, en ese banco, y empieza a cantar *qué se puede hacer con el amor, qué se puede hacer si es cosa de él...* Y ella, ¿no tenía otra cosa? Él, claro, lo que quisiera, ¿alguna de Pablo Milanés, de Carlos Puebla, de Viglieti, los Quilapayún? Pero cómo, ¿no le había dicho que había compuesto un tema? Sí, uno para ti, mirándola a los ojos. Y entonces va y se larga morena que no sé qué, dice ahora ella, que tus ojos verdes no sé cuánto, una canción estilo Antonio Zabaleta o, mejor, Gloria Simonetti, ¿te acuerdas? Inolvidable, eso se llama balada sentimental. ¿Qué cosa? Ese estilo. Bueno, como quieras. No es que yo quiera, es que se llama así. El asunto es que cuando terminó de rascar la guitarra se me tiró encima y trató de darme un beso. *I can't believe it.* Te prometo. ¿Y? Y yo que no, tratando de calmar el juego. El fuego querrás decir. Ella, huevón, se ríe, ahora puede, veinte años más tarde, cómo pasan, señor, que no se confundiera, no era porque ella aceptaba escucharle una canción que podía pasar algo entre ellos. Y él, disculpa, él sabía que ella no era para él. ¿Así te dijo? Te juro. Pobre. ¿Cómo que pobre? Había sido un rapto, te prometo que dijo eso. Había oscurecido y entonces ella, para que el otro no se fuese a sentir mal, rechazado, ¿pero cómo, era lo que estabas haciendo, no? Claro que sí, pero esas cosas que tiene una, de sentirse culpable por decir que no, ¿sabes? Sé. ¿Y? Entonces que si iba para el centro lo llevaba, le propuso. Y no te he contado lo peor. Me imagino. Me quedó mirando, como si le acabara de destrozar el corazón y me dijo, con el tono más lastimero y guachaca posible: que eres buena tú, ¿ah? ¡No! Te lo juro, dice Rocío, solemne, por mis hijos, ahogándose con una carcajada.

*

París, 6 de diciembre de 1979

Estimados amigos:

Me informan que los escritores y escritoras de Chile se han organizado para resistir a la negra noche de los generales. Pueden contar desde ya con mi más incondicional apoyo.

Sepan que los escritores, los artistas, los obreros, los maestros, los campesinos, los estudiantes, los intelectuales, los hombres y las mujeres de Francia, los llevan en su corazón.

Desde aquí, repetimos junto a ustedes: ¡EL PUEBLO, UNIDO, JAMÁS SERÁ VENCIDO!

Reciban un fraternal saludo,

Marguerite Duras

PD: No se lo cuenten a nadie, pero les puedo adelantar desde ya que mi próxima novela llevará por título *Allende, el pueblo te defiende*, aunque también se podría llamar *Salvador Allende indicándole al Pueblo el camino de la revolución (en presencia de Gorki y Lenin)*. ¿Ustedes, qué preferirían?, salud, digo, hasta una próxima oportunidad (a menos que el título sea *El Pueblo contempla a Salvador Allende ascendiendo al cielo socialista, en donde lo esperan Lenin y Gorki*, ¿qué tal?, ¿mejor?, ¿peor?, claro que, pensándolo bien, se podría llamar sólo *El cielo socialista* o, más sencillo aún, *Rojo*, eso me parece lo mejor, *Rojo*, aunque ese título, seguro, ya no les gustará tanto a ustedes, ¿verdad?).

*

Esto, dice Clemente Silva, levantando el trozo de papel como si fuese el cáliz de la alianza nueva, es lo que se necesita. Santelices: la leemos esta misma tarde, compañeros. Vamos mejorando, hay que continuar por la misma vía. Silva: la misma vía, compañeros, nada de complicarse la vida, el mismo tipo de cartas, ¿estamos? Santelices: ¿ven que no era difícil? Claudio: sí, salvo que Marguerite Duras jamás habría escrito algo igual. Santelices: ¿y quién lo va a saber, compañero? Claudio: no, si yo digo por decir. Yo: por si alguien se interesa. Santelices: ¿en qué, compañero? Yo: en el estilo de la Duras. Silva: ya, no sigamos emborrachando la perdiz, se aprueba la carta y se le da lectura nomás, compañeros, claro que le quitamos la postdata. ¿La postdata?, si allí está toda la gracia, digo yo. Santelices: compañero, por favor, ¿quién le dijo a usted que éramos payasos?

*

Ser revolucionario, plantea Claudio, es en primer lugar actuar contra los valores y las convenciones burguesas, ¿sí o no? ¿Qué se van a servir?, pregunta el camarero cincuentón, corbata de humita, chaquetilla blanca encorsetando la panza. Ése era el encanto del Venecia. Un aire a vejestorio. Una fotografía de los años cuarenta. Había sido el restaurant preferido del poeta Pablo de Rokha. Neruda, que vivía en el barrio cuando estaba en Santiago, no iba mucho. Enemistades de poetas. Ahora había empleados, desocupados, jubilados, parejas no siempre jóvenes, no todas legítimas. Vienen aquí antes de ponerse chuecos, dice el Flaco. Después, directo al Valdivia. ¿Al Valdivia? Al Valdivia va la gente con plata, opina Claudio, los que tienen auto. ¿A propósito, tienen plata?, interrumpe el Flaco. No mucha, digo yo. Yo pago, propone Claudio. Bueno, jóvenes..., el camarero espera dándole golpecitos a la libreta de pedidos con el lápiz. ¿Qué sándwiches tiene? Barros Luco, Barros Jarpa, Completo, Lomito, Chacarero, Gorda, Frica... recita su letanía el mozo, mirando al techo. ¿De verdad tenís plata?, averigua el Flaco. Dije que yo pago, insiste Claudio y continúa, ¿o ustedes han entrado alguna vez al Valdivia a pie? Dos Chacareros, un Barros Jarpa y una pichanga para picar. Eso sería. ¿Y para tomar? Un Gato Negro. Qué Gato Negro, dice Claudio, un Tarapacá Ex Zavala, magnánimo. ¿Te sacaste la lotería?, pregunto. Ayer fue mi cumpleaños. Haber avisado, so hueveta, lo regaño. No podía, dice el Flaco, burlón, estaba en el Valdivia. Claudio: sí, huevón, y a que no sabes a quién me encontré. No. A tu hermana. Más respeto o le cuento esta noche a tu mamá. Concha tu madre, insulta Claudio, pero se está riendo, todo porque eres virgen, no le has visto nunca el ojo a la papa. Quién habla, replica el Flaco. Al Valdivia, decían, se entraba por un corredor. Del auto directo a las habitaciones: la habitación egipcia, la de las mil y una noches, la de la cama de agua. Por supuesto el que no había estado en el Valdivia era un retrasado mental, un mata de huevas, un gil, un tonto huevón. Había compañeros de clase que, con dieciséis o diecisiete años, se jactaban de ir al menos una vez por semana. Yo nunca había entrado, pero más de alguna noche, regresando a casa, había bebido un par de coca-colas en la fuente de soda de la esquina para observar la discreta entrada de automóviles en la callejuela mal iluminada que daba al tráfico de la avenida Vicuña Mackenna. ¿Cómo serían aquellas habitaciones cuyos nombres invitaban a la lujuria? ¿Quién habría allí adentro en ese mismo instante? Yo no he estado nunca en un motel, confieso. El Flaco y Claudio: ¿nunca? ¿Nunca en el Valdivia? ¿Ni en Le Château, que es, se supone, del padre de una compañera? En ninguno. Ni siquiera en el Carrera. En el Carrera, allí van a tirar los milicos, opina Claudio. ¿Y adónde lo has hecho?, pregunta el Flaco. Si quieren saberlo, en la punta del cerro, muy exactamente. ¿Y ustedes han ido muchas veces? Se miran entre ellos. El camarero descorcha la botella de vino. Claudio lo prueba. Excelente. Bueno, yo, la verdad, comienza el Flaco, yo he estado una sola vez, lo interrumpe Claudio, yo también, una vez, dice el Flaco. Mentirosos. Ellos, al unísono, en serio, lo podían jurar. Yo, ¿por sus madres? Ellos, no huevís, tampoco había que faltar el respeto. Entonces Claudio regresa al tema principal. Estoy pensando en cambiar de partido, dice. Inventar cartas no es lo peor, todos los movimientos políticos manipulan la información. ¿Qué era lo peor?, preguntamos con el Flaco. ¿Qué era lo que no le gustaba? Lo peor es que se admite la falisificación, pero sin ninguna distancia, ningún sentido crítico. Y ningún sentido del humor, intervengo. Pero ninguna revolución se ha hecho con sentido del humor, recuerda el Flaco, ni siquiera con sentido crítico. Bueno, sentido crítico con el orden que se trata de deponer, sí, opino, pero más difícilmente con el propio campo. En eso había consenso. Claro que, si lo miramos bien, el solo hecho de que se recurra a la invención de las cartas ya prueba cierta falta de ortodoxia, cierta flexibilidad, argumenta el Flaco. Sí, pero en este caso es un defecto, dice Claudio masticando ávidamente el resto de su Chacarero. Puede que los partidos políticos sean como las personas, propone el Flaco. ¿Es decir?, preguntamos Claudio y yo. Él lo ve muy claro, en este partido, suponiendo que sea el único en el que se practican este tipo de cosas, se usan cartas falsas, pero en contrapartida hay más debate que entre los comunistas o socialistas. Eso es un mito orquestado por el propio partido, opina Claudio, que son un partido renovado, que incluye a la clase media, que es más tolerante, menos leninista, pero en realidad habría que ver. ¿Qué habría que ver?, lo contradice el Flaco, el nivel de debate en las bases del PC y del PS es conocido: cero. A lo mejor es más eficaz, dice Claudio. ¿Más eficaz que qué?, pregunto. Más eficaz que un partido de puros comandantes. Pero habría que saber cuál es la crítica, contraataca el Flaco, sí, intervengo, me parece que no lo tienes claro, tú pide otra botella de vino, ordena Claudio, si es que falta sentido crítico, independencia intelectual, debate e incluso sentido del humor o bien verticalidad y cadena de mando, continúa el Flaco. Es sobre todo una cuestión de sentirse a gusto, reconoce Claudio, a mí me parece que no se puede pedir que escribamos cartas y al mismo tiempo tolerar ese discurso oficial, monolítico, sin la más mínima distancia. Pero un partido político es también un discurso monolítico que pretende llegar al poder y punto, opina el Flaco. No sé, dice Claudio, me encantaría que la dictadura se pudiese derrocar con un Partido del Humor, pero también pienso que sólo un aparato militar puede acabar con una dictadura militar. ¿De Tarapacá?, pregunto. ¿Cómo de Taparacá? No, la otra botella, digo. Sí, claro. ¿Conclusión?, pregunta el Flaco. Nada, dice Claudio, a veces me da por pensar que mejor que otros derroquen a la dictadura, yo me bajo aquí. Pero paga primero, digo. Cómo te vas a ir, si nos quedan las mejores cartas por hacer, agrega el Flaco. Se acerca el mozo. ¿Qué sería, jóvenes? Dos Lomitos, un Chacarero y otra botella de vino. Dale, hagamos la última, propone el Flaco. ¿De quién? Claudio: de Alain Delon. Yo: no, de Baudelaire. El mozo, ¿qué vino van a querer? El Flaco: en ese caso, una de Luis XIV. Y el mozo: no, de don Luis XIV no tengo, caballeros, pero hay un 120 Tres Medallas que está de chuparse los bigotes, ¿les traigo una botellita?

*

París, 20 de agosto de 1979

Compañeros:

Mi amigo Yves Montand me ha contado de vuestra lucha por resistir a la ignominiosa dictadura que asola esa bonita tierra (¿no estamos exagerando mucho?, ¿por qué?, eso de bonita tierra parece tonada de Los Huasos Quincheros: *es una casita*, basta, *muy linda y chiquita, que está en las faldas de un cerro enclavada*, basta por favor, ya entendí), ignominiosa dictadura que asola a Chile (sigue tú, no sé escribir arriba de la micro, se mueve mucho; entonces dicta, pero nos van a oír, qué importa, no, mejor nos tomamos algo en la fuente de soda de la esquina antes de la reunión...).

Nosotros, desde acá, (¿desde acá, qué?, ¿te parece mal?, al grano, loco, ya sabemos lo que quieren)... Reciban un saludo y un mensaje de fraternal solidaridad de quien tanto ha aprendido de las grandes formaciones (¿escuadras?, eso) de las grandes escuadras de América Latina, el Brasil de Garrincha y Pelé, la Argentina de Maradona y Batistuta y el Chile (¿el Chile de quién?, el Chile, el Chile con carne, no huevís...), el Chile de Caszely y del Pollo Véliz (no, propongo:), el Chile de aquella mítica formación de Leonel Sánchez y Eladio Rojas

224

que resultara tercera en el Mundial del 62 (y mira, ahí
va) y, sobre todo, el Chile que muy pronto derrotará
por goleada a los generales traidores (está buena, gracias, sigue tú, cambio de párrafo y ahora...)

Transmitan mis saludos a los jóvenes escritores y
escritoras y, si se los llegan a cruzar, denles un abrazo de
mi parte a Carlos Caszely y a Leonardo «Pollo» Véliz.

Vuestro amigo,

Michel Platini

*

Silva: ¿ustedes nos están viendo las pelotas o es idea
mía, compañeros? Yo: ¿viéndoles las pelotas, nosotros?
Silva: somos una organización de escritores, compañeros, por si no lo sabían. Claudio y yo: claro que lo sabemos, ¿por qué? Silva: no se hagan los imbéciles, ¿cómo vamos a leer una carta de un futbolista? Santelices,
levanta el dedo, indica la carta que ha quedado sobre el
escritorio: ahí sí que no estoy de acuerdo, si me permite, compañero Silva, yo creo que hay que hacer la diferencia entre lo que ocurre en Europa y lo que pasa en
Chile; en Europa los futbolistas son mucho más preparados, los hay hasta con títulos universitarios, no tiene
nada de extraño por lo tanto, cortalá, Santelices, por la
cresta, lo interrumpe Silva, yo estoy hablando de otra
hueváda, ya sé que los futbolistas en Francia pueden ir
a la Sorbona si quieren pero ése no es el punto, yo la
leería, Clemente, eso es todo y si me dejas terminar te
voy a decir por qué, por qué, a ver por qué, por qué
chuchas querís leer la carta, explícanos. Santelices, en-

cendiendo un cigarrillo, expulsando el humo en las barbas del compañero Secretario General: porque no está de más que la gente, el huevonaje, la gallá, las masas, si prefieres, comprendan, colijan, cachen, se peguen los alcachofazos ¿ya?, entiendan, para decirlo en buen cristiano, que el caso chileno es algo que va mucho más allá de los pequeños círculos intelectuales, que las noticias sobre lo que pasa en Chile conmueven por igual a obreros, estudiantes, trabajadores de todo pelo, amas de casa e incluso futbolistas. ¿Ah, sí?, ¿y mi amigo Yves Montand?, Silva, airado, levantando la cuartilla que hemos pergeñado con Claudio en el Da Dino, la prueba acusatoria, una cosa es que los futbolistas vayan a la universidad y eso aún habría que verlo, digamos, que tengan mejor nivel que aquí, pero no me van a hacer tragar que Platini e Yves Montand son amigos. Santelices: ¿y por qué no?, Silva: no huevís, Toño, eso es como pretender que Chamaco Valdés y Neruda eran íntimos. El compañero Santelices: ¿y qué tendría de extraordinario? Yo: Neruda era amigo de todo el mundo. Claudio: y hasta le podría haber prologado algún libro de poemas, seguro que algún versito escribió por ahí, el Chamaco. Santelices: no exageremos, compañeros. El compañero Clemente Silva: y, además, mandarle saludos a Caszely y al Pollo Véliz, eso sí que no se lo traga nadie. Yo: ¿por qué?, los puede haber visto jugar, puede haberse cruzado con ellos muchas veces, Claudio: pueden perfectamente ser amigos. Sí, claro, masculla Silva, Caszely, Beckembauer, Pollo Véliz y Platini, todos chupando en La Sirena, ¿por qué no? En la pared Neruda se hace el que la cosa no va con él, mira a la Mistral y ella observa la escena con su habitual expresión de maestra severa. Silva: Toño, por favor, ponte una mano en el corazón y dime, ¿honestamente crees que no es una tomadura de pelo leer ante los compañeros allá abajo una carta como ésta? El interpelado: ¿cuál es el problema? Sinceramente te lo digo, que un futbolista conocido mundialmente, francés, o italiano o alemán se codee con actores de cine y escritores no me parece nada del otro mundo, ¿no has escuchado nunca hablar de la farándula, el *jet set* o como le llaman por acá el *jet seller*? Existe un mundo frívolo, Clemente, fuera de los muros de la Sociedad de Escritores de Chile, fuera de Chile, digámoslo de otro modo, a ver si me entiendes: fuera de Chile, está el mundo y en el mundo pasan muchas cosas que acá no se comprenden, ya, está bueno, dice Silva levantándose, me convenciste, lee la huevá de carta, listo, aprobado, compañeros. Claudio: se cierra el debate. Silva, ¿porque les parece poco?, ¿además quieren debate?

*

Así es que lo llevé, dice Rocío. Sí, iba al centro, dijo. Y qué bueno que lo llevara, a esa hora la locomoción comenzaba a escasear. ¿Sí?, ¿qué hora era? Mentira, no eran más de las siete. Pero igual, el fresco, el chupamedias, por si acaso, a ver si lograba algo, te acuerdas cómo era. Perfectamente. Nada más subirnos a la Citroneta, entre paréntesis ¿has visto una palabra más ridícula para designar un auto?, la Citroneta, aunque yo le tengo tanto cariño, en fin, nada más subirnos a la Citroneta comencé a arrepentirme de haberle propuesto, ¿qué hacía yo con un tipo de semejante calaña en mi auto? El beso, canturreo, la culpa fue del primer beso. Todavía me da asco, pero espérate un poco, que aún no te he contado lo peor y eso sí me da escalofrío. ¿No me vas a decir ahora que en la Citroneta...? Ya vas a ver, al comienzo, un caballero, todo compungido, jugando a hacerse el niño bueno, aunque yo sabía la clase de hache de pe que era, qué bueno que lo llevara porque estaba molido, me empieza a contar, que daba clases de castellano en una academia por las mañanas y por las tardes estudiaba en el Pedagógico, todo lo que hacía era para ayudar a su madre que se deslomaba como auxiliar de enfermería en un hospital, siete hermanos, padre inexistente, caso bastante típico, era puro esfuerzo, puro corazón de chileno. ¿Eso dijo?, ¿corazón de chileno? Textual y que él estaba por encima de las diferencias políticas y ahí sí que reaccioné, ¿ah, sí?, le contesté, no lo parece ¿no me estaría tomando el pelo, más bien? Y él, ¿tomándome el pelo él a mí?, por favor, Rocío, tú no me conoces, ya, pero quita la manito, porque el patudo ya se estaba yendo por el antebrazo hacia arriba y que no tratara de aprovecharse de que iba manejando porque a la primera que se pusiera fresco lo bajaba y él haciéndose el idiota, como si nada, que yo no lo conocía, que las niñas (textual también) del Pedagógico lo miraban en menos por su origen humilde, yo nunca he despreciado a nadie por sus orígenes sociales, pero para qué te digo nada, tú sabes bien por qué te miro en menos. ¿De verdad le dijiste eso? Te juro, ¿qué le iba a decir? El tipo ya estaba en mi auto y lo llevaba a su casa, así es que no tenía nada que perder. Y él, que no, que él se daba cuenta de que él a mí no me gustaba, que él sabía que yo era de izquierda y que él era de derecha, que él no tenía ninguna vergüenza en confesar que estaba con el Gobierno militar y entonces le dije, mira que seas pinochetista me importa un bledo, cada uno tiene derecho a pensar como quiera, si tú crees que los militares, por ejemplo, van a hacer que tu madre lleve una vida más desahogada, que le paguen mejor en el hospital y él al tiro, que no me metiera con su madre, que eso no se lo aguantaba a nadie. Claro que mi argumento era harto mala leche, pero la verdad, ya me estaba comenzando a cansar con su jueguito del niño pobre. No te confundas, le dije, yo no me estoy metiendo con tu madre, lo único que te estoy diciendo es que tú tendrás tus razones para creer que este Gobierno que lo ha privatizado todo, comenzando por los hospitales, será beneficioso para la gente más humilde, como tú mismo dices, lo que me parece despreciable es que seas soplón. No te puedo creer, ¿le dijiste? Claro que se lo dije. ¿Soplón él? Nada que ver, yo estaba muy equivocada, él nunca, nunca, ¿entendía bien?, había delatado a nadie, nunca, me lo juraba por su madre y juró juntando el pulgar y el índice. Habíamos llegado a la Estación Central, ¿por dónde? Por General Velázquez a la izquierda, si no era mucho pedir. No, te dije que te traía y entonces va y me dice: yo te quiero. Nooo. Sí. Yo te quiero. ¿Y tú? Te vas a reír, no sé cómo pude pero ¿sabes qué contesté? Soy un solo y único oído. Me querís cagar, le dije, eso sí. Y él, que cómo me atrevía yo a pensar, que desde el primer día, desde que me había visto bajándome de la Citroneta yo le había gustado, yo era una aparición en su vida, que le tenía que creer. Lo único que creo es que te vas a tener que bajar pronto, General Velázquez, ¿qué hago? Tercera a la derecha, dijo él, y que, por mi bien, porque me amaba, iba a protegerme, iba a hacer cualquier cosa para que no me pasara nada. ¿Qué? Lo que te digo. Me acuerdo como si fuera ayer.

Torcí a la derecha donde me dijo y me estacioné: bájate, le ordené. Era un callejón con viejos caserones derruidos, había una panadería cerrada y en la cortina metálica, un rayado: *milicos asesinos*. Y él, por favor me lo pedía, que él nunca, nunca jamás había delatado ni nada por el estilo, pero que me tenía que cuidar. ¿Ah, sí, cuidar de qué? Que él sabía, que ya se sabía lo de los rayados y que él podía hacer algo para evitar que las cosas pasaran a mayores, pero yo tenía que cooperar un poco, poner un poquitito de mi parte, ¿era mucho pedir? ¿Me estás amenazando? ¿Amenazando, él? ¿Cómo se me ocurría pensar algo igual, si yo era todo para él? Mira, le dije, no huevís más y dime qué querís. Y que sintió entonces la mirada de perro apaleado de Aguilera deslizándose por encima de su falda, acariciándole casi los muslos, qué asco, hasta el día de hoy, te digo, dice aquí en las Tullerías, ahora que ha caído el sol y el cielo es una extensión índigo bajo la cual refulgen los techos de cinc, veinte años después aún siente esa mirada suplicante, resbalosa, envolviéndola, que le dijera qué quería de una buena vez y él, con un hilo de voz, ¿le mostraría las tetitas? ¿Es verdad lo que me estás contando? ¿Tú crees que lo inventaría? Y Aguilera, babeando, atorándose con las palabras, que no fuera a creer, primera vez que hacía algo igual, que se levantara la blusa, una vez, sólo una vez, prometía, él la protegería siempre, y ella, no necesitaba su protección, que se bajara el concha su madre, y él, tus amigos comunistas van a ir todos a la cárcel, pero que él podía hacer algo, que ni siquiera era necesario que se quitara el sostén, una vez sólo, fuera buenita, y ella, que se bajara, soplón, le daba asco, y entonces rompió a llorar, con largos, profundos sollozos, tapándose la cara con las manos, no, si ya se iba, que lo perdonara, y ella, no sabe por qué, todavía no entiende ahora que cierran las Tullerías y la noche de primavera se apodera de París, nunca se podrá explicar, mira maricón, le dijo al tiempo que se levantaba el jersey y le mostraba dos pechos enhiestos, esos pechos que caían hacia arriba, miel y canela, que nunca habían necesitado sostén, mira maricón le dijo, dice ahora, porque en tu puta vida te mostrarán un par de tetas tan bonitas y él, llorando, gracias, y ella, eso es lo que no se explica ahora, veinte años, ni se explicará en treinta, ni en cincuenta, pero que era como un desafío, más que un desafío, una orden, tócalas, hijo de puta, a que no eres capaz, y Aguilera de un brinco estaba fuera del auto y echó a correr calle abajo, se perdió en las sombras de ese callejón como si hubiese visto al mismísimo demonio. ¿De verdad?, pregunto y tenemos que ir yendo porque *on ferme, messieurs dames*, abandonar el silencio del parque, volver a la algarabía de la rue Saint-Honoré y subir por las anchas aceras de la avenida de la Ópera hasta el hotelito de la rue de la Chaussée d'Antin en donde hemos quedado de pasar a recoger a Jean y a los niños para ir a cenar. De verdad, dice ahora, dándome el brazo, algún día te lo tenía que contar. Ya, digo, claro. Pero me siento celoso. Me da rabia. Se lo digo. Veinte años más tarde, es ridículo, ¿no? Y ella pasa su brazo en torno a mi cintura y deposita un beso en mi mejilla. Gracias, dice. No hay de qué, contesto. Y ella: sí que hay. ¿Qué hay? Que existas, dice ella, y que te dé rabia y sobre todo que no me eches un sermón. Me vas a hacer llorar, digo.

*

Ese sábado mi padre leía el diario en su sillón y en la radio se escuchaban los partidos de fútbol de la tarde. Pronto el periódico se le resbalaría de las manos y los ronquidos puntuarían la letanía de los locutores deportivos hasta la hora de la cena. En ese momento uno podría haber hecho cualquier cosa, asesinar a la empleada, prenderle fuego a la casa, no se despertaría sino cuando acabara el fútbol. Pero de pronto se echa a reír, no ronca, no se le cae el diario de las manos, es más, se incorpora, deja caer el periódico en la mesa del comedor, ya no saben qué inventar estos imbéciles, dice, lee eso. Tomo el diario y me voy a sentar a la mesa de la cocina. Es un artículo de la redacción, una página entera a cuatro columnas. Antes de leer el título, veo la foto de Jean-Paul Sartre, con el pie siguiente: «El filósofo e intelectual francés Jean-Paul Sartre, autor de un manifiesto de intelectuales galos contra el Gobierno de las Fuerzas Armadas y de Orden.» El diario se me cae de las manos. Lo recojo y lo vuelvo a abrir en la misma página. ¿Leíste?, pregunta mi padre desde la sala. No, ahora comienzo, respondo. No saben qué hacer estos milicos estúpidos para darse importancia, ¿tú te imaginas un segundo que Sartre se va a dedicar a escribir cartas contra el huevón de Pinochet? Tiene cosas más importantes que hacer, digo subiendo el tono porque vamos a la salida de camarines, Facuse, aquí estamos con Leonardo «Pollo» Véliz, Leonardo unas palabritas, sí, ante todo un saludo ¿acidez? a la hinchada ¿dolor estomacal? cada equipo pondrá lo mejor que tiene en este partido ¡sal de fruta Eno! pero yo creo que en Unión Española venimos demostrando desde el comienzo de la temporada que este año tenemos equipo ganador, así es que esperamos estar a la altura, gracias y buena suerte, Leonardo, eran las palabras de «Pollo» Véliz antes del inicio de la contienda, devuelvo conexión a estudio. Ya le van a dar otra paliza al pobre Wanderers, dice mi padre y agrega, tiene cosas mucho más importantes que hacer, Sartre, imagínate, escribiendo contra Pinochet, qué más querrían ellos, ésas son tonterías que inventan acá para darse importancia. Claro que sí, corroboro. Se las inventan los propios periodistas del *Mercurio* para tener algo que publicar. Seguro, le sigo la corriente. Me sirvo un café y despliego con mucho cuidado el diario formato tabloide sobre la mesa, como si se tratara de una bomba de tiempo.

*

INTELECTUALES FRANCESES FIRMAN MANIFIESTO
CONTRA CHILE

Santiago, agencias

Desde la semana pasada circula en Santiago y en algunas ciudades de provincia un manifiesto contrario al Gobierno de las Fuerzas Armadas y de Orden que habría sido, según ha podido saber este periódico, redactado por el filósofo y escritor francés Jean-Paul Sartre y lleva las firmas de numerosas personalidades de la cultura del país galo.

El documento, titulado «Carta abierta a los jóvenes escritores de Chile», no escatima improperios contra nuestros gobernantes ni reflexiones de carácter difamatorio para Chile. Según ha podido averiguar este periódico, el libelo habría sido redactado en la capital gala por el propio Jean-Paul Sartre, por encargo de dirigentes de la extinta Unidad Popular y de potencias foráneas que buscan desestabilizar al régimen que encabeza el general Augusto Pinochet, según ha declarado a *El Mercurio* el Ministro Secretario General de Gobierno, Federico Williamson. El personero puntualizó que «se trata de una nueva campaña orquestada desde el extranjero por los jerarcas del fenecido régimen marxista y guiada por el comunismo internacional, que no ha podido ni podrá resignarse a la derrota que le infligieron en este rincón del mundo las Fuerzas Armadas y de Orden y, sobre todo, el pueblo de Chile». Preguntado sobre si el Gobierno contemplaba la posibilidad de emprender alguna acción a nivel diplomático ante el país galo, Williamson declaró que por el momento ése «era un tema del que no se había tratado, por la sencilla razón de que al Gobierno le tenía sin cuidado lo que pensaran algunos intelectuales franceses mal informados o tendenciosos, lo que nos importa como Gobierno, aclaró, es lo que piensen y digan los hombres y las mujeres de Chile, la gente que se sacrifica cada día por hacer un país mejor, para ellos trabaja el Gobierno de Reconstrucción Nacional, no para el señor Sartre, ni para políticos de otra época que viven mascullando su frustración en capitales extranjeras».

Por otra parte, Renato Irarrázaval, abogado cercano a la Democracia Cristiana (formación en receso), dijo en conversación telefónica con este periódico que «a pesar de que nosotros no compartimos el marco institucional ni las políticas de este Gobierno en la mayoría de las materias, debemos dejar en claro que tampoco aceptaremos que se recurra a la descalificación y el insulto como argumentos, sobre todo cuando provienen de intelectuales que pueden ser muy respetables, pero que desconocen por completo la realidad de nuestro país y su historia».

El manifiesto que ha circulado sobre todo en medios intelectuales del país, está firmado, además de por el propio Sartre, por su pareja y también escritora, Simone de Beauvoir, por los actores Yves Montand y Simone Signoret, así como por la estrella del balompié galo, Michel Platini. Consultado el escritor y periodista Luis Ángel Latorre, Presidente en ejercicio de la Sociedad de Escritores de Chile, dijo no tener ninguna idea de cuáles podían ser los canales que el documento había seguido para arribar al país y agregó que en Chile, que él supiera, cualquiera podía recibir una carta de cualquier parte del mundo.

*

Teléfono. Claudio: ¿leíste *El Mercurio*? Sí, lo acabo de leer. Y él: tremenda cagada. ¿Tú crees? ¿A ti qué te parece? No sé. Veámonos después, el teléfono no es... ¿sí? Claro. Cuelga, en la sala Leonardo «Pollo» Véliz acaba de abrir el marcador para Unión Española con un golazo de chilena. Vibran las graderías en el estadio nacional y el florero y los elefantitos de porcelana encima del mueble de la radio. Cuando iba a escuchar cómo lo había visto desde la cancha Facuse y el mismísimo Facuse comenta con Ever Ready, la pila pila, una de las proezas a las que nos tiene acostumbrados el Pollo, suena de nuevo el teléfono. Una voz femenina: buenas tardes, ¿podría hablar con Sebastián, por favor? ¿Con Sebastián? Número equivocado, aquí no hay ningún Sebastián, voy a colgar y entonces, ¿Pablo? Sí, soy yo y en ese mismo momento caigo en la cuenta, claro, Sebastián soy yo, o sea «también» soy yo. Y ella: mira, no sé si te acuerdas de mí, soy Soledad Fortea, y yo, claro que sí (las asambleas del Pedagógico, rostro de Modigliani, bella tez de durazno, grandes ojos azules). Que perdonara, no quería molestarme, pero tenía un grave problema para cerrar la edición de la revista, ¿podía venir mañana por la tarde a echarle una mano? ¿Qué revista?, me pregunto y no me atrevo a preguntar. ¿Mañana por la tarde? Y ella, sí, ya sabe que es domingo, pero es muy urgente y es importante que todos los que participamos en la revista estemos allí. Mañana juega la Universidad de Chile con Palestino, pensaba ir al estadio. Digo: es que pensaba ir al estadio. Y Soledad: Keller 1175, como si no me hubiese escuchado, a las ocho, ¿ya? De acuerdo, a las ocho. Ya, nos vemos entonces, chaíto. Cuelgo en el mismo instante en que Fajardo encabeza el contragolpe de la escuadra ibérica, retrocede de taquito el balón a Suárez que evita a Díez, que deja atrás a Sepúlveda, bella finta, va a rematar con la izquierda, remata, suena nuevamente el teléfono y el balón sale del terreno besando el travesaño, ¿con qué pinta el pintor?, con pinturas Tricolor y qué ocasión se acaba de perder Remigio «Negro» Suárez, Facuse, sí pero con Ever Ready la pila pila terminará por llegar tarde o temprano porque parece que Wanderers se olvidó la defensa en los camarines. ¿Aló? Rocío: ¿leíste? Sí, me acaba de llamar Soledad, ¿qué Soledad?, Soledad Fortea, ¿ella?, ¿la conoces?, sí, ¿pero ella misma te llamó?, sí, ella, a no ser que fuese otra y se hiciese pasar por ella, Sofía Loren, por ejemplo o la Cicciolina que se estaba aburriendo en Roma. No seas estúpido, si te llamó quiere decir que las cosas no están para bromas, mañana a las ocho tenemos cita, ¿te dijo? Me dijo. Entonces nos vemos allí. Largo despeje de Ahués para Azócar que busca combinar en la mitad del terreno con Merino y entrega en realidad al Pollo Véliz, se da vuelta el Pollo y cede de taquito para el Cañón Hermosilla, la derecha de oro del conjunto hispano supera a Salgado, nada difícil, engaña al Chino Pérez que mucho no se ha visto, cuidado, va a tirar, dispara, atención ¡cañonazo!, vuela Ahués, el guardameta del Wanderers y suena nuevamente el teléfono, cómo lo está viendo Facuse desde la cancha, siempre con Ever Ready, la pila pila, ¿aló?, faltaron diez escasos centímetros para que ese balón fuera a morder la red y aunque Ahués intuyó el derechazo de Hermosilla difícilmente podría haber llegado a ese rincón de la portería, ¿ya leíste *El Mercurio*?, ¿malestar estomacal?, ¡sal de fruta Eno!, pregunta el Flaco, sí ya lo leí, ¿sensacional, no? No sé. Mañana a las ocho, ¿verdad? Sí, a las ocho. Pero sin duda se habían puesto de acuerdo y estaban llamando todos desde la carnicería de don Coke o el Minimarket de don Ignacio, porque había una falta grave contra Fajardo que estaba caído en la mitad de la cancha, ¿un rodillazo en la ingle, Facuse?, bueno, un rodillazo es un eufemismo, le estampó los toperoles Sepúlveda a la altura del, si me permite la expresión, bajo vientre y ahora, ¡Salud, con vinos Viú!, lo están reanimando, parece querer incorporarse y en ese mismo momento suena el teléfono. Claudio: ¿mañana a las ocho, verdad? Sí, a las ocho. ¿La comida y la bebida le sentaron mal? ¡Eno, le sienta bien!

*

Que el señor Daza le había dicho, que por eso se había permitido pedirle una audiencia a la secretaria. El hombrecito estaba arrebujado en un chal recuerda, en un despacho sombrío con viejos tomos empastados en cuero alineados en las estanterías y un escritorio que le quedaba grande, sobre el que había pilas de carpetas, publicaciones, montones de papeles por todas partes. «Sr. Daza», decía en el papel y un número de teléfono, sólo eso, ni el grado, ni el cargo, sólo «Sr. Daza» y un número, con la caligrafía esmerada de las personas que tienen poca costumbre de escribir. ¿Por qué no te dio una tarjeta?, pregunto. No sabía el Trauco, claro que le podría haber dado una, con sus teléfonos, Comandante Alejandro Daza Smith, Ministerio de Educación, Secretaría Nacional de la Juventud, Fuerza Aérea de Chile, vaya a saber uno. ¿El señor Daza?, preguntó, recuerda, con él le respondió su voz al teléfono, ni secretaria ni nada en ese despacho vacío, la primera vez que lo llamó, con él, y después cuando comiencen las clases te pones en contacto con el profesor Kakariekas, punto, había colgado sin ni siquiera decir hasta luego. Así es que aquí estaba, señor, no sabía si decirle señor profesor o señor Decano, recuerda que el viejito levantó la vista y clavándole un par de ojitos transparentes como aguamarinas le había preguntado si hacía frío. Y él, ¿que perdonara? Sí, el viejito, si hacía frío allí en su despacho, que él ya no se daba cuenta, no señor, él no encontraba, ¿y cómo era su nombre? Nelson Peñalosa Rodríguez, señor, ahora sí, Decano. El viejito había sonreído, ¿Peñalosa?, recuerda, procede de Extremadura, más precisamente de una localidad llamada Montáchez, en la provincia de Cáceres. Y siempre sonriendo, aunque la mayoría son judíos conversos, ¿lo sabía? Que él lo ignoraba por completo, señor Decano, pero si usted lo dice debe de ser así. El viejito le indicó una silla, que si creía en Dios, le había preguntado, y él que bueno, su madre era muy religiosa, él era bautizado y confirmado, aunque tampoco se consideraba un católico practicante, acérrimo había dicho, se acordaba ahora de la palabra, no era un católico acérrimo, y el señor Decano, medio sonriendo con sus ojitos celestes, pero que tampoco le habría bajado la veleidad de ser comunista, porque del ateísmo al comunismo en este mundo tal como estaban las cosas no solía haber mucho trecho, había dicho, no señor Decano, por ningún motivo, él jamás, ni siquiera se había acercado a un comunista. Que allí se iba a topar con muchos, lo había prevenido entonces el viejito, más grave aún, allí donde él estaba ahora mismo, ese despacho que él veía era uno de los pocos focos de resistencia al comunismo en este campus, estaban por todas partes, hasta en los baños, si no que mirara las pintadas en los muros, había que luchar muy arduamente para mantenerlos a raya, para que no transformaran ese templo del conocimiento y paradigma de la vida académica que había sido y aún era, porque aún lo era, el Instituto Pedagógico de la Universidad de Chile, en un antro de politiquería, en una pocilga marxista, tomó aire el viejito y su expresión, los labios torcidos y la mirada fría, volvió a dulcificarse, una sonrisa, los ojitos más chispeantes, ¿le quedaba claro?, ¿tenía alguna pregunta? A él le quedaba clarísimo señor Decano, por eso era que se había presentado, porque él estaba consciente de que una cosa era ganar la beca Augusto Pinochet Ugarte y otra colaborar con la tarea de reconstrucción nacional, se acuerda, lo había leído en el diario, la Reconstrucción Nacional, Chile eres tú, lo había visto en la tele, Chile bandera y juventud, que estaba dispuesto a aportar lo suyo, en las cajas de fósforos, en las latas de sardinas, si es chileno, es bueno, que descuidara, no iba a defraudar, él era un buen chileno y a toda hora en la televisión, la Patria, se lo sabía de memoria, que no ha sido por rey jamás regida, ni a extranjero dominio sometida. El viejecito estaba seguro de ello, con su sonrisa bondadosa, pero que no se parara, que aún no habían terminado y hablando por el interfono a la secretaria, ¿habría llegado ya el profesor Ramírez Sánchez? Entonces se abrió la puerta y lo vio entrar, un tipo enjuto, con una barba rala, un traje y un impermeable envejecidos, el pelo largo, gafas de sol sostenidas entre los nudillos de la mano izquierda, a pesar de que ya estaba bien entrado abril y en esa oficina ya era de noche casi. Que disculpara la tardanza, señor Decano, una reunión en el Departamento de Historia lo había retenido, no había ningún problema, él estaba al tanto de las obligaciones de los docentes, sobre todo de los más jóvenes, el profesor Ramírez Sánchez, los presentó, y el joven ganador de la beca Augusto Pinochet Ugarte. Recuerda el apretón de manos, la del profesor Ramírez Sánchez un poco húmeda y con lo que a él le parecieron restos de tiza, que iban a trabajar juntos, contra el enemigo, por este país, oye, un gustazo. Claro que sí, el gusto era de él. ¿Y qué había que hacer? Ya lo vería.

*

Keller 1175. Abre la reja una señora con delantal rayado: que pasáramos nomás, la señora Soledad nos estaba esperando con los otros invitados. Hemos llegado juntos con el Flaco. Era un caserón de dos pisos en esa calle estrecha, de casas con antejardín y ciruelos en las veredas. A pesar de que estaba muy cerca del tráfico de Manuel Montt, de la chata y congestionada avenida Providencia, ese barrio hacía pensar en una amable ciudad de provincias. En el living: Soledad Fortea, que no parecía en absoluto una estudiante. ¿Qué parecía?, digamos una señora joven, atractiva, distinguida, que nos recibe para mostrarnos la decoración de su casa, algo así, una señora que va a conceder una entrevista para *Elle*, *Paula*, *Caras*. En las paredes hay cuadros de pintores cotizados, o a lo mejor no, pero en todo caso son modernos, atrevidos, llenos de movimiento, bien enmarcados. Estanterías con muchos libros. Dos sofás frente a frente, dos sillones, una mecedora. Soledad se acerca y nos saluda de beso, ¿qué tal, habíamos tenido problemas para encontrar la calle? Ya están allí Clemente Silva y el compañero Antonio Santelices. Nos saludamos circunspectos, como si apenas nos conociéramos, la ocasión requiere cierta gravedad, una boda, un funeral. Suena el timbre. Que nos pusiéramos cómodos, ¿queríamos tomar algo? Entra Rocío. Más saludos. Y al final llega el publicista, el amigo del padre de Rocío, por el que habíamos entrado al partido, con dos señores que no conocemos (al menos yo es primera vez que los veo). Soledad: les presento al compañero Benjamín, por el publicista y a los compañeros Renato y Juan. Benjamín, por supuesto, no se llamaba Benjamín. Bien, dice ella, que ante lo que estaba pasando, es decir, ante la publicación en *El Mercurio* de ayer de la noticia sobre el manifiesto de Sartre, la Comisión de Cultura había decidido reunirse de inmediato para evaluar la situación y tomar las medidas que correspondieran, y en primer lugar quería dar la palabra al compañero Benjamín. Sí, bueno, que a ellos (o sea él y los dos desconocidos) les interesaba antes que nada escucharnos a nosotros y el compañero Renato, encendiendo una pipa, sí, porque ellos habían sido los primeros sorprendidos con la historia esa de las cartas. El compañero Juan, prende un Lucky sin filtro, da una larga pitada, que perdonáramos, ¿a alguien le molestaba el humo?, bueno, sí, los primeros sorprendidos como decía el compañero Renato porque ellos estimaban que se podía recurrir a, seamos claros, tretas como ésas, porque eso eran ¿verdad?, de tanto en tanto, pero no como política sistemática. Soledad: ¿queríamos café, té o preferíamos algo más fuerte? Y el compañero Juan, para ser claros a él le parecía que el compañero Silva debía dar una explicación. Clemente Silva: sí, la explicación era muy fácil, así como era fácil criticar desde afuera, ¿cómo desde afuera?, lo interrumpe el compañero Renato, le recordaba que ésa era la Comisión de Cultura del partido, ¿desde fuera de dónde? El compañero Silva: no, bueno, la cosas como son, compañeros, a ellos se les había encargado montar una organización de alcance nacional y eran apenas dos, el compañero Santelices y él mismo y luego les mandaban a otros dos compañeros con menos experiencia, el compañero Juan lo interrumpe, que pare, vayamos a los hechos, pide, ¿quién había tomado la decisión de redactar y leer cartas falsas? A ver, Juan, ¿se atrevía él a hacerle esa pregunta?, el compañero Silva, le tiembla ligeramente la barbilla, se quita las gafas, como es corto de vista entrecierra los párpados y eso le da un aire aún más dramático. ¿Se atrevía él, compañero Juan?, ¿se atrevían ellos, compañeros Benjamín, Renato, a hacerle esa pregunta? ¿A hacérsela ahora? Llega la señora

de delantal rayado con una bandeja, encima: un cubo
con hielos, una botella de whisky, vasos, una cafetera, tazas, dos ceniceros. Soledad: ¿quién quería whisky, quién
quería café? En la tercera reunión que le dedicamos a la
Unión de Escritores Jóvenes, él había planteado el tema,
compañeros, en esta misma Comisión de Cultura, no vinieran ahora a negárselo, el compañero Silva, Clemente,
habla y mira a Juan, mira a Renato, mira a Benjamín.
¿Tenía que creer lo que estaba escuchando? Si él mismo
les había hablado de la necesidad de estimular a los compañeros de los talleres, si ellos mismos le habían aconsejado que se leyeran mensajes de intelectuales de otros
países, en el último asado, en tu casa, al compañero Benjamín. El publicista entonces, a ver, él quería ser muy
claro: nunca se trató de cartas inventadas, mensajes de
todos los intelectuales del mundo, claro que sí, ¿quién
podría negarse a algo igual? Intoxicar al enemigo: de
acuerdo, engañar a las masas, eso sí que no. ¿Cómo que
engañar a las masas?, el compañero Silva, por la cresta,
Ricardo, qué es esa grandilocuencia, si lo planteé en la
tercera reunión de la CC dedicada a la UEJ, acuérdate
del asado, al borde de la piscina. El compañero Renato,
yo creo que tiene razón el compañero Benjamín, una cosa es enviar mensajes falsos destinados a hacer que el
enemigo se equivoque, ¿vas a citar a Clausewitz?, ¿a Lenin?, ¿a Engels?, dale nomás, masculla el compañero Silva y otra cosa bien diferente y no voy a citar a Clausewitz
ni a Lenin ni a nadie, prosigue el compañero Renato, es
lisa y llanamente mentir. Soledad Fortea: que la perdonaran, pero ella creía que el efecto que habían tenido
esas cartas era lo importante, lo que había que evaluar
primero. Es decir, que *El Mercurio* decidiera hacerlas públicas, falsas o no, quería decir que le causaban mucho

escozor al régimen y eso ya era una victoria para nosotros. Si le permitían, interviene el compañero Santelices, él estaba de acuerdo con la compañera Francisca, yo también, se mete el Flaco, completamente de acuerdo, sí pero a ver, un poco de orden, primero el compañero Raimundo y enseguida tú, modera el publicista, yo no he terminado, interviene Soledad Fortea, ¿puedo? Y el compañero Juan, sí, a ver: compañera Francisca, compañero Raimundo y ¿compañero?, le pregunta al Flaco. El Flaco: Cristián y Rocío: ¿no eras Fabián? Yo creo, dice Soledad o Francisca, que el efecto es doblemente positivo, pues no sólo el régimen demuestra que las cartas han dado en el blanco, que pese a lo que digan los personajes oficiales, sí es sensible a las críticas del extranjero, sobre todo cuando proceden de personalidades influyentes, pero a ello hay que agregar el hecho de que por una vez se trata de un cuestionamiento de intelectuales y que la dictadura demuestre que es vulnerable a las críticas de ese sector no deja de ser positivo para el trabajo político en el terreno de la cultura, quiere decir que vamos por buen camino. Completamente de acuerdo, por lo menos es alentador, dice el compañero Santelices, o sea Raimundo, saber que lo que hacemos puede dar en el blanco, si *El Mercurio* saca a relucir el caso es porque le hemos dado a la dictadura bajo la línea de flotación y eso ya es todo un logro que va mucho más allá del propósito inicial de las cartas que no era otro que darle ánimos a la gente. El Flaco: estoy completamente de acuerdo con el análisis de Soledad y de Antonio, de Francisca y Raimundo querrás decir, lo interrumpe el compañero Renato, eso, dice el Flaco, no, es que es importante, compañero, respetar las reglas de seguridad, dice el compañero Renato encendiendo otro Lucky sin filtro con la colilla del anterior y el Flaco, como si no lo hubiese escuchado, yo creo que con esto queda demostrado que es fundamental hacer un trabajo de sensibilización entre los intelectuales de Europa y del extranjero en general, que nos apoyen activamente es muy importante, eso le da ánimo a la gente que trata de crear en este país y no es que vaya a caer el régimen, pero una picadura de alacrán en la pata del elefante puede tener consecuencias mucho más importantes de lo que uno se imagina. Sí, eso es como la teoría de la mariposa que bate las alas en el desierto del Sahara y provoca una tormenta en Nueva York, el problema, dice el compañero Renato, es que el análisis de ustedes es muy correcto, pero nada de eso existe. No es real, es una burda ficción. Santelices: ¿y qué importa, si es eficaz? Importa mucho, compañero, dice Benjamín, imagínense por un segundo que Sartre y todos esos actores, escritores y cineastas que han firmado esas cartas, o mejor dicho cuyos nombres han sido utilizados sin ni siquiera consultarlos, se enteran de lo que está pasando en Santiago y envían un desmentido. La cagada, murmura el compañero Juan. El compañero Renato: no quiero ni pensarlo. El compañero Benjamín, ¿qué hacemos en ese caso?, ¿cómo quedamos no sólo ante esa gente sino ante nuestra propia militancia? El compañero Juan: no, más vale que eso no ocurra. Emilio tiene razón, dice el compañero Benjamín refiriéndose al compañero Juan, más vale que eso no ocurra, pero es una posibilidad no tan remota, si el escándalo que ha creado *El Mercurio*, ¿qué escándalo?, interrumpe Clemente Silva, ¿de qué escándalo estamos hablando? Compañero, un momento, lo frena el compañero Benjamín, todo Santiago está hablando del tema, hace cuarenta y ocho horas que no se habla sino de eso en esta ciudad y como hay un millón de chilenos en el extranjero y varios miles de ellos residen en París, ¿por qué no llegaría a oídos de los autores o supuestos autores de las cartas? El compañero Clemente Silva: te lo dije hace tres meses, en tu propia casa, al borde de la piscina, acuérdate, que íbamos a tener que escribir nosotros mismos algunas de las cartas porque si llegaba una cada tres o cuatro meses no era suficiente, te lo dije y a ti te pareció tan divertido, te reíste tanto que te dio un ataque de tos y se te cayó el vaso de whisky al agua. Claro que me reí, porque me pareció una insensatez del porte de una casa, por eso me reí. ¿Una insensatez?, pero si opinaste que era una idea sensacional y que incluso podíamos hacer llegar una carta hasta del propio Jimmy Carter al Comité Central, haz memoria, por favor. ¿De Carter? El compañero Juan: no, Jorge, para, dirigiéndose al compañero Benjamín, yo creo que aquí lo que cabe hacer al tiro, pero ahora mismo son dos cosas: primero, alertar a la Comisión Exterior para que tome las medidas que considere pertinentes en París y segundo, lo lamento mucho por ustedes compañeros Silva y Santelices, pero yo convocaría a la Comisión de Control de Cuadros y exigiría que la Comisión se pronunciara sobre el caso. ¿Juicio político?, clama Silva, ¿qué es esto, la Checa, el KGB, la Gestapo? Esto es un partido político serio, compañero, dice Renato y yo estimo que ustedes se han excedido gravemente en sus atribuciones de dirigentes. El compañero Juan: lo siento, pero no puedo sino estar de acuerdo. El compañero Benjamín: me parece la posición más acertada, ¿Francisca? Soledad Fortea: yo no llegaría tan lejos, sinceramente no me parece que se haya cometido un exceso digno de ser examinado por la CCC, que lo analicemos y tomemos las medidas que se impongan entre nosotros me parece

246

necesario, pero de allí a pedir un juicio político para los compañeros que impulsaron esa iniciativa... Renato: ¿impulsaron esa iniciativa?, se arrancaron con los tarros, las cosas por su nombre y Soledad Fortea: Carlos, déjame terminar, por favor, el compañero Santelices, ¿nos arrancamos con los tarros?, ¿y quién nos pidió, qué digo pidió, quién exigió que la UEJ estuviese funcionando de Arica a Punta Arenas en tres meses con cero, digo bien cero peso? Y Clemente Silva: no vale la pena, Antonio, quieren cortar cabezas, eso es todo, la bestia estalinista quiere sangre. Renato: ¿qué está diciendo este huevón? El compañero Juan: ¿se volvió loco, compañero? Benjamín, compañeros, un poco de calma, por favor, dejemos terminar a la compañera Francisca. Soledad Fortea: gracias, Jorge, y él: Benjamín, ella: quiero decir, Benjamín, decía que no me parece que sea correcto llevar a juicio político a dos compañeros que han tomado una iniciativa seguramente errónea, pero cuyas consecuencias son más bien positivas, en fin, yo creo que enteramente positivas, ¿merece un juicio político quien ha llegado a resultados favorables para la lucha de masas aunque lo haya conseguido empleando métodos equivocados? No perdamos el norte, compañera, dice Renato, a mi juicio, el caso hay que evaluarlo en otros términos, a saber: ¿es tolerable que la dirigencia política de este partido se sienta autorizada a hacer cualquier cosa con tal de lograr ciertos fines y en este caso concreto a recurrir, no una vez, no aislada, coyunturalmente, sino sistemáticamente al engaño, a la difusión de falsedades, so pretexto de que esas falsedades, esas mentiras ayudan a la tarea política? O, dicho en otros términos, interviene el compañero Juan: ¿el fin justifica los medios? Yo estoy totalmente de acuerdo con el compañero Renato. Lo contrario me hubiese extrañado grandemente, replica Clemente Silva, ¿cuándo vai a estar en desacuerdo tú, chupapicos, con algún dirigente medianamente importante? El compañero Juan: me estai empezando a cansar con tus insultos, te voy a pegar un combo, huevón. Silva: ¿ah, sí?, trata. Santelices: te vamos a sacarte la chucha. El compañero Benjamín: por favor, compañeros, no agravemos las cosas, estamos en la Comisión de Cultura del partido, no en un bar, ni en una casa de putas, con el perdón de las compañeras presentes, así es que si quieren insultarse y comportarse como vulgares matones de barrio les pido que abandonen ahora mismo esta reunión y que se atengan a las consecuencias. Silencio. Todo el mundo mira al suelo, al techo, a la punta de sus zapatos. Bien, dice el compañero Benjamín, propongo que votemos. ¿Quién está a favor de convocar a la Comisión de Control de Cuadros? Se alzan las manos de Juan, Renato, Benjamín. Soledad Fortea vota en contra. Benjamín: por tres votos contra uno, se acuerda solicitar la intervención de la CCC y se pide una reunión con la Comisión Exterior. No es necesario, compañeros, dice Clemente Silva, en mi calidad de Secretario General de la Unión de Escritores Jóvenes asumo personalmente la responsabilidad de la difusión de esas cartas y, junto con ello, les comunico mi intención de renunciar al partido. El compañero Ernesto: ¿renunciar ahora, te volviste loco, Clemente? El compañero Juan: no te enaltece una renuncia en estas circunstancias, Clemente, compréndelo, más vale que des tus razones ante la CCC. Mis razones las conocen ustedes de sobra. Soledad Fortea: antes de cerrar el capítulo, ¿por qué no escuchamos más a los propios interesados, o sea a los compañeros que redactaron las cartas? El compañero Benjamín: como quieran, si tienen algo que agregar. El compañero Renato: me parece que sobre la actuación de estos compañeros la CCC también se tendrá que pronunciar. Soledad Fortea: ¿pero qué es esto, los juicios de Moscú? Él: éste es un partido político marxista-leninista, compañera, no un club de bridge. Y ella: ay, Carlos, no te pongas tan huevón, por favor. Él: compañero Renato y evitemos el lenguaje de cloaca que tanto le gusta usar a cierta burguesía con pretensiones proletarias. ¿Burguesía con pretensiones proletarias?, se ríe Soledad Fortea, ¿pero tú te has escuchado hablar, idiota? Entonces me doy vuelta, como buscándolo y me doy cuenta de que no ha llegado. Falta Claudio, digo. Renato: ¿quién? Rocío: el compañero José. La señora del delantal rayado entra y se acerca a Soledad Fortea: ¿los señores se iban a quedar a comer? Ella: sí, sí, que preparara el carbón para el asado en el patio y dirigiéndose a nosotros: no hacía casi nada de frío, ¿comíamos en la terraza? El compañero Silva: nosotros comeríamos en mantel blanco, él no iba a compartir ni un mendrugo con un grupúsculo de traidores. Y Santelices: no vamos a quedarnos a la última cena, no somos Judas. Soledad Fortea: por favor, que no se lo tomaran así, después de todo, éramos compañeros de partido, de lucha. Silva: fuimos, compañera. Santelices: nos vamos, no nos vendemos por un plato de lentejas. Yo: ¿podía usar el teléfono?

*

Lo llamaba por teléfono cada dos semanas, puntualmente, todos los lunes, a las doce del día, tal como me lo había pedido, siempre desde uno de los teléfonos públicos que había junto a la entrada del Pedagógico,

¿el señor Daza? A veces la campanilla sonaba y sonaba y yo imaginaba el aparato negro repiqueteando sobre el escritorio, único objeto que denotaba algo de vida en esa oficina vacía, otras descolgaba de inmediato, con él, la voz de pito preguntaba si todo iba bien, pedía novedades, a quién había conocido, si seguía en contacto con el profesor Kakariekas. Cuando le conté que Kakariekas me había presentado al profesor Ramírez Sánchez: buen elemento ¿y a quién más te han presentado? Y justamente me había invitado a esa reunión porque quería que conociera, dijo Ramírez Sánchez, a dos excelentes amigos, ¿o había dicho camaradas? Ahora me traiciona la memoria, carajo, ¿amigos o camaradas? Que no es lo mismo, dice el Pablo don, claro que no, viejo, cómo va a ser, bueno era una reunión de trabajo, un placer, Carlos Thomas, dijo el gordo, un mastodonte, con impermeable y terno gris, como Ramírez Sánchez, gafas de sol sobresaliendo del bolsillo superior de la chaqueta, me estrechó la mano, un yunque y una ocasión para conocernos, insistió Ramírez Sánchez, que yo era el brillante laureado, el ganador de la beca Presidente Augusto Pinochet Ugarte, gracias por lo de brillante, que me enviaban el coronel Ramírez Renard y el comandante Daza, ellos ya sabían, lo que dispusiera el comandante Alejandro Daza, agregó el gordo Thomas, casi se cuadra, estaban todos allí dispuestos a cumplirle al comandante como un solo hombre, ¿verdad? Qué hora será, quiere saber ahora el Pablo, veo los números medio desdibujados en el reloj, tanto pisco, por la chucha, las cuatro y cuarto de la mañana, y él, puta madre como hablándose a sí mismo, mira por la ventana, que me acerque dice, abajo un par de negros se están peleando, uno tiene una botella, el otro al parecer un cuchillo, a lo lejos se escucha una sirena y que ya era hora de ir delineando las primeras tareas, opinó Ramírez Sánchez, ahora que estaba reunido el núcleo de las fuerzas de la democracia y la libertad en este nido de marxistas, pero se le olvidaba, Sergio Aguilera, presentó Ramírez Sánchez, qué torpe, pensaba que ya nos habíamos conocido. El gusto era de él, dijo el otro, un flaco larguirucho, con un chalequito de lana, sin terno ni gafas, por una vez. Aguilera, Thomas, el señor Daza opinó que eran excelentes elementos los dos, veo que te han puesto en contacto con la gente adecuada, dijo, y colgó, punto, como siempre lo hacía, ni hasta luego ni nada. Era una oficinita en el primer piso del Departamento de Historia, un archivador, de esos que se llamaban Kardex, ¿te acordai, viejo?, una estantería con carpetas y papeles, un escritorio pequeño. Que había que saber quiénes eran los huevones que estaban revolviendo el gallinero este año, dijo Ramírez Sánchez, su figura esmirriada detrás del escritorio, el terno gastado, el impermeable reposando en el respaldo de la silla, sí, un suche de ministerio, interviene el Pablo, un empleaducho de correos, un cagatinta. No es por nada, pero a mí me dio por pensar que imponían respeto, en ese momento, digo, terno, impermeable, corbata, gafas de sol, no cualquiera se vestía así, y el obeso Thomas, de pie junto a Ramírez Sánchez, su panza colosal casi ocultando la cabeza del esmirriado, que nuestra tarea consistía sobre todo en reunir y transmitir información, que eso era lo esencial la in-for-ma-ción, así, separando las sílabas, en este mundo actual el que controlaba la información tenía ganada la guerra, apuntando a nosotros, o sea a Aguilera y a mí, sentados frente a ellos, o sea a Ramírez Sánchez y a él, estaba claro quiénes mandaban allí y quiénes obedecíamos. Y Aguilera dijo que para él el método más eficaz, para qué estábamos con cosas, son las minas y le dio una palmadita afectuosa a la guitarra que yo aún no había visto, porque la había dejado en el suelo, entre la silla y el archivador y la oficina no estaba muy bien iluminada. Cualquier método era válido, opinaba Ramírez Sánchez, lo que ocurría era que Aguilera era un caliente, un lacho de la perra. Sólo pensaba en mujeres. Que no había nada de malo en ello, dijo Thomas, siempre que diera resultados. Ramírez Sánchez: tan pragmático que era el Guatón, quería decir Carlos, riéndose, ya, que explicara, mejor. Pero Aguilera quiere que lo oigan, no, si yo no digo para tirárselas, explica, ése es otro cuento. Ramírez Sánchez: ¿por qué?, ¿era maricón? No, cómo se le ocurría pensar semejante tontería al profesor. Y él, que lo llamara Luciano, el huevón, que allí no había ni profesores ni alumnos. Bueno, Luciano, si a él le encantaban las mujeres, que fuera a preguntar nomás a la calle Coronel Soupper, de donde venía él, a todas, toditas se las había pasado por las armas, palabra. Pero lo que Aguilera había querido decir aquí a nuestro flamante becado (¿camarada, amigo?, lo que es la memoria, viejo, falla en los peores momentos, y el Pablo don que ya, que qué importa, que siga) era que el mejor método consistía en agarrar confianza con las niñas. Que tampoco eran tan niñas, que no se anduviera haciendo el mosquita muerta, dice Thomas, para Aguilera ésta era el arma fundamental, cruza los muslos, se ubica la guitarra encima, comienza a rasguear unos acordes y de pronto está cantando a voz en cuello una de esas canciones prohibidas, de Silvio Rodríguez creo, *te doy una canción y hago un discurso sobre mi derecho a hablar, te doy una canción como un disparo, como un libro, una palabra, una guerrilla,* y entonces que ya bastaba, ruge el Guatón Thomas, que se fuera a cantar esas bazofias comunistas al patio si quería, con todas esas mocosas estúpidas, carne de cañón de los marxistas, le arranca la guitarra de las manos, la tira contra el Kardex. Guatón, tranquilo, ordena Ramírez Sánchez, cálmate, no perdamos de vista quién es el enemigo, por favor, dice Aguilera, que era sólo una demostración, no se fueran a creer que él, por favor, compungido, recuperando su instrumento, poniéndoselo en el regazo, se diría que a punto de llorar. Thomas: lo sentía, es que lo sacaban de quicio esas cancioncitas mariconas con que los cubanos se estaban volviendo a infiltrar en todas partes, comenzando por el Pedagógico. Que disculpara, ¿le había pasado algo a la guitarra? No, no era nada, decía Aguilera, pero la acariciaba como si estuviera viva y le doliera allí, entre las cuerdas. Que volviéramos a lo nuestro, a ver, Guatón, quería decir Carlos, dijo Ramírez Sánchez, ¿en qué estábamos? Sí, bien, en que el acopio, usó esa palabreja Thomas, yo cuándo la iba a haber escuchado, pero ahí la aprendí, el acopio de información sería nuestra tarea fundamental, el eje de nuestra estrategia antisubversiva para el campus y en el boulevard de la Chapelle, junto a los pilares del metro elevado, se detienen tres patrulleros con un chirrido de frenos, los policías forcejean con los negros, se arma un griterío, algunos rostros se asoman a las ventanas de los edificios de la estrecha rue de Tombouctou, inmigrantes de quién sabe dónde, kurdos, africanos, árabes, asisten a la escena en silencio, como nosotros, no les vaya a dar por subir a pedir papeles, no se vaya a transformar en redada la cosa, uno de los negros está tirado en el suelo, entonces Ramírez Sánchez dice: Carlos va a proceder a comunicarnos justamente la información de la que disponemos, el otro sangra, le han reventado la cabeza contra el muro, lo cachean, se va formando un charco a sus pies, y el gordo Thomas, que se trata de elementos que han sido identificados por los servicios de información del Gobierno para que realicemos una labor de rastreo, o sea, dice Ramírez Sánchez, sencillamente ojo al charqui con ellos, Thomas se ríe, ya más relajado, este Luciano. Y Ramírez Sánchez mordiendo un fósforo, que desembuchara ya, Guatón, estaba bueno de teoría, los policías meten a los negros a empellones en los autos, se cierran las puertas, las sirenas chillan, se alejan, aquí está, dice Thomas, es muy sencillo, agitando unos folios en el extremo de la manaza obesa, la calle se ha sumido nuevamente en el silencio de la madrugada, sólo queda sobre el asfalto una mancha de contornos difusos que los primeros transeúntes ni siquiera verán, éstos son los nombres de los principales activistas, dice. El Pablo: hijos de puta. Mira, viejo, era él el que había querido saber, ¿sí o no? Concha tu madre. Porque si se iba a poner a insultar así, allí estaba la puerta y que yo no tenía nada que ver con monos, así es que decidiera él, si se ponía balsa le daba filo y listo. Entonces el pije que no, que le diéramos el bajo a lo que quedaba de pisco, mejor, ¿le convidaría un cigarrito? Le alargo el paquete, enciende uno, aspira con ganas y se pone a toser peor que perro envenenado.

¿Aló? Reconozco la voz de su madre. Buenas noches, Raquel, soy Pablo, ¿está Claudio? ¿Pablo? Sí. ¿Pero no salió contigo? Debería haber salido conmigo, pero no llegó. ¿Qué?..., ¿qué estás diciendo?... Que no llegó a la cita que nos habíamos dado, Raquel, ¿Raquel?, ¿aló? ¡Ezequiel, ven al tiro... Claudio! El grito se extingue en algo que imagino es un sollozo, el auricular cae, golpea con algún objeto, se oyen pasos acercándose, la voz de su padre, qué diablos pasa ahora, y ella, es Claudio, y por qué tanto lío, ay, ella, no entiendes nada. ¿Aló? ¿Ezequiel? Sí. Hola, soy Pablo, quería hablar con Claudio. ¿Con Claudio?, pero si Claudio salió contigo. Debía salir conmigo, pero no llegó a la cita que teníamos, Ezequiel. Me dijo que tenía una reunión contigo y con Rocío en La Dehesa, incluso se llevó el auto, quedó de estar de vuelta temprano. ¿En La Dehesa? Miro a mi alrededor, ¿en La Dehesa, alguien vive en La Dehesa? Soledad Fortea: ¿por qué? Un momento, Ezequiel, y él, ¿pero dónde están ahora, ustedes cambiaron el lugar de la cita sin avisarle? Un momento. Tapo el auricular con la mano. Le explico la situación a Soledad Fortea. Nadie vive en La Dehesa, dice ella casi murmurando, yo hablé con él y lo cité a esta casa y a la misma hora que al resto. Yo: ¿lo habrá llamado alguien para cambiar el lugar de la cita? Probable, dice ella, ¿quién está al teléfono? Su padre. Pásamelo. Benjamín, Renato, Juan y los demás forman un grupo en el jardín junto a la parrilla en donde ya arde el carbón. Me acerco a Rocío: Claudio le dijo a su padre que tenía cita con nosotros en La Dehesa, le pidió prestado el auto y aún no ha vuelto. ¿En La Dehesa? Llega Soledad Fortea. Claudio, dice ella, o sea el compañero José, bajando el tono, es muy probable... me temo que haya caído. Benjamín: ¿Claudio? El compañero Renato: ¿quién es Claudio? Juan: ¿qué pasó exactamente? Le resumimos la situación. El compañero Benjamín: concha su madre. El compañero Renato: bien, creo que es imprescindible tomar medidas de seguridad, haya caído o no. Benjamín: que cada uno vaya a su casa y haga desaparecer todo, digo bien, todo el material que pueda resultar comprometedor, documentos, agendas con teléfonos... El compañero Juan: por supuesto quienes tengan aún en su poder panfletos o material para hacer rayados, Renato: fotografías, anotaciones, así sea en servilletas, todo. Benjamín: ¿la familia de Claudio está al corriente de su militancia? Yo: me parece. Rocío: sus padres son simpatizantes del PC. Benjamín: si en un par de horas no ha regresado, tenemos que ir a ver a esa gente. Soledad Fortea: quedé de volverlos a llamar dentro de una hora. Renato: ir a verlos no me parece muy prudente. Bien, el compañero Benjamín, ya veremos cómo lo hacemos, por ahora hay que avisar, Soledad, ¿te encargas de Clemente y Antonio? A nosotros: podemos irnos, ¿tenemos un teléfono de contacto? Soledad: me llaman a la revista, nos da un número escrito en una servilleta, apréndanselo de memoria, no guarden el papel. Salimos a la calle. Rocío al Flaco: ¿te llevamos? No, me agarro un taxi. Lo llevamos hasta Providencia. Incluso la avenida Providencia está vacía, de tanto en tanto pasa alguna micro, algún automóvil. En las aceras, nadie. Por ningún motivo te dejo aquí, dice Rocío. Subimos por Providencia hasta encontrar una parada de taxis a la altura de Suecia. Allí nos separamos. ¿Y ahora? A tu casa primero, dice ella. Enfilamos por Los Leones hacia el sur, bajamos por Sucre, torcimos en José Miguel

Infante. Ya estábamos. Al bajar, miro la hora, las diez y media de la noche. Las ventanas del primer piso están iluminadas, se escuchan cantos, risas. Entramos. Mi padre: qué bueno, por fin llegábamos. Que pasáramos, no fuéramos tímidos. Rocío, en mi oído: ¿qué pasa? Yo: no tengo ni idea. Lo cierto es que en el salón está buena parte de la familia, más algunas señoras que no conozco y que tenemos que saludar de beso, igual que a las tías. Mi padre: les presento a mi hijo y su futura esposa, risas de mis tías, este Julio, siempre tan bromista, ¿qué tal, linda? Rocío, bien gracias, tan dije esta niñita, y mi padre, que no todos los días se tenía el privilegio de cumplir veinticinco años de matrimonio en compañía de la familia extendiéndonos un vaso de pisco sour a cada uno, yo a Rocío: mierda, se me había olvidado por completo, ella: no importa, así es mejor. Creo entender lo que quiere decir. Y para conmemorar tan señalado acontecimiento, continúa mi padre, vamos a tener el privilegio de escuchar cantar a mi madre y sus hermanas, algo que no ocurre hace por lo menos cuarenta años, con decirles que la última vez que cantaron aún eran vírgenes, ay, qué vulgar, mi madre, no le hagan caso a este señor, y a Rocío, hola, mijita. Mi tía Emilia, ya pues, vamos. Mi madre y sus tres hermanas se ubican una al lado de otra en la mitad de la sala, se miran y comienzan:

> *Allá en la parva de paja, ay*
> *donde primero te vi...*

Y mi tía Emilia, ligeramente atrasada:

> *donde primero te vide...*

Entonces se produce la discusión de siempre. Mi tía Antonia: «donde primero te vi», no «te vide», Emilia, por favor. Mi tía Emilia, pero si es en castellano antiguo. Cómo va a ser en castellano antiguo, una tonada campesina. Y Emilia, por eso mismo, pues, ¿no sabía ella que los campesinos hablaban un castellano mucho más puro que nosotros? Bueno, que la cante como quiera, dice mi madre, continuemos. Se miran: uno, dos, tres...

Voy a encontrarte de nuevo,
para dejar de sufrir

Y la voz de Emilia, tarde:

para dejar de sufrire

Antonia: «de sufrir», no «de sufrire», ¿pero de dónde salió esta niñita, oye? Subo a mi cuarto, meto en un bolso un par de camisas, revuelvo los cajones, calzoncillos, calcetines, un par de pantalones. Al fondo del armario, una pila de documentos o el mismo documento fotocopiado, «Las tareas del pueblo en la hora presente». Más al fondo aún, entre los zapatos, varios paquetes con panfletos. En un maletín de mi padre hago caber todo lo que puedo. Lo que sobra lo meto en la parte más alta del armario del pasillo, detrás de los trapos de cocina, el cuchillo eléctrico y otros cachivaches que nadie usa. Bajo las escaleras de dos en dos. Las hermanas han encontrado un tema menos problemático:

Mandé tejer una manta,
mi vida, de tres colores,

Rocío al verme aparecer me dice con la mirada: ¿estamos? Le hago una seña con la mano: un segundo. Ella: apúrate. Me acerco a mi padre, ¿puede venir un momento a la cocina?

de negro, rojo y de verde,
la manta de mis amores.

En la cocina mi padre, bastante ebrio, me abraza: puta que te quiero, huachito. Yo: ¿me podrías dar algo de plata?, es que me tengo que ir. ¿Qué? ¿Mi hijo, el heredero de mi estirpe, se tiene que ir la noche en que sus padres celebran cinco lustros de martirio, digo de matrimonio? Es una oportunidad única, invento a medida que voy hablando, un equipo de la televisión francesa va a filmar a Valparaíso y nos contratan a Rocío y a mí como guías e intérpretes. ¿Guías e intérpretes?, dice él con una sonrisa socarrona, ya, así es que van a ir a guiar y a interpretar. Sí, claro, escucho la voz de Rocío a mis espaldas, ¿no le parece magnífico? Mi padre se pone súbitamente serio, muy importante, dice, ¿cuánto necesitas? Treinta mil, ¿puede ser? ¿Treinta mil? ¿Pero van a Valparaíso o a Nueva York? Por si acaso, le digo, si me sobra, me traes el vuelto concluye él. Sale de la cocina. Rocío: ¿le puedes decir que se apure? Lleno un vaso con whisky, un par de hielos, le doy un sorbo, dos. Mi padre: porque va contigo, Rocío, sólo por eso le doy la plata que pide. Ella, no se preocupe, yo se lo cuido. Él, gracias, mija, ¿no quiere que pongamos unos boleros para bailar? Ella: con mucho gusto en cualquier otra ocasión, pero ahora lamentablemente nos tenemos que ir. Él, se le olvidaba que sólo escuchamos a los Quilapayún y a los cubanos comunistas esos. En la sala, las hermanas, en honor a sus orígenes peruanos, cantan su tema preferido:

> Fina estampa, caballero,
> caballero de fina estampa,
> un lucero...

Antes de salir le doy un beso en la mejilla a mi madre, nos vemos el miércoles. ¿El miércoles? ¿Cómo, te vas? Mi padre, detrás, déjelos que vivan su vida y usted venga a bailar conmigo, cae un disco en el *pick-up* de la radio:

> Quiero que vivas sólo para mí
> y que tú vayas por donde yo voy...

En la Citroneta: tenemos que deshacernos de este maletín, le digo. Sí, no te preocupes. Bajamos por Irarrázaval y Vicuña Mackenna hasta plaza Italia. Pasamos el puente Pío Nono, aquí, dice ella estacionándose frente a la Escuela de Derecho. Me bajo, retrocedo a grandes zancadas hasta el puente y cuando voy por la mitad arrojo el maletín al hilo de agua que lleva el Mapocho. ¿Qué hacemos?, pregunta. No sé, ¿tú tienes adónde ir? No ¿y tú? Tampoco. Bajamos por Bellavista, volvemos a cruzar el río por el puente Loreto, pasamos frente a Bellas Artes y nos estacionamos a un costado del parque Forestal. Poco después estamos en un cuarto de hotel en plena Alameda. Se llama hotel Conquistador. Nuestra habitación está en el último piso y por la cortina de varillas de latón se cuelan los reflejos rojos y azules de un anuncio luminoso que hay en el edificio de al lado. En un enorme rectángulo azul se dibuja la silueta de un simio, luego el rectángulo vira al rojo y se lee: ALUMINIOS

EL MONO. Una especie de rombo azul eléctrico y rojo se extiende sobre una parte del suelo, junto a la ventana y repta hasta la mitad del cubrecama. Me quedo durante largo rato mirando esos reflejos. Rocío duerme, acurrucada junto a mí. Ni ella ni yo nos hemos quitado la ropa. Un recuerdo acude a mi mente: yo pequeño, de la mano de mi madre, esperando micro del otro lado de la Alameda y ese neón gigantesco, ALUMINIOS, rojo, EL MONO, azul, allá arriba, como flotando en el cielo. Después pienso que podríamos haber ido al Valdivia. Digo en voz alta: podríamos haber ido al hotel Valdivia. Ella, súbitamente despierta: ¿estás loco?, yo no voy a esos lugares.

*

¿Te acuerdas de algún nombre de esa lista?, pregunto una vez que se me ha pasado el ataque de tos, he aplastado el cigarrillo en el vaso de yogurt y he ido a la ventana a respirar. Se trataba de una lista elaborada por diferentes servicios de información, sujeta, por lo tanto, a errores, cambios y sobre todo, incompleta, había explicado Thomas. Por alguna parte se empezaba, replicaba Ramírez Sánchez, el año pasado logramos apartar a todos los cabecillas, decía, pero se reproducen como cucarachas los huevones. Lo que probaba, según Thomas, que había que actuar con la máxima firmeza desde el principio, recuerda, no darles ventaja, nada de ceder a las presiones de los que creían que la universidad era un mundo aparte, que había que respetar los derechos humanos y esas pelotudeces de curas y comunistas. Recuerda los ojos pequeños, ojos de guarén, de rata de acequia, ¿ya?, tallados como un par de incisiones encima de las mejillas hinchadas de grasa, la papada temblorosa, tiritona, como gelatina, y si era necesario, aplicar los métodos radicales que se habían aplicado en otras partes, punto, lo recuerda perorando siempre de pie, con la panza apoyada casi en la cabeza de Ramírez Sánchez, que la Patria exigía a veces soluciones drásticas, que a grandes males grandes remedios, punto. Era asqueroso ese Thomas, concluye ahora el Trauco, ése sí era un hijo de puta. ¿No será demasiado tarde?, vuelvo a llenar los vasos, levanto la botella a la luz de la ampolleta, queda un cuarto, apuro el mío y él, salud, de todas maneras, no sé, nunca fue demasiado tarde ni demasiado temprano para mí, a mí nadie me regaló nada, dice, mirándome por una vez directamente a los ojos, sin apartar la vista, desafiante, empuñando la botella, volviendo a llenar los vasos, me gané la posibilidad de estudiar con estos propios puños y después en la vida he hecho lo que he podido, compadre, lo que se me ha puesto por delante, así es que, ¿qué chucha de remordimiento voy a tener? Ya, digo. Pienso, tiene razón, así se asesina, se tortura, se jode la vida a miles o se contribuye, pero en el fondo no le falta razón, sobrevivió. ¿Y? ¿Y qué? ¿Y entonces qué, cómo había que hacerlo?, había preguntado Aguilera. Que cómo se podía colaborar, quería saber, cuáles iban a ser las misiones, recuerda. ¿Que cómo había que hacerlo?, pero si se lo acababa de decir aquí el Guatón, quería decir Carlos, hace unos minutos: in-for-ma-ción, reunir y transmitir información, ¿no había escuchado?, replicaba Ramírez Sánchez, molesto ya con tanta preguntita estúpida. Que el huevón de Aguilera no era mala persona, dice el Trauco, pero era tan chupamedias, había que verlo. Ellos tenían, en primer lugar, que reunirse, decía Thomas, una vez al día al menos, ustedes dos, o sea Aguilera y él, contarse todo lo que habían visto, lo que se decía, lo que habían podido averiguar en las reuniones de centros de alumnos, pero también en el casino, la biblioteca, los baños, que no nos olvidáramos: estábamos rodeados, la papada fláccida de Thomas, sus manos capaces de transformar en papilla las cervicales de cualquier cristiano, recuerda que pensó en hacerle puré las vértebras y cuidado porque a ellos, sólo a ellos, les tocaba la misión de ganar, para la empresa libertadora que llevaban a cabo las Fuerzas Armadas y de Orden en el país, ese último reducto del marxismo internacional. Y, recuerda, Ramírez Sánchez lo interrumpe ya, Guatón, déjate los discursos para cuando te nombren ministro, lo esencial es esto: saberlo todo, de todo el mundo, la barba rala, el pelo largo, la corbata estrecha, no, si se vestían, viejo, era una pinta esa, dice y bebe, cada vez más rápido, vuelve a llenar los vasos, lo esencial para Ramírez Sánchez era saber hasta el más mínimo detalle, quién milita en qué partido, pero no sólo eso, quién se acuesta con quién, quién es maricón, quién lesbiana, quiénes fuman marihuana, quiénes venden, cuáles son los aficionados a las pastillas, al jarabe para la tos, todo, había dicho, ¿se entiende?, mirando fijo a Aguilera, ¿entendía, el huevón? Y el otro, el chupapico de Aguilera, que sí, que claro, meridianamente Luciano, perfectamente, Carlos, lo harían así, ¿verdad, cómo era su nombre? Nelson, ¿verdad, Nelson? Y él que sí, qué iba a decir, que claro, mientras él le decía en voz baja, con una palmadita en el hombro, yo te voy a dar algunos consejitos para comenzar, ¿sabía tocar guitarra? Qué voy a saber tocar guitarra yo, mata de huevas, que estuvo a punto de contestar dice, si no sabría distinguir una guitarra de un violín, pero se contuvo y contestó, recuerda, que él no tenía oído sino oreja, que hasta tocando el timbre desafinaba. Se rieron, Ramírez Sánchez y Thomas. Y, sobre todo, en el campus, ni una palabra a nadie de todo esto, había dicho Thomas. Ramírez Sánchez: fuera de esa oficina, ellos no los conocían, que ellos les harían saber cuándo había reunión, ¿estábamos? Pero, Aguilera con un dejo de ansiedad en la voz, ¿ellos eran los únicos en el campus, quería decir, no iban a conocer a otros de la Secretaría? No por el momento, era un problema de compartimentación, ¿entendía?, había explicado Thomas, com-par-ti-men-ta-ción, sobre todo al comienzo, agregaba Ramírez Sánchez, poco a poco irían conociendo gente, pero la relación de trabajo sería estrictamente con el Guatón, quería decir con Carlos y con él. Ya, digo, se acabó el pisco. Que espere un poco, dice él, busca nuevamente bajo la cama, saca la maleta, un lote de viejos suplementos deportivos de *El Mercurio* atados con una cuerda, y al final, ya en cuatro patas, logra manotear una botella, la hace rodar, la agarra, se acuclilla y la levanta como un trofeo. Pisco Capel, media botellita, dice, ¿qué tal? Mejor que nada, opino, y vuelvo a servir.

*

Nos despertamos un poco antes de las doce del día y fuimos al Teatro Municipal, a apenas dos o tres calles de donde estaba ubicado el hotel. Esa noche estrenaban el *Cascanueces* y había un ajetreo de tramoyistas, electricistas, carpinteros, arrastrando cables, trozos de decorado por los pasillos, gente que se llamaba a gritos o daba órdenes. Tocamos la puerta de su camarín y escuchamos la voz de la madre de Rocío: no estaba para nadie, ya lo había dicho, ¿cuántas veces lo iba a repetir? Rocío: ¿mamá?, somos nosotros. La puerta se abrió entonces de sopetón, volaron un par de tutús, tres o cuatro zapatillas, un ramo de flores reseco, dos botellas de agua mineral. Después vi la mano de la madre agarrar a la hija del pelo y tirarla hacia adentro del cuarto. ¿Cómo le podía hacer eso a ella? ¿Se daba cuenta? ¿A su madre? El día del estreno más importante del año a la señorita se le ocurría desaparecer. Le tiraba el pelo como si quisiera arrancárselo, a ella que lo había dado todo por su hija y la perla no llegaba a dormir, ella no decía, claro, que no tuviera derecho a su vida privada (mirándome a mí), bueno cálmate, mamá, te llamé cinco veces por teléfono, pero no estabas, dijo Rocío, no podía llegar, de hecho no puedo ir a la casa, es peligroso. El camarín estaba lleno de fotos recortadas de revistas y pegadas con chinchetas en las paredes, reconocí a Nureyev y a Barishnikov, de reproducciones de carteles de Toulouse-Lautrec y en una esquina de la mesa llena de frascos, lociones, peines, había una foto con un marco plateado, se veía una bailarina inclinándose en un gesto dramático. En una esquina llevaba una dedicatoria: Para Elisa Varas, con el afecto de su amiga Alicia Alonso. ¿Y ésa era una razón?, ¿un motivo para no llegar en toda la noche?, ¿por qué la castigaba así? Y al ver que yo miraba la foto: ¿te gusta?, ¿fabulosa, no?, no me separo jamás de ella, es mi amuleto. Iba vestida sólo con una bata y al abrazar a su hija dejó ver un seno, blanquísimo, con una aureola rosada. Pensé, Rocío es mucho más morena, y dije: yo te espero en el Paula, aquí al frente. Salí a la calle San Antonio y caminé hasta el café. Compré un diario y lo recorrí con el temor de encontrar nuestros nombres bajo un titular del estilo «desarticulada peligrosa célula de terroristas», pero nada, Chile era un país en calma, con noticias bursátiles y deportivas y el anuncio del estreno del *Cascanueces* en la página de espectáculos. Media hora más tarde aparecieron Rocío y su madre. Rocío pidió jugo de naranja, café expreso, tostadas. Elisa no pidió nada. Tenía una expresión desencajada. El chal que cubría sus hombros y el par de surcos profundos entre las aletas de la nariz y la comisura de los labios la hacían parecer extremadamente cansada, como si esa mañana hubiese envejecido treinta o cuarenta años. Nadie habló durante más de quince minutos. De pronto la madre levantó la vista y dijo que se tenía que ir. Al separarnos, nos abrazó con fuerza, que nos cuidáramos mucho, que ella llamaría a la hostería y que por la maleta no se preocupara. Nos quedamos solos en medio de la muchedumbre de oficinistas y vendedores ambulantes que llenaban ya el centro de Santiago. ¿Qué hostería?, pregunté. La hostería de Isla Negra. ¿Y la maleta? Está cerrada con llave, donde la dejamos, yo tengo la llave, ¿qué puede pasar? Yo creo que es mejor ir a buscarla y deshacernos de ella. Rocío: si tenemos tiempo. Yo: ¿qué tenemos que hacer? Ella: salir de esta maldita ciudad. Yo: y hacer desaparecer esa maleta. Ella: veremos. Calle Bandera. La oficina del padre de Rocío quedaba en el décimo piso de un edificio gris, macizo: largos pasillos sombríos, flanqueados por puertas con vidrios empavonados. Llamamos a una de ellas. El padre de Rocío nos abrió con tal celeridad que imaginé que nos estaba esperando detrás de la puerta. Que pasáramos. Era una oficina de ingenieros, con mesas de dibujo y planos que se acumulaban en viejas estanterías. Ya estaba al tanto de lo que ocurría porque el publicista lo había llamado. Jorge me llamó anoche, dijo refiriéndose al compañero Benjamín, qué cagada más grande. Quiso saber quién era Claudio, cuántos años tenía, cómo era su familia, si estaban al corriente de que militaba. Sobre una estantería, una pequeña radio a pilas difundía música clásica. ¿Le contaste a tu madre? Debe estar de muerte, la pobre, yo la voy a llamar, no te preocupes, nosotros nos encargaremos de distraerla con Ángela. Ángela era su segunda mujer. Desde luego, si necesitábamos donde estar por un tiempo, podíamos venir a su casa, no había ningún problema. Rocío: preferiríamos ir a Isla Negra, ¿nos podrías prestar la casa? Claro que sí, no se le había ocurrido. ¿Pero íbamos a ir hasta allá en la Citroneta? Llega demás, dijo Rocío. Mejor nos prestaba el DS, propuso él, lo tenía en el estacionamiento. ¿No preferíamos? Total, él le podía pedir el auto a Ángela si lo necesitaba. Rocío: no, con la Citroneta teníamos suficiente, pero en cambio, ¿le podía pedir un favor? El que quisiera, si estaba a su alcance. En el horno donde preparaba los chanchos, ¿podía quemar el contenido de una maleta? Depende de qué materia se trate, si es plástico, por ejemplo, no puedo. No es plástico, dijo ella, sino papel. Son panfletos. ¿Dónde estaban? En el Teatro Municipal. ¿Los tiene tu madre? Sí, pero ella cree que son documentos de la Facultad. ¿Y tú le crees a ella? La miró, qué ingenua eres y por ningún motivo, yo hago cualquier cosa por ti, pero quisiera evitar a cualquier precio tener una discusión con tu madre respecto de una serie de cosas, entre otras, respecto de ti. La discusión que nunca has tenido, ¿verdad?, sentenció ella. ¿Cómo dices? Sí, tú, el artista de las buenas relaciones con tu ex esposa, que la invitas a tu matrimonio y a pasar vacaciones juntos, ¿a costa de qué?, de no hablar nunca de nada, ¿sí o no? Mira, no vamos a discutir ahora de ese tema, me parece que no es el momento. Nunca será el momento, porque el momento ya pasó, así de sencillo. La situación estaba degenerando, intervine a mi vez: si tenemos que sacar nosotros los panfletos del Municipal, más vale que nos prestes el DS. Rocío me miró extrañada: ¿qué tiene que ver? Nada, en realidad, pero yo me siento más seguro. Tiene razón, Pablo, dijo él, aquí están las llaves (se las sacó del bolsillo y las dejó sobre la mesa) y los documentos los encontrarán en la guantera. Rocío, por favor entiéndeme, rogó aún. Y ella, no, si ya entendí hace rato, levantó el auricular y discó un número. Entonces él, dirigiéndose a mí: no te cases nunca y enseguida, a boca de jarro: ¿ustedes piensan vivir juntos? No lo sé. Bueno, dijo Rocío, vamos al Municipal y de allí pasamos a buscar al Flaco. ¿Al Flaco, pero sabes dónde está? Acabo de hablar con él, está donde me lo temía, el muy idiota, en su casa. El padre, que les vaya bien, llamen de tanto en tanto, aquí a la oficina mejor, es más seguro que la casa y abre un cajón, saca un fajo de billetes y se los pone en la mano a Rocío, para lo que haga falta, hija.

*

(Había cosas que no estaba dispuesto a decirle al pije este. La rodilla de Espina en su garganta, por ejemplo. Y: ¿quiénes eran? Las preguntas, el careo, todo eso de vuelta ahora. ¿Regurgitaba?, ¿sería ésa la palabra?, ¿regurgitar? Vomitar, mejor, eso era, pero si el suelo ya estaba lleno de vómitos y de meados. Eso no se lo va a decir. Nunca. Ni a él ni a nadie. Vomitar, ingurgitar, regurgitar, todo lo mismo. Un indecible, inenarrable asco. ¿Qué? ¿No podía él usar la palabra inenarrable, no podía indecible? Le parecería que eran palabras de intelectuales, de hecho, ¿existía indecible? Pero bueno, ¿qué?, ¿le parecería mal?, ¿una falta, digamos, de verosimilitud social? Un roticuajo como él, un patipelado de El Pinar, ¿no podía indecible, ubérrimo, inconsútil? ¿Eran para señoritos de Providencia inánime, inmérito, incontrito, inmoral? ¿Sólo podía él, chucha tu madre, culiao y arverja? No. Había cosas y palabras que no estaba dispuesto a decir. El tipo, Espina, sale y vuelve a entrar con peluca y los labios pintados. ¿Iban a hablar los huevones? Y la cara de él, su cara, con la de Aguilera, del pelo, porque Espina se acerca con peluca y labios pintados pero tiene una fuerza colosal en los brazos que agarran las cabezas, la suya, la de Aguilera, y las hacen chocar, frente con frente, nariz con nariz, dientes contra lengua. ¿Cómo se llamaban? Que se lamieran mutuamente la sangre los maricones. Y a ver, ¿quién era quién en ese naipe? No, eso no lo va a contar. A nadie.)

*

Estacionamos el DS a un costado del cerro Santa Lucía, a dos manzanas del Municipal. Entramos al teatro por la puerta de servicio, ¿jóvenes, adónde íbamos?, un guardia vestido de azul. Rocío, soy la hija de Elisa

Varas. Nos perdemos por el laberinto de pasillos. Había un ambiente aún más frenético que en la mañana, en alguna parte sonaban los compases de apertura del *Cascanueces*. Golpeamos la puerta y su madre no estaba para nadie, por Dios, ¿no podían respetar un poco a los artistas? Entramos. Estaba maquillada y con tutú. Y sobre todo, estaba sentada frente a la fotografía de Alicia Alonso y un par de velas encendidas flanqueaban el marco. Al vernos, su rostro se descompuso, ¿qué hacíamos allí, no veíamos que era su instante de recogimiento? Venimos a buscar la maleta, mamá, cambiamos de opinión, dijo Rocío, y yo, sí más vale que la saquemos ahora, pero nos vamos al tiro. Ella, cubriéndose la cara con las palmas de las manos, por favor, que hiciéramos lo que quisiéramos, pero ya y que la dejáramos sola, ¿podíamos entender que sólo necesitaba un instante de soledad, sólo un instante, era mucho pedir? Sí, Elisa, dije, no te preocupes, forcejeando para extraer la maleta azul de atrás del armario. Ella, no, es que nosotros no nos dábamos cuenta de la concentración que se necesitaba antes de un estreno. Subimos por Diagonal Oriente hacia Ñuñoa. ¿Cómo lo hacemos? ¿Cómo hacemos qué? Con el muertito. Ella: igual que ayer. Giramos por Tobalaba y fuimos bordeando el canal hasta pasar Larraín. Un poco más allá cruzamos un puente y estacionamos el auto del otro lado. La maleta cayó al agua con un chasquido seco y desapareció en las aguas correntosas. Volvimos al coche. Rocío: por Tobalaba hasta Echeñique y de allí a Bremen. Cristián nos esperaba en la vereda. No hacía frío, pero él llevaba un abrigo azul hasta los tobillos y gruesas gafas de sol. Asomé la cabeza por la ventanilla: ¿Marcello Mastroiani? Huevón, contestó, y se dejó caer en el asiento trasero. Es verdad, opinó Rocío, si hubieses querido disfrazarte de personaje de incógnito no lo habrías hecho mejor. ¿No traes equipaje? Sí, del bolsillo del abrigo sacó un par de calzoncillos y una escobilla de dientes. Hicimos una parada en la calle Santos Dumont para que Rocío recogiera un poco de ropa y partimos rumbo a la costa. Un bello sol crepuscular bañaba las copas de los árboles y enrojecía los cerros. Por un momento me embargó una dulce sensación de plenitud, de felicidad, como si esa carretera nos llevara a otro país, a otra vida, como si dejáramos atrás para siempre esa ciudad sitiada. Tuve la mala ocurrencia de decirlo en voz alta. ¿Qué?, replicó Rocío, ¿tu mejor amigo, nuestro compañero acaba de desaparecer y el señor se siente feliz? Yo creo que algo te pasa, Pablo, sinceramente. ¿Que algo me pasa?, por supuesto que algo me pasa, me pasa que estoy hasta las pelotas de este país de mierda, ¿qué raro, no?, ¿será grave? Rocío: sí, pero eso no me autorizaba a ser cínico. Y el Flaco, bueno, la dimensión colectiva y la individualidad no eran exactamente lo mismo, ¿no? Rocío: mucha filosofía, Cristián, yo no veo dónde puede estar la felicidad en todo esto, nuestra historia es mucho más mediocre que la de un prisionero de Buchenwald o de la isla Dawson, tenemos un compañero desaparecido y estamos obligados a escondernos como ratas, eso es todo. ¿Paramos en Melipilla a comprar unos alfajores? Paramos. Tomamos café con dulces chilenos y seguimos camino en silencio. Ya era de noche cuando llegamos a Isla Negra. Hubiésemos querido comprar algo para comer en El Cielo, pero estaba cerrado. Bajamos por la calle de tierra hasta el borde del estero. Al llegar, sorpresa, había tres autos frente a la casa del padre de Rocío. Los postigos estaban abiertos y las venta-

271

nas, iluminadas. Llamamos a la puerta. Ah, eran ustedes, dijo Soledad Fortea al abrir, pasen, qué rico que vinieron. ¿Qué rico que vinimos?, le dije al oído a Rocío, ¿qué es esto? Adelante, adelante, se escuchó la voz del compañero Benjamín que salía de la cocina, me imaginaba que iban a aparecerse por acá, estábamos a punto de tomarnos un pisquito sour, ¿queríamos probarlo? No, no, que nos perdonaran, dijo Rocío, pero su papá le había prestado la casa sin decirle que ya estaba ocupada. ¿No te dijo nada?, mira tú, tan distraído como siempre. Bueno, nos íbamos a arreglar de todas maneras, dijo Soledad Fortea. Entonces se abrió la puerta y entró el compañero Juan. Veo que en estas circunstancias nadie es capaz de tener ideas originales, ¿qué tal?, ¿estábamos bien? Maravillosamente, dije yo, estábamos paseando por la playa y nos acordamos que justamente el padre de Rocío arrendaba una casa por aquí así es que decidimos pasar. La cena no fue muy abundante y la conversación más bien deshilvanada. Nadie tenía muchas ganas de hablar de lo que podía estar pasando con Claudio y de las consecuencias que eso podía acarrear. El Flaco, Rocío y yo dormimos en la sala. El compañero Juan ocupó uno de los dos cuartos y Jorge, es decir el compañero Benjamín, con Soledad Fortea, la habitación matrimonial. Con Cristián y Rocío nos quedamos hasta tarde mirando las llamas en la chimenea, cada uno arrebujado en un sofá. Mucho más tarde me despertaron los gritos de Soledad Fortea. Bramaba como si la estuvieran desollando. Me incorporé y vi al Flaco y Rocío tratando de avivar el fuego. Junto a la chimenea, a horcajadas sobre una silla, el compañero Juan fumaba sin dejar de mirar las brasas. Me levanté y fui hasta la cocina a buscar un vaso de agua. Los gritos parecían extinguirse y luego volvían a comenzar más potentes y agudos. Hace dos noches que no dejan dormir, ¿no podrían ir a culiar a otra parte?, dijo el compañero Juan cuando pasé junto a él. Ninguno de nosotros tres dijo nada.

*

¿La lista? Eso era lo de menos, viejo. El Guatón Thomas nos dio una copia al final de la reunión. A los primeros quince nombres, los que vienen subrayados, hay que cagárselos a como dé lugar, por su tono de voz, era una orden. Ramírez Sánchez: y cuanto antes, mejor, ésos son los cabecillas, capaces de darnos problemas si no los neutralizamos a tiempo. Y no, te lo digo al tiro, para qué te iría a mentir a estas alturas, ¿verdad?, tu nombre no estaba. ¿Que qué nombres había? ¿Cómo chucha me voy a acordar de los nombres que había veinte años después, viejo? Te repito, la lista venía de alguna otra oficina, qué sé yo de dónde, ya confeccionada, en roneo azul, quince o veinte primeros nombres subrayados y otros treinta más o menos en un segundo grupo, sin subrayar. Pero ¿Riutort, no?, no, de eso estoy seguro, no había ningún Riutort. Aunque tú, si fuiste donde Daza, a esa oficina, era porque estabas en algo, ¿debías saber que te iban a joder, o ya estabas jodido? Que ya estaba jodido, dice el Pablo, que él ya se suponía que se lo podían joder en cualquier momento, pero que no se esperaba que ocurriera en la universidad, porque él no era de allí, o sea, que ése no era su frente. ¿Entonces? Entonces nada, que ahí comenzaba nuestra abnegada labor académica y nuestra lucha por mantener viva la llama de la libertad y la democracia en la Universidad de Chile, había dicho el Guatón Thomas al despedirnos y Ramírez Sánchez, menos acartonado, ya suéltalos, Guatón, que nos portáramos bien, hasta la próxima. De dónde venía, me preguntó Aguilera. Estábamos en Los Cisnes, una fuente de soda, frente al Pedagógico, que se acuerda dice el Pablo, que él a menudo se tomaba un café allí antes de entrar a clases. ¿Y cuál era tu frente, entonces? El Pablo se sopla un mechón de pelo para despejarse los ojos, que él era del frente cultural, dice, no tenía nada que ver con la universidad. ¿Yo? De la población El Pinar, respondí, pero estudié en el Internado Nacional Barros Arana. Ah, qué bien, el INBA, dice el otro, moreno, en los huesos de flaco, con su guitarra siempre a mano. Mira, compadre, aquí lo esencial era estar con los que tenían el sartén por el mango, ¿se explicaba? No, le dije yo, ¿qué quería decir? Pero en realidad había entendido de inmediato, un oportunista de mierda y el Pablo, murmurando casi, un hijo de puta como tantos otros, por no decir todos ustedes ¿verdad? Me mira a los ojos, el maricón, como si yo le fuese a decir verdad, mentira, como si yo fuese Dios o como si fuese Satán. Verdad, para qué vamos a andar con cosas, pero, te lo digo al tiro, el mundo está lleno de hijos de puta, de uno u otro lado, comunistas, socialistas, capitalistas, ¿sí o no? Que sí, que es cierto, dice el Pablo, pero que hay algunos más hijos de puta y otros hijos de puta comunes y corrientes que ni siquiera sospechan que lo son. Que esos últimos son casi peores, dice. Qué está insinuando, le pregunto, qué chucha está insinuando. Ya me está cansando con sus indirectas. Y el Pablo: nada, ¿entonces? Pero cómo no

274

iba a entender, dijo Aguilera, si era muy sencillo, compadre, mira, ahora gobiernan los militares, estamos todos de acuerdo con ellos, yo, fanático de los milicos, pero que mañana, compadre, podían volver a gobernar los democristianos, los socialistas, que hasta los comunistas podían volver a gobernar, ¿y entonces qué harían ellos?, ¿se dejarían acusar de fascistas, se dejarían a lo mejor enjuiciar, ir a la cárcel a lo mejor? No, pues, que había que estar preparado para cualquier eventualidad, compadre, que si el Gobierno de las Fuerzas Armadas y de Orden se imponía durante los veinte o treinta años que eran necesarios para hacer de Chile un país decente, o sea si se cumplía eso que había dicho el general Pinochet de que este Gobierno tenía metas y no plazos, genial, ellos irían en la locomotora, pero que si en el camino había algún accidente, los militares, Dios nos libre, toquemos madera, perdían el poder, entonces había que estar preparados también, ¿no creía yo, compadre? ¿Y cómo había que hacer para lograr algo igual? Yo, haciéndome el huevón, por puro gusto, porque desde un comienzo no me había gustado el Aguilera ese. Mire, compadre, para esta cuestión no hay recetas, qué quería yo que me dijera, pero lo que era él, se defendía con su guitarra, ¿que querían escuchar a Silvio Rodríguez? Él les tocaba todo el repertorio de Silvio y también el de Pablo Milanés, Daniel Viglietti, la Violeta Parra, los Inti Illimani y hasta los Quilapayún si se lo pedían. Que había que mostrarse abierto, dialogante, dispuesto a escuchar a los demás. Ésa era la única receta, compadre. Sobre todo con las mujeres, porque con las canciones, al calor de una guitarra, se iban entregando, que él no ocultaba su pertenencia a la Secretaría Nacional de la Juventud, todo el mundo lo sabía, pero era capaz de cantar e interpretar a los cantantes de protesta mucho mejor que cualquier comunista, mapucista, democratacretino, ¿veía yo? Que a él, en realidad, lo que le gustaba era la balada sentimental, Antonio Zabaleta, Gloria Simonetti, Verónica Hurtado, pero que tocaba lo que le pidieran y no había mujer que no se ablandara al escuchar una bonita canción, que así terminaba por saber él muchas cosas, se iban de lengua las minas, eran todas iguales, ¿verdad? Nos veíamos casi todos los días, primero en Los Cisnes y después ya más lejos, había mucha gente del Pedagógico en Los Cisnes, no era bueno, así es que comenzamos a reunirnos una vez por semana en diferentes partes. Al comienzo nos encontrábamos en un bar de la plaza Egaña, pero a mí, para qué te voy a decir una cosa por otra, de puro ver el Gimnasio Manuel Plaza se me subían los malos recuerdos a la cabeza y como la cosa no era para amargarse, bajamos hacia la plaza Ñuñoa, en Las Lanzas, nos veíamos. Y después, cuando Las Lanzas se empezó a llenar de izquierdosos del Pedagógico, bajamos más todavía, a un boliche que se llamaba el Alegrías de España, en Irarrázaval justo frente a Manuel Montt, ¿ubicas? Que sí, que ubica dice el Pablo, que le dé, que siga, que ya va a amanecer, cansado, el Pablo don, agotado parece. Pero Aguilera contaba solamente historias de mujeres, por ejemplo que la minita que andaba siempre en el grupo de Benhamías, compadre, ¿veía?, el flaco de antropología que militaba en el MIR, ése de primer año que se llevaron, ¿veía?, por fin se había quebrado, compadre, en su Citroneta. ¿Vas para el centro?, te acerco, le había propuesto, pero no pasamos del estacionamiento, ahí mismo le abrió las piernas, me contó, la morenita con sus ojazos verdes, tenía una champita, cumpa, suavecitos los pelitos y bien negros, puras huevadas por el estilo contaba el Aguilera, salta, el Pablo, me agarra por la camiseta, me levanta, de pronto estoy en la ventana, con medio cuerpo hacia afuera, ¿que qué mierda estaba diciendo? Y yo, ¿te volviste loco hijo de puta?, suéltame, concha de tu madre, veo la vereda allá abajo, a no muchos metros y una mano de acero me mantiene la garganta aplastada contra la baranda de la ventana, ¡deja, suelta, hijo de perra! Que Benhamías era íntimo amigo de él, escucho su voz en mi oreja, que en el primer año de antropología no tenía novia, que esa mina de la que hablo era su novia y que jamás, ¿le estoy oyendo bien?, jamás se fue a acostar con el concha de su madre de Aguilera, ¿entendí? No puedo casi respirar, muevo apenas la cabeza, ¿entendí bien?, pregunta su voz en mi nuca, digo que sí, entendí, ¡suéltame, maricón!... Y, además, para que lo sepa, dice, Benhamías nunca militó en el MIR, que me dejara de decir pendejadas, que mejor le dijera la verdad, por la concha de su madre, que de una buena vez le dijera la verdad, y salgo proyectado hacia atrás, me doy de espaldas contra la pared, caigo doblado en dos en la cama. Te podría matar, concha tu madre, le digo, te coloco un derechazo, te reviento el hocico, culiao, le digo, te hago salir el cerebro por los ojos de un guantazo, hijo de perra, le digo. Ya, murmura él, está blanco como una sábana, la respiración entrecortada, me mira con ojos de loco, a mí me duelen las cervicales, me debes haber roto algo, hijo de perra, cuenta ahora, dice, la verdad, no seas maricón, dila aunque sea una vez en tu vida. ¿Qué verdad?, con todo lo que le he contado, ¿no se la imagina, la verdad? Que se teme que es mucho peor que todo lo que se ha imaginado, que cuente, yo, maricón, dice. Algo me pasa, ya no soy el mismo, es el pisco también, seguro, no sé por qué, lo juro, por la Eulalia, por Aníbal, esto nunca a mí, hombrecito para mis cosas yo, pero ahora, algo pasa, se me nubla la vista, como si quisiera llorar, no sé, ahí viene la cruda, terminemos el pisco, dice el hijo de puta, y después si te he visto no me acuerdo, el maricón, y cuenta, dice, mientras llena los vasos, yo siempre bien hombre, no sé qué me está pasando, ni cuando más castigo me dieron en el *ring*, nunca, ni una lágrima, ni una sola.

*

Nos despertamos temprano. El sol se colaba por las ventanas sin cortinas y ya comenzaba a hacer calor. Decidimos dejar una nota a nuestros anfitriones y marcharnos. Estaríamos en contacto con el teléfono de Santiago que nos sabíamos de memoria. Tomamos la carretera hacia el norte y desayunamos en El Tabo, en una panadería en donde también vendían periódicos, comestibles, velas. Compramos algunas frutas, unas latas de coca-cola y volvimos a la ruta. Dejamos atrás Algarrobo y tomamos el empalme que lleva hacia Valparaíso. Pasado el mediodía llegamos a Horcón. Rocío conocía a alguien que vivía todo el año allí, pero preguntamos por él en todas partes y nadie supo decirnos nada. Su casa, una pequeña casa de pescadores frente a la playa, estaba cerrada. Después de deambular por el pueblo un rato, nos alojamos en la residencial El Ancla. Nos quedamos tres días allí. Dábamos largos paseos por la playa y los bosques de eucaliptus. Un par de veces nos bañamos desnudos en la larguísima playa por la que se llega a Maitencillo. Veíamos las noticias de la noche en la televisión que había en la residencial, pero nunca dijeron nada que nos concerniera. Tampoco apareció noticia alguna en los diarios. Por la noche llamaba a mi casa, ¿lo estábamos pasando bien en Valparaíso?, qué bueno, que aprovecháramos. El Flaco era el único que había pensado en traer un libro, *La montaña mágica*, de manera que nos turnábamos para leerlo. Por las mañanas le tocaba a Cristián, por las tardes, nos lo compartíamos Rocío y yo. El resto del tiempo leíamos los periódicos que llegaban al pueblo, resolvíamos crucigramas, caminábamos. Una de esas tardes, el Flaco me tendió una hoja mecanografiada. Un poema de Claudio, dijo, me lo dio hace varios meses, se me había quedado en el bolsillo del abrigo.

*

Los ciervos por el aire detrás de las columnas
Afuera las olas barren las terrazas
zoom medialuna aire en las cortinas
Helena despide a sus pretendientes
rostros y pies maquillados, baldosas, arcos

Llovía
   «repentinamente todo fue silencio
   cuando Georgina Smolen se levantó para cantar»

Una Smith & Wesson 2201 en la sobaquera
10 balas calibre .22 en la recámara
550 gramos de placer

una petaca con aguardiente
Ésta es mi dicha, dijo, mejor que un orgasmo
Me pasó los binoculares
La mujer en la terraza, el viento en las cortinas
Cerrar podrá mis ojos la postrera
¿Disparamos ahora?

*

No lo conocía, dije. ¿Te gusta?, preguntó el Flaco. No está mal, opiné. Yo no entiendo nada de poesía, dijo Rocío, ¿por qué ese lenguaje tan cifrado? Entonces éste te va a gustar menos, dijo el Flaco, y sacó otro papel del bolsillo de su abrigo, lo desdobló y lo dejó encima de la mesa en la que acabábamos de comer.

*

Manrique & sons

Estábamos tratando de quedarnos dormidos
en la orilla del río de la vida qu'es el morir
cuando aparecieron los del otro lado
¡Identifíquense! —gritaron desde el bote
Los reflectores en los ojos, ni un ruido
Los Infantes d'Aragón —I answered
¿Bromean? Los vamos a barrer a tiros

Fue un puntazo indoloro en el celebro

El graznido de una gaviota, el viento
el sabor de la arena en nuestros labios

¿Qué se hizieron?

*

Una de esas tardes Rocío fue a llamar a la oficina de
su padre y volvió a la playa con una sonrisa de oreja a
oreja. Ya podíamos regresar, Claudio estaba a salvo, en
alguna parte, probablemente fuera de Chile. Emprendi-
mos el viaje al caer la noche. Una lluvia torrencial se es-
trellaba contra los focos amarillos y el DS navegaba como un carguero solitario en la oscuridad, sólo inter-
rumpida por las luces de pueblos perdidos al borde
de la carretera o de camiones que nos arrojaban masas de agua sobre el parabrisas. ¿Dónde estaría?, ¿qué le
habría pasado?, ¿habría hablado?, ¿habría sufrido mucho?, y sobre todo, ¿lo habrían torturado? Los tres pen-
sábamos en lo mismo, pero ninguno abrió la boca. Salimos a la Panamericana por Nogales. Rocío conducía
concentrada en las líneas blancas. Con el Flaco nos pusimos a cantar, primero *La Internacional* y luego canciones de Sandro el Gitano, de Raphael de España, de
Adamo. Al pasar por La Calera, Rocío dijo que hubiese
dado cualquier cosa por una cazuela de gallina. Detu-
vimos el auto en la plaza de armas y entramos en el Bar
Restaurant Locos por Susan. No había cazuela de gallina, pero sí corvina a la plancha y paila marina. Pedimos eso y una botella de vino blanco para celebrar.
Cuando volvimos al coche había dejado de llover. El

tramo siguiente me tocó conducir a mí. Al caer la noche, paramos en una gasolinera cerca de Llaillay a tomar un café. Sobre la una de la mañana entramos a Santiago por la Panamericana norte. Cruzamos la ciudad para ir a dejar a Cristián a la calle Bremen: sólo las patrullas que se aprestaban a controlar el cumplimiento del toque de queda, algún que otro automovilista raudo, ningún peatón. A pesar de que estábamos más cerca de mi casa, Rocío propuso que fuéramos a la de ella. ¿Y dónde dormimos? En mi pieza, dijo ella, ¿por qué?

*

Santiago, 5 de septiembre de 1998

Mi querido y recordado hijo:

Ojalá que hayan regresado de vacaciones contentos, bronceados y llenos de energía para afrontar lo que queda del año. Lo que es aquí, está haciendo un frío realmente espantoso, hemos tenido un invierno crudísimo, como hacía años que no había en este país. Pero, gracias a Dios, estamos todos bien. Tu padre siempre con sus dolores a las caderas y yo con un resfrío que no me deja y el colesterol alto. Son los achaques propios de la edad, así es que ya lo sabes, debes llevar una vida sana, nada de fumar, beber alcohol, nada de carnes rojas en exceso, nada de grasas. Come muchas lentejas, no olvides las frutas y verduras. Y acuéstate temprano. Y sobre todo, si pudieras rezar, hijo, no sabes lo bien que te haría acercarte un poco a Dios. En fin, mientras tanto, yo rezo por ti, para que

Él te ilumine.

Te quería comentar que el otro día me puse a ordenar el clóset del pasillo con tu tía Delia. La idea era regalar un montón de ropa vieja que yo sabía que había quedado guardada allí. El caso es que de repente, al sacar unas maletas de la parte más alta, cayó una bolsa y se desparramaron miles de papelitos por el suelo. Fue hasta bonito, parecían avioncitos de papel que volaban por todo el pasillo y escaleras abajo. La tía Delia recogió uno, lo leyó y me lo mostró. Qué cosa tan curiosa, oye, era una foto de Allende bastante borrosa, con una frase: *Allende vive en la memoria de su pueblo*. Y una fecha, 4 de septiembre, 1970 — 4 de septiembre, 1980. La tía Delia estaba lívida, panfletos dijo, como si escupiera. Yo le pregunté si ella de verdad creía y me contestó que no me hiciera, me da no sé qué escribirlo pero ya sabes que es una deslenguada esta Delia, que no me hiciera la huevona dijo, que tampoco eran pagarés, que los estaba viendo. Estaba completamente fuera de sí, tú sabes que siempre ha sido tan derechista la pobre. Le dije cálmate que te va a a dar la paleta al duodeno y después hay que llevarte a la clínica, pero ella, hecha un demonio, que quién podía haber escondido esos panfletos allí, ¿ah, quién? Y yo qué voy a saber, le dije, a lo mejor estaban aquí antes. ¿Ah sí, antes de qué?, preguntó ella. Y yo, antes de que compráramos la casa, pues. Y ella, pero si la casa la habíamos comprado en 1969, y allí me dijo, te juro que me da una vergüenza espantosa, pero te lo cuento para que te hagas una idea de lo intolerante que se ha vuelto esta vieja, bueno, me dijo que si le estaba viendo las verijas o qué. Tal cual. Yo no me amilané y le contesté: pero Delia, cómo te voy a estar viendo lo que no tienes. Y ella, que ya estaba bueno de encubrir a tu hijo, tú sabes que él es el único que pudo haber guardado esas porquerías en esta casa. Y yo, que cómo me acusaba así, que qué era eso, ¿un tribunal?, y ella ¿quién era? Que me estaba calumniando, le dije, que por último era «mi» casa y «mi» hijo. Entonces subió tu padre, que qué eran esos gritos, qué estaba pasando. Y, claro, se agacha, ¿y estos papeles?, pregunta, lee, se pone blanco como una sábana, ¿qué era eso? Otro que practica la política del avestruz, dice la Delia, ¿que no se daba cuenta de que eran panfletos? ¿Pero y cómo, de dónde? De allí arriba, dice tu tía, de esa bolsa, escondidos durante años, ¿comprendes, ahora? Y tu padre, ¿qué había que comprender? No puede ser, gritó tu tía Delia, qué par de idiotas tenía como familia. Que no comprendíamos acaso que tú habías escondido esos panfletos en el clóset, porque quién sino, no iba a ser tu hermana, dijo, no iba a ser la Hilda. ¿Pero cuándo?, preguntó tu padre, y ella, cómo cuándo, antes de irse, bastante antes, mira la fecha, 1980, si estaba más claro que el agua, el 4 de septiembre, además, el día en que se conmemoraba la elección de Allende. ¿Pero tú estás insinuando que este niñito era comunista?, preguntó tu padre. A lo que tu tía respondió que ella no estaba insinuando absolutamente nada, que los hechos hablaban por sí solos. Yo dije que me parecía estar asistiendo a un proceso de la Inquisición, que cómo te íbamos a acusar sin escucharte, que cómo podíamos estar seguros, ¿no sería todo eso un puro cuento que nos estábamos contando? Tu padre se sentó junto al teléfono, dijo que él sabía que tú tenías ideas de izquierda, pero de allí a imaginar que estabas metido en algo, y la Delia, que militabas en un partido clandestino, que llamáramos las cosas por su nombre, que quizá desde cuándo habías estado llevando una doble vida, dijo, engañando a tus padres, exponiéndote a lo peor, que nos imagináramos, en 1980 acababas de cumplir veinte años, que te podrían haber matado, haberte hecho desaparecer como a tantos de esos comunistas. Yo aproveché para contraatacar, por fin reconoces que hubo violaciones graves de los derechos humanos, le dije. Y ella, oye, es que me da una rabia... que de cuándo acá los comunistas tenían derechos humanos, ¿respetaban ellos acaso los derechos humanos en la Unión Soviética, Fidel Castro acaso los respetaba? Yo le dije: más que Pinochet, en todo caso, Fidel Castro no ha mandado a matar a su pueblo. Y la Delia, ¿y por qué no me iba a Cuba, entonces, por qué no era consecuente y no iba a probar las bondades del comunismo? Porque no soy comunista, le dije, y ella dijo, tonta útil, como la mayoría de los demócrata cristianos, eso es lo que eres. Tu padre estaba lívido, le temblaba la barbilla. Que eso explicaba por qué te habían sancionado en la universidad, dijo, y él, que nunca se le ocurrió, que ni siquiera se le había pasado por la mente que tú podías andar metido en esas cosas, y entonces me queda mirando y me larga: tú eras su cómplice, ahora entiendo. Acabáramos, para variar yo tengo la culpa, le digo. Pero si yo no tenía idea de nada, no me hagas reír, le digo. Y él, muy serio: tú militabas con él, ¿verdad? ¿En qué partido?, pregunta. Y Delia: no me extrañaría, de ésta me espero cualquier cosa, igual ella lo afilió al PC, pregúntale. Y yo, ahí sí que me puse a reír, ¿pero se volvieron locos, o qué? Perdieron la chaveta, les digo. Pero tu padre ya estaba hecho una furia, no, no, que le dijera una sola cosa: en qué partido militábamos tú y yo, nada más. ¿Te imaginas? Ah, no, esto sí que no lo voy a aguantar, dije, yo me voy a la peluquería. Y me fui. Cuando regresé tu tía Delia se había ido y tu padre dormía en el sillón, con la radio a todo volumen transmitiendo los partidos de fútbol de la tarde. Como todos los domingos.

Fuimos a misa de siete y comulgamos, como siempre. Y no hemos vuelto a hablar del tema. Pero tu padre tampoco me habla desde el domingo pasado. A mí me da lo mismo, tú comprenderás que no es la primera vez. Ya se le pasará, digo yo. Pero igual te quería pedir, hijito, yo no sé en lo que andarías o no metido y la verdad a estas alturas no me importa, ni mucho menos me importan esos panfletos, pero ¿te molestaría mucho escribirle una cartita a tu papá explicándole que yo nunca milité contigo en ningún partido, ni clandestino ni de los otros? Gracias desde ya, mi cielo.

Bueno, se me ha hecho tarde y a ti seguramente también, enterándote de estas tonterías que ocurren por acá. Ojalá que todo vaya bien en la oficina este año, que te paguen más platita. Muchos besos a mis dos nietecitos adorados, a Nathalie y para ti los besos y el cariño enorme de

Mamá

*

Salió de su casa con prisa, iba atrasado y tenía que cruzar más de la mitad de Santiago. Le había pedido prestado el auto a su padre con la excusa de que tenía que reunirse con unos compañeros de curso para preparar un trabajo sobre los medios de comunicación en la sociedad de masas. La cita era en casa de uno de ellos en La Dehesa, ¿le prestaba el auto? Sí, pero que no fuera a volver demasiado tarde porque esa noche tenían que ir con su madre a cenar a casa de unos amigos. Regresaría temprano, prometido, no más allá de las nueve. Sacó el

286

Peugeot 404 del garage, cerró el portón y enfiló por Doctor Ferrer hacia el oriente. Se representó mentalmente el itinerario, llegar hasta Los Leones, buscar enseguida la rotonda de Vitacura y de allí subir por la avenida Kennedy hasta Tabancura y los faldeos de la cordillera. La Dehesa quedaba lejos, por la puta, ¿no se les podía ocurrir hacer las reuniones en casas más céntricas? Era una apacible tarde de domingo. Una tibia brisa entraba por la ventanilla. El sol se colaba a través de los plátanos orientales y más allá se derramaba sobre las moles graníticas de los cerros, lejanos pero bien visibles en ese día sin polución, y les daba una textura de piel de damasco. De pronto sintió una sensación de bienestar, de bienestar físico y espiritual, dice ahora, como si en ese mismísimo instante en que el auto rodaba por las calles asoleadas de Ñuñoa él hubiese encontrado una especie de armonía, de respiración al ritmo ¿de qué? , sí, que perdone la cursilería pero se le ocurre decir del universo, del cosmos. Ridículo, ¿no?, fíjate por dónde le salía el arrebato místico. Sobre todo porque esa tarde no sería ni plácida, ni mucho menos espiritual. Iba a una reunión importante, acuérdate, esa historia de las cartas traería problemas, él nunca había sido partidario, lo sabíamos. Nada menos que la Comisión de Cultura se reunía para examinar el caso. ¿Qué podía pasar? ¿Que los echaran? No, tampoco creía, pero había sido una estupidez, estaba convencido. Habría un debate encarnizado, seguro. Estiró el brazo, metió la mano a la guantera y descubrió que a su padre se le habían acabado los cigarrillos. Él no acostumbraba a fumar demasiado, pero sabía que esa tarde, durante la reunión y sobre todo después, le darían ganas. Compraría en la botillería de Pedro de Valdivia. Esperaba que el compañero Clemente Silva los defendiera, después de todo la idea venía de ellos, de Silva y de Santelices, ¿quién los mandaba a imaginar que cualquier método era válido? Pero, a ellos ¿quién los había mandado a obedecer? Ahí estaba la cuestión. ¿Por qué no se habían opuesto?, ¿existía o no la democracia interna? En la CC había pesos pesados, sociólogos, periodistas, gente que ellos ni siquiera conocían, o más bien conocían de nombre, leían sus artículos en las pocas revistas toleradas, asistían a sus conferencias. Si tenían que enfrentarse a la CC en pleno, lo presentía, no iba a ser fácil. Al llegar a la esquina de Pedro de Valdivia se estacionó en doble fila y dejó el auto abierto con los intermitentes encendidos, iba a comprar cigarritos, volvía al tiro. Habría seguramente una sanción, ¿pero cuál? El verdadero peligro era que el caso pasara ante la Comisión de Control de Cuadros, la CCC, ahí sí que, bueno, después de todo, qué se le iba a hacer, pensó, y a lo hecho, pecho. Pidió dos paquetes de Viceroy, pagó y cuando salió de la botillería vio que un par de tipos husmeaban en el interior del Peugeot. Se acercó pensando que serían amigos del barrio que habrían reconocido el auto, no sabe por qué pensó eso, dice ahora. Igual fue porque sus padres vivían hacía más de veinte años en esa casa de Manuel Montt con Doctor Ferrer y todo el mundo se conocía en esas calles. Pero no. Al llegar junto al coche se dio cuenta de que eran dos desconocidos. Y las miradas hoscas, el pelo muy corto, las gafas de sol, le dijeron que no tenían buenas intenciones. ¿Pasa algo?, preguntó, dice ahora que ya con el miedo atenazándole el vientre, mientras bebe un sorbo de su Martini Seco. ¿Claudio?, dijo uno de los tipos, parka azul, pelo engominado, rostro lleno de granos. ¿Cómo?, replicó él sintiendo que ya no tenía escapatoria, si echo a correr y grito, me alcanzan, van armados, iban a disparar, allí, en plena calle, a las tres de la tarde, no hubiese sido la primera vez. Y los dos tipos, ¿Claudio Benhamías?, y entonces ya no eran dos, sino cuatro los que lo rodeaban. Habían bajado de una camioneta, las camionetas Volkswagen, ¿te acuerdas?, con los vidrios polarizados, estacionada a pocos metros, él no la había visto. Da una chupada a su cigarrillo y yo nos veo reflejados en los espejos del Boadas. Estoy hospedado en su casa, en su casa actual de Barcelona. Lo he venido a ver por unos días. Esta conversación comenzó mientras tomábamos café en el terrado de su piso de la calle Duque de la Victoria. Nunca habíamos hablado de verdad de esta historia y que conste que durante quince años nos hemos visto muchas veces, en París, en Barcelona, hasta en Santiago de Chile. Yo sé, desde luego, lo que pasó. Todo el mundo supo. Pero él jamás contó detalles. Yo tampoco pregunté. Y ahora debe de ser a causa de ese cielo azul intenso, de las gaviotas describiendo círculos en torno a las agujas de la antigua catedral y el ajetreo frenético de sábado por la tarde en Portaferrisa y Santa Ana que llega hasta nosotros como un rumor apenas. En fin, debe de ser por lo agradable que es estar allí, tomando café, conversando con un viejo amigo, vaya a saber uno, el hecho es que sonríe, no se explica por qué nunca me contó. No es fácil, me imagino, son experiencias que requieren tiempo, no se pueden contar así, de sopetón, es una cuestión de asimilación, ¿no? Seguro, concuerda él. Tenía a los cuatro alrededor y entonces vio pasar por la acera de enfrente a la empleada de unos vecinos, pensó por un momento que se podía producir un milagro, que ella lo vería, que alertaría a sus padres y ellos harían algo, ¿pero qué?, y además cómo lo iba a ver, rodeado como estaba por esos armarios de tres cuerpos, no, la señora debe haber apenas reparado en cuatro tipos que conversaban en la esquina, nada más normal. ¿Claudio Benhamías?, y él, ya, qué más daba, no había nada que hacer, sí, dijo, ¿por qué?, ya por decir algo, para ganar a lo mejor unos últimos segundos, nada. Y el que tenía la cara llena de granos, te vai a ir derechito, huevón, a subir a la camioneta, tú solito, nadie te va a obligar, pero ni un movimiento en falso, ni un grito, porque te cosemos aquí mismo a balazos. Y así lo hizo. Rodeado, uno delante, otro detrás y uno a cada lado, cruzó la calle Doctor Ferrer y subió a la camioneta. Se sonríe, Claudio. Lo que más le impresionó, más que el miedo, porque el miedo agarrota los músculos, el miedo duele, es como una lengua de fuego que pasara sobre la piel, pero pasa o mejor dicho se acostumbra uno a vivir con él, no, lo que más le llamó la atención, dice, es que por curioso que pueda parecer ahora, tuvo de inmediato la sensación de que conocía el guión de memoria. Lo que todos sabíamos, dice, lo que tantas veces nos habían contado, el esparadrapo en los ojos y la boca, esposado con las manos en la espalda, tirado como un bulto en el piso de la camioneta, con los tipos pisoteándole los riñones, las nalgas, la nuca. Trata de rehacer el trayecto en su cabeza, bajan por Doctor Ferrer, doblan a la izquierda en Manuel Montt, habrían pasado frente a su casa. Ahí, sí, se había quebrado un poco, pensó en sus padres, vuelvo temprano, no más allá de las nueve, prometido, en la angustia que vivirían al enterarse, Manuel Montt abajo, a la derecha, ¿por Sucre, por Irarrázaval? Estaba convencido que lo llevaban hacia el centro, ese último viraje había sido a la derecha, hacia el centro, sí. ¿O había sido a la izquierda, por Simón Bolívar? Y ahora, ¿era izquierda o derecha? Simón Bolívar ¿y a lo mejor habían torcido en

Pedro de Valdivia? ¿O habrían doblado en Salvador viniendo desde Irarrázaval? Mierda, ya no sabía. Luego unas vueltas como en círculo, ¿lo estarían haciendo a propósito estos conchas de su madre? Eso también lo sabía, se lo habían dicho, uno cree ubicarse, pero te despistan, te marean, tranquilo, había que calmarse. Después los ruidos se amortiguan, un túnel, un estacionamiento. Se detienen, lo bajan, a empujones, que caminara, cuidadito, baje las escaleras, ya, pasen por aquí nomás, voces desconocidas, quiere decir que no son las que les ha oído a sus captores, y otras voces, por aquí, siga nomás, derechito, cuidado que hay escaleras de nuevo, pero suben, ya, así, siga nomás, siga, al fondo vuelven a bajar, ya. Lo curioso es que esas voces le parecen amables, acogedoras. Y un detalle curioso, que había un tableteo de máquinas de escribir como ruido de fondo, *taca taca taca tac, ¡ting!* ¿Qué huevada tan rara, no? Digo hablándole al Claudio del espejo, allí en el Bar Boadas, en la calle Tallers, en Barcelona, España, veinte años después. Hemos bajado del terrado al atardecer, cruzado las Ramblas, para tomar un aperitivo en ese pequeño bar, rituales de uno. Dos cuarentones, él un poco más canoso, pero también más delgado que yo, tomando unas copas en la barra del Boadas. Nada tan extraño, dice él, que en todas esas casas, hablando de los centros de detención de la policía política, en la calle Londres, en José Domingo Cañas, en Villa Grimaldi, había oficinas, quiere decir que también se hacía trabajo administrativo, con mecanógrafas, secretarias, empleados, todo eso. O sea que *taca, taca tac, ¡ting!*, patada en el culo, que caminara el huevón, que no lo habían traído de paseo, *taca tac ¡ting!*, golpe en la cabeza, ¿qué mierda?, cuidado con el mate, agáchate, *taca tac ¡ting!*, fierro helado, piensa cañón de metralleta, en las costillas y otra patada, esta vez en los riñones, *taca tac ¡ting!*, llegamos, huevón, siéntate nomás, busca a tientas dónde, pero zancadilla, cae al suelo, de bruces, *taca tac*, levántate mierda, *¡ting!*, que qué se había creído, trata de incorporarse, pero no puede y el suelo está mojado, sólo entonces se da cuenta, huele a orines, allí, en sus narices, el suelo lleno de meados. El tipo se debe de haber dado cuenta de su mueca de asco, porque *taca tac ¡ting!*, ¿tenís sed, huevón?, lame nomás, que qué creía, ¿que le iban a traer whisky? Carcajada. *¡Ting!* Lo levantan en vilo, lo sientan en una silla a horcajadas, le atan las manos contra el respaldo. Que cerrara los ojos, el concha de su madre, *taca taca tac*, le quitan las vendas, arrancan pestañas, le ponen un capuchón, lo atan con una cuerda, casi no respira y él, reuniendo fuerzas consigue sacar un hilo de voz, por favor, si acaso podía saber por qué razón estaba aquí, y claro, que le debían una explicación al caballero, cómo no *¡ting!*, bofetón, puñetazo en la mandíbula. No siente nada. Un resplandor sólo y después, silencio.

*

Que cuente, el maricón, no sé por qué lo hice, fue así, sencillamente. Resentimiento, lo más seguro. Solidificado, sedimentado, insospechado hasta ahora. Eso. Casi lo mato. Podría. ¿Qué iba a pasar, quién lo conoce? Nadie. ¿Y a mí, quién? Nadie. Que cuente. Dice que lo cagué, que lo jodí, que ya no se acuerda de nada y se echa a llorar, solloza, babea, por la chucha, musita, puta madre, susurra entre hipos, puta madre, puta. Me siento junto a él, en la cama blanda, demasiado muelle, el colchón se hunde al medio, nos acerca como si estuviésemos los dos de pronto en el hueco de una ola, en el inabarcable océano de la colcha a rayas, bastante vieja ya, impregnada a esas alturas de olor a cigarrillo, a pisco, como si nos hubiésemos encontrado únicamente para hacer frente a la tormenta en ese cuartucho encumbrado en ese sexto piso. ¿Para hacer frente a la tormenta de qué?, ¿del olvido?, ¿del pasado que resurge? Pongamos. Ya cálmate, digo, deposito una mano en su hombro, aprieto, lo siento, digo, de veras, lo peor es que es cierto, de verdad lo siento, y él, chucha madre, llorando, yo, concha su madre, yo nunca, huevón ¿entendiste?, nunca ni una sola, ni una puta lágrima, sube el tono, casi grita, llorando, yo jamás, ¿entendía?, jamás él. Se escuchan tres puñetazos del otro lado, no es una pared, es apenas un tabique lo que nos separa de la *chambre* del vecino, tres golpes y una voz viril, *eh, oh, c'est bientôt fini, oui?*, un vozarrón, ¿hasta cuándo iba a durar ese escándalo? Ya, tranquilo, tampoco es tan grave, digo, calmo, apaciguo, lo intento al menos, lleno un vaso de agua en el grifo, se lo alcanzo, vuelvo a echar pisco en los vasitos de yogurt, tómate un trago, no ha pasado nada. ¿Y entonces? Se incorpora, se echa agua en la cara, pega la espalda a la pared junto al lavabo y se va agachando hasta quedar sentado. ¿Entonces? Una tarde los citaron a una reunión urgente, comienza a hablar con los ojos cerrados, la cabeza echada hacia atrás como si se la fuera a golpear súbitamente contra la pared. Se le había acercado el propio Ramírez Sánchez en el casino, seguido a pocos metros por el Guatón Thomas, ¿ya no se cuidaban, ya no importaba que los vieran juntos?, pensó al verlos venir. Esa tarde a las siete, en el Decanato, había dicho

Ramírez Sánchez, al pasar junto a su mesa con la bandeja en las manos, sin detenerse. Él ya entendía. Llegó un poco atrasado, no lo encontraba, el Decanato de Filosofía y Letras. A las seis ya era de noche en invierno y en la oscuridad los senderos del campus parecían un laberinto, todos los edificios se recortaban en las sombras como elefantiásicas moles de piedra. Al final vio luz en una ventana, subió las escaleras, corrió por el pasillo mortecino, recuerda, nunca él había llegado tarde y esa vez tenía que ocurrirle. La secretaria lo anunció y él entró secándose el sudor de la frente con un pañuelo, disculpándose, lo sentía, se había perdido, es que con esa oscuridad. Allí estaban Ramírez Sánchez, Thomas, Aguilera, y detrás del cono de luz que formaba la lámpara y del vasto escritorio siempre atiborrado de papeles, el rostro dulce de Kakariekas, que no se preocupara, lo recibió el viejito, que la puntualidad no era una característica de la raza chilena, que tenían otras virtudes los *chilensis arvensis*, escucha ahora, aún, dice, las risas de Aguilera, Thomas y Ramírez Sánchez. Que él también se rió o lo intentó, no con una carcajada como los otros, pero que al menos se sonrió, sí, claro, la puntualidad no era lo propio de los nativos. Este Decano, siempre con su sentido del humor, había dicho Ramírez Sánchez. Y que más valía conservarlo por esos tiempos que corrían, ¿no le parecía al profesor? Kakariekas, sonriendo. Por supuesto, Decano, por supuesto, y luego, introduzca usted el tema, profesor, le había pedido el viejito. Entonces, aclarándose la garganta y ubicándose un mechón de pelo detrás de la oreja, Ramírez Sánchez, señores, que estaban allí porque tenían problemas, ¿podía permitirse fumar, Decano? Él prefería que no se fumara en su despacho, profesor, entonces, no fumaba, no había ningún problema, guardando en el paquete el cigarrillo que ya se había llevado a los labios, Ramírez Sánchez, que siguiera con su exposición, profesor. Cómo no, Decano, se volvía a aclarar la garganta Ramírez Sánchez. Pero Aguilera, siempre ansioso, ¿de qué clase de problemas se trataba?, ¿andaba algo mal, habían fallado ellos? Que le dijeran, que él era el primero en aceptar las críticas, que era la única manera de corregirse, de aprender. Bueno, Aguilera, que ya bastaba, lo había interrumpido Kakariekas, que dejáramos hablar al profesor, por favor, una proposición que Thomas suscribía declarando que cuando un burro rebuzna los demás se callan, punto. Que como sabíamos acababa de estallar una ola de protestas en el Pedagógico y que eso iba a requerir más compromiso y mayor trabajo, porque lo que era hasta ahora, se veían poco los resultados, ¿verdad, Guatón, quería decir Carlos? Y Thomas, claro, que no sabían nada de nada, de los nuevos, quería decir, de las promociones anteriores lo sabían todo, puesto que el trabajo lo habían hecho Luciano y él mismo. Que se les había pedido, Ramírez Sánchez mirándolos a Aguilera y a él, información, pero información útil y que en ese mismo momento, si a él le pedían que hiciera una lista de la gente que había que controlar, de los elementos más peligrosos, él hubiese sido incapaz de citar tres, no ya diez ni quince, sólo tres nombres de corrido. El Guatón Thomas: ¿en qué había quedado la lista que les habían transmitido a comienzos del semestre? Que esa lista era un punto de partida, que había que cotejarla con la realidad, completarla, corregirla. Eso era, había retomado la frase al vuelo Ramírez Sánchez, mordisqueando un fósforo, faltaba información fiable, esa que se obtiene sólo con trabajo, porque, bien mirado, ¿qué datos tenían ellos en su poder sobre los alumnos nuevos? Thomas, con el tono de quien constata una situación lamentable: rumores, pelambres, nada. Ésa era la verdad, señores, Ramírez Sánchez agarrándola de volea, clavándoles su mirada reprobatoria alternativamente a Aguilera y a él, brillante inquisidor, se destapaba una ola de protestas en nuestra propia casa, una batalla contra el nuevo Chile alentada por las fuerzas marxistas que amenazaba con llevar al caos a todas las universidades y ellos no tenían nada, literalmente, na-da que decir ¿podía tolerarse esa situación? Thomas, amargo, discreto, casi en un susurro, él no sabía cómo iban a quedar ante las autoridades, en qué iba a quedar la reputación de la gente del Pedagógico. No, lo que iba a terminar por pasar, Ramírez Sánchez contestándole a su amigo, era que las autoridades iban a establecer directamente una oficina de la Central Nacional de Informaciones al interior del campus. Thomas: santo remedio, que vengan los muchachos del general Gordon y asunto arreglado. Ramírez Sánchez, sorprendido, ¿ah, sí?, y a ellos no les iba a quitar ni el Papa la fama de incompetentes. Y entonces Aguilera, que perdonaran, pero si le permitían intervenir en el debate, ¿qué debate?, el Guatón Thomas, incrédulo, ¿de dónde sacó este pajarraco que aquí había un debate? Y ya levanta una mano, pesada, amenazante, pero la voz apacible de Kakariekas, señor Thomas, por favor, que lo dejara continuar al muchacho, no se caldearan los ánimos innecesariamente, continúe, Aguilera. Bueno, que perdonaran, todo el mundo podía equivocarse, ¿verdad?, y él era, bueno ellos, porque estaba seguro de que Nelson estaría completamente de acuerdo con él, y él, recuerda, no dice una palabra, pero asiente, claro que sí, estaría de acuerdo con cualquier perogrullada, con cualquier estupidez que Aguilera se sacara de debajo de la manga porque lo importante era salir del paso, ¿verdad? Recuerda, asiente, que ellos entonces asumían íntegra y totalmente los errores cometidos, como chilenos que eran con el corazón bien puesto, ¿verdad? Y él, asintiendo, que sí, que claro, los asumían. Y, Aguilera, que les dieran tres días, setenta y dos horas, ni un minuto más, Decano, ni un segundo más, Luciano, Carlos, que él estaba seguro de que en tres días eran capaces de tener toda la información necesaria, todos los datos precisos, sobre los cabecillas de las protestas, por lo menos sobre los elementos más peligrosos, ¿verdad? Y él iba a asentir, que sí, por supuesto, tres días. Aunque cómo mierda iban a averiguar en tres días lo que no habían sido capaces de saber en tres meses, eso era harina de otro costal. Sí, claro, movía la cabeza ya en señal de asentimiento, pero entonces la sosegada voz del viejito concentró toda la atención, que resultaba curioso, él siempre había pensado que los chilenos tenían un problema con la medición del tiempo, que si durante la última guerra a cualquier oficial de inteligencia de un ejército europeo se le hubiese ocurrido dar esa respuesta ante una situación semejante, lo echaban a patadas, al calabozo, que a él le parecía que veinticuatro horas serían más que suficientes, ¿qué opinaba el profesor?

*

Salimos al bullicio de las Ramblas y caminamos sin prisa hacia la estatua de Colón y el puerto. Mi intención era dar un paseo por la playa de la Barceloneta y después cenar algo en cualquier restaurant de ese barrio. Abandonar el crudo invierno de París para sumergirse en la cálida algarabía de las Ramblas, del Barrio Gótico, en los dudosos callejones del Barrio Chino es siempre un placer. Pasamos frente a la calle Ferrán cuando él propone, ¿y si fuéramos a Castelldefels? Verdad, es una playa más abierta. Y luego podemos ir a cenar algo a Sitges, por ejemplo. Hecho. Que después había venido lo de siempre, dice Claudio. El silencio y con él, el desconcierto, la desesperación. ¿Cuánto sabían exactamente? ¿Se habrían dado cuenta ya afuera? ¿Se estarían moviendo por él? Horas cree haber estado así. Hasta que de pronto el silencio fue interrumpido por el ruido de una radio. Los chisporroteos y silbidos de un dial. Alguien sintonizaba un programa. Reconoció de inmediato la característica musical. La había escuchado muchas veces en la cocina de su casa, en el auto de su padre. *Julián / García Reyes los invita a recordar / amores / penas y alegrías que no volverán / no volverán... Estamos en Cita en la noche, un programa para los que están solos, o se sienten solos* y otra voz, mucho más cerca, pegada a su oído le susurraba estai harto rico, cabrito, putas que me gustai. Una voz aguardentosa, afeminada, un olor repugnante a alcohol y tabaco, una mano paseándose por su pecho, pellizcándole las tetillas, putas que estai rico, cabro, un aliento fétido en el cuello, no sé si me voy a poder aguantar, en el hueco de la oreja. Y la voz del locutor proponía que comenzaran esa noche recordando al gran Buddy Richard con *Muchacho triste, un muchacho triste soy y sin amor.* Pero otra voz aparecía, gruesa, viril, voz de mando, ¿ése era el mirista?, *pero una tarde se fue, nunca más la volví a ver.* Y a ver, conchudo, ¿dónde estaba Pascal Allende? Y desde ese día estaba cagado, no, si cagaste, ahora iba a ver lo que era estar triste, solo y sin amor. Él, que cómo iba a saber, si él nunca había sido del MIR. Y entonces patada en el estómago para los que están solos, o se sienten solos. ¿Sí, así es que no conocís a Pascal Allende? ¿Sí, buenas noches, de dónde llamas? Buenas noches, Julián, su nombre era Ximena y estaba llamando de Puente Alto, así es que no soi del MIR, cabrito y quería dedicarle la canción *Puerto Montt* a su novio. ¿Y cómo se llamaba el afortunado, Ximenita? Raúl y esa noche tenía turno en la Posta Central. ¿Era doctor? Y la otra voz, ¿a ver, era maricón este huevón? Y él, que no. No, es chofer de ambulancia nomás. Patada en los testículos: no señor, ¿correcto? Cae al suelo con la silla. Y ojalá que el suertudo de Raúl nos esté escuchando porque le vamos a poner de inmediato el tema que le dedica su tierna Ximenita, *Puerto Montt*, adiós Ximenita y que fueran muy felices. Chao y gracias. Pero él, no señor, correcto, lo que quisiera, señor, pero él no era del MIR, abrázame y verás. Alguien lo levanta y lo endereza, como un bulto, que el mundo es de los dos, salgamos a correr, olvida ya el ayer, no, no te vayas de mí. Que dónde, querían saber, Pascal Allende, dónde estaba, el hijo de puta, que dónde nos reuníamos, que dónde vivíamos yo y Pascal Allende, si me acostaba con Pascal Allende y dónde, que cómo que no sabía, puñetazos, patadas, que no se hicera el huevón, que con las Fuerzas Armadas de Chile no se jugaba, ¿correcto? Correcto, ¿sí, buenas noches? Y dónde, entonces, el chucha de su madre, dónde el renegado, marxista asesino, vendepatria ¿ah? ¿De dónde llamas? De La Granja, Julián, mi nombre es María, pero me dicen Mary, Leticia, de Santiago Centro, Julián, Enrique, de Ñuñoa, Julián, una verdadera obsesión, el nombre ese. Y si no militaba en el MIR dónde militaba, el huevón. Él sólo se concentraba en las canciones de la radio, me alejé de ti, sin saber por qué. Y ahora enterrándonos en la arena, caminando contra el viento del océano que no nos deja avanzar, nos cachetea vigorosamente las mejillas, nos desordena el pelo, que me ahorra los detalles de la parrilla, de la electricidad, dice, yo no digo nada pero en secreto le agradezco. En ninguna parte, señor, que era de izquierda, pero sólo simpatizante, señor. Sólo las canciones, dice ahora bajo el cielo añil y petróleo y la cresta espumosa de las olas, sola la dejé, las canciones que nos invitaban a recordar, durante ¿días, semanas?, ¿mañana, tarde, noche?, ¿amores, penas? No sabía, únicamente oscuridad para los que estaban solos, bajo el cielo azul de *Puerto Montt*, señor. Sólo simpatizante, el chucha de su madre, la voz gruesa, rotunda, a otros, a los que estaban allí y asistían mudos a la cita en la noche, éste cree que me va a ver las pelotas. Risas. ¿Sí, cómo te llamas? Esteban y quisiera dedicarle una canción a mi prima que está de cumpleaños. ¿Amanecer, madrugada, mediodía? Oscuridad. Golpe en la frente, que a él nadie le veía las pelotas, ¿correcto? Correcto, señor. ¿Y qué canción le quería dedicar a la primita, Esteban, y cómo se llamaba la lola? Lorena, pero él Benhamías, Claudio, señor. ¿Cómo? Benhamías. Ya, ¿judío? Si hasta cara de judío tenía y además, comunista el concha de su madre. ¿Y cuántas primaveras cumplía la Lorenita? Diecisiete y él quisiera dedicarle un tema de Sandro que bailaban cuando eran chicos, *Te propongo*. A ver Lorena, que él esperaba que estuviera pegadita al receptor para que escuchara lo que le proponía Esteban en sus diecisiete abriles, feliz cumpleaños y que lo pasaran bien, chiquillos, aunque eso sí, nada de propasarse, ¿ah, Esteban? No, se le ocurría, si eran primos. Sólo las canciones, las de Leonardo Favio, Adamo, Luis Dimas ahora en la playa ya de noche, sólo la cresta espumosa, el manto de olas y los focos de los aviones que pasan en línea recta sobre nuestras cabezas, pájaros metálicos que se van a posar al aeropuerto de El Prat. *Ella ya me olvidó*, las conocía de memoria, las canciones, yo, yo la recuerdo ahora. Y ese Julián García Reyes que nos invitaba a recordar ¿amores, penas, alegrías que no volverían?, no sabía él cuánto le había ayudado a resistir, a aguantar. Muchos años después escuchó una frase en una película francesa que se le quedó grabada para siempre: sólo las canciones de la radio dicen la verdad. Eso era, sólo las canciones de la radio y ahora el rumor del mar, el sombrío, turbio, potente mar de invierno y los aviones volando bajo en la noche, paralelos a la rompiente de las olas, cada vez más bajo hasta tocar tierra. No le pregunto si dio nombres. Tampoco me lo dice. No viene a cuento. Que al final lo metieron en otra camioneta o en un camión, no sabe, ¿sí, de dónde?, de Peñalolén, Julián, de Mapocho, Julián, de Renca, de Cerro Navia, de Conchalí, Julián, ruido de motor, Julián, el vehículo arranca, va encima de otros cuerpos, escena clásica, ¿sabes?, dice ahora, en Castelldefels, España, veinte años después. Los vagones hacia Auschwitz y todo eso, sí, pero eso era allí mismo, donde vivíamos todos nosotros, en la Alameda, en ese pequeño país del culo del mundo, le digo. Pero ¿sería la Alameda? Tráfico de vehículos se escuchaba, donde nos habíamos criado era, digámoslo de una vez, Julián, era nuestro lugar, nuestro barrio. ¿Pero era o no era? ¿Y era o no era la Alameda? Bocinas se escuchan, voces, el ajetreo de calles céntricas, yo creo que ya no era, Julián, que ya se había transformado en el país de otros, Julián, gritos de vendedores ambulantes, de niños voceando periódicos y luego nada, silencio. ¿Mañana, tarde, noche? Sólo el ruido del motor, las respiraciones, los cuerpos apilados, retorcidos, buscándose. ¿De dónde? Uno era de La Legua, tres meses lo tenían, ¿y el otro?, ¡hey, pst!, ¿de dónde?, de Ovalle lo habían traído, ¿y tú?, no, él de allí nomás, de Santiago, ¿seremos sólo tres?, parecía, ¿y adónde los llevaban? De pronto, ¿cuánto tiempo después?, se detienen, chirrido de goznes, abren las puertas, perciben luz a través de las capuchas, ya, abajo, los huevones, que nos formáramos. Pensó en sus padres, ¿sí, de dónde?, judíos de Túnez, judíos de Marruecos, judíos de Chile, se dijo, adiós, balazo, ya estaba, pero no, le arrancan el capuchón, cada uno iba a caminar en una dirección diferente, derechito y sin mirar atrás los huevones, patada en el culo, ya, ¡partieron! Y entonces escuchó las detonaciones, una, dos, tres, se le doblaron los tobillos, dio con el rostro en el suelo y el ruido del camión que arranca, se pone en marcha, se aleja. Pasó un rato, ¿una hora, dos?, y ¿eso era la muerte? No, no esta vez. Y los otros, ¿estarían muertos? Se incorporó y caminó, sin mirar hacia atrás, nunca mirar atrás, ¿estaban, no estaban?, al comienzo completamente enceguecido por el tenue resplandor de un cielo gris y poco a poco fue distinguiendo unos cerros con vegetación rala, ¿habían echado a caminar los otros también?, un valle encajonado a lo lejos y más allá aún, en el horizonte ya negro, una pálida hilera de luces. Caminó meses, caminó años, caminó todo su pasado, caminó su vida entera hasta que de pronto el suelo se volvió blando, cayó y en su mente ¿amores, penas? Silencio, dice, sólo silencio.

*

Mi niño querido:

Estuvo muy bien que te hubieses decidido a tomar el teléfono para aclarar las cosas con tu padre. Yo creo que él, en el fondo, esperaba hacía mucho tiempo hablar de hombre a hombre contigo, como él dice. Te cuento que apenas colgó dijo que todo lo que tú le habías explicado estaba muy bien, pero enseguida comenzó con su cantinela de siempre, que él nunca comprenderá por qué, si jamás te faltó nada, tenías que salir tan de izquierda, tan defensor de los pobres y los oprimidos. Yo le dije lo que ya le he dicho mil veces, que no se olvide de que Cristo fue el primer revolucionario, si viviéramos más de acuerdo con sus enseñanzas no habría ni izquierda ni derecha, sino una sociedad más justa y punto. Y él, que lo que yo quisiera, todo eso era muy bonito, pero que tenía que reconocer que es lo que se llama mala suerte que a su único hijo hombre le haya dado por ser escritor y, para colmo, escritor radicado en París, que por qué no podías haber sido abogado, ingeniero, dentista, casarte con una niña de por acá y que él pudiese disfrutar de sus nietos los domingos como todo el mundo, que eso era, en realidad, lo que más le jodía de esta historia. Yo, la verdad, no dejo de encontrar que tiene un poquitito de razón, pero le digo que Dios escribe derecho con letra chueca. En fin, lo importante es que se le pasó esa cólera negra, ese enfurruñamiento en el que había caído, tú sabes cómo se pone de insoportable cuando le da la pataleta. Volvimos a hablar, aunque sea para hablar de lo mismo que hablamos siempre, ya ves a lo que llega uno después de cuarenta años de matrimonio, mi niño, pero lo importante es... iba a decir participar, fíjate tú, el Alzheimer ya acecha querido, no, lo importante es comunicar, ¿verdad?

Bueno, pasando a otra cosa, te contaré que ayer, no, antes de ayer, estábamos mirando las noticias en la tele cuando van y anuncian que un general de la FACH había sido detenido porque se había comprobado su participación en el caso de la caravana de la muerte, la comitiva que mandó Pinochet después del golpe a recorrer varios regimientos del país en donde se asesinó a un montón de presos políticos. Bueno, qué te estoy contando a ti, si tú debes estar más al corriente de esa historia que yo. El caso es que Julio saltó como un resorte, que él conocía a ese general, dijo, que había estado en su oficina contigo, que se había comprometido a ver si podía hacer algo por tu caso cuando lo del sumario en la Universidad de Chile, ¿te acuerdas? Y ahora que lo pienso hace ya veinte años de eso. Así se va la vida, hijo, en un abrir y cerrar de ojos. Bueno, estábamos en el general, se llama Alejandro Daza Smith dijeron en la tele, ¿te dice algo ese nombre? Mostraron unas imágenes de archivo de cuando este señor era director de la Secretaría Nacional de la Juventud, ¿puede ser?, algo así, en todo caso. Un señor bien buen mozo, oye, muy elegante en su uniforme, porque hay que reconocer que son bonitos los uniformes de los aviadores, ¿verdad?, tan sobrios. Tu tía Delia, que se había quedado a comer con nosotros, dijo que eran puras mentiras, que saltaba a la vista que un general de la Fuerza Aérea, un señor tan distinguido, no podía ser un ratero. Y entonces, Julio, fíjate tú por dónde, va y le dice que ratero no, que no se trataba de eso, que se lo acusaba de complicidad en asesinato, que era un poquitito peor. Yo me quedé literalmente demudada, atónita. Y tu tía, que es ni mandada a hacer para discutir, le dijo que claro, que ahora que gobernaban los demócrata cristianos aliados con los marxistas, él se había vuelto comunista. Y tu padre, ¿comunista él? Que era ella la que estaba hecha una vieja gagá, que aparte de vieja y fea se le estaba aguando el cerebro. ¿Te das cuenta de lo que dice el roticuajo de tu marido?, rugió la Delia. Y que se iba, que no iba a soportar que cualquier huevón roto de mierda como él la viniera a insultar. Y se fue dando un portazo. Mira tú, todo porque detuvieron a un militar.

Con toda esta historia se me estaba olvidando preguntarte por los niños y por mi nuera, ¿qué tal están? Espero que bien pertrechados para el invierno que se acerca por allá. Y recién ahora vengo a caer en la cuenta de que hoy es 4 de septiembre. Tú no lo creerás, pero no te miento si te digo que una parte importante de los demócrata cristianos preferíamos que ganara Allende a que ganara Alessandri, nosotros, esa noche, hablo de la de 1970, estábamos tristes porque Tomic era un muy buen candidato, pero aliviados porque no había ganado la derecha. Quién iba a adivinar todo el sufrimiento que vendría después. En fin, menos mal que todo eso ya pasó. Bueno, no te doy más la lata. Abrígate mucho y que Dios te ilumine, hijo. Recibe el abrazo y los besos cariñosos de

Mamá

*

Ampliamente suficientes, dijo Ramírez Sánchez. Y Thomas, que de todas maneras sería difícil recopilar en tres días la información que no se había obtenido en tres meses. Yo ya lo había pensado, claro, si tampoco soy tarado mental. Entonces, por primera vez, me salió la voz: ¿veinticuatro horas?, eso no era nada, imposible. Aguilera, Nelson, que me calmara, Nelson, ya lo arreglaríamos entre nosotros. Y Ramírez Sánchez, ¿quién me había pedido mi opinión a mí? Yo, nadie. Thomas: que un verdadero nacionalista ni siquiera pronunciaba la palabra imposible. Y el viejito se ríe, ay, ay, ay, no veía el señor Thomas que era una raza indisciplinada también la chilena, suspirando, pero que él se había permitido hablar del tema con nuestro común amigo Daza, un profesional, ¿cierto?, no había nada mejor en estos casos y que, si no tenían inconvenientes el profesor Ramírez Sánchez y el señor Thomas, el comandante nos recibiría mañana a las siete de la tarde en punto en su despacho, que entonces los señores Aguilera y Peñalosa podrían aportar toda la información de que disponían. Allí, en ese mismo minuto, el piso se hundió bajo mis pies. No sé cómo fuimos a la avenida Bulnes, no sé cómo tuvimos el valor. Mejor que vayamos, dijo Aguilera en el Alegrías de España, donde encontramos refugio una vez más después de esa reunión que presagiaba la catástrofe. Que si quería decir que no nos quedaba otra, le pregunté. Y eso quería decir exactamente. No había tu tía. Hicimos varias listas de nombres, mezclando los de la lista original con otros de gente que conocíamos. Pusimos a todo el mundo, pero ya no me acuerdo de ninguno. En realidad, me puedes matar, tú u otro, me podrían cortar los testículos de a pedacitos, no cambiaría nada porque, ¿quieres la verdad?, ¿la pura y santa? La verdad es que no teníamos ni la más puta idea de nada. Por eso a Aguilera se le ocurrió decir lo de Benhamías, porque estaba caliente con la morenaza de ojos verdes y el muy huevón pensó que era su mina y no la tuya, ¿entendiste? Fue por eso. Nada más. Podrías haber sido tú, sin ir más lejos, o cualquier otro. Daba lo mismo. Al final fundimos todas las listas que habíamos hecho sobre servilletas de papel en una sola que Aguilera copió en un cuaderno y seguimos tomando hasta que cerró el local. Me tuve que ir a pie, porque ya era casi la hora del toque de queda y no había ni una sola micro. Atravesé Campos de Deportes y por detrás de la Villa Olímpica vine a empalmar con Vicuña Mackenna, imagínate, desde Irarrázaval con Manuel Montt hasta la población El Pinar, calle Estrella Polar, número 23, allí es donde vivía, curioso, iba a decir donde vivo, en presente. Pero allí viven aún la Eulalia y Aníbal y allí morirán, seguro. Si algún día vas a Santiago, anda a verlos, ellos te van a decir quién soy yo. Que quiénes eran, fue derecho al grano el comandante Daza. El mismo departamento, la misma oficina, vacíos, el teléfono anticuado sobre el escritorio, nada más. Pero ahora el comandante estaba de uniforme. Azul profundo, botones y galones, dorados, refulgentes, zapatos perfectamente lustrados. Y que quiénes eran. Ramírez Sánchez, Thomas, Aguilera, Kakariekas, sentados. Sólo había cuatro sillas. Yo, de pie, detrás de Aguilera. Kakariekas, sonriendo siempre, que aquí los jóvenes de primer año seguramente deseábamos hacer algún aporte significativo, si el comandante estaba de acuerdo. Claro, Decano, si para eso estaban aquí estos muchachos y, a ver, qué datos teníamos, rapidito, que no había tiempo que perder, quiénes, ésa era la pregunta, a ver, que dijéramos. Entonces Aguilera, que habíamos hecho una lista, mi comandante, señor Decano, que él, si le permitían, pensaba que los nombres más importantes se encontraban allí, que habíamos hecho un trabajo de rastreo y selección de la información, de acopio, sí, como quería Carlos, y si les parecía a mi comandante y al señor Decano él podía proceder a dar lectura, que qué lectura ni qué ocho cuartos, no, cabritos, nada de comenzar a leer listitas aquí, que no estábamos en el supermercado. El comandante va y deposita un maletín sobre el escritorio. Que quiénes son, pregunta, ordena mejor dicho, desplegando una serie de fotos, decenas, en blanco y negro, casi todas son primeros planos tomados con teleobjetivo. Se ve todo tipo de gente. Y esas fotos son rápidamente reemplazadas por otras varias decenas. Está todo el Pedagógico allí. ¿A ver, a ver? Si le permitía el comandante, Ramírez Sánchez va descartando los nombres que ya son conocidos, ¿verdad Guatón, quería decir Carlos? Ya fichados, tales y tales, varias decenas de fotos vuelven al maletín, material desechado, rostros ya identificados, que sí, pues, Carlos, que ésas las había tomado él mismo, que se acordara. Elementos repertoriados. Al final quedan tres pilas de fotos sobre el escritorio. Y el comandante, impacientándose, ya, pues, no íbamos a pasar toda la noche en esta cuestión, ¿verdad, Decano?, tenían otros problemas que resolver. Ya, a ver, cabritos, que otra cosa era con guitarra, quiénes, que en la cancha se veían los gallos, de allí, de ésos, quiénes, los comunistas zarrapastrosos, los antichilenos, los vendepatria, ¿a ver?, no nos estuviésemos yendo en puros peos y saltos. Aguilera se adelanta, con permiso mi comandante, ¿podía? Claro que sí, cabro, ¿a ver? Pone el dedo en una foto Aguilera, pronuncia el primer nombre. ¿Veía?, así estaba mejor, ¿y yo? Y yo, ¿yo? Sí, pues, mijo, quién iba a ser, ¿a ver, quiénes? Que fuera identificando las fotitos, ya, ya, rapidito, no íbamos a dormir en la oficina, ¿verdad, Decano? Claro que no, comandante. Que él no sabía en el caso del Decano, pero lo que era él, si llegaba después de las diez de la noche, la patrona se le amurraba, oiga, después no había quién le quitara el enojo durante una semana. Y Kakariekas, que su carácter tenía la mujer chilena, y el comandante, se lo iba a decir a él, si en este país mandaban las mujeres, oiga, ¿no veía que se lo llevaban metiéndose en todo y mangoneando para arriba y para abajo? Ése, entre el Decano y él, era el único defecto que él le encontraba a mi general Pinochet, su debilidad por las mujeres, oiga, si ve unas faldas y se derrite. Mire nomás, que si la Liliana, la María Eugenia, la tal o la cual, si este Gobierno se había llenado de señoras que mandaban lo mismo o más que un general. Que no era de extrañarse, opina el viejecito con tono pausado, ya los araucanos eran un matriarcado, esas cosas permanecían. ¿Entonces, cabrito? Una foto, un nombre, otra foto, un nombre, Aguilera un nombre, yo otro nombre, ¿quiénes eran?, otro nombre, otra foto ¿Veíamos? Así sí pues, el comandante, si no era tan difícil hacer el trabajo bien hecho, ¿verdad? Y ahora que habíamos empezado a identificar a toda esa gentuza extremista, que le pusiéramos los nombres por escrito. Aguilera, ¿le hacían una lista, mi comandante? No, qué lista ni niñitos envueltos, que le escribiéramos los nombres detrás de las fotos, con buena letra, eso sí, nombre, apellido y curso, que con eso bastaba, ellos ya verían después. Y que él creía que ellos se podían retirar, si lo deseaban, Decano, que le dejaran allí a estos jóvenes terminando su trabajo y asunto arreglado. Foto, nombre, foto, nombre, ¿cuántas serían, veinte, treinta? Ruido de sillas, encantado de haberlos visto pues, muchas gracias, mi comandante, y lo que se les ofreciera, a su disposición estaba, él sabía, Decano, que para él la universidad era lo más importante. Las voces alejándose por el corredor, le diera sus saludos a su señora esposa, en su nombre, Decano, a ver si lograba llegar a la hora por una vez, risas, un ruido pesado de puerta que se cierra. Y Aguilera y él, como dos escolares haciendo sus deberes bajo la única barra de neón en ese cuarto: foto, nombre, apellido y curso, nombre, apellido y curso, foto, él ¿quién es este huevón?, y Aguilera, qué sé yo, ponle cualquier huevada. ¿Veían que no costaba tanto?, el comandante regresando al despacho, si era cosa de ponerle un poco de empeño. Claro, mi comandante, empeño, ganas de trabajar por Chile, no les faltaban, mi comandante, no se fuera a creer. Pero no, él sabía que éramos buenos muchachos, si además Chile éramos nosotros, ¿no habíamos visto la publicidad? Claro que sí, mi comandante, éramos nosotros, la juventud, los grandes beneficiarios de la obra de este Gobierno, y él ¿a ver, de todos los que habíamos señalado allí, quién era el verdadero cabecilla, quién llevaba el pandero? Aguilera selecciona una foto sin titubear, un joven de pelo corto, rostro alargado, nariz aguileña, que ése era, dice, mi comandante, que él no podía decir exactamente cuál era su función, pero de que mandaba, mandaba, ¿verdad, Nelson? Verdad. ¿Sí, y cómo se llamaba? Benhamías, mi comandante, Claudio. ¿Y en qué partido militaba? En el MIR, mi comandante, un peligroso ultraizquierdista, ¿verdad, Nelson?

*

Le pareció que lo despertaba un ruido de botas, de puertas metálicas chirriando, abrió un ojo, ¿dónde estaba? Vio las patas del animal primero, luego, al hombre sobre la montura, su cabeza protegida por un sombrero de paja y sólo después, el rostro cuarteado, los ojos pequeños, observándolo, imperturbable, como si él hubiese sido un arbusto o una piedra al borde del camino. El sol caía a plomo sobre las laderas de los montes, distinguió varios cactus y unos algarrobos a su alrededor. Trató de incorporarse, pero los músculos de la espalda, de las piernas no le respondieron, los sentía agarrotados, duros. Entonces el hombre bajó del caballo, lo levantó en vilo, un hombrecito enjuto, pequeño. Sin decir una sola palabra, lo cargó en la montura e hizo andar al animal, él iba adelante, de a pie, sosteniendo las riendas por encima del hombro. Anduvieron un buen rato por el cauce de un río seco, bordeando una vía férrea. Que adónde estaban, preguntó él después de un rato. En Batuco, contestó el hombre sin mirar hacia atrás. Si seguían la vía del tren llegarían a la estación Mapocho, habría que caminar un día entero eso sí, pero si tomaban esa trocha a la derecha saldrían a Lampa en una media horita. Y ahora, nuevamente dentro del auto, ¿a Sitges?, pregunta él. No lo sé, digo, ¿cómo se llamaba el mesón aquel en Vilanova i la Geltrú, te acuerdas? Claro, que sí, el Mesón de Galicia, excelente idea, a Vilanova, entonces. El coche se pone en marcha, toma la carretera de la costa hacia la cuesta del Garraf y después Sitges y Vilanova. Anduvieron así hasta que el sol estuvo casi en la mitad del cielo, un sol que lo abrasaba todo y producía espejismos, extensiones de agua que reverberaban en el horizonte. Pero que no podía saber la felicidad que experimentaba al recibir el sol en el rostro, al poder respirar, sencillamente. De pronto llegaron a un retén de carabineros. El hombrecito entró y por la ventana él lo vio hablar con un uniformado, salieron poco después, éste era, sargento, y él, no quería, que no, que seguiría caminando, llegaría a Lampa, si estaban muy cerca, haría dedo hasta Santiago. Y el sargento que bajara nomás, no fuera porfiado, ¿que no veía que no estaba en condiciones de seguir a pie? Terminó por descabalgar, entró en el retén, allí había un baño, si quería lavarse un poco, gracias, puso la cabeza, los brazos bajo el chorro de agua fría, se mojó abundantemente la cara. En un espejo trizado colgado de un clavo vio por primera vez, ¿en días, semanas?, su rostro, una barba hirsuta, la piel casi translúcida, pegada a los huesos, dos surcos violáceos bajo los ojos, no le faltaba ningún diente, gracias iba a decir a Dios, pero cómo. El sargento sacó un tarro de café en polvo de un armario, puso una tetera a calentar en un anafe, ¿cafecito?, sí, gracias, ¿y qué había pasado, de dónde salía con esa pinta? Y él, mirando ya el teléfono, deseando llamar, sin atreverse a pedirlo, ¿que dónde estaba?, ¿dónde? Se acordó de un viejo libro de texto, más de ochenta variedades de cactáceas hay en el norte de Chile, se había metido por aquí hacia la cordillera buscando cactus, había acampado no sabía exactamente dónde, por la quebrada para adentro, había pasado todo el día de ayer caminando, pero después se perdió, no supo localizar el lugar en el que había plantado la tienda, así es que comenzó a caminar quebrada abajo, hasta que se quedó dormido y por la mañana lo había encontrado, pero ya no estaba, el hombrecito había desaparecido, el caballero ese lo había traído. El sargento lo miraba con una expresión un tanto incrédula, sonriendo, no, pues, la mayor variedad de cactáceas se encontraba a partir del norte chico, desde Vallenar hacia el norte, en todas esas quebradas que bajan hacia el mar había una gran diversidad de cactus, pero a esa altura, tan cerca de Santiago, no se daba gran cosa, prácticamente sólo *copiapoas* y *trichocerus*. ¿Era estudiante? Y él, sí, de antropología. Él era de Huasco, cerca de Vallenar y era aficionado a la botánica, por eso sabía del tema, ¿alguien lo podía venir a buscar, quería llamar por teléfono? Sí, gracias y casi se le salía el corazón por la boca cuando escuchó repiquetear el teléfono en su casa de Doctor Ferrer, ¿aló?, ¿aló?, era él, sí, él, estaba bien, sí. ¿Qué va a ser?, pregunta el camarero. Una de pulpo, Claudio, y una de sepia a la plancha, yo una de pimientos del padrón, ¿lacón con grelos?, propone, con grelos y cachelos, corrijo, dale y vinito, ¿un Ribeiro?, démosle. Puta la huevada, digo, así nomás es la cosa, corrobora él y en un susurro, como un secreto compartido, país de mierda...

*

Durante unos buenos, ¿cuántos habrían sido?, cinco, ocho, diez minutos, el comandante Daza los estuvo mirando, escrutando, observando, sin pronunciar palabra. En ese lapso de tiempo, recuerda, la única interrupción fue la campanilla del teléfono que sonó atronadora en el despacho vacío. ¿Aló?, contestó el comandante, sí, llegaron y colgó, sin importarle que por el auricular se escuchara nítidamente a su interlocutor en la mitad, o el inicio, de una frase. Clic, hizo el teléfono al ser depositado en la horquilla, pero en sus oídos, recuerda, ese clic, sonó como crac, o más bien como jrrrrraaaaaachhh, o sea un sonido terrible, recuerda, como si un iceberg se partiera en dos y él se encontrara en medio del océano, en un bote minúsculo. Como si la tierra se abriera, como si un meteorito cayera en el camino... Ya está bueno, Nelson, por la cresta, le digo. ¿Que ya está bueno qué?, replica. Quiero que me cuente, ¿sí o no? Entonces que respete un poquito. Y Daza, voz de pito, ¿que a quiénes se creían que representaba él, so par de pobres aves, que quién carajo se habían creído que tenían enfrente? Entonces, Aguilera, mirando al suelo, a las autoridades, si le permitía, mi comandante. Y el comandante, ¿y tú?, a él. Que él también, mi comandante, a las autoridades, representaba. ¿A las autoridades, so comemierdas?, la voz de pito vibra, es un chillido. Que ni las autoridades ni la cacha de la espada ni la pata de la guagua, que él se limpiaba los pelos de la raja con las autoridades, que ellos eran las Fuerzas Armadas, el Gobierno de las Fuerzas Armadas y de Orden, ¿correcto? Correcto, mi comandante, los dos al mismo tiempo. Y que ellos se habían dado el lujo, habían tenido el tupé, las patas de entregar información falsa a ese Gobierno, o sea, contando con los dedos, a la Fuerza Aérea, al Ejército, a la Marina, a Carabineros y a Investigaciones de Chile, mostrándoles los cinco dedos de la mano, la palma abierta, como si les fuera a dar un bofetón, ¿qué les parecía? Aguilera, mal, mi comandante, con todo respeto, muy mal. ¿Y a él? Mal, mi comandante. Sobre todo, que a él ese mismo Gobierno, esas mismas Fuerzas Armadas y de Orden lo habían distinguido con la beca Augusto Pinochet Ugarte para que estudiara y fuera alguien de bien, un profesional serio y un buen chileno, ¿correcto? Correcto, mi comandante. ¿Y así les pagaba? Y tú, a Aguilera, ¿hace cuánto tiempo que estaba cobrando de la Secretaría Nacional de la Juventud? Aguilera, mirándose los zapatos, dos años, mi comandante. ¿Y qué hacía su madre antes de que él entrara a la Secretaría? Lavaba ropa, mi comandante. Puteaba, huevón, dilo claramente, ¿a ver, qué hacía tu madre? Puteaba, mi comandante. ¿Y ahora qué hace? Es cocinera, mi comandante. ¿Adónde? En el Ministerio de Educación, mi comandante, gracias a usted, mi comandante. ¿Y entonces? Que a ese pobre huevón que entregaron le habían roto la crisma por culpa de ellos, que no tenía nada que ver con el MIR. Igual se lo tenía bien merecido, ése no era el problema, el problema era que no se podía trabajar con gente como ellos que decían cualquier tontería para salir del paso, gente en la que no se podía confiar. Que si fuera por él, al calabozo habrían ido a dar, por mentirosos, le debían todo al profesor Kakariekas, gracias a él no terminaban en la calle. Y Aguilera, que le agradecía, mi comandante, que ellos iban a mejorar, prometían, ¿verdad, Nelson? Era que se habían puesto nerviosos por ser la primera vez, pero de ahora en adelante, si le permitía mi comandante, con todo respeto, que lo juraban incluso, ¿verdad, Nelson?, nunca más. Y él, nunca más, mi comandante. No les creía nada, el comandante. Y que, ya, poniéndose de pie, andando, que vinieran con él, que ahora iban a ver, que otra cosa era con guitarra. El largo corredor y él, Nelson, recuerda ¿dónde carajo los estaba llevando? Miedo, recuerda, al llegar al ascensor, salir a la calle, confundirse con el gentío de la avenida Bulnes, subiendo por Alonso Ovalle esquivando las micros, los taxis, la circulación de mediodía, ¿dónde estaban yendo?, torciendo por Serrano a la izquierda y luego por París a la derecha hasta llegar a la esquina de París con Londres. A grandes zancadas el comandante, sin volverse una sola vez a mirarlos, a ellos, que trotaban casi, detrás, resoplando y Aguilera, queriendo bromear, estaba en buen estado físico el comandante, ¿él creía que le daba duro a la vieja cuando llegaba a la casa por la noche, o sea, sacudiría el peral el comandante? Y él, que se dejara de pelotudeces. Ya giraba el comandante en un portal, se detenía un par de segundos, mostraba una tarjeta a un par de tipos en la puerta, los miraba, ya estaban, que entraran, cabritos, rapidito. Y adentro, otro corredor, ajetreo de oficinas, ruido de máquinas de escribir, salía una señorita, ay, comandante Daza, no lo esperábamos, ajustándose la falda mientras viene hacia él con la mano estirada, pero él no le da la mano, sino un beso en la mejilla, qué tal, Martita, cómo le estaba yendo. Tan recio, el comandante, Nelson dice, recuerda, no sabe por qué, pero pensó en ese momento que a esa señorita, falda café hasta la rodilla, chalequito de lana rosado, botas de tacón alto, le debía gustar el comandante. Ella se pone los lentes, sonrisa coqueta, recuerda, se da cuenta Nelson, claro que le gustaba, ¿y a qué se debía el honor, comandante? Nada importante, Martita, ¿estaba Espina abajo? Sí, sí, ahora se lo llamo. Y el coronel Benavides, ¿estaba? No pues, comandante, si había pedido el traslado a Arica, ¿él no sabía? Sí, claro, por eso, que le hiciera venir a Espina a la oficina del coronel, ya, al tiro se lo mandaba, comandante. Un despacho amplio, con gruesas cortinas cerradas, ya entren ahí nomás, el comandante enciende la lámpara sobre el escritorio. Se abre la puerta, ¿me quería ver, mi comandante? Sí, teniente Espina, aquí venía con estos dos cabros del Pedagógico, ah, mucho gusto, Espina, y ellos, el gusto era de ellos, Peñalosa, Aguilera. Y el comandante que le sacara a los invitados que tenía abajo al salón VIP, le hiciera el favor, que iban a proceder a un reconocimiento somero. El otro, a la orden, mi comandante, él le hacía avisar, le diera cinco minutitos, se cuadra, sale. Ustedes se creen que es broma, la lucha contra la subversión, dice, se creían que era un juego de niños, en ese despacho con muebles pesados, antiguos, cortinas echadas, postigos cerrados, la reconstrucción nacional, dice, y por un citófono la voz de Martita, ¿comandante Daza?, ya estaba listo abajo, gracias, ahora iban. Un pequeño ascensor donde apenas caben. Un pasillo, ruido de máquinas de escribir, otra escalera que el comandante baja de prisa, saltándose los escalones de dos en dos, otro pasillo esta vez en un sótano, con cañerías que discurren sobre sus cabezas y al final allí estaban, mi comandante, Espina abre una puerta de latón, ya, entren cabritos. Era como un garage, dice, dice, piso de concreto, recuerda, olor a urinario, a cañería, recuerda, ellos en la oscuridad y al fondo, contra una pared iluminada por reflectores potentes, ¿cuántos serían?, diez, quince personas. Harapientos, le pareció, mendigos, vagos, locos sacados de algún asilo, le pareció. El comandante, que quiénes, ah, quiénes creían ellos que eran esos zarrapastrosos de allí, que identificaran a uno solo, a ver, a uno. No, que por nada del mundo se fuera a meter en esos líos, cabro, que era mejor mantenerse alejado de todo eso, que la política siempre había sido sucia, le dijo don Elías Cerda. Lo había ido a ver al Club México, cuenta, saliendo de la casa de la calle Londres. Incapaces de identificar a uno solo, unos inútiles, eso es lo que eran, gritaba el comandante Daza, mientras subían nuevamente al primer piso, ¿era todo, comandante?, sí, gracias, teniente, puede disponer, a la orden mi comandante, se cuadraba Espina, que esperaban verlo más seguido, comandante, claro, Martita, en cualquier momento se dejaba caer por allí, eso era lo malo pues, comandante, sonrisa pícara tras sus lentes, siempre con visitas de médico. De nuevo el bullicio del centro, esta vez por la Alameda, San Diego, Tarapacá hasta la avenida Bulnes y al llegar a su despacho, en el recibidor, sin hacerlos pasar al escritorio, que era la última vez, la última, que se burlaban de las Fuerzas Armadas un par de pendejos como ellos, ¿correcto? Correcto, mi comandante. Y ahí vino lo peor, recuerda, al salir del edificio e ir a cruzar la avenida Bulnes, camioneta con los vidrios polarizados frente a la puerta. ¿Te puedo contar, viejo, te interesa?, pregunta. Claro que me interesa. ¿Y por qué me interesa tanto, maricón? La voz aguardentosa, ¿los podemos llevar a alguna parte? De metido, fisgón, me gusta enterarme de la vida de los otros, reconozco. ¿Los podemos llevar a alguna parte? El tufo a alcohol del tipo en la nuca, recuerda y el contacto de la pistola, ¿pistola ametralladora?, en los riñones, súbanse nomás, cabritos, hoy día llevamos gratis. Los empujan y en el suelo de la camioneta les vendan los ojos. Dieron vueltas como media hora por el centro, pero no sirvió de nada porque igual él reconoció de inmediato el olor del caserón. Los tuvieron como dos días, dándoles duro, ése sí era castigo para púgiles curtidos. Cuando salió nuevamente a la calle sus ojos se habían acostumbrado a la oscuridad, lo enceguecía la luz. Se fue directo, a pie, pero sin titubear ni un segundo, al Club México, ¿dónde podía haber ido, si no? Para que vea, ¿ver qué?, pregunto. Él: que las víctimas no eran todas del mismo lado. No todas, pero casi todas, digo. Y don Elías, que dejara esas cosas, cabro, que se dedicara a sus estudios, sacara su título y se pusiera a trabajar para ayudar a los suyos, esas historias de política, le repetía, nunca llevaban a nada bueno, ¿necesitaba plata, cabro? No, cómo se le ocurre, don Elías, pero él ya le metía un fajo de billetes en el bolsillo, que tomara, no se hiciera el sobrado allí, que él sabía lo que era tener que estudiar y ganarse la vida al mismo tiempo. Y entonces, recuerda, le propuso, ¿por qué no cambiaba de ciudad? ¿Cambiar de ciudad, para qué? No sabía él, pero su intuición le decía que no lo iban a dejar tranquilo así como así, que a lo mejor podía ir a estudiar a otra parte, fuera de Santiago, que cambiar de ciudad no era difícil. Él tenía parientes en Antofagasta, que lo volviera a ver, podía ayudarlo si se decidía. ¿Y entonces?

*

(Entonces había cosas que no le iba a contar a nadie. A empujones los sacan esta vez del auto, con la vista vendada los hacen bajar a patadas por unas escaleras, ¿se creían que iban a bajar por el ascensor, los señoritos? Y él reconoció de inmediato el lugar, por el olor y la persona, por la voz, por el suelo lleno de meados, de excrementos. ¿Teniente Espina?, preguntó. Pero claro, había cosas, ésa por ejemplo, la voz bronca de Espina, que les quitaran la venda, ordena. ¿Y entonces? Entonces lo ve, cuando sus ojos se han acostumbrado a la penumbra: una señora, eso mismo, una señora de tacos altos y traje dos piezas, peluca rubia, lápiz labial, pero la misma, mismísima voz de Espina, ¿qué tal la encontraban sus putitas? Y como ni él ni Aguilera contestaban: patada en el estómago, con los zapatos de tacón y luego patada en las quijadas, la de Aguilera, cuya cabeza golpea contra la pared, la suya, con un crujido de vértebras y estrellas tras los párpados cerrados. ¿Y entonces? Entonces, la voz de Espina, a ver, iba a repetir la pregunta por última vez: ¿qué tal lo encontraban sus putitas? Entonces, Aguilera con voz casi inaudible, bien, mi teniente. Y él, lo mismo, bien, mi teniente. Así estaba mejor. Y luego, ¿tenían sed?, ¿querían tomar algo? Y el chorro caliente en el cuello, en las narices, la boca, la voz de Espina, meada de caballo, tenía Garrido, y sus cabezas entrechocándose, ¿querían un pisco sour las putitas? Ya, Garrido, ¿estaba listo para la fase dos? Afirmativo, mi teniente. Y había cosas que no le iba a contar a nadie porque sencillamente nunca habían ocurrido. Él se dijo, aquí viene la picana, los testículos, el prepucio, la lengua, pero nunca le metieron el extremo de ese palo de escoba por el ano a él y el otro extremo a Aguilera. Nunca escuchó las carcajadas de mi teniente Espina y del que él llamaba Garrido, pegados como perros los huevones, un par de días así y van a ver cómo van a preferir la picana. La picana, sí. Electricidad por todas partes sí, pero nunca atados de pies y manos, con la vista vendada y un palo de escoba rompiéndoles los intestinos, ¿y le iban a hacer un cariñito sus putitas? y esa cosa dura, gruesa, hundiéndose en su garganta, como un palo de goma, ¿tienen hambre, eh, Garrido?, pero que no era un palo porque arrojaba un líquido viscoso, con sabor a cloro, nada de escupirlo, se comen todo el postre, mis putitas, ¿viste, Garrido, qué buenas son? No, eso nunca. A nadie.)

*

Entonces se fue a Antofagasta, a la Universidad del Norte. El careo, le digo. ¿Sabía lo que era?, preguntó Kakariekas. No, señor Decano, es decir, se lo imaginaba, pero nunca había participado en algo así. Y Aguilera, ¿sabía lo que era? Tampoco, señor Decano. Un careo era una confrontación entre dos personas, delante de un juez o de una autoridad con rango judicial, explicó el Decano, con el objetivo de cotejar o comparar las declaraciones de dichas personas, generalmente encausadas, ¿se entendía? En esta ocasión se trataba de un trámite, tenían que declarar lo que figuraba en aquel expediente, que lo leyeran detenidamente y que si tenían cualquier pregunta, que él estaba a su disposición. Aguilera, que cuándo sería, señor Decano, la semana próxima, y quién era el acusado, encausado lo corrigió Kakariekas, un tal Riutort, uno de esos comunistas. Aguilera: lo conozco de vista, y Kakariekas, que no era necesario conocerlo, que se estudiara el sumario y lo que debían decir, que figuraba allí, en oficio anexo, punto. Entonces él, que perdonara señor Decano, pero que había decidido irse. ¿Irse? Sí, o sea, había decidido cambiar de ciudad, que el próximo año iría a vivir a Antofagasta y continuaría sus estudios allí, en la Universidad del Norte. Muy bien, lo felicitaba el Decano, éste era un país libre, podía ir y venir como quisiera, no como la Unión Soviética en donde había que pedir pasaporte para ir de una ciudad a otra, pero que se estudiara bien el expediente, que no fuera a fallar en las respuestas el día del careo, que otra metida de pata no sería del agrado del comandante Daza, ¿se explicaba? Y así, dice, que al año siguiente fue a estudiar a Antofagasta. Vivió donde una hermana de don Elías Cerda hasta que sacó el título. Allí conoció a Godfrey Stevens. Dale con Godfrey Stevens, digo. ¿Qué, no le creía? ¿Quiero que me muestre una foto?, se agacha, va a sacar la maleta. No, por favor, claro que le creía. Un día llegó a comer al restaurant donde él trabajaba de mozo, en la calle Latorre, ¿ubicaba yo la calle Latorre en Antofagasta? Sí, algo me acuerdo. Que le trajera unos erizos con salsa verde y media botellita de vino blanco, un Rhin Carmen, y él no podía articular palabra de la emoción, ni siquiera anotó el pedido. Entonces él repitió, unos erizos y Nelson, sí, claro, recuerda, que perdonara, y cuando se los trajo, que no se fuera a ofender caballero, pero él ¿no sería por casualidad Godfrey Stevens? Y él, o sea Godfrey Stevens, que sí, él era, sonriendo, mucho gusto, él, Peñalosa, Nelson, recuerda, oiga, don Godfrey si usted era uno de mis ídolos, se reía don Godfrey y estaba igualito, esbelto, delgado, algunas canas nomás en las sienes, bien parecido el viejo, que le contó su corta carrera de boxeador, de discípulo de don Elías Cerda del Club México, pero claro, si él lo había conocido mucho a don Elías. Y él, que lo perdonara, pero que él nunca iba a olvidar su combate contra Sai Yu por el título mundial, allá en Tokio, que a su juicio no se merecía perder por puntos, le habían robado el título, creía él, todo porque venía de Chile. Y don Godfrey, le agradecía, pero el pasado era el pasado y ahora había que mirar hacia adelante, él ¿también se había retirado? Retirado era mucho decir, don Godfrey, la verdad, ni siquiera había alcanzado a comenzar. Así se habían hecho, bueno, amigos sería mucho decir, pero que le había, cómo decir, tomado cariño, Godfrey Stevens, ¿y qué hacía ahora? Acababa de terminar pedagogía en castellano, don Godfrey, que lo llamara Godfrey, nada de don, y no sabía mucho qué iba a hacer, no le tentaba nada entrar de profesor, con la miseria que se ganaba. Y entonces él, don Godfrey, que él acababa de abrir una empresa de taxis que hacían la ruta entre Arica y Tacna, ¿por qué no venía a trabajar con él? Y se había ido nomás, el mismo día. Y ahí conociste a la Yeni, le digo. Un poco después, la veía siempre en el parque, la avenida principal de ahí de Tacna en donde ellos estacionaban los vehículos. Ella trabajaba cambiando dinero y él la miraba y la miraba y ella se reía nomás, puras sonrisas y ojitos, la Yeni, morenita, bien hechita, cara de pícara. Hasta que un día le habló, hola, ¿cómo te llamas? Que se llamaba Yénifer Ellen Salvatierra Pedraza, le contó, que era de Moquegua, un poco más al norte. Venía a Tacna a trabajar todos los días, con el bus de la Morales Moralitos o con el de Los Angelitos Negros y a veces, cuando se despertaba tarde, hacía dedo, la conocían casi todos los camioneros. ¿Y él? Nelson, Nelson Menelao Peñalosa Rodríguez y era de muy lejos, de Santiago de Chile. Un domingo habían ido a pasear cerca de Tacna, a La Yarada, una playa que parecía no tener fin, como las playas de allá, vacía, además, no había nadie, sólo gaviotas, zopilotes, cerros pelados y mar, mar abierto, infinito. Allí había comenzado todo. Que fue feliz con la Yeni, que fue cuando más feliz fue, recuerda, cuando iba a pasar la noche con ella en Moquegua. Vivía con una tía. Sorda como una tapia. Él entraba de noche. Cuando la señora dormía. Que fue feliz allí en Moquegua, dice, metidos en la cama escuchando las canciones en el radio transistor, bien bajito, cuando más feliz, dice. Ya. Y él, ¿se acabó el pisco? Se acabó. Entonces, buenas noches los pastores, se ovilla allí, bajo el lavatorio y se pone a roncar de inmediato, como si alguien lo hubiese desconectado. Me incorporo, me estiro, voy hasta la ventana que ha quedado abierta de par en par. Bajo un cielo algodonoso, amarillento se recortan las siluetas de los edificios, veo decenas de ventanas con la luz encendida, decenas de buhardillas iguales a esta a la que me asomo ahora, el tendido del metro elevado en donde dos trenes se cruzan con un destello de neón y, al fondo, la bóveda de la Gare du Nord como una catedral de fierro. Me pongo el abrigo. Entonces él se refriega los ojos, se levanta, se acerca a la ventana, se inclina por sobre el alféizar y sin mirar hacia atrás me pregunta si quiero saber algo. ¿Qué? Y él, a la mierda Pinochet, dice y se pone a vomitar sobre el tejado de cinc y las caneletas de desagüe y después de un rato, a la mierda Bernardo O'Higgins y sigue vomitando con un ruido cavernoso y a la mierda los árabes de abajo. Cuando ha terminado, mete la cabeza bajo la llave del lavatorio, camina tambaleándose el escaso trecho que lo separa de la cama y se derrumba en ella. Está ya roncando pero antes de cerrar la puerta lo escucho preguntar, ¿dónde estamos, viejo? En París, le digo, dónde vamos a estar. Ah ya, chao entonces, se despide y yo hasta la próxima, no, hasta nunca, dice él. Bajo las escaleras, pienso: plan de acción, ir a casa, ducha, un litro de café, cinco aspirinas, el informe sobre el petróleo en el río Paraguay no espera, carajo, bonito día de trabajo por delante, sólo a mí se me ocurre. Salgo a la rue de Tombouctou y echo a andar por el boulevard de La Chapelle. Antes de llegar a la estación de metro el cielo resuena, se raja como una sábana y comienza a caer un aguacero.

*

Llegó a París con aguacero. Recuerda un cielo casi negro a mediodía y la autopista colapsada de vehículos por la que el autobús de Air France avanzaba dificulto-

324

samente. Luego se ve en una plaza, frente a una estación, cambiando dinero y consiguiendo monedas para llamar desde una cabina a una señora que había conocido a sus padres en Chile. ¿Benhamías, el hijo de Ezequiel? Claro que se acordaba. Que lo perdonara, pero acababa de llegar a París y le habían dicho que a lo mejor ella le podría dar alojamiento. Del otro lado de la línea, la voz titubeante de la señora (una señora bastante vieja, se imaginó, una voz un poco ajada), no, ella, la verdad, no podía alojarlo porque tenía a su hija que venía de provincias con su nieto, pero su cuñada era directora de un muy buen hotel, y ¿dónde estaba?, ¿podía venir a su casa? Él trató de averiguar, recorrió con la mirada una plaza muy vasta, una especie de rascacielos, salió de la cabina y preguntó con su francés inseguro, la tour Montparnasse, le dijo alguien. La señora le indicó una dirección, la manera de llegar allí en metro, era muy sencillo, ni siquiera tenía que hacer cambio de línea, dirección Porte de Clignancourt, estación Château-Rouge, ¿estaba anotando? Sí, anotaba. Tardó una media hora en llegar. Era un edificio bastante venido a menos, en un barrio lleno de negros, árabes, hindúes, a menos que fueran pakistaníes. La señora era más joven de lo que él había imaginado. Su hija era casi una adolescente con un bebé en los brazos. Tomó una ducha, la señora dispuso un plato con algo muy parecido a una cazuela en la mesa de la cocina, un *pot-au-feu*, le explicó. La verdad, era lo ideal para ese día húmedo y gris. La madre y la hija se interesaban por lo que pasaba en Chile y en América Latina. Le preguntaron cómo veía él la situación, si pensaba que la «Résistance» lograría derrotar a Pinochet pronto. Pronto, dijo él, muy pronto. Era lo que ellas querían escuchar, supuso. Le rogaron que durmiera una siesta, después lo llevarían a dar un paseo por París y luego lo dejarían en el hotel de la cuñada en donde ya tenía un cuarto reservado. Él arguyó que no tenía sueño, así es que salieron inmediatamente después del café. Lo llevaron en auto pues la lluvia torrencial no paraba. Vio del otro lado de los cristales del coche lo que había visto tantas veces en diapositivas, películas, libros de texto: Notre-Dame de París, la torre Eiffel, el Pont Neuf, la Bastilla, la Concordia, la Ópera. La señora y su hija, que viajaba en el asiento trasero con su bebé en brazos, le dieron detalladas explicaciones sobre los monumentos, las calles, la historia de París. Al caer la tarde lo fueron a dejar al hotel de la cuñada. Se despidió con besos en la mejilla y prometió llamar por teléfono al día siguiente. La señora le buscaría un cuarto donde quedarse unas semanas. Subió a su habitación y miró por la ventana: una avenida que podría haber estado en Santiago de Chile, con edificios de ladrillo bastante a mal traer, una fila de coches en ambos carriles, algunos anuncios de neón brillando contra un cielo de plomo. Trató de dormir un rato pero no pudo conciliar el sueño, así es que se vistió y salió a la calle. La avenida a la que daba su cuarto se llamaba boulevard Davout. Caminó varias cuadras por esas aceras desangeladas, con garages, tiendas de comida turca o china y de ropa de segunda mano. De pronto el aguacero arreció y él, hasta ahora no sabe por qué, regresó al hotel, cogió su mochila, pagó la habitación y pidió un taxi. Poco después estaba en la estación de Austerlitz. Cuando la mujer del otro lado de la ventanilla le preguntó adónde quería viajar, él no lo dudó un segundo: a Barcelona, dijo. Tenía suerte, el tren salía dentro de un cuarto de hora. ¿Y nunca más volviste a París?

326

Sólo he estado en la sala de tránsito del aeropuerto, dice.

*

El avión aterrizó a las doce treinta y cinco minutos en la pista de Pudahuel. Pasillos grises, cola en la aduana, el policía mira el pasaporte, me observa, vuelve a mirar el pasaporte, ¿es chileno? Estoy tentado de decir de los buenos, pero digo, sí, chileno. No pregunta por qué viajo con pasaporte francés. Un timbre, pase. Dejo atrás la caseta de policía internacional y mientras espero mi maleta: ya estoy en casa. ¿En qué casa? Afuera, entre el gentío que aguarda a los viajeros, sobresale el metro noventa y cinco de Cristián. Salgo por fin. Pablito, dice el Flaco, estrechándome contra su pecho. Que mi hermana le avisó anoche, que lo han sentido tanto, él y Carolina. Tomemos algo, le digo, estoy muerto de sed. Nos sentamos en la cafetería del aeropuerto, ¿qué van a querer, caballeros? El Flaco, un expreso, yo un café doble y un agua mineral con gas, una Cachantún. ¿Cómo están los niños? Enormes, dice, no los reconocerás, Sebastián casi tan grande como él y Carlota una señorita, ya verás ¿y qué tal por París? Ya te contaré. Subimos al auto. ¿Sigues con el programa en la tele? Sí, aunque estoy agotado. ¿Ah, sí? Es que es un medio de ambiciosos, de huevones ignorantes, no te puedes ni imaginar los tiburones que hay allí adentro. Pero en fin, tampoco va a comenzar a quejarse. Se produce un silencio. Entramos en la circulación densa de un mediodía en Santiago. En las calles, colgando de los postes del alumbrado público, en los muros, carteles, rayados, propaganda política, en la radio, cuñas publicitarias. Dentro de una semana será la primera vuelta de las elecciones presidenciales. ¿Quién ganará? ¿Lagos, Lavín? Un país en efervescencia, que tienen miedo, dice el Flaco, que según las encuestas Lavín le está pisando los talones a Lagos, que será necesaria una gran movilización del electorado de izquierda para asegurar la victoria de la Concertación, pero la cosa está peligrosa. ¿Y si gana la derecha?, pregunto. Se ríe, ¿si gana Lavín? Que es lo peor que puede pasar, que ésa es la derecha pinochetista con aires de renovada. El lobo con piel de oveja, digo. Algo por el estilo, lo peor, estima el Flaco, es que tienen un discurso que cala hondo, sobre todo en sectores populares. ¿Es decir? Es decir, vienen y te pagan la cuenta de la luz, por ejemplo, o te visten a los niños o va Lavín y pasa una noche en casa de una pobladora, en Arica y claro, todo Chile queda convencido de que es casi socialista. Demagogia pura, ¿no? Obviamente. ¿Y Lagos? Que es un hombre inteligente, honesto, que está muy bien, pero tiene un estilo demasiado profesoral, parco, un poco docto, le falta toda la demagogia que le sobra al otro. No, que si gana Lavín ellos han pensado en hacer las maletas e irse, de verdad me lo dice. ¿Y adónde? A París por ejemplo, se ríe, ¿le puedo hacer un hueco en mi casa? Cuando encuentre, con mucho gusto. Sí, algo le contó mi hermana anoche, no es fácil encontrar casa en París, ¿verdad? Nada es fácil en París. Pero bueno, si gana Lavín podemos arrendar algo juntos, ¿qué podría hacer yo allá? Dar clases de español, le digo, ser portero de noche en un hotel, manejar un taxi. Eso me gusta más, un *taxi parisien*. De pronto, como en una película: la Alameda, la Moneda, plaza Italia. Imagino que estoy en un cine, que en cualquier momento se van a encender las luces y saldré nuevamente a la rue Rambuteau o al boulevard de Montparnasse, pero no, Providencia, Carlos Antúnez, Tobalaba, Simón Bolívar. Ya está, muy pronto, ya estamos. La parroquia, coches estacionados, gente en la puerta. Cuando bajo del auto me doy cuenta de que hace calor, de que el sol brilla en un cielo celeste. Me quito la chaqueta. ¿Listo?, pregunta el Flaco. Vamos. Abrazo a mi padre, a mi hermana. ¿Hace cuánto que no nos vemos? Cuatro años. Los dejo atrás. Entro. Es una sala no muy grande, a un costado de la iglesia. En el centro hay un bonito ataúd de madera clara. Y allí está, tras el rectángulo de vidrio. Una sonrisa plácida en los labios. La han maquillado. Le han puesto un camisero de seda blanco y un broche. Los párpados cerrados. Duerme. Es corta, ¿no?, le digo. Cortísima, hijito, dice ella y luego: esa mosca, allí en la esquina, ¿me la podrías quitar? Una mosca diminuta se ha posado en la esquina del vidrio. La espanto con la mano. Gracias, mi cielo. ¿Necesitas algo más? Y ella, que sí, que mire detrás de mí, ¿la veo? Sólo entonces me doy cuenta de la presencia de Hilda. Está sentada, sola, en un banco que ocupa todo el largo de la pared, su silueta delgadísima, sus cabellos ahora casi blancos, las manos nudosas estrujando un pañuelo. Lleva casi veinticuatro horas ahí detrás, sollozando, hijo, la verdad es que me tiene un poco atacada de los nervios, ¿no la quieres convencer de que vaya a descansar un rato? Por supuesto. Me acerco a ella, ay don Pablito, qué bueno que vino, ay Dios mío, qué cosa, su mamita, don Pablo. Vamos, ven conmigo. Salimos abrazados, Hilda y yo. Te traje un reloj, le digo, me quito el mío y se lo pongo en la muñeca. No pues, si ése es el suyo, oiga, si yo sé que no tuvo tiempo de comprar nada. No, si éste te lo compré hace tiempo. Oiga, Pablito, me equivoco si creo que la voy a engañar, a ella que me conoce desde que nací. ¿Hay empanadas en la casa? Claro que sí y también le hice pastel de choclo. Vamos, le digo, ¿qué esperamos? Me pongo al volante del coche de mi padre, él va atrás, junto a mi hermana, serio, ausente. En el camino, me detengo en el Tavelli a comprar helados. De lúcuma, de chirimoya, de chocolate amargo. Después de almorzar subo, me doy una ducha y me recuesto un rato. Por la ventana entra una cálida brisa de verano, se distingue una avioneta diminuta volando entre los cerros y más arriba aún, las cumbres eternamente nevadas. Un perro ladra en el patio del vecino. Sí, estoy en casa. Entro plácidamente en el sueño.

*

¿Aló?, dice una voz de mujer. Y de inmediato, más que una intuición, es una certeza: yo conozco esa voz, es la de doña Elvira Núñez de Gómez, la vieja secretaria. Debe tener al menos ochenta años. Voy a colgar, pero no, buenos días, quisiera hablar con el profesor Kakariekas, por favor. Lo hice. ¿Cuelgo? Ella, tono pausado, voz baja, el profesor está durmiendo, ¿de parte de quién? Lo mismo me pregunto yo, ¿de parte de quién estoy llamando? Dudo un segundo, el nombre ese, ¿lo digo, no lo digo? Y la voz, ¿aló? Sí, de parte del profesor Ramírez Sánchez. Ah, profesor, gusto de saludarlo, cuánto tiempo. ¿Doña Elvira? La misma, profesor, bastante más vieja nomás. Pero seguro que sigue igual de buena moza. Ella, cortante: vieja y fea, profesor, que no me equivoque. No se cambia a esa edad, claro. ¿Quiero dejarle algún recado al profesor Kakariekas? Ella se lo transmitirá. No, gracias, ¿a qué hora cree que se podrá hablar con él? Mire, si llama dentro de una hora seguro que lo encuentra, pero si estoy llamando por la recepción, el profesor le ha encargado que diga que es a partir de las siete. De acuerdo, lo llamo dentro de una hora, entonces, hasta luego. No te puedo creer, ¿y volviste a llamar?, pregunta Cristián. Claro que sí. Era mi primera noche en Santiago y no tenía ningunas ganas de irme a acostar. A eso de las once le pedí a mi hermana que me prestara el auto para ir a dar una vuelta por la ciudad. Mi padre dormía ya en su cuarto, bajo los efectos de un sedante. Bajé por Echeñique y luego por Sucre hacia el centro. Era muy tarde para llamar a un amigo, muy tarde para los horarios parisinos en todo caso, pero la verdad es que no quería llamar a nadie, prefería disfrutar de ese paseo solo. Pedí un Chacarero y media botella de vino en el Venecia, seguro de que no me encontraría con ningún conocido porque ya nadie va por allí, nadie de los que íbamos hace veinte años en todo caso. Luego continué por Bellavista, pasé frente al Bellas Artes, volví a subir por la Alameda, pensé en hacer un alto en el Liguria, allí sí que encontraría a más de algún conocido, o a lo mejor en alguno de los locales de la plaza Ñuñoa, pero de pronto estaba en Eliodoro Yáñez, en la oficina de mi padre, tratando de encontrar la llave en el juego que me había prestado mi hermana. Logré entrar, fui directamente a su despacho y encendí la lámpara sobre el escritorio, no abrí los postigos, ni encendí la barra de neón en el techo, ni luces en ningún otro cuarto. En la pared podía distinguir una serie de fotos bañadas por la cálida luz amarilla, mi madre conmigo en brazos y luego ellos dos con mi hermana y conmigo en un parque y nuevamente ellos con mis hijos, con el bebé de mi hermana, había más de cuarenta años en ese pedazo de muro. Abrí un armario, saqué una serie de carpetas que me pertenecían y estuve durante largo rato revisando, ordenando, tirando papeles viejos. Entre ellos encontré la carta firmada por don Agustín Toro Dávila, general de caballería, rector de la Universidad de Chile. La dejé aparte, junto con dos o tres cuadernos, una agenda y un lote de fotos y postales viejas, enviadas desde ciudades remotas por amigos a los que hace años les perdí la pista. Cuando miré la hora eran las tres y media de la mañana. Antes de apagar la luz y salir, tomé una guía de teléfonos de un armario. No me costó encontrar lo que buscaba: Kakariekas, Silute, Julius, Alhué 1331, teléfono 229 10 15. Al día siguiente llamé. Y una hora más tarde volví a insistir. ¿Aló?, dijo la secretaria, soy nuevamente yo, doña Elvira, quisiera hablar con el profesor, ya, un momentito y dirigiéndose a otra persona, sin duda a él, el profesor Ramírez Sánchez, llamó hace un rato, que no lo esté hueveando ¿y entonces?, pregunta el Flaco ahora que hemos acabado de cenar en su casa y Carolina ha subido a ver a los niños. Entonces se puso al teléfono, ¿aló?, era la misma voz, no sé si se acuerda, le digo a Cristián, por supuesto que sí, inconfundible, esa voz suave, exenta de toda agresividad, extremadamente cordial, pero ahora más dubitativa, un poco trémula, la voz de un anciano. Claro que sí, ¿cuántos debe tener el viejo cabrón ese? Acaba de cumplir noventa y cuatro años. No puede ser, el Flaco, incrédulo, ¿cómo lo sabes? ¿Aló? Y yo, a lo mejor aca-

332

ba de colgar con Ramírez Sánchez, a lo mejor Ramírez Sánchez ha muerto la semana pasada, por ejemplo y él ha ido a su entierro. ¿Aló, Decano? Entonces, él, profesor Ramírez, qué gusto de escucharlo, estimado colega, pero cómo era esto de que estaba en Chile, él me hacía aún en Estados Unidos, ¿dónde, en Utah, creía? Sí, sí y aún sigo allí, Decano, pero que había venido por asuntos familiares y a pesar de que no tenía demasiado tiempo no podía dejar..., pero cómo no, profesor, y él me agradecía enormemente la deferencia, que desperdiciara parte de mi tiempo en interesarme por un anciano como él. Por favor, Decano, lo hacía con mucho gusto, que él seguía siendo una referencia para toda una generación, no era necesario repetirlo. Que lo estaba adulando, no se me había quitado lo chileno, siempre entre la desconfianza y la zalamería. ¿Zalamería, cómo se permitía, el viejo de mierda? Pero había que seguir, bueno, Decano, genio y figura ¿no? Uno no podía renegar de sus orígenes, además no era ni adulación ni zalamería, sino sencillamente la verdad (grandísimo hijo de puta). Y él, gracias profesor, tampoco había querido ofenderme, es que con la edad se acentúan todos los defectos, ¿cierto?, y él siempre había carecido de esa diplomacia tan propia de los latinoamericanos. Ahora era él quien me adulaba, ¿ve que algo del temperamento latinoamericano se le ha pegado? Y él, ¿porque tenían temperamento los latinoamericanos? Que a su juicio no había que confundir temperamento con buenos modales. Los buenos modales propios de los pueblos sometidos, ya veo por dónde va, Decano. Pueblos sin grandeza, intelectualmente empobrecidos, profesor, frutos de la estulticia de españoles e indios y entregados después a la ramplonería de los

333

norteamericanos, qué se podía esperar, ¿pero yo que vivía en el centro del Imperio, sabía de eso más que él, no? Un poco Decano, y él, pero le ha cambiado la voz, está mucho más ronco, profesor. Será la práctica del inglés, Decano. Se ríe el viejecito, tose, no, es que estaba con un resfrío padre desde que puse un pie en Santiago, el cambio de temperatura. Y él, pasando a otro tema, si me había enterado de lo del pobre José Aguilera. No, ¿qué le había sucedido? Un drama, profesor, él lo había leído en *El Mercurio*, que lo había atropellado una micro, de madrugada, en plena Alameda, oiga, falleció en el acto el pobre muchacho. Y fíjese que lo peor: se había vuelto mendigo, ¿lo podía creer? No me diga, qué noticia más terrible, con el talento que tenía, Decano. En fin, que no había que exagerar, nunca había sido lo que se dice una lumbrera, pero así era la vida, corta y llena de sorpresas desagradables. Como la historia reciente de este país, ¿verdad, Decano? Bueno, profesor, suspira el viejo, que eso a su juicio ya era más previsible, que éste nunca había sido un país con vocación heroica, que si de algo carecía lamentablemente este terruño era de espíritu de grandeza, margaritas *ad porcos*, profesor, toda la obra del Gobierno de las Fuerzas Armadas, la última gran oportunidad que había tenido el pequeño Chile de adoptar una senda propia, pero en fin, ¿lo vería esta tarde? Que sí, con mucho gusto pasaría a saludarlo un momento, Decano. Lo esperaba, pues, profesor, él ya conocía la casa, no era necesario que le volviera a dar la dirección ¿no? No, cómo se le ocurría, Decano. Y la voz del anciano, hasta más tarde, entonces, profesor, que tendría un gran placer en verme, entre las ocho y las ocho y media, como se estila en este país, yo ya sabía. O sea, a las nueve. Exacto, ríe brevemente, tose de nuevo, comprobaba que no se me habían olvidado las costumbres locales.

*

Me levanto a las siete. Sol radiante. Se escucha el canto de los pájaros por la ventana del baño. Ducha. ¿Traje? Sí, tengo un traje en una funda. Ha llegado sin una arruga. Corbata. Zapatos. Salimos, mi padre, mi hermana, Hilda, que ha llegado muy temprano. Un corto trayecto en auto. Allí están, reunidos ya en la puerta de la capilla. Misa. Demasiada gente que no conozco. Tías, primos, amigos, parientes lejanos, vecinos de otros barrios, conocidos de otras vidas. Abrazos, apretones de manos, rostros sinceramente conmovidos. Soy Zutano, ¿te acuerdas de mí? Soy la hermana de Fulanita, ¿te acuerdas de mí? Yo soy el tío Mengano ¿te acuerdas?, venga un abrazo y cómo has crecido, muchacho. Y yo soy Perengano, ¿te acuerdas? No, no me acuerdo de nadie y Julio, detrás, que sí, cómo no te vas a acordar, gracias, muchas gracias, mi hermana, gracias, coronas, ramos, yo, gracias, y yo soy, sí, claro que me acuerdo, por supuesto y gracias, y yo ¿te acuerdas?, sí, gracias, ¿y yo?, gracias, sí, muchas gracias. Entro a verla, allí está, tras el vidrio. ¿Lista? Cuando ustedes digan, mi niño. Por una vez no vas a llegar atrasada. Ay, Pablito, cómo dice esas cosas, Hilda apretándome la mano, dígale hasta luego, mejor, despídase. Entran cuatro señores de negro, ¿quiénes van a llevar el cajón? Llegó la hora. La última. Lo alzamos de a varios. Me desplazo sosteniendo una esquina sobre el hombro. Una camioneta gris, con la puerta trasera abierta. ¿Quién se va con quién en los autos? Me subo al de mi padre, con mi hermana y varias tías. Hablamos del tiempo, del tiempo de Santiago, del tiempo de París, qué horror debe ser pasar tanto frío, dice una de ellas, bueno, tampoco es Moscú, contesto, claro que ella vive en Arica, es decir que ya el clima de Santiago le parece insoportable, imagínate el de París. Nos reímos de sólo imaginárnosla. Se ha formado una larga fila de coches, cruzamos la ciudad hasta el cementerio, Parque del Recuerdo, se llama. No lo conocía. El sol reverbera en un cielo blanco, lechoso, hace un calor pegajoso. Cuando logramos aparcar y reunirnos con los demás, el ataúd está encima de un carrito. ¿No falta nadie? Alguien cuenta, supongo que a los deudos más importantes. Da el visto bueno, vamos. El carrito se pone en movimiento empujado por un hombre de uniforme y gorra. Bonito cementerio. Céspedes muy verdes, con discretas lápidas esparcidas por aquí y por allá. Se ven niños jugando a la pelota, parejas de enamorados, familias que se preparan para un agradable picnic veraniego. Acogedor cementerio. Mi hermana camina a mi lado. ¿Es muy caro?, pregunto. No, se paga a plazos, además. Tumba a crédito, país moderno. Al fondo se divisa una pequeña carpa, como si se fuese a ofrecer allí una *garden party*, pero no. El carrito se detiene debajo. Éste es el lugar, éste es el sitio. La tumba. A crédito. Ya estamos, dice el hombre de la gorra, sólo entonces me doy cuenta de que ha venido con un par de colegas. Van a cerrar el rectángulo de vidrio, pero no, espere un poco, dice una tía y deposita sobre el vidrio una estampita. ¿La Virgen? No, Santa Rosa de Lima, ¿no veía que ellas son peruanas? Claro. Alguien le deja una medalla. Hilda, otra estampita. ¿Quién? Santa Teresa de los Andes, susurra. Busco en mi billetera, entre viejas tarjetas, pedazos de papel con anotaciones incomprensibles, allí está, mucho más viejo ya, deslavado, pero yo sabía que lo tenía, el mismo billete de cinco mil liras italianas que ella me dio cuando tomé ese avión en Pudahuel, ¿hace cuánto? Se lo dejo en una esquina del vidrio. Para que te compres cigarritos. Gracias, mi niño, dígale adiós ahora, aproveche de despedirse, la voz de Hilda en mi oído, hasta pronto, ¿nos volveremos a ver, no? Desde luego, mi cielo, hasta siempre. Cierran la tapa. Una prima hace un discurso, quiere agradecer a todos los que han acompañado a Alicia a ésa, su última morada, y ella habría estado muy emocionada de ver a toda la familia y los amigos reunidos... pero ya los hombres de las gorras accionan una palanca, se mueven en torno al ataúd, lo hacen descender lentamente a la fosa. Doy media vuelta, echo a andar en la luz blanca, refulgente, no sé cómo lo he hecho, pero de pronto me encuentro solo, en un camino de tierra que parece venir de ninguna parte e ir a ninguna parte. No veo el césped, ni las lápidas, ni los niños jugando a la pelota. Un cerro detrás, un cerro delante y el sol a plomo en el cielo lechoso. Camino. Al fondo, levantando una nube amarillenta, aparece una camioneta, se acerca, es enorme, casi un camión, montada sobre neumáticos anchos. Chiquillo, asoma la cabeza por la ventana un hombre ya maduro, ¿cuándo me vienes a ver a las Rocas de Santo Domingo? Entonces lo reconozco, don Antonio Bunster. Que él tiene dos lolas, de treinta y treinta y cinco, separadas, claro, si en este país la gente ahora se separa antes de casarse. Que lo vaya a ver cuando quiera, que cuide mucho a mi padre y que me porte mal, yo ya sé, ¿verdad?, sonríe, me guiña un ojo, el motor ruge, la camioneta arranca y me deja envuelto en una nube de polvo.

*

¿Y fuiste?, preguntan al unísono el Flaco y Carolina. Era por Colón, arriba. Una callejuela de barrio, con árboles frondosos, poco tráfico, olor a tierra mojada, jardines. Me estacioné bastante lejos de la casa. Acaso porque en realidad no tenía intención de llamar a la puerta, ni mucho menos de entrar. Pasé una vez frente al portón con el número inscrito en un azulejo y ya regresaba al auto, pero la segunda vez estaba abierto. Fui entrando de a poco, acercándome a pasos lentos. Era muy improbable que me reconocieran, pero si me preguntaban mi nombre, ¿quién era? Me quedé al borde de un vasto rectángulo de césped, dudando aún si avanzar o dar media vuelta. Al fondo, en torno a una mesa protegida por tres quitasoles, se veía un grupo de personas, mujeres jóvenes con ligeros vestidos de verano, hombres en mangas de camisa, pantalones de tela, algunos niños. Se escuchaba el rumor de las conversaciones, de tanto en tanto surgía una carcajada. ¿Profesor Arriagada? Era una mujer rubia, sonriente, de unos treinta años, llevaba un vestido de escote cuadrado, color melón, zapatos de taco, blancos. Yo debía ser el profesor Arriagada, ¿verdad? Mostraba unos bonitos dientes al sonreír, desprendía una sensación de frescor, como si acabara de ducharse y el vestido le iba a la perfección. Sí, dije, el mismo. Sígame, no se quede en la entrada, por favor, don Julius estaría encantado de verme. Muchas gracias, balbucié, pasaba sólo un momento, y ella, por supuesto, no todos los días se cumplían noventa y cuatro años, ¿verdad?, ¿y desde hacía cuánto tiempo daba clases en provincia? Van a ser diez años, contesté. ¿Diez años, pero no había obtenido el puesto el año pasado? Entonces, para salir del paso, perdón, ¿con quién tenía el gusto? Ah, qué tonta, que la perdonara, Paulina Iriarte, y tras una breve pausa, como si yo lo hubiese tenido que adivinar, de Kakariekas, soy la nuera del profesor y me tiende la mano. Encantado. No puede ser, eso es una película, dice el Flaco, ¿quién te escribió el guión? Pero déjalo terminar, interviene Carolina, no, en serio, encantada ella también y que perdonara pero ¿yo no había dado clases con su marido en la Católica? Sí, claro, ahora que me acordaba, con... y ella, de inmediato, Maximiliano, desde luego con Maximiliano, eso con Maxi, claro que sí, con Maxi. Habíamos llegado al fondo del jardín, junto a la mesa con botellas, ensaladeras, pilas de platos y vasos. Que la esperara allí un segundito, que iba a avisarle al profesor, ¿quería tomar algo? Carlos hizo su famoso pisco sour, estaba de miedo y grita hacia el grupo, ¡Carlos, Carlos! ¿Podía venir un segundo? No, gracias, yo no quería tomar nada, pero de inmediato volvía con un obeso que me hacía crujir los huesos de la mano, le presentaba al profesor Arriagada, ¿Ricardo, verdad? Sí, Ricardo, y el gordo, mucho gusto, Carlos Thomas. ¿El Guatón Thomas? No, ahí ya te pasaste, dice el Flaco, que estoy inventando, cree él, y Carolina, ¿pero por qué inventaría algo igual? Y que aun si fuese inventado, ella estaba superentretenida con la historia, que me dejara terminar y fuese a servir un bajativo, mejor. ¿Vodka, ron cubano?, propone Cristián. ¿No habrá pisco con manzanilla? Claro que sí, y yo, ¿era amigo de Paulina? No, del profesor Kakariekas, discípulo, mejor dicho. Ah, igual que él, que los discípulos del profesor Kakariekas eran todos amigos, ¿cómo era que yo no pertenecía a la cofradía? Es que enseñaba en provincia hacía mucho tiempo. Ya veía, pero ésa no sería una razón para morir de sed, ¿cierto?, ¿tomaba un pisquito sour? El Guatón Thomas se acerca a la mesa donde están los tragos, la carne rolliza en los brazos y bajo la polera Lacoste se agita como si fuera gelatina. No, muchas gracias, prefería no beber alcohol. Que no le viniera con tonterías, que su pisco sour era famoso en todo Chile, que lo probara, me alcanza una copa. Gracias, mojándome los labios, está excelente. Y él, pero, a ver ¿yo no había estado en el Pedagógico? Sólo un tiempo, luego me trasladé, y a mi vez, despejando el balón de mi campo: ¿él también era historiador? Se rasca la cabeza, que le parezco cara conocida, dice, ¿cuánto tiempo había estado en el Pedagógico? Sólo un año, era imposible que se acordase de mí, y yo, despeja, echa afuera: ¿y él dónde enseñaba? No, que él había estudiado Historia, pero que ahora se dedicaba a los negocios. ¿Ah, sí, en qué rubro? Era corredor de propiedades y qué bueno que nos conociéramos, me viene a salvar por unos segundos la rubia, la nuera, que el profesor me recibiría dentro de nada, es que con todas las complicaciones que había tenido el pobre, ¿había saludado a Maxi? ¿A quién? Y ella, con una sonrisa, a Maximiliano, pues. Ah, claro, Maximiliano, no, todavía no. Miro hacia el portón, aún abierto, más vale ir saliendo ahora mismo. Que dentro de nada llegaría Maxi, había ido a la parcela a buscar a los niños que no se perdían un día de piscina ni aunque fuese el cumpleaños del abuelo. Lógico, digo, y ella, le daría un gustazo verme, a Maxi. Sin duda, a mí también, me daría un gustazo salir ahora, antes de que sea demasiado tarde, en mi billetera encontrarán mi documento de identidad, y ella, ¿la acompañaba a ver al profesor? Claro, cómo no. Que la siguiera, acababa de despertar de su siesta. Nos alejamos, pero Thomas no me quita la mirada de encima. Atravesamos un salón, sillones cubiertos con fundas blancas, muebles antiguos, el retrato de una anciana altiva en un marco rococó. ¿Había tenido problemas de salud el profesor? Y ella, una neumonía que lo tuvo un mes contra las cuerdas, pero se había recuperado por completo, gracias a Dios, ¿no veía yo que él tenía una fortaleza de eslavo, como decían en la familia? Sí, claro, menos mal digo, y la nuera, que Maxi y los niños también, se ríe, la única chilenita que se la pasaba todo el invierno resfriada era ella. De pronto me asalta el pánico, él a lo mejor... puede, pero está viejo, han pasado veinte años, no, el problema es ¿si la vieja está allí y me reconoce? Thomas se daría un gusto triturándome el cráneo contra la pared. ¿Y doña Elvira todavía trabaja con él, no? Sí, una gran suerte, dice la nuera, poque a pesar de que ha perdido bastante la memoria, se empeña en seguir investigando, usted sabe cómo es de adicto al trabajo, él dice que morirá con las botas puestas. ¿Y está aquí? Viene sólo por las mañanas, ¿la quería saludar? No, no, hablé con ella por teléfono. Respiro hondo. Un breve pasillo con una colección de reproducciones de grabados. Ya estamos, dice la rubia. ¿Don Julius? Es una habitación amplia, con un ventanal que da al jardín y estanterías de madera clara en donde reposan centenares de libros y en los anaqueles más bajos, cajas de fichas, pilas de revistas. Don Julius, aquí está la sorpresa de que le hablé, pues. Del otro lado de un escritorio moderno hay un diván y enfrente está él. En silla de ruedas. Lo veo primero a contraluz, una silueta sentada, cubierta con un chal, con la cabeza caída sobre el pecho. ¿Don Julius? Nos acercamos. Ay, no me diga que se quedó dormido de nuevo. Pero no, el viejo levanta la cabeza, más pequeña se diría, como jibarizada, la piel del rostro arrugada, cuarteada, aunque los ojos siguen siendo los mismos, pequeños, azul celeste, de mirada prístina. ¿Ve don Julius a quién le traigo?, alza un poco la voz la rubia, ¿me reconocía don Julius? El viejito me observa ladeando la cabeza, frunce el ceño y con una mueca casi de dolor pregunta: ¿Luciano? Dejo que la nuera responda en mi lugar, no pues, don Julius, el profesor Arriagada, Ricardo Arriagada, no me va a decir que no se acuerda. Y el viejo, duda, pregunta con su dulce voz: ¿profesor Ramírez Sánchez? Qué extraño, dice la rubia, es primera vez que no reconoce a alguien, a ver, dígale algo usted, y al mismo tiempo le grita al oído: el profesor Arriagada, Ricardo Arriagada, don Julius. Y yo, con lo que imagino un hilo de voz: cómo le va, Decano. El viejo entonces mueve la cabeza de un lado a otro, como si no acabara de entender, pero ha comprendido perfectamente bien. No, dice, él no es el profesor Arriagada, Pauli, me parece cara conocida, pero no es Arriagada, Pauli. ¡Ay, no!, grita Carolina, ¡y qué pasó!, cuenta rápido mira que estoy a punto de volver a fumar, y muerde un cojín para ilustrar su ansiedad. Que ni se le vaya a ocurrir encender un cigarrillo, interviene el Flaco, ¿no está viendo que son puros cuentos míos? Además, allí el único que puede fumar es él. Ay, qué aguafiestas que eres Cristián, y le lanza el cojín de lleno en la frente, se levanta, lo abraza, lo besa, se sienta en sus rodillas, mi amorcito, ¿te dolió? Y él, ¿quién es, Pauli? La rubia me mira y dice en voz baja, la edad, es que son noventa y cuatro años, y se encoge de hombros, ella no tiene la culpa de que esté tan viejo. Yo, no, claro, y aprovecho para hacer mi número: veo que está muy bien, Decano, venía sólo a desearle un feliz cumpleaños, ¿sí?, ya me voy. Y el viejo: ¿cómo es su nombre? Ricardo Arriagada, Decano, pero la nuera me pone una mano en el antebrazo, que nos retiremos quiere decir y el viejo, él no es Arriagada, Pauli, y a mí: ¿usted estuvo en el Pedagógico? Ella, entonces, ay, pues don Julius, por supuesto que estuvo en el Pedagógico, ¿dónde lo habría conocido, si no? El anciano hace un gesto con su mano sarmentosa, como si se retirara una tela de araña de los ojos, un gesto de cansancio infinito, como si ya nada importara, ¿está aquí el profesor Ramírez Sánchez? No, don Julius, yo le aviso apenas llegue, la nuera, primera vez, Ricardo, qué cosa tan rara, un traguito nos iba a venir de maravillas, ¿verdad? Yo, que no se preocupara, ya me iba y al salir de la habitación nos damos casi de narices con Thomas, ah, Carlos, ¿estabas aquí? El gordo colosal me agarra por el brazo y yo siento como si me lo triturara con una pinza de titanio, que fuéramos a tomar un pisquito, y la nuera, eso mismo le estaba proponiendo y que don Julius no me había reconocido, fíjate qué raro. Entonces yo sintiéndolo en el alma me iba a tener que retirar, es que tenía a mi señora esperando para irnos a la estación, pensando por qué había dicho estación, a lo mejor ya ni siquiera existían los trenes al sur, partíamos esa misma noche. Y el gordo rascándose la cabeza, ¿pero en qué fechas había estado yo exactamente en el Pedagógico? En el setenta y nueve, sólo ese año, y la rubia, ay, Carlos, no te pongas pesado y estaba encantada, Ricardo, de haberme visto. Que le diera mis saludos a Max, ella corrige, a Maxi, cómo no, en mi nombre se los daría, y el obeso, ¿le podía dejar mi tarjeta? Desde luego, con mucho gusto y trato de mover el brazo, ¿puedo? Claro, sólo entonces la pinza se abre. Busco en mi billetera, estamos ya en la calle casi, con tal de que no llegue el marido ahora, fíjate qué curioso, no me queda ninguna, comienzo a retroceder hacia la vereda, hacia el auto, pero te la mando, ¿de acuerdo? Y hasta luego, él, ¿pero en qué universidad daba clases? En la Austral, grito, ya estoy, me subo al auto, arranco en segunda, contra el tráfico y bajo como una flecha por Colón. Hago un alto en la gasolinera de Américo Vespucio. Me encierro en el cuarto de baño y respiro hondo un rato. Me mojo la cara y los brazos con abundante agua. Después compro una coca-cola, un botellín de whisky y me los voy bebiendo por el camino de a tragos alternados.

*

Al llegar a París, para variar, llueve. Tras la cristalera, al salir del avión, se ven las pistas azotadas por ráfagas de agua y viento que se dejan caer de un cielo de plomo. Recupero mi maleta de la correa transportadora y cuando salgo de la aduana tengo la engañosa sensación de volver a casa. ¿Pero a qué casa? Estoy de suerte, mi amiga Anne-Marie me ha venido a buscar. Lo prometido es deuda, me dice al darme un abrazo, bienvenido al trópico. Me lleva a su departamento, me ha preparado el cuarto de invitados y una cena. ¿Estás bien? Cansado, digo, hecho polvo. Duermo como si hubiese regresado de una guerra, con un sueño profundo en el que se mezclan tramas espesas, historias, rostros desconocidos. Por la mañana me despierta el teléfono celular. Es un mensaje, ¿podría pasar por la agencia? Es que ha llegado el informe sobre la Feria Internacional del Ocio y hay que traducirlo ya mismo. Al llegar allí, mi colega australiana me dice que se ha enterado de que estoy buscando casa, que ella deja su departamento por tres meses, ¿me lo quiero quedar por ese lapso? Eso me permitirá buscar más tranquilo. Por supuesto, me parece una idea genial, ¿a partir de cuándo está libre? A partir de mañana, me dice, ella se va esta noche. ¿Esta misma noche? Sí, ahora, ya mismo va a hacer su maleta. Me escribe la dirección en un trozo de papel, me da las llaves, que vaya a hacer una copia. Pero, antes, pregunta importante, ¿cuánto es el alquiler? Nada, dice ella, que sólo le pague las cuentas. ¿Sólo las cuentas, está bromeando? En absoluto, contesta, hoy es tu día de suerte. Ve de inmediato y haz la llave. Eso hice. Y aquí estoy. Es una habitación alargada, con una cocina minúscula en un rincón y un pequeño cuarto de baño. Pero tiene parquet y, lo más importante, un balcón. Llegué por la tarde y al encender la luz y descubrir el cuarto, el futón japonés doblado en una esquina, el pequeño escritorio, la mesita plegable junto a la cocina, me pareció entrar en otra vida. Estaba terminando de instalar el computador sobre el escritorio cuando sonó mi celular. ¿Es cierto?, pregunta Cristián, del otro lado. ¿Qué cosa? Todas esas historias. ¿Es decir? Lo que le había contado sobre Claudio, mi encuentro con Nelson, la visita a Kakariekas, ¿era cierto? Todo es rigurosamente cierto. ¿Dónde estás? En París, dónde si no. No, eso ya lo sabe, que le cuente, dónde exactamente en París. En la rue de la Chine, le describo el estudio y me asomo al balcón. Abajo hay una plaza, la estoy descubriendo contigo y él que es curioso, que él está en Valparaíso, en una terraza encumbrada en un cerro, hay mucho sol y casi puede tocar con la mano los barcos anclados en la bahía y que de pronto le había bajado la duda. ¿Qué duda? Que no sabe cómo expresarlo con exactitud, pero repentinamente se vio allí, en esa terraza, en ese restaurant de Valparaíso, fue como si me viese desde arriba ¿entiendes?, como si me hubiese localizado a mí mismo desde un satélite, diminuto, una hormiga en este pedazo del planeta, con todo el mar para él y la cálida brisa de diciembre y luego pensé en ti y me dije, si pudiese enfocar con la cámara del satélite hacia el otro hemisferio, ¿en qué pedazo exacto del planeta te encontraría? Y por eso quería saber, dónde, muy exactamente dónde estaba en ese momento preciso. Ya, y una preguntita: ¿te tomaste un ácido? Pablo, por favor, ya no estamos para esos trotes, no, que está esperando a los camarógrafos para comenzar a grabar una entrevista, así es que aprovechemos, pronto tendrá que colgar. Ya. Pero, oye, la pregunta era otra. ¿Qué pregunta? La que se hizo, la que apareció en su cabeza, en su mente o como quiera que se llame. ¿Y? ¿Y qué? ¿Cómo y qué, qué pregunta? Ya, claro. Cristián, un ácido a lo mejor no, pero no me digas que no te fumaste un pito, porque ésa sí que no te la creo. Y él, bueno, la ciencia médica ha reconocido ya hace mucho tiempo las virtudes terapéuticas de la marihuana, así es que un pito se lo fuma cualquiera. Ya, ¿entonces? Que entonces por un momento se imaginó, dice, quiere decir él allá, en su pedazo de terraza frente al mar, yo acá, en París, ¿dónde?, ¿en un parking, en el baño de un café, encerrado en un cuarto, en una estación de metro?, y se dijo que a lo mejor no existíamos, no sé si lo voy a entender. Que ni él ni yo teníamos más entidad que el humo de su cigarrillo disolviéndose en el aire translúcido de la bahía. Por eso sintió como una urgencia, tenía que llamarme, cerciorarse de que yo estaba efectivamente en París, así es que por eso, que le confirmara por favor que era de carne y hueso. Sí, sí, estoy aquí, en París, te repito, en la rue de la Chine exactamente, en el número dieciocho por más señas, en un estudio, encaramado en el sexto piso, sin ascensor, asomado al balcón, mucho más concretamente, y que no tenía ninguna intención de disolverme como el humo de su cigarrillo. Qué bueno, dice él, que no sabe si lo voy a entender bien, pero que de cierta manera, de cierta recóndita e inexplicable manera, lo alivia escucharme decir lo que le estoy diciendo, es como si me quitaras un peso de encima, o no, mejor dicho es al revés, es como si me dieras algo, como si me agregaras peso, por un momento imaginé que no éramos sino el sueño de alguien, que no existíamos sino en una conversación, ¿estaré entendiendo algo? Claro que sí, el universo es una conversación entre un ángel subalterno y un demonio inferior, algo así dice Borges, ¿no?, a menos que dijera entre un demonio subalterno y un ángel inferior, pero lamento desengañarte, yo no soy producto de ninguna conversación, me siento más que nunca de carne y hueso, mira, abajo hay una plaza, le digo, una pequeña plaza triangular, con juegos infantiles ¿Y qué más?, pregunta. Un niño subido a un tobogán, es raro porque a esta hora ya es casi de noche, la plaza está cerrada, pero hay un niño en los juegos. ¿Y? Y ahora mira hacia arriba, me ha visto, levanta una mano, me está saludando. ¿Y tú qué haces? Yo también, muevo la mano, le digo hasta luego. Y además, si quieres saberlo, tengo un hambre espantosa, me suenan las tripas, tengo que comer algo, ¿qué más prueba de mi materialidad que eso? Suena un pito. Me estoy quedando sin batería, dice Cristián, aunque no me has convencido, la plaza, el niño en el tobogán, París, Valparaíso, el hambre, todo eso puede ser una mera ilusión. ¿Ilusión? ¿Qué ilusión? Desde aquí estoy viendo la fachada del restaurant árabe al que bajaré ahora mismo a comer un cuscús. Cuidado, dice, que al llegar a la calle te puedes dar cuenta de que ese restaurant está en Brisbane, sí, y tú, al colgar, de que esa ciudad que dominas desde la terraza en la que estás en realidad es Maputo, replico. Se ríe, nos vemos entonces, en cualquier parte, un fuerte abrazo. Seguro, digo, en cualquier parte.